Denise Minas Kriminalromane erzählen unzweifelhaft von Schottland, und zwar sinnlich und ausgefuchst, drastisch und poetisch. Umwerfend sind ihre Figuren, von denen nur ein Teil dem in der Literatur sonst oft dominanten bürgerlichen Mittelstand angehört. Ganz nah kommen wir an sie heran, fühlen ihre Vorbehalte, ihren Hochmut, ihren Schmerz. Denn eine Ermittlungsgeschichte fördert bei Mina nicht bloß zutage, was alles an Verbrechen geschah, sondern ganz beiher auch, wie Leute zu ihrer Meinung kommen, zu ihren Narben, ihrem Verhältnis zu sich selbst, zu anderen, zum Leben. Das ist verdammt komplex und doch so treffsicher und treibend erzählt, als wäre es ganz einfach.

Die Werkschau der mit so vielen Nominierungen und Preisen geehrten »Queen of Tartan Noir« ist im Deutschen etwas unübersichtlich, bisher erschienen der 1., 2. und 4. Fall der Glasgower Kriminalermittlerin Alex Morrow. Uns bei Ariadne ist es eine große Ehre und ein Genuss, die außergewöhnliche Autorin ab jetzt zu verlegen. *Blut Salz Wasser* ist der fünfte und neueste Morrow-Roman, den dritten werden wir noch nachholen.

Glücklicherweise lässt sich jedes von Denise Minas Büchern als Solitär lesen: Ihr bestechend kluger dunkler Realismus nimmt sofort Gestalt an und Fahrt auf, wenn sie loslegt und mal brutal, mal erschütternd, mal trocken oder verschmitzt, immer packend von Mord, Unrecht, Gewalt sowie all den kleinen und großen Kämpfen echter Menschen erzählt. Lasst euch von ihr entführen und bereichern. Sie schreibt tief im Herzen des Genres sezierende Literatur.

Else Laudan

DENISE MINA

BLUT
SALZ
WASSER

Deutsch von Zoë Beck

Ariadne 1230
Argument Verlag

Für Luke, Liam und Wolfie

Wir alle haben exakt denselben Salzgehalt in unseren Venen, wie es ihn auch im Ozean gibt, und deshalb haben wir Salz in unserem Blut, in unserem Schweiß, in unseren Tränen. Wir sind mit dem Ozean verbunden. Und wenn wir uns ans Meer begeben – ob nun zum Segeln oder um es zu betrachten –, kehren wir dorthin zurück, woher wir gekommen sind.

John F. Kennedy

1.

Sie war in den zwei Tagen, in denen sie sie festgehalten hatten, so folgsam gewesen wie ein Kalb. Sie kam bereitwillig mit, als sie sie mit dem Transporter abholten. Sie bat um keinen Gefallen, bettelte nicht um Gnade, während sie darauf warteten, dass Wee Paul das letzte Wort sprach: Tötet sie oder lasst sie laufen.

Anfangs gefiel es Iain, dass sie so passiv war. Er hatte noch nie eine Frau zu etwas zwingen müssen. Dann fragte er sich, woran es lag. Sie schien überhaupt nicht ängstlich, sie lächelte sogar manchmal. Nur einmal sagte sie etwas, sie fragte: *Wie lange dauert es noch?* Langsam wurde ihnen klar, dass sie völlig missverstanden hatte, worum es ging.

Tommy grinste, als er es merkte, er nickte Iain hinter ihrem Rücken zu, lachte über sie. Iain fand es nicht lustig. Je länger es sich hinzog, desto mieser ging es ihm damit. Es war ehrlos, aber er konnte sie schlecht warnen oder laufenlassen. Er fühlte sich durch diesen Betrug an ihr so unbehaglich, dass er während der langen letzten Nacht zweimal versucht war, einfach aufzustehen und zu gehen. Das konnte er nicht. Er musste den Job durchziehen, um seine Schulden zu bezahlen. Arschbacken zusammenkneifen und durchziehen.

Nachdem Wee Paul morgens angerufen und Tommy seine Entscheidung mitgeteilt hatte, konnte Iain sie nicht mehr ansehen. Sie steckten sie wieder in den Transporter und fuhren von Helensburgh an den Loch Lomond.

Raus aus dem Transporter unter einen regenschwangeren Himmel, dessen tiefhängende graue Wolken alle Farben der

Berge dämpften. Sie gingen im Gänsemarsch durch hohe Sanddünen, Tommy voran, sie in der Mitte, Iain dahinter, folgten einem Zickzackpfad bis zum Seeufer.

Die Dünen waren für einen Golfplatz bestimmte industrielle Haufen, neongelb und sehr hoch. Sie drehte sich nach dem schimmernden Sand um, und Iain sah, wie ein kleines Lächeln ihre Wangen hob. Woran dachte sie? Vielleicht an warme Urlaube an gelben Stränden. Blaues Meer. Sonnenbräune. Sie hatte immer noch nicht die leiseste Ahnung. Iain steckte seine Hand in die Tasche und berührte den Schlagstock. Er würde ihr nicht ins Gesicht schlagen, sie hatte ein nettes Gesicht. Er würde dafür sorgen, dass es schnell ging.

Ein schneidender Windstoß, der vom Wasser kam, ließ sie zusammenzucken, als sie ans Seeufer trat. Dann sah sie auf. Beim Anblick des Boots geriet sie ins Straucheln. Ihre Knie wurden weich, sie hob den Kopf und stieß einen schnarrenden Tierlaut aus, der in den Ohren wehtat, weil er so nah war.

Tommy wirbelte herum, wollte ihr die Hand auf den Mund legen, damit sie aufhörte, aber sie ruderte wild mit den Armen und kreischte immer wieder kurz und rau »NEIN!«. Die beiden staunten über den Widerstand, der in ihr steckte. Sie drehte sich um, kegelte Tommy mit der Schulter aus dem Gleichgewicht, versuchte an ihm vorbeizukommen. Tommy schwenkte auf den Fersen herum und griff noch im Fallen nach ihr. Seine Hand rutschte an ihrer Hüfte ab, er plumpste auf die Knie, und sie entwischte.

Mit zwei großen Schritten war sie an ihm vorbei, jagte den Bootssteg entlang und hielt auf die dichte Baumreihe zu.

Iain war ein großer Mann mit beträchtlicher Reichweite. Er packte sie am Oberarm, zog den Schlagstock aus der Tasche und drehte sie zu sich. Er schlug ihr so fest er konnte auf den Kiefer.

Ihr Kopf schnappte zurück. Ihre Augen verdrehten sich. Sie glitt zu Boden, als wäre sie mit Sand gefüllt. Dann lag sie da auf dem Steg, reizlos über eines ihrer Beine gefaltet.

Ein alter Gefängnistrick. Man mochte noch so hart zuschlagen, wenn man den anderen falsch erwischte, konnte er gleich wieder auf einen losgehen, wütend und zu allem bereit. Für ein K.o. musste der Kopf ruckartig herumpeitschen. Dann knallte das Hirn innen gegen den Schädel. Wenn man den Kopf nur schnell genug schleudern ließ, konnte man fast garantieren, dass der andere zu Boden ging.

Iain und Tommy starrten auf sie runter. Tommy keuchte vor Schreck. Es überraschte Iain, dass er es sich so deutlich anmerken ließ. Sie kannten sich nicht besonders gut, hatten vorher noch nicht zusammengearbeitet. Sie waren noch dabei, ihre Rollenverteilung zu klären. Tommy machte auf Fernsehschurke, fluchte und knurrte. Iain gab sich wie die furchterregendsten Typen im Knast: ausdruckslose harte Knochen, die ohne Vorwarnung angriffen.

Als er die bewusstlose Frau betrachtete, dachte Iain an die Männer, die so waren. Er hatte sie beneidet. Sie schienen nie etwas zu empfinden. Jetzt fragte er sich, ob ihr leerer Blick Verzweiflung verbarg, die so tief saß, dass sie ihnen die Luft abschnürte. Ob ihnen der Selbstekel wie ein Stein im Magen lag. Wahrscheinlich nicht.

Sie sahen zu, wie sich an ihrem Kinn eine eiförmige Beule bildete. Ihr Brustkorb hob und senkte sich unregelmäßig. Ihre Augen flatterten hinter den Lidern. Bewusstlos, aber nicht tot. Der Plan hatte vorgesehen, sie hierherzubringen, ins Boot zu treiben, sie möglicherweise sogar weit hinaus aufs Wasser zu schaffen und dann erst zu töten.

Tommy knurrte: »Lass sie da nicht einfach so liegen. Bring's verdammt noch mal zu Ende.«

Er hatte recht. Sie könnte aufwachen, und das wäre mehr als

grausam, weil es dann immer noch getan werden musste, aber sie würde es mitkriegen.

Iain beugte sich schnell hinab. Das war ein Fehler, aus Mitleid geboren. Ein brennend heißer Nadelstich in der Lendenwirbelsäule ließ ihn aufstöhnen. Verlegen richtete er sich auf. Er versuchte es aufs Neue, hielt den Rücken gerade, beugte ein Knie, als wollte er sich zum Ritter schlagen lassen. Er ging ganz runter und brachte sich in Position, bewegte vorsichtig sein Becken, vor und zurück, probierte aus, wo die Grenzen waren. Dass er den Rücken kaputt hatte, war neu, die Schmerzen ungezielt, noch nicht verortet.

Er knirschte mit den Zähnen, hob den Schlagstock über seinen Kopf und schlug zu, immer wieder, so wie er früher als Junge Fische erlegt hatte. Er zielte auf ihre Schädeldecke oberhalb des Haaransatzes, so dass er ihr Gesicht nicht zertrümmerte. Es war die einzige Gnade, die er ihr gewähren konnte. Ganz egal, was sie getan hatte oder wie sehr Iain diesen Job brauchte, sie verdiente es, ihr Gesicht zu behalten.

Tommy sah weg, tat desinteressiert, starrte das Boot an. Er zeigte auf das sich pellende 12-Fuß-Dinghy, das auf dem unruhigen grauen See gegen den Steg klatschte. Die *Sea Jay II* machte nicht viel her. »Schau dir an, in was für einem beschissenen Zustand das Ding ist«, sagte er und übertrieb sein Interesse am Zustand des Boots, weil er nicht zusehen konnte. »Überall blättert die scheiß Farbe ab.«

Tommy wusste einen Dreck über Boote. Das Boot war tadellos.

Es war erledigt. Ein scharlachroter Heiligenschein erstrahlte um ihren Kopf. Iain merkte, dass er keuchte, und sein Knie tat fürchterlich weh. Es wurde von seinem gesamten Körpergewicht auf den geriffelten Beton gedrückt.

Er lehnte sich über den Körper der Frau, um sich aufzurichten, bildete dadurch einen Windschutz. In dem Vakuum warf er einen Blick auf ihr Gesicht, dem er nah genug war, um es ohne das geschwollene Kinn und die blutige Wunde am Kopf zu sehen. Mit einem Mal sah er sie als Frau, vielleicht eine, die er mal gekannt oder geliebt hatte, er konnte sie nicht einordnen, aber sie wurde zu einer Person, und das war sie bis gerade eben nicht gewesen. Bis gerade eben war sie eine lästige Aufgabe gewesen. Eine von der Sorte, die man erledigen musste, über die man aber so gar nicht nachdenken wollte.

Er stützte sich mit der Hand auf und beugte den Ellenbogen, um sich hochzustemmen, aber dadurch kam er ihr noch näher. Spürte die Wärme, die von ihrer Wange abstrahlte. Der mütterliche Tau ihres Atems legte sich auf seine Lider. Sein Ohr war nur Zentimeter von ihrem Mund entfernt. Er hätte sie sonst nicht gehört. Tief aus ihrem Inneren kam ein Laut: *Sheila.* Der Name seiner Mutter.

Erschrocken fuhr er zurück. Gerade als sein Mund auf einer Höhe mit ihrem war, rang er nach Luft und saugte ihren warmen, feuchten letzten Atemzug ein. Zog ihn tief in seine Lunge.

Iain rappelte sich hoch. Trat zurück, die Hände erhoben, ergab sich. Nein. Das war dumm. *Shee-lah.* Nicht der Name seiner Mutter. Nur Laute. Von einer Leiche. Nicht Sheila. *Shee-lah.* Nicht real. Aber seine Lippen waren feucht von ihr, seine Atemwege gefüllt mit ihren Schreien.

Der See krallte sich an den Steg. Möwen kreischten empörte Trauergesänge hoch über seinem Kopf. Eine Handvoll Sand legte sich über ihr Gesicht, der klagende Wind hatte ihn gebracht.

»Hast du's?« Tommy hielt seinen Blick auf das Boot gerichtet. »Bist du jetzt fertig?«

Iain öffnete den Mund, um etwas zu sagen, machte ihn aber wieder zu. Er wollte nichts sagen, weil er nicht wusste, was aus ihm herauskommen würde. Alles, was sie an Widerstand in sich gehabt hatte, alles von ihr war in ihn übergegangen. Es war aufgestiegen, hatte ihren Körper verlassen, und er hatte es aufgesogen. Ihre Seele.

Jetzt war sie in ihm gefangen. Sie wand sich und schlug um sich und war wütend, und sie würde sich ihren Weg durch seine Eingeweide brennen.

2.

Auf dem Beifahrersitz klingelte laut und schrill Alex Morrows Diensthandy.

»Roxanna wird vermisst, Ma'am«, sagte McGrain, einer ihrer DCs. »Wir haben gestern beim Abliefern vor der Schule den Sichtkontakt verloren und konnten sie nicht wiederfinden. Gerade ist sie durch einen anonymen Anruf als vermisst gemeldet worden.«

»Was? Von wem kam der Anruf?«

»Wissen wir nicht. Es war eine Kinderstimme. Englischer Akzent.«

»Eins von ihren Kindern?« Morrow hielt das Handy am Lenkrad und brüllte hinein. Sie verstieß gegen das Gesetz, aber das war nicht der Grund, warum sie brüllte. Das Schicksal von Roxanna Fuentecilla lag ihr persönlich am Herzen. »Er war's, oder? Scheiße. Ihr verfickter Freund.«

»Na ja, wir wissen nicht, wer angerufen hat. Es klang aber nach einem der Kinder.«

»Ich bin in zehn Minuten da.« Sie drückte ihn weg und beeilte sich, durch den morgendlichen Verkehr zur London Road Police Station zu kommen.

Der Parkplatz war voll, aber für sie war ein Stellplatz reserviert. Sie stieg aus und schloss ab, ging schnell durch den Hintereingang, hielt sich selbst eine Standpauke. Sie sollte sich beruhigen. Sie kannte Fuentecilla nicht mal. Was Morrow an ihr auch bewundern mochte, es beruhte lediglich auf Annahmen. Sie hatte sich eine Menge Überwachungsmaterial angesehen, aber das ergab noch längst kein vollständiges Bild. Sie war eine Kriminelle. Denk dran. Wir und die.

Durch den Hintereingang rein, vorbei am Zugang zu den Arrestzellen, ein knappes Nicken und ein Hallo für den diensthabenden Sergeant. Morrow eilte durch die Umkleideräume und durchquerte das Foyer. Sie öffnete die Tür zu ihrem Büro, kegelte ihre Tasche gegen den Schreibtisch, ging zurück über den Flur zum Lagezimmer und fand McGrain. Er lehnte an einem Schreibtisch, nippte an seinem Tee und hörte DC Thankless zu, einem kahlen, muskulösen, unangenehmen Mann. Morrow mochte ihn nicht.

»Heilige Scheiße.« McGrain stand stramm, als er sie sah. »Das ging aber schnell.«

»Komm mit.«

McGrain folgte ihr in ihr Büro und machte die Tür hinter sich zu.

»Das ist keine Kantine.« Sie sah auf die Teetasse, die er noch in der Hand hielt.

Beschämt verdrückte er sich, stellte sie auf den nächstbesten Tisch im Lagezimmer und huschte zurück in ihr Büro. »Tut mir leid, Ma'am.«

»Setz dich.« Sie deutete auf einen Stuhl. »Und jetzt sag mir, was passiert ist.«

Also sagte er es ihr: Sie hatten gestern Sichtkontakt mit Roxanna Fuentecilla verloren, nachdem sie ihre Kinder zur Schule gebracht hatte. Sie fuhr immer zur selben Zeit vom Büro nach Hause, aber gestern Abend hatte niemand sie ins Haus gehen sehen. Ansonsten gab es nichts Verdächtiges: Die Lichter waren wie üblich angegangen, im Wohnzimmer, in der Küche und in ihrem Schlafzimmer. Ihr Auto war auch nicht zu sehen, aber sie parkte manchmal in einer Seitenstraße, wenn es sehr voll war.

Sie beobachteten sie seit drei Wochen; manchmal hatten

sie sie aus den Augen verloren, sich aber nichts dabei gedacht. Es wäre zu teuer, ihr persönlich zu folgen, Etatkürzungen zwangen sie bereits dazu, ihre Ablage selbst zu machen und die Kugelschreiber zu rationieren, also mussten sie sich auf Überwachungskameras verlassen. Sie sahen sich eine Menge CCTV-Material an. Bei Fuentecilla war man nicht von Fluchtgefahr ausgegangen, weil sie Kinder hatte. Sie waren vierzehn und zwölf und gut in der Schule, sauber und wohlgenährt und bestens entwickelt. Sie betete sie ganz offensichtlich an.

Über Nacht waren die Aufnahmen aus allen üblichen Quellen überprüft worden. Von gestern gab es kein einziges Bild, auf dem Fuentecilla zu sehen war. Dann war um sieben Uhr morgens der Anruf gekommen, anonym aus einer Telefonzelle von der Central Station. Eine Stimme, leise und jung, meldete Roxanna Fuentecilla als seit gestern vermisst. Als man in der Notrufzentrale nachfragte, ob die anrufende Person eine Idee hätte, wo sie sein könnte, hieß es, man wisse nicht, »wohin die sie gebracht haben«, was nach mehr als einer Person klang, also nicht nach dem blindwütigen Freund. Dann brach das Gespräch abrupt ab.

»Eins ihrer Kinder«, sagte Morrow.

»Ja. Der englische Akzent klang vornehm, irgendwie affektiert. Das wird's hier oben nicht so häufig geben.«

»Videomaterial von der Telefonzelle in der Central Station?«

»Angefordert, ist unterwegs.«

»Gut. Schick mir den Mitschnitt von dem Anruf. Sag im Büro vom Chief Bescheid. Die werden ein Meeting einberufen.«

»Ja, Ma'am.« Und weg war McGrain.

Sie machte die Tür zu und schaltete ihren Computer ein. Er fuhr langsam hoch. Sie empfand die schon gewohnte Vorfreude, den Serotoninschub der allmorgendlichen Erwartung, Roxanna Fuentecilla zu überwachen, korrigierte dann aber ihre Körperchemie: Heute gab es kein Material. Roxanna war verschwunden. Es fühlte sich an, als hätte man ihre Lieblingsfernsehserie abgesetzt.

Für sie war der Fall zu einer Seifenoper geworden, einer Geschichte um viel Geld und supergutaussehende Leute, die tolle Sachen machten und sich stritten. Fuentecilla war umwerfend streitsüchtig. Sie kam aus Madrid, entstammte einer reichen Familie, die ein Vermögen verprasst hatte. Aus vielerlei Gründen, nicht alle selbstverschuldet, hatte Fuentecilla ohne einen Penny dagestanden und schien nun einen mysteriösen Betrug auszuhecken, bei dem es um sieben Millionen Pfund ging, die nicht ihr gehörten. Sie hätte sich unauffällig verhalten sollen, aber ständig zerschlug sie Konservengläser in Läden, die ihren Zorn auf sich zogen, schrie ihren Freund im Supermarkt zusammen oder brüllte andere Eltern vor der Schule auf Spanisch an, weil sie verantwortungslos parkten. Die Beziehung mit ihrem Freund, mit dem sie zusammenwohnte, war turbulent. Auch wenn noch nichts über Gewaltausbrüche bekannt war, schienen sie unausweichlich. Fuentecilla hatte so ihre Probleme mit Streitschlichtung. Trotzdem, sieben Millionen waren kein Spaß, und es war anzunehmen, dass sie mit Leuten zusammenarbeitete, die keinen Spaß verstanden. Eigentlich sollte Morrow sie nicht sympathisch finden.

Der Rechner war endlich hochgefahren. Trübsinnig warf sie einen Blick auf die neuen Dateien mit Material aus den Überwachungskameras. Normalerweise klickte sie sie zuerst an, aber heute wäre das sinnlos. Stattdessen öffnete sie ihre Mails. Die Datei mit dem Notruf war bereits angekommen. Sie schloss ihre Kopfhörer an, klickte drauf und horchte.

Es war eine Kinderstimme mit einem vornehmen englischen Akzent. Sie klang erst ruhig und wurde fast vom Hintergrundbrausen des Bahnhofs übertönt. Als die Person in der Telefonzentrale darum bat, den Namen »Roxanna Fuentecilla« zu buchstabieren, geschah dies äußerst flüssig, und ihre Wohnanschrift samt Postleitzahl folgte ohne Zögern.

»Sie ist seit gestern Morgen verschwunden«, sagte die Stimme. »Ich habe Angst, dass man sie vielleicht umgebracht hat.« Bei dem Wort »umgebracht« geriet sie ins Stocken und klang für den Rest des Gesprächs außer Atem.

Die Zentrale fragte, ob die anrufende Person eine Ahnung hätte, wo Fuentecilla sein könnte. »Ich weiß es nicht … Ich weiß nicht, wohin sie sie gebracht haben.«

Die Zentrale fragte erneut: »Würden Sie mir Ihren Namen und Ihre Adresse nennen?« Aber diesmal wurde einfach aufgelegt.

Morrow war überzeugt, dass eins der Kinder angerufen hatte. Ihr fiel der Vorfall in der Bäckerei ein. Nicht der Junge, bitte nicht der kleine Junge.

Police Scotland war nur in die Bäckerei gegangen, um herauszufinden, was geschehen war, weil Fuentecilla von dort mit einem Rettungswagen in die Notaufnahme gebracht worden war. Verdacht auf einen gebrochenen Knöchel, aber er war nur sehr schwer verstaucht. Morrow und ihr Team hatten sich die Kameraaufzeichnungen von hinter der Theke immer wieder angesehen, nur zur Unterhaltung: Mutter und Sohn kamen herein, der Junge kleinlaut, die Mutter wütend, er musste etwas Schlimmes angestellt haben. Roxanna kaufte und bezahlte eine Biskuittorte, nahm sie aus der Schachtel und klatschte sie ihm ins Gesicht. Mutter und Sohn standen im Laden und lachten sich kaputt, Tortenreste glitten ihm von den Wangen und fielen auf den gekachelten Boden. Dann wischte sich der Junge einen dicken Klecks von der Wange und warf ihn ihr ins Gesicht, und sie musste so schrecklich lachen, dass sie auf den mit Sahne bekleckerten Fliesen ausrutschte und sich verletzte. Morrow dachte an die mit Sahne und Marmelade verschmierten Gesichter, an die Lachtränen auf seinen Wangen. Bitte nicht dieser kleine Junge.

McGrain stand in ihrer Bürotür. »Wir haben die Aufnahmen von der Central Station. Ich kann sie dir nicht schicken, ohne sie zu komprimieren, willst du einfach mitkommen und sie dir ansehen?«

»Klar.«

Wie bei so vielen technischen Dingen wusste Morrow nicht so genau, was »komprimieren« bedeutete. Sie hatte Angst, ihre Autorität zu untergraben, wenn sie das eingestand, deshalb folgte sie ihm zu seinem Schreibtisch.

3.

Boyd Fraser zerhackte frische Minzblätter mit einem großen doppelschneidigen Wiegemesser. In Italien waren Wiegemesser das Werkzeug der Beiköche, die nicht mit Messern umgehen konnten, aber hier wusste das niemand. In Helensburgh, einem putzigen schottischen Küstenstädtchen, war das Wiegemesser eine niveauvolle Novität.

Jemand von den Gästen im Café schien ihn zu beobachten, weshalb Boyd länger hackte, als es die Minze nötig hatte, in den rollenden Rhythmus eintauchte, das grüne Minzöl in das große Olivenholzbrett einarbeitete. Er wollte den Blick heben und sich vergewissern, dass er wirklich beobachtet wurde, tat es aber nicht. Vielleicht stimmte es ja gar nicht. Vielleicht war das Gesicht nur in seine Richtung gedreht. Wie auch immer, er brauchte keine Scheißanerkennung, von niemandem, um ein Taboulé zusammenzurühren.

Er wusste, dass viele Leute herkamen und die hohen Preise bezahlten, weil es einfach mehr beinhaltete, im Paddle Café zu essen. Bio, Regio, Bauernmarkt. Verwertung von der Nase bis zum Schwanz. Saisonprodukte. Die ganzen leeren Positivwörter, um die er sich früher einen Dreck geschert hatte. Als Boyd damit anfing, war es noch eine Untergrundbewegung. Damals hatte er sich mit derselben fieberhaften Bestimmtheit darin versenkt wie sein Vater, der Pastor, in seinen Glauben. Die Ketzerei der Vergangenheit, pflegte sein Vater zu sagen, war die Orthodoxie der Gegenwart: Die Ernährungsrevolutionäre von einst fanden sich nun in der Rolle der unfreiwilligen Hohepriester eines faden neuen Konformismus.

Seine Frau Lucy hatte sich auf der Hochzeit einer Freundin mal ganz fürchterlich betrunken. Kurz bevor sie in ein Rhododendrongebüsch kotzte, das älter war als ihre Großmutter, sagte sie, dass ein Café mit einer Philosophie völliger Schwachsinn war. Boyd mochte sie an diesem Abend. Er liebte sie nicht bloß – er liebte sie immer –, sondern er hatte sie richtig gern. Hätten sie sich erst an jenem Abend kennengelernt, er hätte sich auf der Stelle in sie verliebt.

Die Philosophie des Cafés war in der Speisekarte des Paddle abgedruckt. Sogar auf der Speisekarte zum Mitnehmen stand die Philosophie drauf. *Wir verwenden Bio-Eier blablabla. Wir unterstützen unsere regionalen blablabla.* Er wusste, dass das Blabla ihre Gewinnspanne ausmachte. Die Gäste zahlten nur fünffünfzig für sechs Eier wegen des Blablas.

Boyd riskierte einen Blick. Die zudringliche Person hielt ihren Blick noch immer durch die Glastheke auf ihn gerichtet. Eine ältere Frau, aber in dieser Stadt waren alle alt. Ein stilvoller graumelierter Bob, kornblumenblaue Augen, teurer Pullover aus senfgelbem Kaschmir. Sie hatte eine sehr lange, gerade Nase, die spitz zulief. Ihren blauen Schal hielt eine viktorianische Brosche mit Opalen und Diamanten zusammen, wohl ein Erbstück. Sie lächelte ihn an, ihre Brauen hoben sich, als würde sie ihn kennen. Er kannte sie nicht.

Der kurze Blickkontakt war ihr Stichwort. Sie stand auf und schlängelte sich an einem Präsentationskorb mit regionalen, saisonalen Biotomaten vorbei.

»Boyd. Ich bin's, Susan Grierson.«

Als er ihre Stimme hörte, taumelte er. »Miss Grierson? Um Himmels …« Er stolperte um die Theke herum zu ihr, war wieder ein kleiner Junge, begeistert, seine alte Pfadfinderleiterin wiederzusehen, seine allererste Segellehrerin. Mit beiden Händen nahm er ihre Hand, wollte sie umarmen, wusste aber nicht, ob das zu viel wäre. »Sie sind wieder da!«

»Das bin ich«, sagte sie mit einem Lächeln, so warm wie seins. »Meine Mutter ist gestorben.« Boyd hatte davon nichts gehört, dabei wusste er so etwas normalerweise: Das Café war das Zentrum der Lokalnachrichten.

»Oh, das tut mir leid«, sagte er. »Ich kenne das. Mein Vater.«

»Dein Vater? Na, das muss eine gut besuchte Beerdigung gewesen sein.« Sie meinte die Gemeinde seines Vaters, nicht seine Freunde und ganz sicher nicht die Familie. Tatsächlich waren nur wenige gekommen. Die meisten von ihnen sehr alt. »Die Beerdigung meiner Mutter war erbärmlich.«

Miss Grierson sah trübselig zu Boden, erbebte ein wenig, als hätte sie ihre Mutter gezwungen, alt und einsam zu sein, indem sie in die Welt hinauszog. Viele Leute kamen nach einem Todesfall hierher zurück. Trauer und Entwurzelung wirkten sich ganz verschieden aus, aber alle fühlten sich schuldig. Traurig und schuldig. Was gar nichts brachte.

Boyd versuchte, ihr da herauszuhelfen. »Also, wo waren Sie denn so?«

»USA. Ich habe zwanzig Jahre lang in den Hamptons gelebt.«

»Wie ist es da?«

»Eigentlich so ziemlich wie in Helensburgh. Reizende, freundliche Leute. Obwohl es sich sehr verändert hat.« Sie sah traurig aus, legte aber Munterkeit in ihre Stimme, als versuchte sie, ihre Laune zu heben. »Dann eine Weile in London.« Die Traurigkeit blieb und paarte sich mit einem feuchten, ängstlichen Blick. »Tja ...«

»Ach, ich war auch in London«, sagte Boyd freundlich. »Fünfzehn Jahre lang. Sind Sie froh, dass Sie das hinter sich haben?« Er gab ihr die Möglichkeit, London schlechtzumachen, wie es viele taten, die dort weggezogen waren. Üblicherweise munterte es die Leute auf, aber sie biss nicht an.

»Wo in London hast du gewohnt, Boyd?«

»Crouch End.«

»Ich hab's gewusst!« Sie schmunzelte und sah sich im Paddle Café um. »Hamble and Hamble?«

»Aha.« Boyd grinste keck. »Sie haben mich erwischt.«

»Ich hab's gewusst! Ich habe gleich nebenan in Highgate gewohnt. Als ich hier reinkam, wusste ich gleich, dass es eine Kopie ist. Schon wegen des Kults um regionale Produkte auf der Speisekarte.«

»Ich kann Sie mir gut im Hambles vorstellen.«

»Du hast sogar dieselbe Farrow & Ball-Farbe benutzt.« Sie nickte in Richtung der Wände. »Haben die nichts dagegen?«

»Na ja …« Er sah zu den Holzregalen, auf denen die Retro-Ölfässchen standen, zu dem schräggestellten Trommelkorb mit dem Sauerteigbrot und zu den braunen Papiertüten, die an einer Schnur von einem blanken Nagel hingen, der in die Wand gehauen war. »Die wissen ja von nichts. Sie würden es merken, wenn sie herkämen, aber das tun sie nicht.« Weil hier niemand herkam – jedenfalls niemand, für den sich Boyd sonderlich interessierte.

»Ich bin so froh, dass ich jetzt wieder da bin, rechtzeitig zum Unabhängigkeitsreferendum …«

Da wusste Boyd, dass sie *gerade erst* zurück sein konnte. Drei Wochen vor der Wahl war sonst niemand froh. Wer für die Unabhängigkeit war, hielt das Warten kaum noch aus, und die Gegenseite wollte es einfach nur hinter sich bringen. Miss Grierson hob die Augenbrauen und wartete darauf, dass er sagte, ob er dafür oder dagegen war. Boyd sagte nichts. Er führte verdammt noch mal ein Geschäft. Er konnte es sich nicht leisten, öffentlich Position zu beziehen und dadurch die Kundschaft der anderen Seite zu verprellen. Er hob seinerseits die Augenbrauen, und sie wechselte das Thema:

»Und ich habe mich so gefreut, als ich gesehen habe, dass du glutenfreies Brot hast …« Miss Grierson bekam diesen Ausdruck sanften Martyriums in den Augen, den Boyd als

Vorbote einer Allergiebiografie kannte. Er schaltete bei den Details gedanklich ab, aber sie schien alle wichtigen Erzählereignisse abzuhaken.

»… kam dann raus, dass ich keine *richtige* Zöliakie hatte, aber trotzdem eine sehr starke Reaktion auf …«

Boyds Gedanken schweiften wieder ab. Er dachte darüber nach, die glutenfreie Sparte ganz aufzugeben. Ein großer Waitrose hatte ganz in der Nähe eröffnet, und sie führten die Sachen billiger. Er wollte sich diese Geschichten nicht mehr dreimal am Tag anhören. »Allergiebastarde« nannte er sie in Gedanken und Lucy gegenüber. »Allergiebastarde haben heute das gesamte Brot gekauft«, sagte er dann immer, wenn sie fernsahen. Oder »Ich musste das ganze glutenfreie Zeug wegwerfen, weil nicht genügend Allergiebastarde vorbeigekommen sind.« Es schien diesen Leuten nicht möglich, ihren Kram zu kaufen, ohne ihm von ihrem persönlichen Damaskuserlebnis zu erzählen. Er hatte eine Marktlücke entdeckt. Das hieß noch lange nicht, dass er über ihre Darmfunktionen Buch führen wollte.

Miss Grierson hatte aufgehört zu reden. Sie sah ihn fragend an, bemerkte seine Abwesenheit.

»Und«, sagte er, »wie lange sind Sie schon wieder hier, Miss Grierson?«

Sie zögerte, wollte ihm vielleicht anbieten, sie Susan zu nennen, entschied sich aber aus irgendeinem Grund dagegen. »Ganz kurz. Ich muss ihre Sachen durchsehen.«

»Traurig?«

Sie sah traurig aus. »Nein. Sie war sehr alt. Im Haus ist allerdings viel zu tun. Der Garten ist ein einziges Chaos.«

Der Garten der Griersons war ein riesiges Grundstück mitten in der Stadt, dreitausend Quadratmeter groß. Ein kleines Landgut eigentlich. Als Teenager war er im Sommer immer daran vorbeigelaufen. Riesige Kiefern mit Stämmen in der Farbe von Ingwerwaffeln. Dreißig Meter Wiese, und hinten ein großer, umfriedeter Gemüsegarten. Vor kurzem erst war er wieder vorbeigekommen, wenn er lief oder mit Jimbo ging, aber die Mauern waren hoch und die Lücken in der Hecke zugewuchert. Er konnte nicht mehr hineinsehen.

»Tja«, sagte er, »Sie wissen bestimmt schon, dass die meisten so großen Gärten aufgeteilt und einzeln als Bauland verkauft worden sind. Behalten Sie das im Hinterkopf, wenn Sie es verkaufen …«

»Oh, ich verkaufe nicht. Ich ziehe wieder her.«

Boyd lächelte. »Sogar *ich* bin wieder hergezogen.«

»Wir ziehen alle wieder her, was? Die alte Truppe.«

»Sieht so aus. Ich sehe viele alte Bekannte hier.«

Sie berührte ihn kameradschaftlich am Ellenbogen. »In unserem *Alter* …« Obwohl er erst fünfunddreißig war, mindestens fünfzehn Jahre jünger als sie.

Mit einem Mal wurde ihm bewusst, was vor dem Mittagessen noch alles erledigt werden musste. Boyd verlagerte sein Gewicht, schob sich langsam hinter die Theke. »Segeln Sie noch?«

»Nein, unser Bootshaus steht jetzt leer. Mutter hat alles verkauft, als ich in die Staaten gegangen bin.«

»Wir haben ein Boot, falls Sie mal rausfahren wollen.« Kaum hatte er das Angebot ausgesprochen, wünschte er sich schon, er könnte es wieder zurücknehmen. Er sah, wie ihre Augen größer wurden, wie sie nachdachte, die Einladung abspeicherte für eine mögliche spätere Annahme. Boyd segelte nicht, um Gesellschaft zu haben. Ihm graute jetzt schon davor, dass seine Jungs mal alt genug sein würden, um mit ihm rauszufahren.

»Vielleicht irgendwann mal«, sagte sie. »Danke, Boyd, das ist sehr nett von dir.«

Er wollte das Thema wechseln. »Waren Sie drüben in den Staaten auch Pfadfinderleiterin?«

»Nein«, sagte sie. »Nach dem Umzug habe ich damit aufgehört. Bis dahin habe ich es aber wirklich geliebt. Es hat mich selbstsicher gemacht.«

»Als Leitwölfin?«

»Ach, weißt du, ich hab's nicht so mit dem Anführen.« Sie erwärmte sich für die Erinnerung. »Ich hatte dadurch den Mut, einfach rauszugehen und etwas zu *tun*. Eine tolle Sache für eine junge Frau, dieses Selbstvertrauen zu haben. Das tat mir gut. Meine Mutter überredete mich dazu, weil ich nicht mit meinen Freundinnen an die Uni ging. ›Tu was, Susan!‹« Miss Grierson erging sich in langweiligen Erinnerungen an die Ratschläge ihrer Mutter, wie gut diese Ratschläge waren oder so, aber Boyd hörte nicht mehr zu. Er nahm das Wiegemesser auf, hielt es locker in der Hand. Es war ihr Stichwort, sich zu verabschieden, doch sie redete weiter, ohne auf den Zuhörer zu achten, suhlte sich in der Geschichte zur eigenen Erbauung, wie es alte Menschen eben taten.

Boyd hob langsam das Wiegemesser und wartete auf das Ende der Geschichte. Sie redete aus, sah auf das Messer und blickte sich dann im Laden um.

»Also«, sagte sie unbestimmt, »hast du Arbeit für mich?«

Sehr amerikanisch. Unverblümt und schamlos. Ziemlich unattraktiv.

»Ihnen geht's wohl kaum ums Geld?« Er sah die Kellnerinnen im Teenageralter an, die gerade Schicht hatten, und senkte deutlich die Stimme. »Miss Grierson, ich zahle echt beschissen.«

Sie lächelte. »Bitte, nenn mich Susan. Nein, aber ich brauche eine Beschäftigung. Ich ertrage den Gedanken nicht, in einem Wohlfahrtsladen zu arbeiten. Da sind nur Leute in meinem Alter. Ich mag es lieber gemischt.«

Boyd grinste sie an: Jedes zweite Geschäft in der Stadt war ein Wohlfahrtsladen. Dort arbeiteten Rentnerinnen auf freiwilliger Basis ein paar Stunden pro Woche. Die meisten Sachen, die sie verkauften, kamen aus Haushaltsauflösungen und aus den

Altenheimen, die einen Kreis um die Stadt bildeten. Schmuck-stücke und persönliche Gegenstände, die die Familien nicht mehr haben wollten, nachdem.

Er beugte sich zu ihr und flüsterte: »Die Halbtoten verkaufen den Schnickschnack der Toten an die fast Toten.«

Beide kicherten, sie aus Schock über seine Böswilligkeit, er aus Unbehagen. Er hatte es schon oft gesagt, wünschte aber, er hätte es jetzt nicht gesagt. Es war ziemlich fies, und sie war anständig, deshalb spielte es eine Rolle.

»So reden die Leute hier eben.« Er log. Der Spruch war von ihm.

Sie sah ihn unbehaglich an. »Das ist schon ein bisschen ge-mein!«

Boyd tat so, als würde er zum ersten Mal darüber nachdenken. »Stimmt, das ist tatsächlich ein bisschen gemein. Morgen Abend könnte ich eine Aushilfe gebrauchen, wenn Sie Zeit haben?«

Das schien sie zu verwirren, und sie sah sich im Café um. »Hast du abends geöffnet?«

»Nein. Wir machen das Catering für ein Tanzdinner in den Victoria Halls. Eine Benefizveranstaltung. Es wird Geld für ein Kinderhospiz gesammelt. Ich brauche jemanden, der mit einem Klemmbrett rumsteht und die Tische abhakt, bei denen serviert wird, und alles zeitlich so abstimmt, dass niemand zu lange zwischen den Gängen warten muss. Was glauben Sie, können Sie das?«

Er sah, wie sich ihre Finger um den Rand eines eingebildeten Klemmbretts legten. »Ja«, sagte sie. »Ich denke, das bekomme ich hin, ja.«

»Alles klar, Miss Grierson. Dann sehen wir uns hier um halb sechs. Und ziehen Sie was Schwarzes an.«

»Bitte, Boyd, nenn mich Susan.«

»Nein«, sagte er mit Nachdruck. »Mir gefällt ›Miss Grierson‹.«

4.

Im Transporter, auf der Rückfahrt.

Tommy und Iain kehrten aus der Wildnis nach Helensburgh zurück, auf einer Straße, die durch das Postkartenschottland führte. Auf den hohen, schroffen Hügeln hängte sich Nebel über die kleinen Seen, und Regen verdunkelte die Felswände.

Iain hatte einen Widerhaken in seinem Hals. Die Frau, die tote Frau, ihr Atem steckte dort fest, nur einen Huster entfernt. Warum war sie mit ihnen mitgegangen? Was hatte sie gedacht, was passieren würde? Iain spürte, wie der Haken in seiner Kehle pulsierte und sich verengte, als wollte sie es ihm erklären. Er versuchte sich aus diesem Zustand herauszuwinden. Es war eine gute Sache, sagte er sich. Jetzt ist es erledigt, und die Schulden sind bezahlt. Aber das Gift tief in ihm drin verschwand nicht.

»Du bist so still.« Tommy beschleunigte in einer engen Kurve, das Fahrgestell des alten Transporters stöhnte. »Hat dich das fertiggemacht?« In seinem Mundwinkel zuckte ein Lächeln.

Tommy geilte sich daran auf, einen auf Gangster zu machen, aber er war keiner. Er war noch nie im Knast gewesen. Iain wusste, wie er sich dort aufgeführt hätte: Bei Zusammenkünften hätte er sich in seiner Zelle zusammengekauert, und um Schutz zu erhalten, die Unterhosen irgendeines Verbrechers mit der Hand gewaschen.

Iain hatte lange eingesessen. Er war immer der Schläger für einen wichtigeren Mann gewesen und hatte seine Zeit mit Würde abgesessen. Er war jetzt seit acht Monaten draußen, aber im

Kopf immer noch Seifenspender. *Seifenspender*: ein Gefangener, dem man anvertraute, Hygieneartikel und Stifte zu verteilen. Seifenspender standen irgendwo zwischen Schließern und Gefangenen. Sie waren der moralische Kompromiss, der das gesamte System am Laufen hielt. Sie waren die geschmähten Bewahrer der Ordnung. Jeder fühlte sich ihnen überlegen, das wusste Iain, aber jeder fügte sich in den Kompromiss, weil jeder etwas wollte.

Die Ordnung zu bewahren hieß nicht, eine Frau zu töten. Das war etwas anderes.

»Ist es so?«, fragte Tommy. »Hat es dich fertiggemacht?«

Iain schüttelte den Kopf.

»Sag mal, sie wird doch nicht etwa am Strand von Loch Lomond Shores beim Kinderkarussell angespült werden, oder?«

Das würde sie nicht. Loch Lomond war stellenweise Kilometer tief. Es gab nur eine Richtung: runter. Segler ohne Schwimmwesten, Schwimmer und Wochenendkanuten wurden von der Strömung hinabgezogen und durch die Kälte des tiefen Wassers gelähmt. Sie tauchten wochenlang nicht wieder auf. Manchmal tauchten sie nie mehr auf.

Iain starrte auf seine Hände. Ihr Blut klebte verdünnt an seinen Ärmelaufschlägen und unter seinen Nägeln. Das war nun einer der wenigen brauchbaren Ratschläge, die ihm Sheila jemals mitgegeben hatte, und er hatte ihn vergessen, als es darauf ankam: Salzwasser löst Blut, nur Salzwasser. Das hier war ein Süßwassersee.

Nachdem sie sie über den Bootsrand geworfen hatten, sah Iain seine blutigen Finger. Er wollte sauber sein und tauchte sie ins Wasser. Er rechnete damit, dass es warm sein würde, ein Gefühl, wie wenn man die Hände an einem kalten Wintermorgen unter die Decke steckt, aber das Wasser war stechend kalt. Er riss seine brennenden Hände heraus, die sich zu Klauen zusammengezogen hatten, und keuchte vor Schock, während ihm das blutige Wasser an den Unterarmen herunterlief. Seine

Hände sahen fremd aus, als gehörten sie nicht zu ihm. Und jetzt trockneten die Ärmel in der Heizungsluft des Transporters und verkrusteten.

Sie fuhren weiter, überholten einen Waitrose-Lieferwagen.

»Ich war mal in so 'nem Waitrose-Laden. Keine Ahnung, was alle daran finden.« Tommy war wild entschlossen zu plaudern. »Kommst du zum Tanzdinner?«

Iain sah ihn an.

»Morgen Abend?« Tommy leckte sich den Mundwinkel, hielt den Blick auf die Straße gerichtet. »Hast du schon 'ne Karte?«

Iain nickte.

Das Kinderhospiz-Tanzdinner. Iain hatte es vergessen. Er hatte tatsächlich eine Karte. Jeder hatte eine Karte. Mark Barratt stellte klar, dass sie alle da hinmussten. Er wollte, dass jeder teilnahm, weil seine Nichte krank war und weil es für einen guten Zweck war. Wee Paul, Marks Nummer zwei, nervte ununterbrochen, bis ihm alle belegten, dass sie eine Karte hatten. Alle taten, was Mark wollte. Mark selbst ging nicht hin. Er war in Barcelona, während die Sache mit der Frau erledigt wurde. Alibi. Das Privileg des Managements, sagte er.

»Hey, hast du dir schon Gedanken über ›Ja‹ gemacht? ›Babys statt Bomben‹, na? Schon drüber nachgedacht?« Tommy versuchte ständig, das Unabhängigkeitsreferendum ins Spiel zu bringen und auf »Ja« zu drängen. Der Flottenstützpunkt in der Nähe bedeutete, dass es gut einen Kilometer die Küste runter Atombomben gab. Das Unabhängigkeitslager hatte versprochen, dafür zu sorgen, dass sie wegkamen, und das Geld stattdessen in so was wie Kinderkrippen zu stecken.

»Darum geht's uns. Die Zukunft. Hoffnung, ja?«

Iain nickte. Er pflichtete jedem einfach bei. Er ging nie zu Wahlen. Er hatte sich nicht mal dafür registriert. Mark sagte, sie sollten alle dagegen stimmen. Er sagte, Unabhängigkeit würde seinen Geschäften in Europa schaden.

»Kriegst den Mund nicht auf, Kumpel?«

Iain sagte nichts. Ihm war so elend, dass er nicht wusste, ob er sprechen konnte.

»Ach, vielleicht bist du einfach nur müde.«

Einfach nur müde. Seltsam, dass Tommy sich so ausdrückte, es so sagte wie Sheila früher. Iain dachte eigentlich gerade nicht an sie, aber er hatte den Eindruck, dass er kurz davor gewesen war. Was er geglaubt hatte, die Frau sagen zu hören, war dumm, aber es schien, als sei Sheila entschlossen, sich zurück in seinen Kopf zu kämpfen, und diesmal über Tommy.

Einfach nur müde.

Als Iain jung war und mit blutigen Fäusten oder einem zerschlagenen Gesicht oder einer Tasche mit Sachen, die er eigentlich nicht haben sollte, nach Hause kam und ihr nicht erzählen wollte, was oder warum, dann sagte sie immer, vielleicht sei er »einfach nur müde«, und machte ihm ein Tässchen Tee.

Sheila starb so jung, dass er in ihr immer nur seine Mutter gesehen hatte. Er hatte nie Gelegenheit gehabt, sie als etwas anderes wahrzunehmen. Das einzige Mal, wo er sie als eigenständige Person betrachtete, die mehr als nur ihn hatte und bei der es um mehr als nur ihn ging, war bei ihrer Einäscherung. Irgendein Typ sprach über Jesus. Kein Pfarrer, obwohl ihr das gefallen hätte. Hinter geschlossenen roten Vorhängen kündigte ein quietschendes Rädchen an, dass der Sarg heruntergelassen wurde. Iain fragte sich, was mit den Metallplatten in ihrem Kopf geschehen würde. Bei welcher Temperatur verbrannten sie ihren Körper? Würde das Metall schmelzen, oder würde nur alles drum herum verbrennen? Er stellte sich vor, wie der Schädel, an dem sie befestigt waren, wie ein Stück Butter in der Pfanne schmolz und die Platten aufeinanderstürzten, müde Wände eines Hauses. Einfach nur müde.

Metallplatten in Kopf und Kiefer. Der Kerl, der sie geschlagen hatte, war nicht Iains Vater, er war einfach nur ein Kerl.

Schon früh im Leben hatte Sheila eingesehen, dass sie Pech in der Liebe hatte, nur um sich dann ein Arschloch nach dem anderen auszusuchen.

Jedes Mal, wenn Iain einen Neuen kennenlernte, selbst wenn der Typ nett schien oder ihm Süßigkeiten mitbrachte, wusste er, dass er sich in ein Arschloch verwandeln würde. Da gab es diesen Kerl, der versucht hatte, ihn anzufassen, und Iain fehlten die richtigen Worte, um darüber zu sprechen, aber Sheila fand es irgendwie raus. Sie wandte sich an die Schläger im Ort, und sie brachen dem Mann Arme und Beine. Er kam nie wieder zurück in die Stadt. Schläger waren für Iain Helden. Sie sorgten für Ordnung und Gerechtigkeit, wie er fand. Sie waren die Seifenspender von Draußen.

Iain durfte sie im Krankenhaus besuchen, nachdem die Platten eingesetzt worden waren. Ihr Kopf war bandagiert, der Kiefer verdrahtet. Sie saß aufrecht im Bett und konnte nicht sprechen. Iain war exakt sieben Jahre und drei Monate alt. Er wusste das so genau, weil es von seinem Anwalt sehr viel später in irgendeiner Verhandlung als mildernder Umstand vorgebracht wurde – »schwere Kopfverletzung«. Sieben Jahre und drei Monate, als ihn die Sozialarbeiterin zur Intensivstation brachte und in der Tür zu dem Zimmer stehen blieb, aufpasste, ob er klarkam, nicht zu verängstigt war von den Apparaten oder Sheilas Verbänden und ihrem verdrahteten Kinn. Iain hatte damit keine Probleme. Er war nur dort, um vor den anderen Pflegekindern angeben zu können. Er hatte ein Elternteil, das ihn sehen wollte, und sie brauchten für seinen Besuch keine Aufsicht vom Jugendamt. Seine Mama wollte ihn nicht schlagen. Seine Mama mochte ihn wirklich und konnte ihm was zu essen machen und mit ihm abendessen und seine Klamotten waschen und das alles. Die anderen Kinder im Pflegeheim kotzten vor Neid.

Sheilas Augen leuchteten vor Freude, als sie ihn sah, und

Iain rannte an ihr Bett. Sie konnte nicht sprechen. Sie hielt eine Hand hoch, warnte ihn davor, ihr Gesicht oder ihren Kopf zu berühren. Sie rollte mit den Augen, um ihm zu zeigen, dass alles wehtat: Uff! Sie machte das Geräusch in ihrem Hals, weil sie die Lippen und die Zunge nicht bewegen konnte. Dann lächelte sie mit den Augen, um zu sagen, dass es okay war. Iain umarmte ihre Zehen, blieb so weit von ihrem Kopf weg, wie er konnte. Er drückte ihre Zehen und küsste sie durch die raue Krankenhausdecke, und Sheila sah ihm zu und kniff die Augen zusammen, um ihm zu bedeuten, dass es ihr gefiel. Dann luden ihre Augen ihn ein, sich zu ihr aufs Bett zu setzen und sich anzukuscheln und mit ihr fernzusehen, und das tat er. Er legte seinen Kopf auf ihren Bauch, und sie streichelte ihm träge übers Haar, und er lauschte, zum Teil dem Gluckern ihres Bauchs, zum Teil den Nachrichten im Fernsehen.

Als später die Drähte herausgenommen wurden, behielt es Sheila bei, nicht viel zu reden. Sie hob die Schultern, was gab es schon zu sagen? Sie hatte recht.

Iain sah durch das Fenster des Transporters auf die gewaltigen Hügel, die schneebedeckten Gipfel und die Nebelschleier, hörte in einem Ohr Sheilas Bauch gluckern, im anderen Tommys nasales Atmen.

»Dann hau ich uns mal Mucke rein«, sagte Tommy, ein bisschen beleidigt, weil Iain nicht sprach. Er drückte auf den Play-Knopf, und Fiddys »I'm Supposed to Die Tonight« quoll in die Fahrerkabine. Der Bass rüttelte an den schlecht schließenden Fenstern. Tommy nickte im Takt mit dem Kopf.

Iain wurde klar, dass dies nichts Neues war. Er hatte schon zuvor so etwas empfunden, diese Distanz zur Welt. Er musste an Andrew Cole denken, weil der damals dabei gewesen war. Iain und Andrew waren zusammen im Bau gewesen und hatten keine Gemeinsamkeiten. Andrew war Oberschicht und las die ganze Zeit, aber er sagte nette Dinge zu Iain, als es darauf ankam. Du schaffst das schon. Versuch einfach, dich ganz normal zu benehmen. Freundlichkeit in Zeiten der Verzweiflung. Die Worte und die Zuwendung blieben an Iain hängen, eine Gefängnistätowierung, Tinte in einer vernarbten Wunde.

Benimm dich einfach ganz normal. Er lauschte auf die Musik und versuchte dem Lauf der Melodie zu folgen, aber er kam aus dem Takt, bewegte seinen Kopf im falschen Rhythmus, als wollte er üben, sein Gesicht aufs Armaturenbrett zu knallen. Er hörte damit auf, abgelenkt von einer winzigen Veränderung: Der Haken saß nicht mehr in seiner Kehle. Sie hatte sich abwärts bewegt, tief hinunter in die Dunkelheit. Es gab keinen anderen Weg als nach unten. Aber sie war nicht von der Kälte gelähmt. Er spürte, wie sie sich bewegte, wie sie sich im Dunkeln streckte.

Das Gesicht zum Fenster gewandt, damit Tommy ihn nicht sehen konnte, schloss Iain seine brennenden Augen und hob resigniert eine Schulter. Sie würde sich durch seine Brust nach draußen nagen. Sie würde sein Tod sein, aber es war ihm egal. Die Schulden waren bezahlt, und er war am Ende. Er konnte sich die Mühe sparen, es selbst zu tun.

5.

Von der Central Station bekamen sie zwei Dateien mit Bildmaterial, jeweils anderthalb Stunden lang. McGrain klickte bei beiden vor bis 07:03:32 Uhr morgens, zehn Sekunden bevor der Anruf eingegangen war. Er holte die erste Datei in den Vordergrund. Eine sehr weitwinklige Aufnahme von der Bahnhofshalle und fünf Bahnsteigen, die Reihe der Telefonzellen war unten rechts in der Ecke des Bildschirms zu sehen. Ein Wald aus etwas, das nach steil aufgerichteten grauen Pfeifenreinigern aussah, erschwerte den Blick auf die Telefone. Morrow blinzelte.

»Was ist das?«

McGrain berührte den Bildschirm. »Blöd. Taubenspikes. Damit sie dort nicht landen. Die sind von dem Bahnhofsdreck ganz verfilzt.«

»Sind die anderen Aufnahmen aus einem besseren Winkel?«

»Die zeigen in die falsche Richtung.«

»Ich hoffe echt, dass es nicht der kleine Kuchenjunge ist«, sagte sie leise.

McGrain nickte eifrig. »Verdammt, ich auch.«

Einen Moment schwiegen sie, lächelten traurig den Bildschirm an, während sie an die Mutter und das Kind und den Kuchen und das ansteckende stumme Gelächter dachten. Morrow riss sich als Erste von der Erinnerung los. Sie deutete auf den Bildschirm. »Dann mach mal.«

McGrain klickte auf Play.

Grobkörnig verwischte Bewegungen, Menschen, die vorbeigingen, vor der riesigen Infotafel stehen blieben. Das Bild war grau bis auf die orangefarbenen Signallampen, die auf einem Elektrowagen in der Ferne blitzten. Die Kamera hing über einem Ladeneingang.

Eine kleine Gestalt in einem grünen Parka, die fellumrandete Kapuze hochgeschlagen, lief am unteren rechten Rand ins Bild. Sie ging direkt auf eine Telefonzelle zu, nahm den Hörer ab und warf eine Münze ein. Die Person, nach der sie suchten, hatte die kostenlose Notrufnummer angerufen, weshalb Morrow nicht sicher sein konnte, dass es sich um ihren Anrufer handelte, aber dann griff die Kapuzengestalt in den Münzschacht für das Rückgeld. Sie sprach in den Hörer.

»Teenager«, sagte Morrow und sah auf die grauen Skinny-Jeans unter dem weiten Parka.

»Ein Junge«, sagte McGrain und zeigte auf die Gesäßtaschen, die tief unter dem Hintern hingen.

Die Gestalt wurde nervös, sah nach links, trat von einem Fuß auf den anderen. Mit einem Mal legte sie auf, um 07:04:09 Uhr, auf die Sekunde genau gleich mit dem Audiomitschnitt. Sie zögerte, ließ eine Hand auf dem Hörer ruhen, und dann huschte sie davon, den Kopf unter der Kapuze eingezogen, als würde sie weinen.

McGrain klickte auf Pause, und sie starrten beide auf den Bildschirm. Man konnte schwer sagen, ob es sich um den Jungen handelte. Sie wussten nicht genau, wie groß er war, und sie hatten noch nie seine Stimme gehört. Die auf dem Band klang eher nach einem Mädchen, aber die Jeans wirkten jungenhaft.

Die zweite Datei mit Bildmaterial zeigte denselben Vorgang, nur weniger deutlich.

»Hast du nach anderen Kameraperspektiven gefragt? Vielleicht kriegen wir das Gesicht?«, fragte Morrow.

»Ich kenne einen von den Jungs dort, er hat die drei Ausgänge in dieser Richtung überprüft. Er hat die Stelle gefunden, wo der Anrufer weggeht, immer noch die Kapuze auf. Er ist dann in ein Taxi gestiegen, das dort gewartet hat, aber wir können das Nummernschild nicht lesen.«

»Warum nicht?«

»Weil die Kamerahaube kaputt ist. Sie hängt vor der Linse.«

Morrow nickte. »Typisch.«

Es musste der Kuchenjunge sein. Sie konnten sein Gesicht nicht sehen, aber Roxanna hatte einen Jungen im Teenageralter, und ein Teenager hatte angerufen. Sie sollten sich sofort mit den Kindern unterhalten, aber das konnten sie nicht. Sie konnten gar nichts tun. Sie brauchten erst die Genehmigung.

»PINAD«, sagte McGrain.

Morrow nickte. »Scheiß PINAD.«

Sie ging zurück in ihr Büro und wartete auf Anweisungen, darauf, dass sich das Büro des Chief Superintendent die Mühe machte, sie anzurufen. Es ging ihr beschissen, und sie wollte trotz allem die CCTV-Aufzeichnungen überprüfen, auch wenn sie wusste, dass Roxanna nicht darauf zu sehen sein würde. Sie fragte sich, warum diese Frau sie so beschäftigte, fragte sich, ob Roxanna den Raum in ihrem Kopf einnahm, den sonst Danny ausfüllte.

Danny McGrath war Morrows Halbbruder. Er war ein allseits bekannter und gefürchteter Gangster in Glasgow gewesen, bis er wegen Anstiftung zum Mord zu acht Jahren verurteilt wurde. Morrow fand ihn weder lustig noch niedlich, er weckte keine widerwillige Bewunderung in ihr, nicht so wie Fuentecilla, aber er beschäftigte sie ganz ähnlich. Ein- oder zweimal täglich kam er ihr in den Sinn, und diesen Raum in ihren Gedanken füllte allmählich Fuentecilla aus. Eine große Gemeinsamkeit, das war ihr klargeworden, bestand darin, wie machtlos sie sich beiden gegenüber fühlte. Sie durfte nicht einmal das PINAD-Team über das Verschwinden der Frau unterrichten, solange sie keine Genehmigung von ganz oben hatte. Sie widmete sich Formularen und Berichten zu anderen Fällen und wartete.

Der PINAD-Fall hatte vor sechs Monaten über sechshundert Kilometer entfernt mit einem Schuss ins Blaue angefangen. Die Metropolitan Police überwachte eine feuchtfröhliche Park Lane-Benefizauktion mit Verdacht auf Geldwäscheaktivitäten. Guter Anlass, wenn man auf der Suche nach Leuten war, die Geld verprassten: Reiche prahlten vor anderen Reichen, während Alkohol in Strömen floss. Die Neugier der Met war angestachelt, als ein Barkeeper und seine arbeitslose Freundin vierundsechzigtausend Pfund für *Vitrine – eine Larkin & Son-Designikone* hinblätterten. Im PINAD-Lagezimmer hing davon ein Bild an der Wand. Laut Beschreibung im Auktionskatalog war sie aus handgearbeitetem Rosenholz, mit Walnuss- und Ebenholzmarketerie, von Meisterhand gefertigt. Vierundsechzigtausend Flocken für ein hässliches Wandmöbel, so sah Morrow das.

Die Met leitete eine oberflächliche Überprüfung des Pärchens ein. Es stellte sich heraus, dass der Mann, Robin Walker, als Barkeeper in einem privaten Dining Club in Belgravia arbeitete. Roxanna Fuentecilla hatte kein Einkommen. Sie hatte nicht geerbt. Sie hatte nie gearbeitet.

Robin Walker war nicht der Vater der Kinder. Er war erst vor gut einem Jahr mit Roxanna Fuentecilla zusammengezogen, in Folge einer stürmischen Romanze. Der leibliche Vater, Miguel Vicente, stammte aus einer absurd reichen ecuadorianischen Familie. Drei Jahre zuvor hatte er das gemeinsame Heim mit einer Reisetasche verlassen und war zurück nach Ecuador geflogen. Einen Monat später heiratete er eine ebenso absurd reiche Ecuadorianerin: Sie hatte eine schönheitsoperierte Sprungschanzennase und einen Zoo im Garten. Das Paar erwies sich auf den Fotos von Online-Gesellschaftsmagazinen als bizarrer Anblick für schottische Augen: Ihre Zähne sahen aus, als hätten sie sie einem Kind gestohlen, beide hatten gezupfte Augenbrauen, beide hatten glänzende, faltenfreie Haut.

Einen Monat nachdem er sie verlassen hatte, stellte Vicente den Unterhalt für Roxanna und die Kinder ein.

Robin Walker war gutaussehend, ziellos und Ende zwanzig. Er wohnte mit seiner neuen Familie in einer möblierten Wohnung mit Zimmerservice in Belgravia. Trotz ihrer beschränkten Möglichkeiten überwinterten sie in St. Lucia. Roxanna brachte ihre Kinder weiterhin zusammen mit dem Botschafternachwuchs auf eine exklusive spanischsprachige Schule mitten in London. Die Met roch Geld, und die Untersuchung wuchs sich aus.

Das Paar ohne Einkommen wurde in Gesellschaft eines kolumbianischen Botschaftsattachés und dessen Frau gesichtet. Rückfragen ergaben, dass Maria und Juan Pinzón Arias für den Zehnertisch bei der Benefizauktion bezahlt hatten, Robin und Roxanna waren ihre Gäste, aber das wohlhabende Paar bot auf keins der Stücke selbst.

Die Kinder der Arias' gingen zur selben spanischen Schule wie die von Roxanna. Die vier Kids waren nicht direkt befreundet, sie waren in unterschiedlichen Jahrgangsstufen, aber Maria und Roxanna waren sehr plötzlich sehr dicke miteinander. Roxanna verreiste häufig mit Maria Arias, zumeist waren es Übernachtungen in Barcelona, einem bekannten Umschlagplatz für Kokain. Man vermutete Schmuggel. Bei ihrem dritten Ausflug verglichen die Ermittler der Met das Gewicht von Roxannas Fluggepäck vom Hinflug (dreiundzwanzig Kilo) mit dem vom Rückflug (dreiunddreißig Kilo). Die Differenz war verdächtig präzise.

Maria Arias benutzte eine Diplomatentasche, die weder durchsucht noch gewogen werden konnte. Die Untersuchung intensivierte sich erneut, diesmal wurde es aufgrund der diplomatischen Implikationen ernst.

Wie Roxanna hatte Juan Pinzón Arias Geld, das sich nicht erklären ließ. Er kaufte Autos mit Bargeld. Er kaufte drei Wohnungen mitten in London auf den Namen seiner Mutter, alle befanden sich im selben Häuserblock mit Auslandsinvestitionsimmobilien. Die Met rückte an, schnell und hungrig darauf, eine Goldader illegaler Einkünfte zutage zu fördern. Sie würden einen Anteil dessen, was sie fanden, behalten dürfen. Jede Polizeieinheit brauchte solches Geld. Es sah nach fünfzig oder sechzig Millionen netto aus, wenn man von der Spitze des Eisbergs hochrechnete, die sie über der Oberfläche aufragen sahen.

Und dann, ohne Vorwarnung, packten Robin und Roxanna mitten im Schuljahr ihre Sachen und zogen nach Glasgow. Ohne Kapital kaufte Roxanna Fuentecilla eine rentable Versicherungsagentur für eine symbolische Summe. Der nominelle Betrag ließ Schwarzgeldzahlungen vermuten. Sie schlug mit sieben Millionen Pfund Investitionsgeld auf, das von einer Reihe Firmen auf den Cayman-Inseln überwiesen worden war. Es würde Monate dauern, die Dokumente aufzustöbern und ihrer Fährte zu folgen, um es legal beweisen zu können, aber das Ursprungskonto lief auf Maria Arias' Namen.

Police Scotland übernahm die Überwachung und entwickelte Begehrlichkeiten nach Fuentecillas Anteil am großen Kuchen.

Die Ermittler der Met vermuteten, dass die Versicherungsagentur in Betrügereien verwickelt war, aber Morrow glaubte nicht, dass sich Fuentecilla von mutmaßlichem Kokainschmuggel in London auf Versicherungsbetrug in einer ihr unbekannten Stadt verlegt hatte. Das hätte vielleicht eine Berufskriminelle getan, aber sie war ganz sicher keine. Die Met hatte die Theorie, dass Arias und seine Frau versuchten, Roxanna auf Distanz zu halten, dass etwas schiefgegangen war. Morrow erschien auch diese Erklärung falsch, aber niemand fragte nach ihrer Meinung.

Paul Tailor, der brandneue Chief Constable der brandneuen

schottlandweiten Polizei, war früher bei der Met gewesen. Er hatte ein persönliches Interesse an dem Fall. Alle Entwicklungen mussten direkt seinem Stellvertreter, Deputy Chief Constable Hughes, gemeldet werden. DCC Hughes kanalisierte die Stimme des Chiefs so zuverlässig wie ein Resonanzboden, und er hatte allen Beteiligten sehr deutlich gemacht: Ganz egal, was passierte, er wollte nicht, dass sie die Sache vor seinen alten Kameraden in den Sand setzten. Ihr Chief Inspector nahm sich dies zu Herzen: Niemand würde ihnen die Initiative überlassen, trotzdem würden sie vielleicht den Kopf dafür hinhalten müssen. Sie verstanden die Implikation: Police Scotland war der Bühnenhelfer des Chiefs, nicht sein Publikum. Intern fingen die Ermittler an, den Fall P.I.N.A.D. zu nennen. »Hast du auch mit PINAD zu tun?« »Leite das doch mal an das PINAD-Team weiter.« Die Abkürzung stand für »Prove I'm Not A Dick« – »Zeigt ihnen, dass ich kein Idiot bin«.

Einen Monat nachdem Walker und Fuentecilla nach Glasgow gezogen waren, erwiesen sich Morrows Instinkte als richtig: Die Arias' versuchten nicht, auf Distanz zu gehen. Juan Pinzón Arias, klein und untersetzt, und seine Frau Maria, winzig und so elegant wie eine Libelle, kamen mit einem Privatflugzeug am Glasgow International an und verbrachten eine Nacht in einem exklusiven Hotel am Loch Lomond, gute fünfundzwanzig Kilometer nördlich der Stadt. Walker und Fuentecilla fuhren heftig aufgedonnert dorthin, um sich mit ihnen zu treffen. Die Cops vor Ort hatten ein Auge auf sie und berichteten von einem Essen für vier in einem privaten Speisesaal. Die Getränkerechnung betrug fast dreitausend Flocken. Da mochte jemand seinen Whisky alt und überteuert.

Als sie sich die Rechnung für das Essen ansah, wusste Morrow, dass sie recht hatte: Die Kolumbianer wollten Fuentecilla und Walker nicht kaltstellen. Roxanna war wegen eines

Jobs hergeschickt worden. Die Frage war nur, worum es dabei ging.

Ihr Bürotelefon klingelte. Sie betrachtete es einen Moment lang, fluchte in Gedanken lange und ausführlich.

Der persönliche Assistent des Deputy Chief Constables wies sie an, sofort in die Pitt Street zu kommen. Der stellvertretende Chef der Polizei des gesamten Landes hielt ein Meeting wegen einer vermissten Frau ab.

PINAD.

6.

Tommy hielt mit dem Transporter auf der Promenade und zog die Handbremse. »So, wir sehen uns dann morgen auf der Feier?«

Iain starrte über die aufgewühlte graue Mündung zu einer flachen Halbinsel, die aus dem Wasser ragte. Eine Truppe aus gleichförmigen Bäumen stand dort stramm: dieselbe Höhe und dieselbe Form, zur selben Zeit gepflanzt und denselben Bedingungen ausgesetzt. Das Dunkle Gehölz wurden sie genannt. Ihr Laub hatte ein tiefes, warmes Grün, ein einladendes Grün.

»Iain? Kumpel? Steigst du jetzt aus oder was?«

Beweg dich. Iain öffnete die Beifahrertür, musste sie fest gegen den Wind aufdrücken. Er sprang plattfüßig auf den Bürgersteig, jeder Teil von ihm schwer und erschöpft.

»Kumpel? Alles in Ord…« Iain knallte die Tür zu, bevor Tommy seinen Satz beendete, und stand mit dem Rücken zum Transporter reglos da, bis der hinter ihm losfuhr und der langen Küstenstraße nach Rhu folgte.

Er fühlte sich tot. Die Brise salzte seine Lippen. Er war nichts als eine schwere Hülse, die dort stand, hypnotisiert von dem Dunklen Gehölz auf der anderen Seite des Wassers, wo sich die Bäume gegen einen heller werdenden Himmel abhoben. Es sah sauber aus, weich wie ein Bett. Iain trat einen Schritt auf das Meer zu.

Nein.

Das waren ihre Gedanken. Er konnte nicht durch das Wasser gehen, um zum Dunklen Gehölz zu gelangen. Wenn er sterben würde, sollte er trotzdem vorsichtig sein. Er würde Aufmerksamkeit auf sich ziehen, ginge er ins Meer. Das könnte die Tilgung seiner Schulden ungeschehen machen, und die war das einzig Gute, woran er sich klammern konnte. Wie auch immer, zwischen der gepflasterten Promenade und dem Wasser lag die drei Meter hohe Böschung runter zum Schiefersteinstrand, und dann waren es noch gut fünfzig Meter bis zum Wasser. Jemand würde ihn sehen. Es würde Wirbel geben, und Mark würde sauer sein.

Er stand trotzdem dort, sah aufs Wasser, dachte nach. Vielleicht wollte sie, dass er ins salzige Meer ging, um sich das Blut abzuwaschen.

»Iain Fraser?«

Er hörte die Stimme der Frau nur halb.

»Iain Fraser? Bist du das?«

Er blickte auf. Eine hochgewachsene Frau. Der Wind zerrte wilde, weiße Strähnen aus ihrem Bob, einzelne Haare bebten wie unter Strom in einem Zeichentrickfilm. Sie hatte die Haut reicher Leute. Weiche Wangen und eine lange, gerade Nase.

Er sah ihr direkt in die Augen und merkte, dass sie Angst hatte. Angst vor ihm? Sie blinzelte sie fort und setzte ein warmes Lächeln auf. »Iain, du bist aber groß! Ich bin's, Susan Grierson. Erinnerst du dich nicht mehr an mich?«

Susan Grierson war Abenteuer-Pfadfinderin gewesen. Er wollte ihr keine Angst einjagen. Sie war nett. Sie hatte versucht, ihn davon zu überzeugen, zu den Pfadfindern zu kommen, aber es war zu viel los gewesen. Sie war mit ihm Segeln gegangen.

Auf dem Boot auf dem Loch Long hatten Susan Grierson und die anderen Wölflinge die ganze Arbeit erledigt. Iain saß in der Mitte, hielt sich an den Seiten fest, beobachtete das Wasser. Es war sehr früh am Morgen. Warum waren sie so früh morgens draußen? Es war noch dunkel. Das tiefe Grau strömte eisige Kälte aus. Ein kleines Boot, niedrig genug, dass man das zischende Säuseln des Wassers hören konnte, das sich am Bug brach. Sie entband Iain von allen Aufgaben beim Segeln, weil etwas Schlimmes geschehen war, irgendein Drama. Er konnte sich nicht erinnern, was es zu der Zeit genau gewesen war.

Er hatte zugesehen, wie die Bugwelle des Boots aufbrandete, weich und rhythmisch. Wieder und wieder schwoll das Wasser an, teilte sich auf dem Scheitelpunkt, als würde ein Messer in einen Sandsack schneiden. Es hob sich und teilte sich und fiel, immer wieder, während sie die weiche, grasbedeckte Küste entlangsegelten. Dieser Rhythmus hatte Iain Hoffnung und Ruhe beschert. Eine Woge bricht und eine andere erhebt sich, alles geht vorüber. Heute erschien es ihm wie ein anderes Bild: es hatte mit Tod zu tun. Der Tod war rhythmisch, ein endloses Muster. Jeder Tod sah gleich aus, solange man weit genug entfernt war.

Susan Grierson lächelte voller Wärme zu ihm auf. Als sie sich das letzte Mal gesehen hatten, war sie größer gewesen als er. »Erinnerst du dich an mich?«

Er atmete tief ein und versuchte etwas zu sagen, weil sie es war, und sie war nett: »Ich hab mich gerade erinnert, damals, Sie in einem Boot?«

Sie runzelte ein wenig die Stirn, ihr Blick konzentrierte sich auf einen Punkt zwischen seiner Nase und dem Mund.

»Entschuldigung?«

Iain schüttelte den Kopf. Nein. Er durfte es nicht wiederholen. Es ergab keinen Sinn.

»Iain? Geht's dir gut?« Kopf geneigt, Sorge, aber da war noch etwas anderes. Auch noch was anderes. Da war etwas Freudiges. Es gefiel ihr, Leuten zu helfen. Das war bei Menschen mit Geld oft so. »Geht's dir gut?«

Eine große Frage. Iain sah wieder aufs Wasser, ließ den Wind seine Augen stechen. Er war doppelt so groß wie damals, als er

Susan Grierson zuletzt gesehen hatte. Sie zogen weg, alle Stadt-bewohner von damals, sie zogen weg und kamen wieder, man-che, um zu bleiben, manche, um zu beerdigen, manche, um zu prahlen. Rein und raus, Meerwasser in der Mündung. Und wenn sie zurückkamen, wie das Meer, dann sahen sie noch ge-nauso aus wie früher, waren aber nicht mehr genauso. Iain war nicht mehr derselbe, als er aus dem Gefängnis kam. Sie alle taten, als wären sie dieselben, als hätte sich nichts geändert, als könnten sie alle einander trauen.

Susan gefiel es, zu helfen. Sie blieb bei ihm, zog ihre Strick-jacke fest um sich. Sie standen lange Zeit still nebeneinander.

»Wunderschön, nicht wahr?«, sagte sie, um die Leere zwi-schen ihnen zu füllen. »So wunderwunderschön …« Sie sprach weiter, fügte nichtssagende Klischees zu Beobachtun-gen zusammen. Sie sollte sich lieber verpissen und ihn in Ruhe lassen. Er brauchte keine Hilfe.

Er wollte eine Zigarette.

Er hatte seit sechs Jahren nicht mehr geraucht. Er wuss-te nicht mehr, wann er sich zuletzt nach einer gesehnt hatte, aber jetzt wollte er dringend eine. Er würde gleich losgehen und sich Tabak kaufen. Er würde es ausräuchern, dieses Ding, diese Frau.

»Wenn man sich die Zeit nimmt, einfach dazustehen und aufs Wasser zu schauen«, sagte Susan, »verzaubert es einen, nicht wahr? Wie ein Feuer.«

Sie hatte einen komischen Akzent. Er erinnerte sich an irgendwas, das er irgendwo gehört hatte. »Waren Sie nicht in Amerika?«

»Ja.« Sie wandte den Blick ab, richtete ihn aufs Wasser. »Ich habe lange in den Staaten gelebt.« Ihre Stimme klang sanft und beruhigend.

»Chicago?« Er glaubte nicht, dass es Chicago gewesen war, aber er wollte, dass sie weitersprach.

Sie sah ihn kurz an. »Nein, nicht Chicago. Nassau County, eigentlich ...«

»Ist das in der Nähe von Chicago?« Er sprach undeutlich.

»Das ist auf Long Island.«

Sie standen wieder eine Weile da, aber er vermisste ihre schmeichelnde Stimme. »Auf Long Island?«, fragte er. »In Amerika?«

Ihr Gesicht zuckte, und sie rückte unmerklich ein Stückchen ab. Iain war nicht beleidigt. Sein Ton wirkte falsch, das war ihm klar, aber er war schon stolz auf sich. Egal wie schräg er nach außen hin wirkte, es war nichts im Vergleich dazu, wie verstört er innerlich war.

»Long Island«, sagte sie vorsichtig, »ist in der Nähe von Manhattan. In der Nähe von New York City. Kennst du die Hamptons?«

Es wirkte wie ein abrupter Themenwechsel. »Wohnen die hier?«

Jetzt waren sie beide durcheinander. Iain glaubte zu spüren, dass es nicht nur an ihm lag. Die Unterhaltung war verwirrend geworden.

Ihre Stimmen überlappten sich: »Ich brauch Tabak«, sagte er, und Susan sagte: »Komm mit zu mir.«

Sie wirkte sehr eifrig.

Iain ging noch einmal durch, was bisher gesprochen worden war. War die Unterhaltung darauf hinausgelaufen? Er glaubte nicht.

Susan sah ihn an, Verzweiflung glomm aus ihr heraus. Sie wollte wirklich, dass er mit zu ihr kam. War sie religiös? Aber dann wurde ihr Lächeln breiter und wärmer. Wollte sie Sex mit ihm? Iain fand das ein wenig beängstigend. Die Angst machte es allerdings nicht unbedingt weniger verlockend. Eher mehr. Sie war keine Fremde, sondern wie eine Lehrerin aus seiner Jugend, vielleicht hatte er sie sich damals nackt vorgestellt, und er schuldete es seinem alten Ich. Aber vielleicht auch nicht, vielleicht war es riskant. Sein Kopf war schon verkorkst genug nach diesem Morgen.

»Ach, ich kann nicht …«

»Komm schon!« Sie winkte den Hügel hinauf. »Es ist gar nicht weit! Gleich da oben im Sutherland Crescent.«

Iain war noch nie in einem Haus im Sutherland Crescent gewesen. Es waren die allerersten Häuser von Helensburgh, dort hatte die Stadtplanung begonnen. Schlicht, aber ein lohnender Anblick. Er hatte sein ganzes Leben lang von ihnen gehört.

Nein. Er sollte vorsichtig sein. Etwas regte sich in ihm. Etwas hinter den Rippen, der Vorläufer eines Stichs. Wäre er irgendwo drinnen allein mit einer Frau, würde vielleicht etwas Schreckliches passieren, dachte er.

»Ich wollte gerade Tabak kaufen gehen.« Widerstrebend deutete er mit dem Daumen die Küste hinauf.

Sie hielt seinem Blick stand und trat auf ihn zu. »Auf dem Weg ist ein Zeitungskiosk. Da bekommen wir, was du willst.«

Irgendwie verließen sie gemeinsam die Promenade, gingen auf die entfernte Küstenstraße zu, das Ufer der Stadt. Sie hielten auf der leeren Straße ziemlichen Abstand voneinander, und sie lächelte. Iain wusste nicht, warum sie lächelte. Vielleicht dachte sie, Iain und Tommy würden sie gehen lassen, oder sie dachte an Sonnenbräune und Strände, und vielleicht würde sie es bis zu den Bäumen schaffen. Nein. Er starrte auf den Asphalt, schüttelte den Kopf. Nein, das war nicht Susan Grierson.

Aber Susan war ebenfalls so duldsam wie ein Kalb. Er sorgte sich um sie, hatte Angst, sie würde ihm vertrauen.

Als sie in eine ruhige Straße abbogen, legte sich der Wind abrupt, und sie konnten einander hören, die Schritte, das Atmen, das Rascheln der Kleidung. Ohne den Wind als Anstandsdame wurde es intim. Sie kam ihm näher, fiel in Gleichschritt. Iain hätte ihre Hand halten können, Wärme von Haut zu Haut austauschen, und es wäre okay gewesen. Da war etwas in ihr. Eine vertraute Traurigkeit, vielleicht eine Verbindung. Sie war auch ein wenig verloren.

Sie gingen weiter, bis sie vor einem Schaufenster stehen blieb. Hinter der Scheibe handgeschriebene Annoncen. Hunde, die ein neues Zuhause suchten, Veranstaltungen, Zumba-Kurse, hier gibt's Briefmarken. Iain las sie, suchte nach Antworten auf Fragen, die er nicht recht formulieren konnte.

Sie starrte ihn an. Er suchte in ihrem Gesicht nach Hinweisen. Schließlich deutete sie mit dem Kopf auf den Laden. »Zigaretten?«

Da fiel es ihm wieder ein. Er stieß die Tür auf, löste damit ein lautes »Piep« aus und trat ein.

Er war noch nie hier gewesen. Der Laden war halb leer. Auf einem Regalbrett neben der Tür lagen drei haltbare Brotlaibe. Teebeutel gab es in kleinen Päckchen, die Zuckertüten waren mini. Es war ein Ort für vergessliche Kundschaft, alte Damen, Leute, die kein Auto hatten, um in die Superstores außerhalb der Stadt zu fahren.

Hinter der Theke sortierte der Ladenbesitzer geistesabwesend Süßigkeiten, während er fremdländische Wörter in das Handy plapperte, das er sich zwischen Schulter und Ohr geklemmt hatte.

Er hob zur Begrüßung die Augenbrauen, ließ Iain wissen, dass er ihn durchaus bedienen konnte, obwohl er telefonierte.

Iain ging in den hinteren Teil des Ladens. Er brauchte einen Moment für sich. Er hatte sich schon lange nicht mehr so benommen gefühlt. Hatte er sich gerade eine Frau aufgerissen? Sie sah gut aus. Nette Frauen hatten ihn schon oft retten wollen, und sie war kein verrückter Junkie. Sie schien nicht mal Kinder zu haben, sie suchte und hielt nämlich Blickkontakt.

Die Augen von Müttern huschten einem immerzu über die Schulter. Sie waren ständig auf der Hut.

Hatte er sie aufgerissen? Iain starrte in ein offenes Kühlfach, blaues Licht flackerte über Milch, und er spiegelte sich auf der Stahlfläche im Hintergrund. Er sah aus wie ein trauriger Fischer. Breite Schultern, dichtes blondes Haar. Aber dreckig. Sein Sportoberteil war vorn und an den Ärmelaufschlägen braun verschmiert. Susan Grierson würde sich keinen so dreckigen Mann angeln, andererseits war sie lange Zeit in Amerika gewesen. Menschen verändern sich. Manche Frauen fühlten sich zu durchgeknallten Kerlen hingezogen. Sheila zum Beispiel. Wenn er Sex mit Susan Grierson hätte, würde sie erwarten, dass er sie hart rannahm? Iain mochte so was nicht.

Er ging rüber zur Theke, nickte in Richtung der Tabakpäckchen hinter dem Ladenbesitzer. »Golden Virginia. Und grüne Papers, und dann brauch ich noch ein Feuerzeug.«

Der Ladenbesitzer zeigte Iain gelbe Plastikfeuerzeuge. Durchsichtiggelb neongelb sandgelb. »Drei für ein Pfund?«

Iain brauchte keine drei, aber es erschien ihm einfacher, Ja zu sagen. »Aye.«

Drei gelbe Feuerzeuge.

Andersfarbige Feuerzeuge lagen in der Schachtel, grüne und blaue, rote, lilafarbene, aber der Typ hatte ihm gelbe ausgesucht.

»Neun Pfund.«

Iain sah auf den Tabakbeutel, der in der Zellophanverpackung schillerte. Das letzte Mal hatte er mit ihr in Glasgow geraucht, einer dünnen Frau.

Der Mann lächelte und sagte: »Sie haben wohl 'ne Weile nicht mehr geraucht, Mann? Ganz schön teuer geworden, was?«

Aber Iain war bei der dünnen Frau vor langer Zeit in Glasgow, die gewollt hatte, dass er sie am Hals packte und so tat, als würde er sie erwürgen, während sie Sex hatten. Iain hatte Angst vor ihr und davor, wozu sie ihn bringen könnte. Ihr Haar roch ranzig. Sie hatte einen Fleck auf der Bluse, grün, verwaschen, so als hätte sie Galle gekotzt und versucht, sie auszuwaschen, und sie wäre nicht rausgegangen. Er versuchte, ihr zu entkommen, aber sie verfolgte ihn bis zum Pub. *Du siehst aus wie ein Filmstar.*

»Hey, Mann? Neun Pfund.«

Iain starrte auf die Theke, dachte an ein Äderchen, das sich blutig durch das Weiß in ihrem Auge schlängelte. Die Erinnerung ließ eine Blase der Schwermut tief aus seinem Innersten aufsteigen. Warum war sie mit ihnen zu dem Boot gegangen? Hätte sie im Haus geschrien, hätte vielleicht jemand die Polizei gerufen und die Sache beendet. Aber dann wären seine Schulden nicht bezahlt, also wusste er nicht, was er sich davon erhoffte ...

»Kumpel?« Der Ladenbesitzer hatte seine Verwirrung bemerkt und vorsichtig eine Hand nach ihm ausgestreckt. »Alles in Ordnung?«

Iain schämte sich. Er schlug eine Hand über seine Augen und rieb sie kräftig. Er legte einen Zehner auf die Theke und nahm die Sachen, steckte sie in verschiedene Taschen, den Tabak und die Papers und gelbe gelbe gelbe Feuerzeuge.

Das Wechselgeld umklammerte Iain so fest, dass sich die Münzen tief in seine Handfläche drückten, als er nach der Tür griff. Susan Grierson war noch da, wartete auf dem Bürgersteig, hoffnungsvoll wie ein verpeilter Teenager vor einem Outlet-Ausverkauf. Sie betrachtete sein Gesicht, als er herauskam, und seufzte.

»Mensch, Iain«, sagte sie, »gerade hast du deiner Mutter dermaßen ähnlich gesehen.«

Mit schwerem Schritt trat er auf die Straße hinaus. Er würde bei ihr nicht zum Zug kommen. Sein Fehler. Er war halb erleichtert. Zu viel war heute schon passiert. Sein Brustkorb zog sich zusammen.

Die beiden gingen die Straße entlang, sie einen halben Schritt vor ihm, führte ihn.

»Sheila ist also gestorben«, nickte sie. »Mum hat es mir erzählt.«

Sheila. Sheila Sheila Sheila Sheila Sheila Sheila. Heute war eine Mauer aus Sheila.

»Vor 'ner Weile, aye«, sagte er. »Vor acht oder neun Jahren vielleicht.«

»Oje.« Sie stieß einen bestürzten, höflichen Seufzer aus. »Es tut mir so leid. Es lag natürlich an der Hirnblutung. Eine Gefahr, mit der sie tagtäglich lebte.« Susan sprach mit einem kirchenhaften Tonfall, als würde sie auf Sheilas Beerdigung lesen oder so. »Es war so erstaunlich tapfer von ihr, mit diesem Hirnschaden ein unabhängiges Leben zu führen. Ich glaube, die Ärzte waren ganz überrascht, dass sie überhaupt laufen konnte.«

Iain blieb stehen. *Hirn*schaden? Das Wort polterte durch seinen Kopf. Sheila hatte einen Hirnschaden gehabt?

Susan Grierson sah ihn an, als hätte es jeder auf der Welt gewusst. Iain hatte es nicht gewusst. Wenn er jetzt darüber nachdachte, war es offensichtlich. Sheila hatte eine Haushaltshilfe gehabt und eine Sozialarbeiterin, die ihr Geld verwaltete. Er hatte immer geglaubt, dass sie Unterstützung erhielt, weil er so eine Belastung war. Er hatte gedacht, ihre Erholungswochenenden verschafften ihr Abstand von ihm.

Er sah Susan an. »Sheila hatte einen Hirnschaden?«

Sie nickte. Sie schien zu verstehen, dass er nichts davon wusste. »Hat man dir das nie gesagt?«

Hatte man? Ihr Widerwille zu sprechen, ihre grundlosen Wutausbrüche. Niemand hatte es ihm je gesagt. Hatte man es ihm gesagt? Vielleicht hatte man es ihm angedeutet, taktvoll, und er hatte es missverstanden.

Miss Grierson sprach weiter über Sheila in der Schule, was für eine gute Seglerin sie gewesen war und zu welchen Bällen sie gegangen waren, in all den großen Häusern, als sie noch junge Mädchen waren.

Sie gingen an einer hohen Hecke entlang, als sie auf das Thema kam, wie Sheila mit Iain schwanger geworden war: »… so jung, als sie dich bekam. Ich hatte nie Kinder.« Sie versetzte ihm einen Streifhieb mit ihrem Blick, forderte Mitleid.

Sie brauchte kein Mitleid. Wäre sie geblieben und wüsste, was Sheila wegen Iain durchgemacht hatte, dann würde sie kein Mitleid erwarten. Die Scham und die Sorge. Gefängnisbesuche und Gerichtstermine. Heimliches Zuwinken von der Anklagebank.

Er sah Susan an, sah das Selbstmitleid in ihren Augen und fand sie abstoßend. Er spürte, wie ein schuppiger Schwanz in seinem Brustkorb umherschnellte.

»Also.« Er blieb unvermittelt stehen. Sie war schon weiter, musste sich umdrehen, um ihm zuzuhören. »Äh, Susan, ich geh mal lieber heim.«

»Bitte! Nein!« Ihre Hand schoss vor, griff nach seinem Unterarm. Ihr Betteln war zu heftig. Sie hielt seinem Blick stand. »Ich kann nicht allein nach Hause.«

»Wie das? Ist jemand im Haus?«

»Ich weiß es nicht.« Sie sah sich um, blinzelte heftig.

Kein Liebhaber, der sie schlagen würde. Das hätte sie ihm gesagt. Was war es, was sie ihm nicht sagen konnte? Die Gestalt ihrer Mutter? Eine Stimme in ihrem Kopf? Sie konnte es nicht sagen, aber sie flehte ihn an, sie nicht allein zu lassen. Ihre Not war feige. Er kannte das Gefühl. Er hatte nicht die Kraft, sie jetzt allein zu lassen.

Er ging auf sie zu, legte den Arm um ihre Schultern, sagte ihr, dass sie ihn nicht noch einmal bitten musste, dass er verstand.

Sie zerfloss einen Moment lang vor Dankbarkeit, dann entzog sie sich ihm.

»Schon okay«, sagte er sanft, als wäre sie Sheila. »Es ist in Ordnung. Ich komme mit.«

Susan Grierson lächelte den Gehweg an, nickte in Richtung bergauf, und zusammen gingen sie zu ihrem Haus.

7.

Morrow saß da, den Rücken an die Wand gelehnt, eine ruhige Beobachterin in einem Schneesturm aus nasskalter Panik. Drei der bestbezahlten, mächtigsten Männer der Police Scotland waren einberufen worden. Schwere Geschütze. Wie um ihre Anwesenheit zu rechtfertigen, monologisierten sie der Reihe nach über Fehler, die andere vermeiden sollten, Dinge, vor denen sie sich hüten sollten. Mit dem, was jeder von ihnen an einem Tag verdiente, hätte man eine der ländlichen Polizeiwachen, die sie dichtmachten, eine Woche lang am Laufen halten können. Das Machtgefälle zwischen Morrow und den anderen im Raum war so steil, dass sie den Eindruck hatte, sie könnte hier in Unterhosen sitzen, und niemand würde es merken. Die meisten DIs hätten die Hälfte ihrer Pension dafür gegeben, hier dabei sein zu dürfen. Morrow war klug genug, um zu wissen, dass für sie von dabei sein kaum die Rede sein konnte.

Sie behielt ihre Meinung für sich, während Deputy Chief Constable Hughes ihrem Chief Inspector Nolly Dent Fragen stellte. Nolly hatte einen albernen Namen, war aber einer von den Guten. Ansehnlich, klein und klug. Sie sah zu, wie sich Hughes Nollys Antworten mit halbem Ohr anhörte und im Geiste die Reaktion seines Chief Constables vorwegnahm. Sie nahm wahr, wie er das Meeting besonnen dirigierte, sich die Argumente für die Zuständigkeit der Police Scotland zurechtlegte, damit diese ihren Anteil an den sieben Millionen bekam, wenn sie gefunden wurden. Es war ein schottischer Fall. Die Ermittlungen hatten schon vor Fuentecillas Umzug hierher begonnen, aber die Übernahme der Firma war ein Wendepunkt, der Neuanfang einer kriminellen Handlung. Das Argument kam nicht von ihm. Es kam vom Chief Constable, und es war wirklich klug. Sie hatte ihn wegen PINAD für eitel und kleinkariert gehalten, jetzt kam ihre Überzeugung ins Wanken.

Als sie an der Reihe war, drängte Morrow darauf, sich nicht von den erlösbaren Beträgen blenden zu lassen, sondern sich an die übliche, den Umständen entsprechende Vorgehensweise zu halten. Die allerwahrscheinlichste Erklärung: Fuentecilla war bei einem häuslichen Streit von ihrem Partner ermordet worden. Allerdings konnten sie diese Gelegenheit nutzen, um die Unterlagen der Firma einzusehen und mehr darüber zu erfahren, was dort vor sich ging.

Fuentecilla war streitsüchtig, erzählte sie ihnen. Sie stritt sich mit allen. Es war unwahrscheinlich, dass es in ihrem häuslichen Umfeld friedlich zuging. Außerdem schien der Anrufer ihr Kind zu sein. Wäre sie abgehauen, hätte sie ihre Kinder mitgenommen.

Chief Superintendent Saunders grinste höhnisch. »Sind Sie da nicht ein bisschen sehr nachsichtig mit ihr? Was soll das, ist das hier die Müttergewerkschaft?«

Morrow wünschte, sie hätte eine Biskuittorte dabei. Sie sagte nichts, aber ihr Gesicht sprach ganz eloquent Bände.

DCC Hughes fuhr mit dem Meeting fort. Die Gefahren, die für Roxanna Fuentecilla bestanden, wurden von Statistiken und Zuständigkeitsfragen weggewischt, von Strategieempfehlungen, wie gegnerische Zeugen befragt werden sollten, und Rechtsfragen, was die Erlöse betraf. Normalerweise wäre es Morrow nicht aufgefallen. Ihrer aller Job war es, in der Stadt für Ordnung zu sorgen, nicht die Jungfrau in Nöten zu retten, und doch lauschte sie der Debatte, als gehörte sie zur Familie des Opfers. Je mehr sie darüber nachdachte, desto klarer wurde ihr, dass es doch um ihren Bruder ging. Roxanna war wie Danny ohne die Schande und den Groll. Morrows Schutz-schilde waren unten, weil Danny und Roxanna so unterschied-lich wirkten. Roxanna war eine Frau, Spanierin, reich, doch sie besaß Dannys Dreistigkeit, sein schamloses Anspruchsdenken. Insgeheim, merkte Morrow, bewunderte sie das.

Das sinnlose Meeting plätscherte dahin. Sogar dem DCC schienen die Monologe zu lang zu werden. Er stand auf und ging, bevor die Sitzung beendet war, nickte seinem Assistenten zu, er möge sie durch den langweiligen Rest geleiten. Er musste nicht länger bleiben, weil entschieden war, wie es laufen sollte: Morrow und ein handverlesener DC würden den Wohnort der verschollenen Frau aufsuchen und sich als normale Cops aus-geben, die einem Vermisstenfall nachgingen.

Sie würden ganz nach Vorschrift operieren, alles auf Band aufnehmen, um es später abzuschreiben. Unter dem Vorwand, nach versteckten Schulden zu suchen, würden sie darauf bestehen, Zugang zu den Unterlagen der Versicherungsagen-tur zu erhalten. Sie würden sich alle Informationen über die Firma holen, die zu kriegen waren.

Drei der bestbezahlten Männer der Police Scotland waren zusammengekommen, um zu dieser komplexen strategischen Entscheidung zu gelangen: hingehen und nachschauen.

Sobald Hughes weg war, sank das Energielevel der Sitzung. Noch während der Schlusszusammenfassung packten alle ihre Sachen zusammen. Das Meeting endete unverzüglich.

Draußen im Flur wartete Morrow mit CS Saunders auf den Fahrstuhl. Er war ein dicker Mann, ein wichtiger Mann, aber sie kannte ihn nicht näher. Er wusste, dass er sie beleidigt hat-te, und es tat ihm leid. Er stand neben ihr, suchte ihren Blick, nickte, lächelte, schien darauf zu warten, dass sie etwas sagte. Morrow hätte ihm durchaus erzählt, was er hören wollte, aber sie kam nicht darauf. Sie lächelte zurück. Sie nickte zurück. Sie war kurz davor, ihm ein Daumen-hoch zu geben, als er sagte: »Seit Ihr Bruder weg ist, herrscht da draußen Chaos.«

Morrows Lächeln verschwand. Der Fahrstuhl kam, sie stiegen ein. Die Türen schlossen sich hinter ihnen.

»Jawohl. Er hat für Ruhe gesorgt, solange er die Fäden in der Hand hatte, das meine ich«, sagte CS Saunders zu ihr. »Aber diese Leute …«

Er lächelte sie an, merkte, dass es gerade ganz fürchterlich danebenging, und wandte betreten seine entblößten Zähne der Tür zu. Morrow spürte, wie sie vollkommen erstarrte, als liefe ihr eine Spinne über den Rücken, die zu groß zum Draufschlagen war. Ökonomische Kulanz. Niemand in der Truppe sprach es je aus, aber alle wussten, dass die Schattenwirtschaft unentbehrlich war. Männer wie Danny waren weltweit für zwanzig Prozent der Bruttoinlandsprodukte verantwortlich. Wenn man das Recht durchsetzte und sie alle ins Gefängnis steckte, würde die Weltwirtschaft zusammenbrechen. Zivilisationen würden untergehen.

»Ja, Sir«, sagte sie und hoffte, die Sache zu beenden, indem sie artig zustimmte.

»In der Tat.« Er fasste es als Ermutigung auf. »Die schlachten sich jetzt wegen Revierkämpfen ab. Bei den meisten geht es um kaum mehr als ein paar Straßen. Die Bilanz der Gewaltdelikte im letzten Quartal sieht aus, als hätten wir Bürgerkrieg.«

Der Aufzug hielt an, und die Türen öffneten sich. Sie hätte ihn zuerst aussteigen lassen sollen, aus Respekt, aber sie schob sich an ihm vorbei.

»Jahrelang war es dank Ihres Bruders schön ruhig …«, rief er ihr hinterher.

»Er ist mein Halbbruder«, sagte Morrow leise. »Nur mein Halbbruder, Sir.« Sie ging weg, ohne seinen Abschiedsgruß abzuwarten: die Rache der Untergebenen.

McGrain wartete in der Eingangshalle auf sie. Schweigend

trotteten sie zusammen zum Parkplatz. McGrain hielt sich wegen ihrer Laune zurück. Als sie am Auto ankamen, fragte er, wie der Chief in Wirklichkeit so war. Er vermutete wohl, dass man sie angebrüllt hatte. Morrow sagte, der Chief sei professionell, und setzte sich auf den Beifahrersitz. McGrain stieg ein und ließ den Motor an.

Danny führte seine Geschäfte indirekt vom Gefängnis aus weiter. Für ihn hatte sich nicht viel geändert, doch er hatte aufgehört, die Machtverhältnisse zwischen den einzelnen Lagern in der Stadt zu regeln. Das bedeutete Chaos auf den Straßen. Den Frieden zu wahren lag ebenso in seinem wie im Interesse aller, aber Danny kümmerte sich nicht mehr darum, nur um ihnen zu zeigen, was sie sich eingebrockt hatten. Menschen starben, weil Danny McGrath schmollte.

8.

Iain und Susan betraten vorsichtig den überwucherten Pfad, der zu der blassgrünen Haustür führte. Der Garten war verwildert und roch nach Mulch. Das Haus selbst wirkte gut erhalten. Es war eine Miniaturvilla mit Fenstern auf beiden Seiten, kleinen Säulen und einer offenen Veranda über flachen Stufen.

Susan stieg zur Tür hinauf. Sie drehte den Schlüssel im Schloss, wartete aber, bis Iain neben ihr stand, bevor sie die Tür öffnete. Die schwere alte Tür schwang in einen breiten Flur mit verblichenen blauen und gelben Teppichen und Tapeten. Licht drang von der Küche am anderen Ende des Flurs herein. Es sah dunstig aus, dann merkte Iain, dass die Zugluft von der Haustür einen Staubnebel aufgewirbelt hatte.

Susan sah sich um, als wäre sie noch nie hier gewesen. Sie trat ein und winkte Iain über die Schwelle, schloss leise die Haustür und schlich auf Zehenspitzen durch eine offene Tür auf der linken Seite, die in so etwas wie ein Esszimmer zu führen schien.

Das Haus roch unglaublich muffig. Auf einer Kommode gleich hinter der Tür lag eine dicke Staubschicht, so dick, dass sie stabil wirkte, als hätte die Zeit sie zusammengepresst.

Iain folgte ihr nach drinnen. Ein benutztes Whiskyglas stand in einer deutlichen Schmierspur in der Staubschicht auf dem lackierten Esstisch. Es musste Susans Glas sein, das sie kürzlich dort abgestellt hatte, denn sie schenkte ihm keinen zweiten Blick. Iain fiel auf, dass sie auf Zehenspitzen ging.

»Ist hier noch jemand, Susan?«

Sie ignorierte ihn, überprüfte noch einmal den Flur und drehte sich dann zu ihm um. »Ich muss Mark Barratt treffen«, flüsterte sie.

Iain starrte auf ihren Mund. *Mark Barratt?* Woher wusste sie von Mark Barratt? »Mark ist in Barcelona.«

»Rufst du ihn an?«

»Kann ich nicht.«

Ganz offensichtlich kannte sie Mark nicht. Er ging nie ans Telefon, wenn er fort war. Jeder, der ihn kannte, wusste das. Er ließ das Handy zu Hause, wenn er in Barcelona war. Manchmal, wenn er zurückkam, musste er fast sofort wieder weg.

Iain fragte sich auf einmal, ob Susan bei den Cops war. Sie sah so aus. Sie war sportlich und schlank, aber sie war emotional und nahm ihn mit nach Hause, was gar nicht zu Cops passte.

»Warum willst du dich mit Mark treffen?«

»Weißt du, wer seine Nummer haben könnte?« Sie ging durch den Flur zur Küche und sah sich vorsichtig um, ob jemand dort war.

Iain ging ihr nach. Er wollte sie gerade fragen, ob jemand eingebrochen war und was hier vor sich ging, aber der Zustand der Küche erschreckte ihn.

Die Küche war riesig und nahezu verfallen. Vor den großen Fenstern zum Garten hin hingen dichte Spinnenweben. Ein Teil der Decke war heruntergekommen und lag in Brocken auf der Arbeitsfläche. Am anderen Ende des Raums führte ein Bogengang in einen verdreckten Wintergarten, durch dessen Fenster vorwurfsvoll Sonnenlicht drang.

Sie öffnete einen Schrank in der Speisekammer, prüfte den Inhalt.

»Wohnst du überhaupt hier, Susan?«

»Nein. Ich bin erst einen Tag hier. Meine Mum ist gestorben.«

Iain dachte, die alte Mrs. Grierson wäre vor zwei Jahren

gestorben. Er meinte, bei einem Freigang davon gehört zu haben. Das Haus war so heruntergekommen, als würde es seit Jahren leerstehen. Aber Susan war gerade erst zurückgekehrt. Sie trat wieder in die Küche, sah ihn und wirkte erleichtert.

»Tee!«, verkündete sie, ihre Laune verbesserte sich schlagartig. Sie durchsuchte die Schränke, fand unter der Spüle einen Wasserkocher und holte ihn raus. Sie pustete den Staub ab. Iain war nicht besonders pingelig, aber er war sicher, dass er nichts trinken würde, was aus diesem Ding kam. Sie füllte es mit Wasser aus der rasselnden Leitung, stöpselte es ein und betrachtete es überrascht, als es anging.

»Ich geh mal Tassen suchen«, sagte sie und verließ den Raum.

Iain hatte keinen Schimmer, was hier los war. Er wollte rauchen. Das war alles, was er wollte, und dann würde er gehen. Er ließ sich in einen Lehnstuhl fallen, und rings um ihn stieg eine Staubwolke auf. Der Stuhl stand vor dem Durchgang zum Wintergarten, es zog, weil unter der Außenwand des Wintergartens ein Loch in den Boden gegraben worden war, aber wenigstens blies es den Staub von ihm weg.

Er nahm die Papers aus der Tasche, öffnete den Tabak und zupfte eine Prise heraus. Von Schokoladenduft eingehüllt, legte er sie in den Knick des Papers. Er war schwieriger, als er es in Erinnerung hatte, seine Finger waren ungelenk, aber dieser Geruch, das Rascheln, das Reinweiße stieg ihm ins Auge, verscheuchte die Erinnerung an seine mitternächtlichen Skrupel und den blutigen Bootssteg und das Segeln mit Susan. Ihm lief erwartungsfroh das Wasser im Mund zusammen, als er die Gummierung anleckte. Obwohl es lange her war, dass er geraucht hatte, erinnerte er sich ganz genau an das Ritual. Er erinnerte sich auch, was es ihm gebracht hatte: Stimmungsumschwung, ein stichhaltiger Plan, ein Gefühl von Belohnung oder Entschädigung. Jetzt hoffte er auf nichts dergleichen. Er wollte nur seine Lungen fluten und ihren Atem darin ersticken.

Er steckte sich die Zigarette zwischen die Lippen, suchte in seiner Tasche und holte ein sandgelbes Feuerzeug heraus. Er zündete sie an, hörte das Knistern des Papers, schmeckte, wie die warmen Giftstoffe in seinen Mund strömten.

Er inhalierte. Eine schneidende, kiesige Welle kratzte seinen Hals hinunter. Die Nikotinflut durchströmte seinen inneren Ozean. Sie schäumte auf, hinein in Mündungen und Flüsse, Bäche und Rinnsale, bis jedes Binnenufer, jede Küste vergiftet war und bebte.

Der Rauch trieb sein Herz in einen unregelmäßigen Bossanova-Rhythmus. Es pochte im Hals, als hätte sich diese fette Faust von Organ verlagert, um Platz für die Hausbesetzerin in seiner Brust zu machen.

Er spürte sie abebben. Es funktionierte. Er versuchte den Atem anzuhalten, aber sein Zwerchfell verkrampfte sich, drängte den Rauch in wilden, feuchten, sprutzenden Hustern hinaus.

»Es kann losgehen«, trällerte Susan, als sie zurückkam und ein Tablett mit Teesachen auf einem staubigen Beistelltisch parkte. Sie zog einen Küchenstuhl heran und setzte sich neben ihn.

Seite an Seite blickten Iain und Susan in den Wintergarten. Das Licht fiel durch dreckiges grünes Glas. Es war kein moderner Wintergarten, in dem Sofas oder Ähnliches standen, sondern ein altes Gewächshaus, das am hinteren Teil des Hauses hing. Ein Sprung in einem der Glaspaneele war notdürftig mit vergilbtem Abdeckband repariert. Leere Glasregale säumten die Wände. Ein Pflanztisch, grau gebleicht vom Sonnenlicht, war zur Seite geschoben, um Platz für das Loch zu machen, das neben dem Lüftungsgitter ausgehoben war.

»Soll ich dir einschenken?« Susan Grierson lächelte ihn liebevoll an. Das Teegeschirr war völlig verdreckt.

»Okay«, sagte er, weil sie die Teekanne hochhielt und auf

eine Antwort wartete. Iain fragte sich, ob sie den Dreck wahrnahm.

Er hatte den Wasserkocher nicht gehört. Er wollte sie fragen, was hier vor sich ging, aber sie schien auch nicht besser beisammen zu sein als er. Es war ein Fehler gewesen, herzukommen. Sie würden einander nicht helfen. Gleich würde er gehen.

Sie goss ihnen beiden eine kleine, zimperliche Tasse schwachen Tee ein und streute etwas Milchpulver darüber. Iain sagte, dass er drei Stück Zucker nahm, und sie fügte sie ebenfalls hinzu, rührte mit einem Löffelchen um und reichte ihm die Tasse mit Untertasse. Er nahm sie und stellte sie auf der Armlehne ab.

»Was ist da drin passiert?« Er deutete auf den frisch aufgegrabenen Boden des Wintergartens.

»Bleileitungen«, sagte sie. »Die mussten ausgewechselt werden. Man hat alle Rohre im Haus vor Jahren ausgewechselt, außer der Zuleitung für Garten und Wintergarten. Durchaus besorgniserregend, weil Mutter Tomaten und Salat selbst angebaut und sie mit dem bleihaltigen Wasser gegossen hat.«

»Durchaus besorgniserregend«, echote er, froh, dass sie sich ganz normal unterhielten.

»Bleivergiftung kumuliert. Ich meine, sie ist nicht an Bleivergiftung gestorben, sie hatte einen Herzinfarkt. Aber so was ist richtig schlecht für einen.«

Die Form des Lochs, länglich und tief und in einer Ecke versteckt, ließ ihn an schlimme Dinge denken.

»Diese Leitungen waren ganz tief da unten …« Sie griff sich ins Haar und wirkte gestresst. »Man muss so viel an diesem Haus machen. Vieles grundlegend.«

»Staubig.«

»Hm, es ist staubig. In allen Bädern gibt es feuchte Stellen, undichte Leitungen, und die Einrichtung – fürchterlich. So altmodisch. Oh – Kekse!« Sie sprang auf und ging wieder zurück zur Theke.

Iain hörte, wie sie sich hinter ihm zu schaffen machte. Er hoffte, sie würde keine tote Ratte mitbringen und behaupten, es seien Kekse, sie war schon ein bisschen irre, aber dann stach ihn etwas Scharfes in den Rücken, von innen. Sie suchte den Weg nach draußen.

Er nahm noch einen zittrigen Zug von seiner Zigarette. Der Schmerz kauerte tief in ihm. Er hielt den Atem an, hielt ihn an, hielt ihn an, die Augen geschlossen, konzentriert. Er hielt ihn fest, obwohl seine Lunge bettelte und seine Augen pochten.

Er spürte, wie sie welkte. Er spürte, wie sie verschwand.

Iain atmete aus und merkte, dass er nicht aufhören konnte. Er fing an zu weinen. Er hatte schon sehr lange nicht mehr richtig geweint. Seine Tränenkanäle öffneten sich, schmerzten, als ihm das Salzwasser von den Wangen auf sein Oberteil tropfte.

»Jaffa Cakes?«

Die Augen sprangen auf. Susan hielt ihm einen blauen Gefrierbeutel direkt vor die Nase. Darin waren Jaffa Cakes, die meisten davon zerbröselt. Iain schlug ihn weg, gerade als sie losließ, und der Beutel glitt in seinen Schoß. Er nahm ihn und schleuderte ihn ihr entgegen. »LASS MICH VERDAMMT NOCH MAL ...«

Aber Susan wollte ihm nichts Böses, sagte er sich, und sie war selbst in schlechter Verfassung. »Hör zu. Nein danke, okay? Ich will nur ... Ich mag keine Kekse.«

Der trübe Beutel trat den Rückzug an. Sie ging weg.

Iain sackte vornüber, die Hände im Haar. Er hörte die Zigarette sengen, roch den stechenden, schwefeligen Gestank.

»... durcheinander?« Sie sagte gerade etwas, er war sich nicht sicher, was sie sagte, aber sie sagte irgendwas Neues. Jetzt hatte sie aufgehört zu reden. Sie setzte sich hin. Eine warme Hand wurde ausgestreckt und strich Kreise auf seinen Rücken.

Die lähmende Traurigkeit wich von ihm. Er rieb sich die Feuchtigkeit aus dem Gesicht, wischte Tropfen von der Nase. Er trocknete die Hand an seinem Hosenbein. Die Zigarette war runtergebrannt. Vielleicht noch eine Zigarette.

»Noch Tee? Oh, du hast ja noch gar nichts getrunken.«

Iain warf ihr einen Blick zu. Sie hatte die Hände im Schoß gefaltet. Sie lächelte höflich, hielt entschlossen an dem Tee-drehbuch fest, egal was er tat. Es nervte ihn, wie beschissen hartnäckig sie auf Tee, Keksen und der Scheißuntertasse bestand. Was wusste sie schon, schließlich könnte sein bester Freund gerade gestorben sein. Vielleicht weinte er gar nicht, weil er sich einer schrecklichen Tat schuldig gemacht hatte. Sie konnte es nicht wissen. Er ärgerte sich über sie, und er sah wieder zu dem Loch im Boden des Wintergartens.

Susan lächelte, ein peinlicher Moment bei des Pastors Tee-gesellschaft. Sie sahen dem Rauch hinterher, der sich durch den leeren Wintergarten zwirbelte.

»Warum sollte ich mit herkommen? Woher kennst du Mark?«

»Nun, Iain«, sagte sie vertrauensvoll, »ehrlich gesagt wollte ich dich um einen kleinen Gefallen bitten. Ich kenne hier niemanden, aber ich hätte gern eine Prise, und ich habe gehört, dass Mark Barratt derjenige ist, an den man sich mit so etwas wenden soll?«

»Du hättest gern was?«

»Weißes. Pulver. Koks. Schnee. White Lady? Ich will was kaufen. Kannst du mir helfen?«

9.

Robin Walker war wütend, als er die Haustür öffnete. Er kaute auf der Innenseite seiner Wange, als Morrow und McGrain ihre Ausweise vorzeigten. Sie hatten doch telefoniert? Vor einer halben Stunde, wegen des Anrufs heute Morgen? Durften sie reinkommen, um mit ihm über seine vermisste Partnerin Roxanna Fuentecilla zu sprechen?

»Ja. Kommen Sie rein.« Er hackte karatemäßig mit der Hand in Richtung Flurteppich, wies sie an, sich in Bewegung zu setzen, schnaubte genervt, als Morrow und McGrain sich in den engen Flur schlängelten.

Polizeiarbeit bedeutete, dass man sehr viel Zeit mit wütenden Menschen zubrachte, nicht immer waren es brave Bürger. Morrow kannte sich gut aus mit Wut, ihren Launen und Schattierungen. Ihrer Meinung nach war Wut gewöhnlich nichts anderes als Angst mit Schminke, und folglich fragte sie sich jetzt: Hatte Robin Walker Angst, weil seine Partnerin vermisst wurde, oder hatte er Angst, weil jemand die Polizei gerufen hatte?

»Sie sagen, es war ein anonymer Anruf?« Er war groß und schlank und überragte sie, vermied Blickkontakt, nickte schneidend und rhythmisch und erbost.

»Ja«, sagte Morrow und betrachtete sein dichtes, dunkles Haar und die hellblauen Augen. Unscharfe Aufnahmen aus entfernten Kameras wurden ihm nicht gerecht. »Ja, ist Ms. Fuentecilla verschwunden?«

Walker hielt den Atem an, ließ sein Kinn auf die Brust sinken und sah wieder auf. Als er sprach, klang seine Stimme belegt: Ja, sie ist verschwunden.

»Und Sie sind …?«

»Robin Walker. Ich bin ihr Partner. Ihr Freund.«

»Können wir reingehen? Drinnen mit Ihnen reden?«

Ungeduldig winkte er zur Wohnzimmertür und stürmte hindurch.

Morrow ließ McGrain vorgehen, warf einen Blick den engen Flur hinunter, wo Mäntel an einer Garderobe hingen, und sah einen grünen Parka mit pelzbesetzter Kapuze.

Als sie ins Wohnzimmer kam, zog der Teppichboden Morrows Blick auf sich. Er war neu und weiß. Sie sah zur Fußleiste, suchte nach Teppichwülsten, verräterischen Wollfäden, die sich herauswanden, während sich der Teppichboden setzte. Sie konnte keine sehen und fand das beruhigend: Robin hatte Roxanna nicht totgeschlagen und den Teppichboden ersetzt. Vermutlich.

Im Vergleich zu dem engen Flur war das Wohnzimmer überwältigend riesig. Ein Kronleuchter von der Größe eines Einkaufswagens hing von der Decke. Zwei gewaltige bodentiefe Fenster rahmten dicht bezweigte Bäume, die sanft an der Straße wippten. Das Mobiliar von Robin und Roxanna war für eine kleine Londoner Wohnung gedacht. Sofa und Couchtisch, Esstisch und Stühle wirkten in dem hohen viktorianischen Raum auf Puppenstubengröße geschrumpft. Es sah aus, als hauste die Familie im unteren Drittel eines Aquariums. Morrow war von den nicht zusammenpassenden Maßstäben so abgelenkt, dass sie zunächst die Kinder gar nicht bemerkte.

Sie saßen auf dem Sofa, beobachteten, wie sie hereinkam, verhielten sich vollkommen still. Martina und Hector Vicente. Sie hatten die Knöchel gekreuzt, die Hände im Schoß gefaltet, die Rücken kerzengerade, sie spiegelten sich gegenseitig. Mit dem gleichmütigen Desinteresse eines Gainsborough-Porträts sahen sie Morrow und McGrain an. Blond wie ihre Mutter, langgliedrig und volllippig. Keiner der beiden zuckte auch nur. Sie sah Hector an und wollte lächeln, erinnerte sich an ihn und seine Mutter in der Bäckerei, aber er senkte den Blick zu Boden, und sie besann sich. Er trug die grauen Skinny-Jeans.

Sie sagte ihnen, wie sie hieß, dass sie wegen ihrer Mutter hier war, und stellte sich nah zu ihnen. Sie wollte, dass sie etwas sagten. Sie hatte ein eingeschaltetes Aufnahmegerät in ihrer Tasche, so dass die Bosse und die Bosse der Bosse jedes Wort nachlesen konnten, sobald es transkribiert war. Die Aufnahme selbst würde allerdings ebenfalls hilfreich sein: Sie konnten die Stimmen mit der des Anrufs vergleichen.

»Müsst ihr heute nicht in die Schule?«

»Unsere Mutter ist verschwunden«, sagte Martina. »Wir fanden es besser, wenn wir da zu Hause bleiben.«

»Verstehe.« Sie wollte auch ein Muster von Hectors Stimme. Sie nickte ihm zu. »Und du hast auch keine Schule, Junge?«

»Doch schon, aber meine Schwester«, er deutete sehr förmlich auf Martina, es war klar, dass er seine Zweitsprache benutzte, »dachte, es wäre besser, wenn ich heute zu Hause bliebe.«

Morrow nickte. »Verstehe. Danke.«

Er wirkte noch sehr kindlich für einen Zwölfjährigen, hatte eine hohe Stimme. Beide hätten den Anruf getätigt haben können, aber Martinas Jeans waren blau.

Morrow hatte das Gefühl, auf die angespannte Situation reagieren zu müssen. »Tut mir leid, Robin, haben Sie sich hier gerade unterhalten, als wir kamen?«

Walker warf den Kindern einen finsteren Blick zu. Hector öffnete den Mund, doch seine Augen huschten zu Martina, und sie warf ihm einen Halt's-Maul-Blick zu. Niemand sprach. Es hatte zwanzig Sekunden gedauert, bis die Lage völlig verfahren war.

»Okay.« McGrain klatschte mit künstlicher Fröhlichkeit in die Hände, was alle zusammenzucken ließ. »Was haltet ihr davon: Wie wär's, wenn ihr Kinder nach nebenan geht und da ein bisschen spielt, damit wir einen Moment mit eurem Dad sprechen können?«

Panische Stille. Dann sagte Hector: »Robin ist nicht unser …«

»Halt den Mund, Hector.« Martina stand auf, den Blick fest auf McGrain gerichtet. »Der Mann hat uns gesagt, dass wir gehen sollen.«

Sie gab Hector ein Zeichen aufzustehen und führte ihn hinaus. Sie bewegten sich wie niedergeschlagene Tänzer, die nach einer schlechten Vorstellung den langen Weg von der Bühne nehmen mussten. Walker zog ein finsteres Gesicht und folgte ihnen, knallte die Tür zu und kam zurück, setzte sich auf ihren Platz.

»Haben Sie mit den Kindern gesprochen, bevor wir gekommen sind, Mr. Walker?«

»Ja. Nach Ihrem Anruf hab ich mit ihnen geredet, und sie sagten mir, Hector hätte die Polizei angerufen. Wegen ihrer Mum.«

McGrain lächelte sanft. »Sie scheinen nicht sehr erfreut darüber.«

Aufgebracht hob Walker den Blick. »Ich bin verdammt wütend. Warum glauben sie das hinter meinem Rücken tun zu müssen? Ich war die ganze Nacht wach und ganz krank vor Sorge. Sie hätten es mir nur *sagen* sollen – deshalb bin ich so wütend.« Er hob vorwurfsvoll die Stimme, führte einen unterbrochenen Streit in Richtung der Tür fort. »*Das* meinte ich. Ich bin doch kein Monster.«

Seine Augen röteten sich, aber es war nicht wegen der langsam mahlenden Sorge, nicht wegen der Trauer, es war etwas Stärkeres als Angst. Es sah nach Panik aus. Er benahm sich nicht wie jemand, der am Tag zuvor seine Freundin umgebracht und dann die Polizei ins Haus gelassen hatte. Er versuchte überhaupt nicht, unschuldig zu wirken.

Morrow sah weg, um ihm etwas Privatsphäre zu geben. Sie merkte, dass sie direkt auf die Vierundsechzigtausend-Flocken-Vitrine starrte. Sie sah kleiner aus als auf den Fotos, aber genauso hässlich.

»Das ist ein Einzelstück. Ein Larkin & Sons.« Walker atmete tief ein. »Tatsächlich eine Designikone. Handarbeit.«

»Schön«, sagte McGrain höflich.

Morrow nickte und summte, als würde sie zustimmen. »Was ist eine ›Designikone‹? Das habe ich noch nie kapiert.«

Walker hatte Schwierigkeiten, es zu erklären. Es war ein besonderes Design. Ein sehr gutes, so in etwa? Eins, das andere Leute nachahmten, glaubte er. Er versuchte ein charmantes Lächeln. Der Mund bekam es hin, aber die Augen blieben traurig und wütend. Walker war der Sache nicht gewachsen. Er war jung. Dass er so gut aussah, machte ihn nicht weniger empfindsam.

Morrow erinnerte sich an ihre Rolle. Sie öffnete ihre Aktentasche, nahm das Formular für vermisste Personen und einen Stift heraus.

»Also, Mr. Walker. Schauen wir mal, ob wir sie finden, damit Sie sich keine Sorgen mehr machen müssen. Wann haben Sie Roxanna zuletzt gesehen?«

Robin Walker ließ den Blick in die nahe Ferne schweifen, klammerte die Hände ineinander und erzählte ihnen, dass Roxanna gestern Morgen zur Arbeit gefahren war und die Kinder vorher noch zur Schule gebracht hatte. Seitdem hatte er nichts mehr von ihr gehört oder gesehen. Das passte gar nicht zu ihr.

McGrain nickte aufmunternd, während Morrow Notizen machte.

»Sie sind gerade erst hergezogen?«, fragte sie.

»Aus London. Vor zwei Monaten.«

»Und wie gefällt Ihnen Glasgow?«

»Großartig«, sagte er, aber das Zucken seines Kinns verriet etwas anderes. Morrow versuchte, nicht zu lächeln. Glasgow war starker Tobak: nicht jedermanns Geschmack.

Wie hatte Roxanna gestern Morgen gewirkt? Gut, normal. Sie hatte die Kinder zur üblichen Zeit zur Schule gebracht, war dann aber nicht auf der Arbeit erschienen, hatte niemanden angerufen, war nicht wieder nach Hause gekommen. Nichts von ihrer Kleidung fehlte, und ihr Pass war noch da: Er hatte ihn in einer Schublade im Schlafzimmer gefunden.

Sie fragte ihn: Hatte es Streit gegeben? Die meisten Paare stritten sich manchmal. Er lächelte. Wir streiten immer. Aber nein. Nichts Besonderes. Werden Ihre Auseinandersetzungen auch mal handgreiflich? Sie hat mich mal mit einer Pizza geschlagen ... Er beeilte sich, es richtigzustellen: Aber das war lustig, sie hat versucht, lustig zu sein, weil wir, na ja, weil wir bei irgendeinem Streit nicht weiterkamen. Er erneuerte sein Lächeln, rang die Hände.

McGrain imitierte das Lächeln.

Walker zeigte sich von einer sehr schlechten Seite. Ohne Vorwissen wäre Morrow misstrauisch geworden. Die Pizzageschichte klang wahr. Hätte Walker seine Freundin getötet, so würde er versuchen, sie in die Irre zu führen. Er würde behaupten, dass sie sich nicht stritten, würde spekulieren, dass sie abgehauen war. Er hätte ihren Pass versteckt.

»Warum haben Sie uns nicht angerufen?«

Er sah ihr direkt in die Augen und sagte, ohne mit der Wimper zu zucken, dass er es nicht wisse, er wisse es einfach nicht. Dieser Teil stimmte nicht: Er wusste es. Er hatte nicht angerufen, weil sie etwas Illegales taten. Morrow merkte sich, was seine Lüge markierte: ein langer Blick ohne Blinzeln. Und netterweise rang er die Hände beim Schwindeln.

Sie arbeitete sich durch den Fragenkatalog des Formulars für vermisste Personen. Hatte er ein aktuelles Foto von ihr? Walker trat zum Kaminsims und nahm ein silbergerahmtes Foto von Roxanna in die Hand. Er reichte es Morrow. Roxanna, Kopf und Schultern, wie sie liebevoll in die Kamera grinste, hinter ihr ein weiches Frühlingslicht. Sie sah großartig aus: hohe Wangenknochen, olivfarbene Haut, scharlachrote Lippen. Ihr dichtes blondes Haar war lose mit einem federgeschmückten Fascinator hochgesteckt.

»Ist das Ihre Hochzeit?«

»Nein. Wir sind nicht verheiratet. Wir waren nur zu Gast auf einer Hochzeit.«

»Vielleicht wäre ein alltäglicheres Foto besser.« Als sie es ihm zurückgab, fiel Walkers Blick auf das Bild, und ungebetene Sehnsucht überfiel ihn. Er wandte sich ab und legte das Bild mit der Vorderseite nach unten auf den Kaminsims. »Ich hole Ihnen ein anderes.«

Er verließ den Raum. Sie hörten ihn den Flur entlanggehen und zurückkommen, vor der Wohnzimmertür zögern. Er kam mit einem Original-iPad in der Hand herein, es war klobig und hatte abgerundete Ecken. Er setzte sich neben Morrow, schaltete es ein und öffnete den iPhoto-Ordner.

McGrain machte einen langen Hals, um etwas sehen zu können: ein Schachbrett aus Bildern, auf den meisten Roxanna allein, aber manche auch mit ihren Kindern, alle aus dem letzten Jahr. Es musste Walkers iPad sein, weil fast alle von ihr waren: Roxanna an einem weißen Strand, Roxanna in einer dunklen Londoner Straße, und auf allen reckte Roxanna sich Walkers Blick entgegen und leuchtete vor Liebe. In der für digitale Fotografie typischen Art war dieselbe Ansicht mehrmals aufgenommen worden, weniger der Versuch, das Bild zu verbessern, als vielmehr Ausdruck der spontanen Begeisterung des Fotografen.

Auf einem oder zwei Bildern war das Paar zusammen. Robin und Roxanna standen in einem Park nebeneinander und lächelten steif für irgendwelche Fremden, die so nett waren, den Schnappschuss zu machen. Auf manchen waren Robin und Roxanna entweder mit Martina oder mit Hector, das jeweils andere Kind stand vermutlich hinter der Linse. Auf den Gruppenfotos, die Martina gemacht hatte, war Robins Kopf ausnahmslos vom oberen Bildrand abgeschnitten. Sie hatte etwas von der Streitlust ihrer Mutter.

Morrow scrollte runter zu den neueren Bildern, die gemacht worden waren, seit sie in Glasgow wohnten. Roxanna im Orchideenhaus des Botanischen Gartens. Sie stand im Vordergrund, das Licht war dämmrig und gelb. Hinter ihr, am anderen Ende einer langen Bank, waren Martina und ein Mann, den Morrow als Mr. Y kannte.

Mr. Y war eine nicht identifizierte, aber wiederkehrende Figur in den Überwachungsaufnahmen der Glasgower PINAD-Ermittlung. Er war einer der ersten, zu denen Roxanna Kontakt aufgenommen hatte, als sie ankam. Er war gesehen worden, wie er ins Büro kam, ins Haus, er saß in Autos, immer mit Roxanna. Er war schlank, um die sechzig, sorgsam gekleidet und hatte einen akkurat gestutzten Schnurrbart. Seit Monaten versuchten sie, seinen Namen herauszufinden.

Auf dem Foto saß Martina so weit von allen entfernt, wie sie konnte, fest an die Armlehne der Bank gedrückt.

Morrow bat Robin, ihr das Bild auszudrucken. Er nahm ihr das iPad ab, tippte zwei Mal auf das Display, und draußen auf dem Flur sprang ein Drucker an.

Morrow kehrte wieder zu ihrem Vermisstenfragebogen zurück: Freunde und Verwandte?

Er gab Auskunft, wenn auch ein bisschen zugeknöpft: Roxannas Eltern kamen aus Madrid, waren aber schon seit einiger Zeit tot. Sie hatte eine Schwester, die in Boston lebte. Sie telefonierten einmal pro Woche. Sie verstanden sich gut. Morrow hatte sich die Aufnahmen der Met von den gestelzten

Anrufen angehört. Die Schwester war eine überhebliche Zicke, und Roxanna war herzlich. »Gut verstehen« war stark übertrieben, aber deshalb noch keine Lüge: Die meisten Familien wurden durch Mythen zusammengehalten. Er sagte, Roxanna hätte noch keine Freundschaften in Glasgow geschlossen, aber sie hatte sich auch nicht bei Freunden in London gemeldet, seit sie verschwunden war, er hatte bei allen am Abend zuvor angerufen.

Morrow stellte die nächste Frage auf dem Formular: Gab es bei Roxanna Erkrankungen, von denen sie wissen sollten?

Nein, sie war gesund. Sie hatte Herzgeräusche, aber die wurden überwacht, und sie machte entsprechende Übungen. Es war eine stabile Grunderkrankung, sagte er und benutzte die Formulierung eines Versicherungsformulars.

Sie dachte eigentlich an das Aufnahmegerät in ihrer Tasche und stellte sich vor, wie ihre Bosse ihr zuhörten, deshalb las sie die nächste Frage vor, ohne nachzudenken: Könnten sie eine DNA-Probe von Roxanna bekommen?

Walker erstarrte.

Wäre Morrow eine echte Polizistin für Vermisstenfälle, dann wäre ihr die emotionale Wucht dieser Frage bewusst gewesen. Sie hätte sich vorsichtig herangetastet, die Stimme etwas gesenkt oder so. Sie ruderte zurück: Nur zu Ausschlusszwecken, falls jemand gefunden wurde, nicht, weil sie Grund zu irgendwelchen Annahmen hätten, verstehen Sie …

Walkers Stimme klang heiser: Woher sollte er eine DNA-Probe überhaupt nehmen? McGrain schlug eine Bürste vor. Walker stand langsam auf und verließ den Raum. Er kam zurück, seine Augen brannten, und er hielt eine elektrische Haarbürste ehrfürchtig in beiden Händen. Morrow nahm sie und bedankte sich. Sie war völlig unbrauchbar, Hitze zerstörte DNA, aber sie brachte es nicht übers Herz, es ihm zu sagen. Wenn nötig, konnte sie ihn später noch um etwas anderes bitten.

Sie steckte den nutzlosen Gegenstand in eine Tüte und ließ diese in ihre Aktentasche gleiten, fragte währenddessen nach Roxannas Kontodaten und ihrer Handynummer, seiner Handynummer und den Nummern der Kinder, falls sie Handys besaßen.

Er sträubte sich. »Wozu brauchen Sie ihre Kontonummer?«

»Um zu überprüfen, ob sie Geld abgehoben hat. Dann wissen wir, wo sie ist und ob es ihr gut geht. Wir brauchen auch ihre Handynummer.«

Er kaute auf seiner Lippe, dachte nach, warf ihnen dann ein argwöhnisches Lächeln zu. »Ehrlich, Rox hat mich nicht angerufen.«

McGrain erklärte, dass die Nummer ihnen nicht nur dabei helfen würde, ihre Anrufe nachzuverfolgen. Wenn das Telefon eingeschaltet war, konnten sie auch ihre Bewegungen darüber nachvollziehen. Es wäre wirklich hilfreich.

Walker willigte ein, ihnen alle Informationen zu geben, schien seine Meinung aber zu ändern, als Morrow ihm das Formular reichte. Er fummelte umständlich mit dem Stift herum, schrieb die Namen übertrieben kompliziert auf. Es widerstrebte ihm, aber schließlich gab er ihnen alle Telefonnummern: seine, Roxannas, die der Kinder. Morrow hatte den Eindruck, dass er besorgt genug war, um ihnen persönliche Daten zu überlassen, von denen er glaubte, sie seien möglicherweise belastend.

Sie fragte, ob Roxanna zuvor schon einmal verschwunden war, und Walkers Blick wurde unstet. »Nicht, dass ich wüsste. Wir sind erst seit etwas über einem Jahr zusammen. Vielleicht war sie schon mal weg. Da müssten Sie die Kinder fragen.«

»Die Kinder sind nicht von Ihnen?«

»Nein, ihr Vater lebt in Ecuador.«

»Kennen Sie seinen Namen?«

»Miguel Vicente.« Er buchstabierte ihn für sie und sah zu,

wie sie ihn aufschrieb. Sie fragte nach Vicentes Adresse, und ihr wurde gesagt, dass er zwei hatte: eine in Quito und dann noch ein Strandhaus in Guayaquil. Beide in Ecuador.

»Könnte Roxanna ihn kontaktiert haben?«

Walker schnaubte. »Verdammt unwahrscheinlich.«

»Warum ›verdammt unwahrscheinlich‹?«

Die Geschichte, die er vortrug, war ein ziemliches Durcheinander. Ihr Ex war, na ja, ein echtes Arschloch, auf eine Art, wissen Sie, er hat sie verlassen, ohne ihr zu sagen, wohin er wollte, und dann nur eine Woche später eine andere geheiratet (Morrow wusste, dass es ein Monat war), und jetzt wollte er die Kinder, aber nur, weil seine Frau unfruchtbar war (sie hatte zwei Kinder), aber die Kinder hatten ihn vorher noch nie interessiert (hatten sie doch). Morrow konnte sich Roxannas Stimme bei einer bitteren Tirade gut vorstellen. Sie wusste, wie sich Scheidungsgerede anhörte. Vicente zahlte auch keinen Penny Unterhalt (das stimmte). Rox hatte sich einen Anwalt genommen, aber das hatte nichts genützt ...

Morrow versuchte, das Publikum ihres Aufnahmegeräts mit ihrem umfangreichen Wissen zu beeindrucken, und sagte: »Natürlich haben wir mit Ecuador kein wechselseitiges Unterhaltsübereinkommen. Das begegnet uns bei Vermisstenfällen häufiger. Es ist nicht unüblich, dass Kinder von einem Ex-Partner mit ins Ausland genommen werden.«

Sie stellte sich vor, wie DCC Hughes es las, überrascht und beeindruckt davon, wie belesen sie war.

Walker wirkte verblüfft. »Nein. Die Kinder sind aber nicht weg. *Sie* ist weg.«

Er hatte recht. Unterhaltsfragen waren hier bedeutungslos. Das würde Hughes auch lesen. Morrows Selbstgefälligkeit schrumpelte zu leichter Betretenheit. Sie hatte das falsche Publikum bespielt. »Haben die Kinder Kontakt zu ihrem Vater?«

Soweit er wusste nicht. Rox regte sich schon bei der Erwähnung ihres Exmannes auf, sagte er und schauderte leicht. Morrow hatte den Eindruck, dass es vielleicht Robin war, der sich bei der Erwähnung des Exmannes aufregte. Das war der Nachteil, wenn man einen Ex in der neuen Partnerschaft vollständig verdammte: Es gab keinen Spielraum mehr, etwas abzuschwächen, wenn die Verbitterung abgeebbt war.

Sie fragte ihn nach dem Geschäft.

»Injury Claims 4 U«, sagte er. Die geschmacklosen Plakate hingen überall, in der U-Bahn, an Bushaltestellen, schrilles Rot auf Gelb. Schadensabwicklung. Das I von »Injury« bestand aus den Umrissen einer Leiter mit einem winzigen roten Mann, der gerade herunterfiel. »Diese Poster kommen nicht von ihr. Der Besitzer ging gerade in Rente, er erhöhte den Firmenwert. Ich weiß wirklich nichts über ihre Geschäfte.«

Morrow sagte beiläufig, dass sie sich die Bücher ansehen müssten, um zu überprüfen, ob es Schulden gab, die zur Zeit des Verkaufs verdeckt waren. Sie peitschte ihn weiter, indem sie gleich überleitete zu: »Wenn Sie uns schon mal die Kontaktdaten des Kindsvaters heraussuchen könnten, während wir mit ihnen sprechen.«

Sie stand auf, McGrain ebenfalls.

Robin erhob sich und stellte sich ihr in den Weg. »Es geht hier nicht ums Sorgerecht.« Er sagte es sehr behutsam. »Wie schon gesagt: Die Kinder sind noch hier.«

»Ich sagte auch nicht, es ginge ums Sorgerecht, Mr. Walker. Sie hat vielleicht versucht, Mr. Vicente zu kontaktieren ...«

»Nein, hat sie nicht. Es ist nicht so, dass ...«

Sie sahen sich an, Morrow weich, Walker verängstigt.

»Gibt es etwas, das Sie mir sagen wollen, Mr. Walker?«

»Nein.«

»Sind Sie sicher? Ich merke doch, dass Sie etwas beschäftigt, aber Sie nicht ganz offen mit mir sind.«

»Nein.«

»Okay.« Sie nickte McGrain zu, deutete zur Tür. »Wir sprechen jetzt mit den Kindern.«

Sie gingen durch den dunklen Eingangsbereich, den hinteren Flur entlang, blieben an einem Drucker auf einem Tisch stehen, und Robin reichte ihr einen B5-großen Ausdruck des Fotos aus dem Botanischen Garten. Er war noch feucht. Sie erreichten zwei gegenüberliegende Zimmertüren.

Martina und Hector saßen jeweils an ihren Schreibtischen in ihren Zimmern, spielten beide mit ausgeschaltetem Ton stumpfsinnige Spiele auf ihren Laptops. Sie hatten gelauscht, gaben jetzt vor, überrascht zu sein, dass jemand da war. Martina stand auf. »Kann ich Ihnen helfen?«

Robin trat zwischen sie. »Sie wollen, dass du ihnen was über Mummy erzählst.«

Martina fauchte Walker böse an: »Was *ist* denn mit ihr?«

Er machte einen drohenden Schritt auf sie zu, deutete auf das Mädchen, als wollte er sie schlagen. »*Hat sie dich angerufen?*«

Martina deutete nun auf ihn und rief: »Hätten wir die Polizei gerufen, wenn sie sich bei uns gemeldet hätte?«

»*Seit* ihr bei der Polizei angerufen habt? Hat sie euch *seitdem* angerufen?«

Ganz offensichtlich war dies ein lautstarker Haushalt. Morrow hob die Stimme. »Ich möchte allein mit den Kindern sprechen, bitte, Mr. Walker.«

»Marty! Hat sie angerufen?«

»ALLEIN, Mr. Walker.«

Boshafte Freude rann über Martinas Gesicht, als Walker sich davonmachte. Hector sah von seiner Zimmertür aus zu, regungslos wie ein gejagter Hase.

Morrow entschied sich, mit Hector anzufangen. Sie gab McGrain ein Zeichen, ihr zu folgen, und ging in das Zimmer des Jungen. Martina kam ihnen nach.

»Geh zurück in dein eigenes Zimmer.«

Martina versuchte, den Blick ihres Bruders einzufangen. Morrow trat dazwischen, stellte sich ihr in den Weg. »Wir kommen gleich auch zu dir.« Sie zog die Tür ran, ohne sie zu schließen, wusste, dass Martina lauschen würde. Sie hörten, wie das Mädchen wegging und ihre eigene Tür zumachte, spürten aber ihre Wachsamkeit bis über den Flur reichen.

Hector setzte sich auf die Bettkante, hielt sich den Bauch, als würde er wehtun, schaukelte leicht vor und zurück.

»Okay, Junge, wir stellen dir nur ein paar Fragen …«

»Im Auto!«, zischte er leise und behielt die Tür im Blick. »Sie haben sich furchtbar gestritten. Auf dem Weg zur Schule. Gestern.«

»Gestern Morgen?«

Er hielt den Blick auf die Tür geheftet. »*Gestern.* Mummy ist durchgedreht, weil Daddy bei Martina angerufen hat.«

»Ruft er sonst nicht an?«

»Manchmal. Aber sie war wütend.«

»Warum?«

»Wegen irgendwas, das er über Tante Maria gesagt hat. Davon ist Mummy echt wütend geworden.«

»Wer ist Tante Maria?«

»Maria Arias. Mummys Freundin in London.«

»Worum ging es denn?«

»Ich weiß es nicht. Ich dachte, vielleicht … Daddy hatte viele Affären. Mummy und Daddy verstehen sich nicht.« Hector hob die Schultern. »Ich weiß es nicht. Marty sagt, es ist Schwachsinn.«

»Hector«, flüsterte Morrow, »hast du sie heute Morgen als vermisst gemeldet? Hast du uns angerufen?«

Er nickte. »Marty hat im Taxi gewartet. Sie hat gesagt, da sind überall Kameras, und zu zweit wären wir … na ja. Auffällig.«

»Warum hast du nicht einfach von hier aus angerufen?«

Er sah zur Tür.

»Wegen Robin?«

Er sah stirnrunzelnd auf sein Bett.

»Glaubst du, dass Robin deiner Mum etwas antun würde?«

Er hob wieder die Schultern. »Ich kenne ihn gar nicht richtig. Was macht er hier?«

»Ist er denn nicht der Freund deiner Mutter?«

Hector nickte. Morrow nahm an, dass er meinte, er wollte Robin nicht dort haben, und nicht, dass seine Anwesenheit verwirrend sinnlos war.

»Am Telefon hast du heute Morgen gesagt: ›Wir wissen nicht, wohin sie sie gebracht haben.‹ Was hast du damit gemeint?«

»Ich weiß es nicht.«

»Warum glaubst du, dass jemand sie entführt hat? Und nicht, dass sie einfach verreist ist?«

Es fiel ihm schwer, sich auszudrücken, aber schließlich streckte er die Hände aus. »Warum sind wir hier, in Glasgow? Was *tun* wir hier?«

Das war eine kluge Frage. Etliche altgediente Polizisten stellten sie sich ebenfalls. Er schaukelte weiter vor und zurück, weinte fast. Er konnte nicht mehr sprechen, konnte kaum atmen. Morrow tätschelte seine Hand, spürte das starke Verlangen, ihn anzulügen und zu sagen, dass alles gut werden würde. »Ich frage deine Schwester nach dem Streit im Auto, okay?«

Er brummte argwöhnisch die Tür an, wappnete sich.

Morrow stand auf und ging über den Flur, klopfte an und öffnete gleichzeitig die Tür. Martina stand neben ihrem Bett und wartete. Ihr Auftreten wirkte hoheitsvoll.

»Martina. Kannst du mir erzählen, was dein Dad am Telefon gesagt hat, worüber sich deine Mum so geärgert hat?«

»Nichts.« Martinas Stimme klang flach. »Er hat nichts gesagt.«

Sie sahen sich eine Weile an. Schließlich unterbrach Morrow die Stille. »Warum hast du uns angerufen, wenn du keine Hilfe willst?«

»Bringen Sie uns von Walker weg …« Jetzt weinte Martina ein bisschen, aber nicht wie Hector. Es wirkte kontrolliert, so als würde sie es herauspressen.

»Hast du Angst vor Robin?«

»Nein!«

»Glaubst du, er hat etwas damit zu tun, was deiner Mum …«

»Nein!«

»Du denkst also nicht, dass er deiner Mum etwas getan hat?«

Sie brachte es nicht über sich, das zu behaupten. Sie sackte aufs Bett und gab sich geschlagen. »Nein.«

»Was glaubst du, was passiert ist?«

»Sie ruft normalerweise um Viertel nach vier an, wenn wir aus der Schule kommen. Wir haben uns Sorgen gemacht, als sie nicht angerufen hat, aber vielleicht ist sie gerade Auto gefahren?«

»Wo würde sie hinfahren?«

»Ich glaube, sie ist nach London, um sich mit Tante Maria zu treffen. Ich glaub, sie hat sie voll aggro angebitcht.«

Morrow brauchte einen Moment, um sich durch die Teen-Sprache zu navigieren. »Hat sie sich über sie geärgert?«

Martina schüttelte den Kopf. »Sie hat sich wegen nichts aufgeregt. Buchstäblich *nichts*. Sie ist durchgedreht. ›Was hat er gesagt? Was *genau*?‹ Aber er hat gar nichts gesagt. ›Tante Maria sagt, du machst jetzt Geometrie.‹ Wortwörtlich so langweilig.«

Sie war ein Kind, dessen Mutter vermisst wurde, und man hatte sie zu einem ungeliebten Stiefvater abgeschoben, und doch erregte sie kein Mitleid, nicht so wie Hector. Sie war schön, privilegiert, aber bitter und wütend, als hätte sie alles und könnte trotzdem verdammt noch mal nicht glauben, dass sie nicht noch mehr bekam.

»Du hast deinen Bruder dazu gebracht, uns anzurufen, warum hast du nicht selbst angerufen?«

Sie hob nachlässig die Schultern, als wäre es ihr egal, aber Hector hatte gelauscht und rief von seinem Zimmer herüber: »Sie hat so sehr geheult, sie konnte nicht sprechen.«

Martina starrte finster auf die Tür.

»Ist eure Mum früher schon mal verschwunden?«

»*Nie!*« Sie spuckte das Wort aus. »Sie hat uns noch nie verlassen. Mummy *brennt* für uns, deshalb weiß ich, dass etwas nicht stimmt, sonst hätte sie uns angerufen.«

»Nun ja, sie ist weg, und sie hat nicht angerufen. Was denkst du, wie konnte es dazu kommen?«

Martina kaute auf der Innenseite ihrer Wange herum und sah müde aus. »Ich glaube, sie hat Probleme«, flüsterte sie.

»Welche Art Probleme?«

Aber Martinas Kinn bebte, und sie senkte den Kopf, um es zu verbergen. Morrow verstand in dem Moment, dass sie nicht gemein oder hochmütig war, sie war nur ein Kind, das nicht wusste, wo seine Mutter war, und sie hatte Angst. Angst mit Schminke.

»Geldprobleme?«

Sie nickte kaum merklich in ihren Schoß, dann hob sie den Blick zu McGrain, eine inständige Bitte, sie nicht weiter zu bedrängen.

Morrow wollte nicht nachfragen. Belastende Hinweise von Kindern sahen schlecht aus, besonders wenn sie ohne Beisein eines Erwachsenen befragt worden waren. Sie konnten sie immer noch um weitere Ausführungen bitten, wenn es nötig war.

Morrow zeigte ihr das Foto aus dem Botanischen Garten und zeigte auf den mysteriösen Mr. Y. »Wer ist dieser Mann?«

»Frank Delahunt. Er ist der Anwalt für Mummys Geschäfte hier oben. Er ist ein gruseliger Wichser.«

Als sie wieder mit McGrain im Auto saß, versuchte Morrow, die Familiendynamik zu durchschauen.

»Was denkst du? Martina scheint unbedingt von Walker weg zu wollen. Geht es hier um Schutz des Kindeswohls?«

»Nee«, sagte McGrain, der genau wusste, wovon sie sprach. »Die Bosse würden das sowieso nicht absegnen. Sie haben zu viel investiert.«

Er hatte recht. Übergriffige Stiefväter mit Missbrauchsabsichten suchten sich häufig chaotische Familien aus, aber normalerweise mit einer Mutter, die sie kontrollieren konnten. Roxanna war nicht so. Sowohl die Met als auch Police Scotland hatten bereits zu viel Geld in die Ermittlungen gesteckt, um zu gestatten, dass Morrow sie mit einer spekulativen Intervention durch das Jugendamt vermasselte. Schon der Antrag auf einen Hausbesuch würde es nicht von ihrem Schreibtisch runterschaffen.

»Sie hasst ihn«, sagte McGrain. »Er ist ihr Stiefvater. Das Problem liegt darin, dass er selbst wie ein Kind ist und sie ebenfalls hasst.« Er ließ den Wagen an. »Ich bin dreifacher Stiefvater.«

»Hassen sie dich?«

Er bremste an der Ampel auf der viel befahrenen Great Western Road. »Das haben sie. Anfangs. Ihre Mum dachte schon, es würde nie aufhören. Man darf einfach nicht reagieren. Das ist mir leichtgefallen. Meine sind Schätze.«

Morrow sah aus dem Fenster, als die Ampel umsprang und sie weiterfuhren.

Sie glaubte nicht, dass Roxanna Fuentecilla ihre Kinder verlassen würde. Aber Morrow musste der Möglichkeit ins Auge sehen, dass sie sie vielleicht gar nicht kannte. Vielleicht war all das Gute nur projizierte Hoffnung.

10.

Iain stolperte zwischen großen, von hohen Hecken umgebenen Häusern die Straße hinunter. Er glaubte, dass er auffiel, stellte sich vor, wie Hauseigentümer ihn beim Blick aus dem Fenster bemerkten und innehielten, um ihn nachbarschaftlich zu überwachen. Er kannte die Stadt gut, aber hier oben kannte er niemanden. Die Leute mit den großen Häusern waren meistens Zugezogene. Sie blieben unter sich, über den anderen, geografisch, sozial, sogar auf den erhöhten Sitzen ihrer großen Autos. Iain kam mit ihnen höchstens über ihr Reinigungspersonal in Berührung, oder die Kinderbetreuung, oder wenn er ihre Gärtner im Pub traf. Oder wenn sie ihn wegen eines Deals ansprachen. Das mit Susan Grierson ergab nun Sinn. Das nächste Mal würde sie ihn wahrscheinlich nach einer Empfehlung für eine Reinigungskraft fragen.

Er bog in westliche Richtung ab, war auf dem Weg zu Tommys Mutter. Es half ihm in seiner Stimmung, etwas zu tun zu haben. Sogar das Gehen half ihm dabei, sich zu konzentrieren, das Aufschlagen der Füße auf den Gehsteig übertönte die Empfindungen des Vormittags. Er blieb an einer Bordsteinkante stehen, hörte eine Möwe in der Ferne und erinnerte sich an den rauen Bootssteg, der sich fest in seine Knie gedrückt hatte, den warmen, feuchten Atem auf ihren Lippen. Er ging eilig über die leere Straße, ohne sich richtig umzusehen, nur schnell weiter.

Fünf Querstraßen tiefer erreichte er das Mietshaus, in dem Tommys Mutter wohnte. Von den Fensterrahmen blätterte die Farbe ab. Jemand hatte direkt davor den Aschenbecher aus dem Auto in den Rinnstein gekippt. Die Eingangstür wurde von einem kaputten Ziegelstein offengehalten. Er tauchte ein in den Betondurchgang und den vertrauten Geruch nach Feuchtigkeit und Meer und Luft.

Tommy wohnte mit seiner Mutter, Elaine Farmer, in einer behindertengerechten Wohnung im Erdgeschoss. Lainey hatte schlimme Knie. Iain kannte sie schon sehr lange. Er klapperte ein paarmal am Briefkasten, das metallische Rappeln prallte an den Wänden des Durchgangs ab.

Er lauschte. Schritte. Türknarren. Er stellte sich vor, wie Elaine still in der Wohnung stand und sich wunderte.

Endlich rief sie: »Wer ist da?«

Iain lehnte sich vor zu dem Balken, wo sich die Tür öffnen würde. »Ich bin's, Lainey.«

Stille.

»Iain Fraser«, sagte er.

Sie schlurfte durch den Flur und öffnete die Tür einen Spaltbreit, spähte mit einem Auge hinaus. »Ich hör schon die ganze Zeit, dass du zurück bist.« Sie öffnete die Tür und ließ ihn rein.

Verdammt, sie war alt geworden. Und dick. Das Gute am Gefängnisfraß: Es war schwierig, davon fett zu werden. Sie trug ein lila T-Shirt, es war zu klein. Es sammelte sich um ihre Körpermitte herum. Ihr dünnes blondes Haar war auf einer Seite verknotet.

Lainey war mit zunehmendem Alter nicht schöner geworden. Wenn überhaupt, war sie hässlicher geworden, und sie gab sich keinerlei Mühe mehr. Ihr grauer Rock war am Saum gerissen, wo sie offenbar an etwas hängen geblieben war. Ihre Beine waren nackt, und an ihren Waden wölbten sich schwarze Venen, als wäre sie bereits voller Würmer. Sie trug Slipper, die wie schwarzweiße Fußbälle geformt waren. Iain starrte auf die Slipper, um sich Laineys Anblick zu ersparen.

»Fußbälle. Gefallen sie dir? Tommy hat sie mir zu Weihnachten geschenkt. Sehr bequem.« Sie senkte ihre Stimme zu einem sinnlichen Raunen. »Was machst du hier, Iain?«

Iain und Lainey hatten vor langer Zeit eine Nacht miteinander verbracht. Ein Höhepunkt für sie, ein Tiefpunkt für ihn. Iain würde ihr aber nicht sagen, dass es für ihn so war. Sie war nie sehr attraktiv gewesen, aber sie war nett.

»Ich such Tommy, ich will was kaufen, Lainey.«

Sie schüttelte tadelnd den Kopf. »Aber nicht für dich?« Iain war für seine Enthaltsamkeit bekannt. Dadurch stach er hervor.

»Nein«, sagte er und lächelte verlegen. »Nur für eine Freundin.«

»Oh.« Sie spähte in den Durchgang. »Tommy ist gerade nicht da. Aber weil du's bist. Wie viel?«

»Drei Gramm?« Er hielt das Geld hoch. Es war mehr als eine Prise, aber Susan hatte ihm den Preis bezahlt, plus die Hälfte, damit er es besorgte.

»Na dann komm rein.«

Iain wollte nicht mit Lainey allein sein. Er wollte eigentlich am liebsten weiterlaufen. In Bewegung bleiben, draußen bleiben, aber ihm fiel keine gute Ausrede ein, also schob er sich seitlich in den Flur, drückte sich an die Wand neben der Tür, während sie sie schloss.

»Nun, du meine Güte, Iain Fraser.« Sie trat einen Schritt zurück, um ihn zu mustern. »Du siehst mit jedem Mal, wenn wir uns treffen, besser aus.«

Sie streckte die Hand aus, um seine Brust zu berühren, und Iain zuckte zurück. Er konnte sich heute nicht anfassen lassen, nicht von ihr und nicht dort. Sie reagierte verletzt. Er murmelte eine Entschuldigung.

»Na, na.« Sie ließ die Hand sinken. »Du darfst aber.« Sie sah auf ihre Slipper, strich sich über ihr wirres Haar. Er merkte, dass sie sich selbst die Schuld gab, dass sie ihr Aussehen dafür verantwortlich machte.

»Lainey, ich … Es war ein fürchterlicher Tag …«

»Schon gut, Iain. Ich sag's ja nur.« Sie versuchte herzlich zu lächeln, ließ es bleiben und wandte sich ab, warf noch einen aufreizenden Blick hinter sich. »Nur … ich würd dich nicht wegschicken, wenn du weißt, was ich meine.«

Iain blieb, wo er war, und sah zu, wie sie den Flur hinunterschlurfte. Durch die albernen Slipper sah es aus, als würde sie zwei Fußbälle dribbeln. Er drückte die Hände an die Wand in seinem Rücken und wartete. Er konnte hören, wie sie eine Schublade durchwühlte.

Er hatte den Flur größer in Erinnerung. Damals war er auf Socken vor Anbruch der Dämmerung hindurchgeschlichen, hatte versucht, keinen Mucks zu machen, als er ging. Tommy war bei seinem Vater, die Wohnung war leer, aber Iain war beim Geräusch einer scheppernden Rohrleitung zusammengeschreckt. Er eilte zur Tür, sah Tommys Schultasche und Turnschuhe auf einem Haufen neben dem Schrank, dachte aus irgendeinem Grund, es wären seine Sachen, und blieb stehen. Lainey stand in der Schlafzimmertür, bevor er sich davonmachen konnte, und holte ihn zurück ins Bett. Sie versuchten es wieder, und wieder konnte er nicht. Sie war zu grob. Selbst wenn er die Augen schloss, sah er ihr Gesicht, die geplatzten Äderchen, ihr betrunkenes Lächeln. Als er zum zweiten Mal aus dem Zimmer in den Flur ging, rief Lainey ihm nach, dass sie niemandem was erzählen würde, es wäre ihre Privatsache, er müsste sich nicht schämen. Iain schämte sich nicht. Er hätte sich eher geschämt, wenn er doch gekonnt hätte. Es hätte bedeutet, dass er den Smog aus Bedürfnissen und Lügen um sie herum nicht sah. Sie wollte es auch nicht. Sie nannten es Sex, weil sie keine Wörter für das hatten, was sie brauchten. Sie suchten beide nach einer Hand, die sie in der Dunkelheit festhielt, einem Freund, einem notdürftigen Ankerplatz.

Jetzt knallte Elaine im Hinterzimmer die Schublade zu. Sie kam heraus, hielt Zellophantütchen in der Hand. »Tommy hat es schon in Gramm abgefüllt.«

Iain gab ihr zwei Drittel des Geldes. »Sehr tüchtig.«

»Aye, Geschäftsmännchen des Jahres, der ganze Scheiß.«

Iain öffnete die Tür. Sie wusste, dass er sich davonmachen wollte. Er hatte sie verletzt und wünschte, es wäre nicht geschehen, aber er wusste nicht, wie er es wiedergutmachen konnte, also ging er einfach.

»Iain«, rief sie ihm in den Durchgang nach. Iain drehte sich um. »Willst du nicht noch zum Abendessen bleiben? Ich mache sowieso was für Tommy.«

Er wollte Tommy nicht sehen.

»Shepherd's Pie?« Sie sagte es, als wäre es das, was ihm Sorgen bereitete.

»Nee, das ist ganz prima, Lainey, aber danke, meine Liebe.« Er entfernte sich.

»Iain?«

Wieder drehte er sich um und sah sie an.

»Iain, ich seh doch, dass du …« Lainey malte mit dem Finger einen Strich über ihre Wange. Sie wusste, dass er geweint hatte. Sie blinzelte langsam. Mitleid. Die nutzlose Hoffnung auf eine Verbindung. Deshalb war er damals mit ihr mitgegangen.

Iain schüttelte den Kopf. »Bitte sag nichts zu Tommy.«

Sie zuckte die Achseln. »Ich sag nichts.«

Dankbar hob Iain die Hand, um zu winken. Verdutzt starrte Lainey auf seine Finger.

»Was?« Iain sah sich seine Hand an.

»Was ist das?« Sie hielt den Blick auf seine Hand gerichtet und berührte ihre eigenen Fingerspitzen.

Braune Blutflecken. Er versteckte seine Hände hinter dem

Rücken. Sie sollte das nicht sehen. Elaine, sie war nett, ein netter Mensch. »Nichts.« Er verschwand aus dem Durchgang.

»Iain«, rief sie, »egal was. Ruf einfach an, okay?«

»Mach ich, Lainey. Du bist toll.«

Iain hatte kein Telefon. Dafür schämte er sich. Nicht, dass er sich keins leisten konnte, aber jedes Mal, wenn er aus dem Gefängnis kam, war die Technologie so weit fortgeschritten, dass er nicht mehr hinterherkam.

Er beeilte sich, von ihr wegzukommen, in westliche Richtung, verfiel in einen langsameren, keuchenden Gang, weil die Qualmerei auf seine Lunge drückte. Es war ein ungeahnt steiler Aufstieg zu dem noblen Viertel. Er blieb stehen, um zu verschnaufen.

Es war zu viel geschehen für einen Tag. Der Tag davor war so ruhig gewesen. Sie saß dort, wo sie sie hingesetzt hatten, in Iains Zimmer, ganz ruhig auf dem niedrigen Hocker. Sie hatten Curry geholt. Sie entschied sich für Butter Chicken und aß es mit einem Plastiklöffel. Manchmal, wenn Tommy etwas sagte, bemerkte Iain, dass sie sie ansah und lächelte, als wäre sie Teil der Unterhaltung. Sie fühlte sich gar nicht bedroht von ihnen. Nicht mal, als sie mit ihr durch den gelben Sand liefen, wo ihm ihre feste, runde Wange auffiel, ihr Lächeln, als sie sie zum Bootssteg brachten. Als wäre es ihr egal. Sie war wie eine heilige Märtyrerin.

Er beugte sich über die Knie und atmete tief. Vielleicht war es ihr wirklich egal. Er richtete sich auf, die Hände auf den Hüften. Blickte über das Meer. Wenn ihn jetzt jemand töten würde, wäre es ihm vermutlich egal. Vielleicht hatte sie sich genauso gefühlt. Der Gedanke munterte ihn auf, bis ihm einfiel, wie sie geschrien und gekämpft und es fast in den Wald geschafft hatte. Er ging zurück zu Susans dreckigem Haus.

Er trat durch die verwilderte Hecke, die den Vordergarten umgab, und sah, dass sie ihn durch ein schießschartenartiges

Fenster neben der Haustür beobachtete. Iain senkte den Kopf, marschierte auf die sich öffnende Tür zu und fragte sich, was zur Hölle mit Susan los war, nur um dann zu merken, dass es ihn nicht interessierte. Diese Frauen waren nicht sein Problem. Er sollte machen, dass er hier wegkam, er wollte allein sein.

Sie ließ ihn rein, sah ihm nicht mal ins Gesicht. »Leg es dort hin«, sagte sie zu der Kommode. Iain legte die Tütchen auf die Anrichte. Susan blieb an der Tür stehen, wartete darauf, dass er ging.

Sie hatte das Koks gewollt, und das war alles. Sie nickte mit dem Kopf zum Ausgang. »Tut mir leid, dass ich dich verärgert habe. Lag es daran, dass ich Sheila erwähnt habe?«

Iain sah auf seine Füße. »Ja«, sagte er. »Sheila.«

Sie streckte die Hand aus und drückte seinen Oberarm wie eine Hexe, die nachsah, ob er schon reif für den Kochtopf war.

»Du bist so tapfer«, sagte sie kühl, jetzt da sie hatte, was sie wollte.

Iain sah sie an. Er bedeutete ihr nichts, sie wollte ihn bloß los sein. »Warum ist das Haus so dreckig?«

»Wie bitte?«

»Du warst nicht hier, oder? Sie ist allein gestorben.«

»Was?«

Er wandte sich um und sah in die dreckige Küche. »Verdammt, sieh dich doch mal um. Sie ist hier gestorben, oder? Und du bist jetzt erst zurückgekommen.«

Susan wirkte überrascht, geradezu amüsiert, als wäre sie mit einem Hund Gassi gegangen, der unvermittelt aufsah und sie ansprach. »Oh. Aber meine Mutter ist tot. Ich sehe jetzt ihre Sachen durch …«

»Allein«, sagte er, die Lippen verkrampft von der Anstrengung, so gemein zu sein. »Sie ist hier allein gestorben, also denk nicht, dass du mit mir reden kannst, als wäre ich irgendein Arschloch. Wenigstens wusste Sheila, dass ich bei ihr sein wollte.«

Susans Augen wurden jetzt ganz schmal. »Aber du warst nicht da, oder? Du warst im Gefängnis.«

Sie forderte ihn heraus, das Kinn vorgereckt, die Augen Schlitze, und Iain fragte sich laut: »Woher zum Teufel weißt du das?«

Mit einem Mal schien sie beschämt und versuchte, ihn aus der Tür zu bugsieren. »Geht jetzt einfach.«

Iain rührte sich nicht. »Woher weißt du, dass ich im Gefängnis war?«

»Mum hat es mir gesagt.« Das war möglich. Ihre Mutter könnte es ihr gesagt haben. Aber sie wirkte ertappt. Als hätte sie sich verraten.

»Hast du mir nachspioniert oder so?«

»Jetzt geh.«

War sie in ihn verliebt? Nein, das war es nicht. Aber woher sollte sie es sonst wissen? »Bist du bei den Cops?« Sie reagierte nicht, das war es also auch nicht. Er sah zur Küche. Sie verbarg definitiv etwas im Haus. »Ist da jemand drin?«

Sie versetzte ihm einen Stoß. »Raus hier.«

Iain brüllte fast, nur weil sie es nicht wollte: »Wer ist da drin?«

Es kam so plötzlich. Ihr Fuß schoss mit einer Judobewegung vor, wickelte sich um seine Wade, brachte ihn aus dem Gleichgewicht, gleichzeitig stieß sie ihn weg. Iain stolperte zur Haustür hinaus in den Garten. Hinter ihm knallte die Tür zu.

Durch das dreckige Fenster neben der Tür sah er ihren Schatten den Flur entlang in den hinteren Teil des Hauses eilen.

Er blieb eine Minute lang stehen, wartete darauf, dass der Schreck nachließ, und dann fragte er die abblätternde Haustür: »Wer zur Hölle bist du eigentlich?«

11.

Sie hatten sich um denselben Tisch im selben sterilen Konferenzraum versammelt.

Morrow präsentierte ihren Bericht in Stichpunkten: Eine Mitschrift der gesamten Vernehmung von Walker würde es morgen früh geben.

Der Anruf mit der Vermisstenmeldung am Morgen war von den Fuentecilla-Kindern gekommen.

Die Bank war kontaktiert worden und überprüfte RFs Konto, ob es Abhebungen gegeben hatte.

Die Nachverfolgung der Handys wurde eingeleitet.

Mr. Y ist Frank Delahunt. Die Familie berichtet, dass es sich um den Firmenanwalt handelt. Sie fahndeten in diesem Moment nach ihm.

Walker hatte ihnen Zugang zum Büro gestattet. Aktuell wurden Beamte mit einem Diplom in forensischer Buchprüfung gesucht, die morgen früh verfügbar waren. Sie würden in das Injury Claims 4 U-Büro gebracht werden, um so viele Informationen wie möglich zu sammeln.

Sie fuhr fort:

Martina Fuentecilla vermutete, dass Roxanna nach London gefahren sein könnte, um Maria Arias zur Rede zu stellen. Es gab Hinweise auf eine mögliche romantische Verbindung zwischen Maria und dem Vater der Kinder, Miguel Vicente.

Zusammengefasst: Immer noch vermisst, immer noch nichts, das auf Fremdeinwirkung hinwies.

Sie sah auf. Das war's.

Mit leicht glasigem Blick hatte sich CS Saunders ihren Bericht angehört. Jetzt schob er ihr ein Blatt Papier hin. Darauf war ein Foto zu sehen. Das Bild kam von einer Überwachungskamera in einem Geldautomaten und zeigte Roxanna. Die Bank hatte die jpeg-Datei geschickt, als Morrow auf dem Weg hierher gewesen war.

Fuentecilla hatte gestern Nachmittag um zwanzig nach zwei Geld an einem Automaten abgehoben, in Stone, Staffordshire, vier Stunden südlich von Glasgow, die M6 runter. Sie hatte fünfzig Pfund abgehoben, und danach war die Karte nicht mehr belastet worden. Fünfzig Pfund am Tag entsprachen ihrem üblichen Verhaltensmuster.

DCC Hughes schlussfolgerte, dass Martina demnach recht hatte. Roxanna war auf dem Weg nach Süden. Das GPS des Wagens war bis runter zur M1 verfolgt worden. Gleich nach der Bargeldabhebung war Fuentecilla auf einen Parkplatz in Luton gefahren, und das GPS war manuell ausgeschaltet worden.

Morrow sah sich das Bild von dem Geldautomaten an. Es war aus einem unvorteilhaften Winkel heraus mit einer Fischaugenlinse aufgenommen. Ihr Mund hing schlaff herunter, als sie ihre PIN eintippte. Ihr Haar war zerzaust, die Augen geschwollen.

Morrow war enttäuscht von ihr. Auch wenn Roxanna nur nach London gefahren war, um eine Nebenbuhlerin anzuschreien, hatte sie nicht um Viertel nach vier bei ihren Kindern angerufen, um sie zu beruhigen. Sie hätte anrufen können. Sie hatte auch gestern Abend nicht angerufen. Morrow sah noch einmal auf das Bild. Roxanna wirkte verängstigt.

Saunders und Hughes sprachen immer noch. CI Nolly Dent lieferte sein übliches unterwürfiges Nicken ab. Morrow musste das Bild von Roxanna umdrehen, damit sich ihr Blick nicht ständig dorthin verirrte. Sie gab sich alle Mühe, zuzuhören und dem, was gesagt wurde, Aufmerksamkeit zu schenken, merkte aber, wie ihre Hand auf dem billigen, porösen Papier ruhte, wie es sich unter der Feuchtigkeit ihrer Handinnenfläche bog.

Die Bosse erklärten sich gegenseitig, dass Fuentecilla niemanden in Staffordshire oder Manchester oder Birmingham kannte, was die großen Städte in der Nähe waren, folglich gingen sie davon aus, dass sie direkt nach London gefahren war. Morrow sollte sich bereithalten, am nächsten Morgen hinzufliegen, um Maria Arias zu befragen, bevor die Met davon Wind bekam, dass Roxanna dort gewesen war. Die Met und das Betrugsdezernat waren an dem Geld von Juan Pinzón Arias dicht dran. Das Einfrieren seiner Konten stand unmittelbar bevor. Der Chief wollte nicht, dass die sieben Millionen aus dem Fuentecilla-Fall im Erlösetopf der Met landeten. Der Chief stand auf, als er ausgeredet hatte, und bedachte alle mit einem strengen, warnenden Blick: Findet das Geld, bevor es die Met tut.

Draußen erhielt McGrain von Morrow seine Anweisungen für den Morgen. Mach dies fertig, klemm dich hinter jenes, bring deinen Reisepass mit, weil wir beide wahrscheinlich nach London fliegen müssen. McGrain hörte zu, schüttelte aber den Kopf, so leicht, als gälte es nur ihm selbst.

»Ich hab morgen Nachmittag frei.«

»Kannst du das verschieben?«

»Krankenhaustermin mit dem Kind. Schiefe Hüfte.«

Das gefiel ihr nicht. »Wir sind rechtzeitig wieder zurück«, sagte sie und wusste, dass sie es wahrscheinlich nicht sein würden.

»Ich kann das Risiko nicht eingehen, Ma'am.« Er hielt die Luft an, fühlte sich ganz und gar nicht wohl damit, ihr zu widersprechen. »Wir warten seit drei Monaten auf einen Termin …«

Sie könnte darauf bestehen. Sie wollte es. Sie sah sich mit einem Mal als einen dieser alten Drecksbosse, die das Sagen hatten, als sie am Anfang ihrer Laufbahn stand, die sich aufplusterten, nur weil sie es konnten.

»Gut. Sag Thankless, er soll seinen Reisepass mitbringen. Dann nehm ich ihn mit.«

Aber sie war deshalb stinksauer: Sie konnte Thankless nicht leiden.

12.

Boyd Fraser hatte fürchterlich schlechte Laune. Er wollte noch auf ein Bier oder so raus, einen Moment für sich haben. Das war das Problem, wenn man in einem kleinen Ort wohnte; kaum war er mit der Arbeit fertig, stand er auch schon vor seiner Haustür. Er hatte sich an den Londoner Rhythmus gewöhnt, eine Stunde oder so Pendeln nach der Arbeit, Zeit zum Runterkommen, Lesen oder Musikhören. Hier kam ihm sein Leben unaufhörlich pflichtgetreu und mühsam vor.

Er überquerte die steile Straße, die nach Hause führte, und nahm den langen Weg, umkreiste den Block zu seinem Haus. Der Himmel zeigte ein blutunterlaufenes Rosa, der Tag wechselte zu einem trägen Ende, und eine sanfte Brise wehte vom Meer herüber. Die Wärme des Cafés schwand von ihm wie der Duft nach frischem Brot.

Er stand wirklich enorm unter Druck. Neues Geschäft, junge Familie. Er brauchte eine Pause, aber Lucy sah das anders. Sie wollte ihn zu Hause haben, immer. Er umkreiste die Nachbargrundstücke und kam an seinem eigenen Gartentor an, acht Minuten nachdem er das Café geschlossen hatte.

Er stieg die sechs Stufen hinauf auf den Rasen. Hübscher Bungalow, schöner Garten. Die Lichter in den Wohnzimmern brannten.

Es war ein schlichtes Haus für die Verhältnisse der Stadt, aber nicht bemerkenswert schlicht. Ein Bungalow mit vier Wohnzimmern, vier Schlafzimmern, einer kleinen Küche mit begehbarem Wandschrank und zusätzlicher Speisekammer. Der Garten war geschickt angelegt. Das Dach in gutem Zustand. Es war malerisch: Vorne hatte man von einer überdachten Holzveranda einen Panoramablick auf das Meer.

Reverend Robert Fraser hatte bis zu seinem Tode das Haus gut gepflegt. Er war zu alt gewesen, um Modernisierungen vorzunehmen, deshalb hatte er keinen hässlichen Wintergarten an die vordere Veranda geklatscht und auch keine Plastikfenster installiert. Es musste nichts repariert werden, keine hässlichen, unpassenden Veränderungen mussten rückgängig gemacht werden, was auch gut war. Boyd war mit nichts als zwei Söhnen und einer Ehefrau in die Stadt zurückgekehrt. Sie hatten umgeschuldet, um mit dem Geschäft loslegen zu können.

Hameau de la Reine.

Scheiße. Es kotzte Boyd an, wie oft ihm das einfiel, wenn er das Haus ansah. Es griff auch um sich. Er hatte letztens im Café daran gedacht, als jemand, natürlich eine Frau mittleren Alters, regionale Freiland-Bio-Eier gekauft hatte. Es war das Gesicht, das sie machte, als sie fragte, ob sie »regional« seien.

Hameau de la verfickte Reine. Es war nicht mal Teil ihrer Urlaubsreiseroute gewesen. Sie wären hindurchgeschlendert, ohne davon etwas mitzubekommen, aber ein Reiseleiter hatte gerade seinen Vortrag auf Englisch gehalten.

Lucy und Boyd hatten im Jahr vor Williams Geburt eine Europatour gemacht, in einem VW-Bus mit einem nagelneuen Motor. Sie besuchten die Biennale in Venedig, machten Rast in den Alpen, aßen und tranken und vögelten und tanzten sich durch ganz Europa. Das Wetter war perfekt, der aufgemöbelte Bus wurde bewundert, egal wo sie anhielten. Die Reise war wunderschön. Sie waren wunderschön. Sie waren voneinander so erfüllt, dass Lucys Schwangerschaft unausweichlich schien, ein Komma in einem langen, flüssigen Satz. Aber hier, in Helensburgh, hallte dieses alberne Hameau in seinem Kopf nach.

Marie Antoinette hatte es auf dem Gelände von Versailles errichten lassen. Eine Groteske. Sie nutzte es, um sich dem Druck des Lebens bei Hof zu entziehen. Es war ein nachgemachtes Bauerndorf, ein Ort, an dem sie die Rolle einer bäuerlichen Dienstmagd spielen konnte. Der Reiseleiter hatte gesagt, dass sie immer hergekommen war, um frisch gewaschene und parfümierte Schafe in Sèvres-Porzellaneimer zu melken, die extra für diesen Zweck angefertigt worden waren. Aber das Hameau war nicht nur dazu da, damit sie die Bäuerin spielen konnte. Es erlaubte den Bewohnern von Versailles, sich vorzukommen, als lebten sie auf dem wilden französischen Land und nicht auf einer eingezäunten Anlage, die von hungernden, wütenden Franzosen umgeben war.

Hübscher Bungalow. Schöner Garten. Er stapfte über den taubedeckten Rasen zur Seitentür.

Boyd sah, wie das weiche Licht aus den Fenstern auf das feuchte Gras fiel. Es sah idyllisch aus. Er dachte darüber nach, ein Foto zu machen und es Sanjay zu schicken. Aber er schickte Sanjay dauernd Fotos. Pullover und Gummistiefel und rotwangige Kinder, eine vom Seewind verwuschelte Lucy, Bilder vom Hund. Sanjays Antwort-SMS wurden immer kürzer, während er das Interesse verlor. *Du Scheißkerl hast vielleicht ein Glück, Mann, ich stecke in der Circle Line fest* wurde zu *Sieht super aus* wurde zu *Super*. Das letzte Mal hatte er sogar in SMS-Sprache geantwortet – mit einem Smiley ☺ – etwas, das sie beide eigentlich verachteten. Es schien, als wäre es ihm mittlerweile egal, ob Boyd ihn für ein Arschloch hielt, weil Boyd nur noch ein Gespenst war. Sanjay hätte ihn besucht, wenn sie nach Cornwall gezogen wären. Alle ihre Freunde hätten sie besucht, wenn sie in Norwich wären. Man brauchte nur zwei verdammte Stunden von Heathrow bis nach Helensburgh, aber niemand kam.

Jetzt war er wütend, und statt sich um die Ecke zu schlängeln, stampfte Boyd quer über den Rasen. Auf halbem Weg merkte er, wie sich seine Ferse in das makellose Gras bohrte. Lucy hatte den Garten übernommen, und sie würde jetzt einen Monat lang deshalb mit ihm schimpfen.

Er ging hinten herum zur Küchentür, löste den paranoiden Rentnersensor für die Außenbeleuchtung aus, den sein Vater eingebaut hatte. Es fühlte sich an wie der immerwährende Vorwurf eines verängstigten Vaters an seinen abwesenden Sohn. Boyd hätte die Scheinwerfer entfernt, wären sie nicht so weit oben an der Mauer.

Als er die Hintertür öffnete, ließ er sie gegen die Wand knallen. Er hörte, wie der Küchenlärm der Kinder mit einem Schlag erstarb. Sogar der Hund war einen Moment lang ruhig. Der Haushalt erfasste sein Eintreten, um seine Laune abzuschätzen. Davon genervt, schleuderte er die Schuhe von sich und traf mit einem die Tür.

Ein Schnüffeln und ein Kratzen von innen an der Tür, und Boyd beugte sich rüber und öffnete sie. Jimbo, der schwarze Cairn Terrier, sah mit sorgenvollen Altweiberaugen zu ihm auf, die rosarote Zunge hing ihm zwischen den Lippen.

Er missverstand absichtlich, was der Hund wollte: »Na dann geh«, er gab ihm ein Zeichen, in den Garten zu verschwinden, »geh raus und mach dein Geschäft, du inkontinenter kleiner Scheißer.«

In der Küche brüllten die Jungs vor Lachen, weil ihr Vater »Scheißer« gesagt hatte und weil Jimbo in der Klemme saß und nicht sie.

Jimbo huschte an ihm vorbei in den dunklen Steingarten.

»Lass ihn nicht in den Steingarten, Boyd.« Lucy stand in der Tür, die rechte Hand steckte in einem geschwärzten Ofenhandschuh. Jogginghosen von Isabel Marant hingen an ihren perfekten, vom Yoga geprägten Hüften. Sie trug ein weißes T-Shirt, gute französische Baumwolle. Ein Stück Haut lag an ihrer Taille frei. Boyd wollte es küssen.

Lucy sah seinen lüstern-verliebten Blick und grinste. »Ernsthaft – lass ihn da nicht hinkacken. Ich muss es wegmachen.«

Boyd hielt seinen Blick auf ihren Hüften. »Gib mir zehn Minuten.«

Lucy sah sich nach dem Ofen um, dann zu Boyd. Sie wusste, was er dachte.

»Ich hab eine Moussaka im Ofen, die gleich fertig ist. Die Jungs wollen zu Abend essen. Ich habe stundenlang ...«

»*Nein*«, sagte er und wies ihre Zurückweisung zurück.

Ein trauriger Blick flackerte in ihren Augen, aber sie blinzelte ihn mit einem schiefen Lächeln weg. »Fick dich, Boyd.«

Sie ging zurück an ihren Ofen.

Jimbo stand an der Tür und wartete auf die Erlaubnis, wieder ins Haus kommen zu dürfen. Boyd schwang den Fuß hinter den kleinen Hund und schob ihn sanft hinein, schloss die Tür zur Veranda.

Er ging in die Küche. Sie hatte den kleinen Flachbildfernseher aus dem Schlafzimmer geholt und auf die Theke gestellt. Sie sahen sich eine Zeichentrickfilm-DVD an. Lucy lenkte die Jungs damit ab. Es war viel zu aufregend für den frühen Abend. Larry sah zu und warf sich vor und zurück, knallte die Stuhlbeine gefährlich auf den Boden.

»Daddy«, bemerkte William geistesabwesend, den Blick auf den Bildschirm geheftet.

Lucy stand mit dem Rücken zu ihm, die Schultern defensiv, während sie das dampfende Essen auf das Kochfeld hob. Sie hatten über das Thema Fernseher als Babysitter gesprochen. Sie wusste, dass es falsch war.

Boyd stürmte zur Theke. »Stell den verdammten Fernseher aus, Lucy!« Er drückte viel zu fest auf den Schalter, warf den Flachbildschirm fast um.

Die Jungs skandierten ihre Einwände. Jimbo stimmte mit ein, jaulte laut, und Lucy beschimpfte ihn wild. Boyd ging raus.

»DAS IST SCHLECHT FÜR SIE«, rief er und ging ins Schlafzimmer, um zu duschen. Er knallte die Tür zu.

Er konnte Lucy draußen hören, wie sie in den Flur brüllte und ihn einen VERFICKTEN Wichser nannte. Dann fingen die Jungs an zu weinen, weil sie sich wieder stritten.

Es tat Boyd nicht leid. Er war wütend und wollte, dass sie auch wütend war.

Er warf seine Arbeitskleidung aufs Bett, hasste das dünnbeinige Mobiliar hier drin, das dick gepolsterte Kopfteil, den Frisiertisch mit dem dreiteiligen Spiegel. Seine Mutter hatte die Sachen ausgewählt. Alles war alt und braun und so gut verarbeitet, dass sie es nicht rechtfertigen konnten, Geld für etwas Neues auszugeben, nicht mal zu Ikea-Preisen.

Er ging in das dazugehörige Badezimmer und drehte die Dusche auf, wartete darauf, dass das Wasser heiß wurde. Das Erste, was er tun würde, wenn er genug Geld zusammenhatte: eine vernünftige begehbare Dusche einbauen lassen anstelle dieses Nachklapps über der Badewanne.

Er musste sich unter dem Wasserstrahl zusammenkauern, um mehr als eine Schulter zur gleichen Zeit nass zu bekommen. Seine Stimmung hob sich, als er merkte, wozu er sich entschlossen hatte. Er lächelte den Boden an, ließ das Wasser über sich laufen.

Morgen würde es ein großes Gelage geben. Nach dem Tanzdinner würde er sich eine wahnsinnige Nacht bescheren, sich besaufen, tanzen, was auch immer zur Hölle er wollte. Und dann, am nächsten Tag, würde er es bereuen und wieder von vorn anfangen.

13.

Alex und Brian fläzten sich auf dem Sofa im Wohnzimmer, um sich herum feuchte Handtücher und Spielsachen, zugeknotete Windelbeutel und vollgekrümelte Teller. Sie sahen halbkonzentriert die Nachrichten, horchten die meiste Zeit aber über das Babyphon nach den Zwillingen.

Mit der Erkenntnis, die nur denen zuteil wird, die es auch anders kennen, wusste Morrow um ihre tiefe Zufriedenheit in diesem Moment. Sie spürte die Wärme des schönen Mannes neben ihr, genoss es, dass ihre Kinder gesund waren. Es gab sogar eine Tasse Tee und Kekse. Meistens fiel es ihr schwer, sich an Glücksmomente zu erinnern – Kummer war beharrlicher, verwirrend, stärker –, aber sie konnte im Hier und Jetzt glücklich sein.

Die Zwillinge waren jetzt dreizehn Monate alt, und von dem Moment, an dem sie durch die Haustür trat, bis sie wieder ging, hob sie sie hoch, wischte sie ab, wechselte ihnen die Windeln oder zog sie um. Sie bemaß jede Tätigkeit anhand der bestimmten Anzahl der erforderlichen Handgriffe. Brian und Alex waren mittlerweile fast beidhändig. Aus der Notwendigkeit heraus konnten sie beide ein Baby füttern und gleichzeitig ein Sandwich zubereiten. Aber jetzt waren ihre Hände leer. Und sie saß. Den Moment feiernd, streckte sie müßig die Hand über das Sofa, erreichte Brian nicht ganz. »War dein Tag okay?«

»Wie immer«, sagte Brian. »Bei dir?«

»Das Übliche. Lügner und Politik.«

»Oh, aye.« Brian hielt den Blick auf den Fernseher gerichtet. »Heute Morgen habe ich vierzig Minuten damit zugebracht,

E-Mails zu beantworten, während mich mein Boss darüber belehrt hat, dass Männer nicht multitasken können.«

Das Babyphon knisterte, leuchtete grün. Es klang, als würden die Zwillinge schlafen, aber das hieß nichts. Sie waren die Fleisch gewordene Verschwörung.

Im Fernsehen sagte ein lächelnder Mann einen Wetterwechsel voraus. Schwere Regenfälle, die Gefahr von Erdrutschen. Eine Talkshow fing an, wütendes Publikum und ein Podium voller Anzüge, es wurde über das Unabhängigkeitsreferendum gesprochen. Alex und Brian stürzten sich beide auf die Fernbedienung.

Brian war Erster und schaltete um.

»O Gott«, sagte er, »ich hasse es. Im Büro nebenan verteilen sie Infomaterial und halten mittags in der Kantine Kundgebungen ab. Sie schauen dir erst aufs Revers, bevor sie dir ins Gesicht sehen.«

Die sehr Engagierten waren dazu übergegangen, Buttons zu tragen, die ihre Zugehörigkeit erklärten, Schilder in ihre Fenster zu stellen und Aufkleber auf die Autos zu pappen. Dadurch wurde die Wahl zu einem unaufhörlichen Hintergrundtrommeln, es war unmöglich, sie zu vergessen.

»Es wird immer verrückter«, sagte Morrow.

»So muss es zur Reformation gewesen sein«, sagte Brian gut gelaunt. »Am Anfang. Als alle noch froher Hoffnung auf die Auferstehung waren.«

Sie schnaubte. »Ich kann es jedenfalls kaum erwarten, dass es endlich vorbei ist.«

»Die Reformation?«

Alex prustete. »Die auch.«

Brian grinste sie an. »Es ist das Reformendum.«

»Da sagst du was«, meinte Alex, als ihr Handy auf dem Beistelltisch aufleuchtete. Unbekannter Anrufer. Sie runzelte die Stirn und ging dran.

Alexandra Morrow? Es war das Shotts Prison. Ihre Nummer war als Familienkontakt für Daniel McGrath aufgeführt.

Der Beamte entschuldigte sich für den späten Anruf, aber ihr Bruder war niedergestochen worden und befand sich im Krankenhaus. Man hatte ihn operiert. Er war stabil. Wenn sie ihn besuchen wollte, musste sie diese Person in jener Abteilung des Scottish Prison Service kontaktieren. Danke, Entschuldigung und gute Nacht. Sie beendeten das Gespräch.

Brian sah, wie ihre Hand in den Schoß fiel, das Handy immer noch umklammert.

»Was?«

»Danny. Niedergestochen. Im Krankenhaus.«

»Geht's ihm gut?«

»Stabil.«

Brians Hand fand ihre.

»Geht's dir gut?«

»Aye«, sagte sie, aber zu hoch, zu schnell.

Er drückte ihre Hand. »Willst du im Krankenhaus anrufen?«

»Morgen.«

Schulter an Schulter lagen sie im Bett. Müßige Tränen krochen aus Alex' Augen, liefen ihr an den Schläfen ins Haar.

Das Licht des Babyphons schien seetanggrün in den Raum. Ein wogender Ozean aus Geräuschen schwappte durchs Zimmer, der Atem der kleinen Jungs ebbte ab und schwoll an. Brian wartete darauf, dass eine Welle brach, bevor er sagte: »Weinst du?«

Sie wartete auf den nächsten Rückstrom und flüsterte: »Ein bisschen.«

»Es geht ihm bestimmt gut.«

Sie weinte nicht, weil sie sich um ihn sorgte. Sie weinte, weil ihr Danny wieder einmal die Illusion geraubt hatte, ein nobler Mensch zu sein.

Nachdem sie aufgelegt hatte und bevor Brian ihre Hand nahm, hatte sich Alex mit einer fast schon sexuellen Leidenschaft gewünscht, ihr Bruder wäre tot. Nicht weil er ein schlechter Mensch war. Sie wünschte ihm nicht den Tod, damit die Welt ein besserer Ort wurde. Sie wünschte ihrem Bruder den Tod, weil er für sie eine Verpflichtung darstellte, die sie nicht eingehen wollte. Durch ihn fühlte sie sich unwohl. Es war mies und herzlos, und das wollte sie über sich nicht wissen.

Brian flüsterte ins Dunkelgrün: »Es geht nie vorbei, was?«

Sie antwortete nicht.

Die im Gefängnis hätten eigentlich gar nicht ihre Nummer haben dürfen. Danny musste sie ihnen gegeben haben. Sie versuchte sich einzureden, dass er es getan hatte, um sie in Verlegenheit zu bringen, aber das war eine Lüge. Danny hatte ihnen ihre Nummer gegeben, weil er niemanden hatte außer Alex. Sie hatte alles: Brian, die Zwillinge, ihren Beruf, alles. Aber Danny hatte nur sie, und sie wollte ihn nicht.

Sie lag still da und lauschte dem wogenden Atmen der Zwillinge. Sie versuchten miteinander in Gleichklang zu kommen: Einer schniefte, der andere stolperte bei einem Ausatmer. Sie korrigierten sich, versuchten, sich so vollkommen zu begegnen wie im Mutterleib, scheiterten aber. Scheiterten immer.

14.

Es war ein nervenaufreibender Morgen. Sie war paranoid wegen Danny und hatte Angst, jemand könnte sie zu einem ungünstigen Zeitpunkt anrufen, wenn sich sein Zustand verschlechterte. Schließlich gab Morrow nach und rief bei der Strafvollzugsbehörde an. Man sagte ihr, Danny sei im Southern General auf der Intensivstation zur postoperativen Betreuung. Sie konnten ihr nichts über seinen momentanen Zustand sagen, dazu müsste sie im Krankenhaus anrufen. Das bedeutete vermutlich, dass er nicht tot war.

Sie stürzte sich in die Arbeit und hoffte dort auf Trost, fand aber keinen. Die erste E-Mail behandelte die Nachverfolgung von Fuentecillas Handy. Die Auswertung war vorläufig und deckte nur die letzten achtundvierzig Stunden ab.

Das Handy hatte die Autobahn in südliche Richtung genommen, hatte in Stone in Staffordshire angehalten, danach auf dem Parkplatz in Luton, und war schließlich in Mayfair in der Londoner Innenstadt gestern am frühen Abend angekommen. Maria und Juan Pinzón Arias wohnten in Mayfair. Vier Stunden später ließ sich das Handy durch die Nacht auf dem Weg zurück die M1 hinauf verfolgen, Richtung Schottland. Die Fahrt nach London dauerte sechs Stunden in beide Richtungen. Es war eine lange Zeit, um wütend zu bleiben, dachte Morrow, sogar für Roxanna. Sie sah auf dem Bild des Geldautomaten nicht wütend aus.

Fuentecilla kehrte nach Glasgow zurück, mied ihr Haus, fuhr am Flughafen vorbei und überquerte die Erskine Bridge über die Clyde-Mündung nach Argyle. Um fünf Uhr morgens rief sie von einem Hügel außerhalb von Helensburgh einen Mr. Frank Delahunt auf dessen Festnetznummer in Helensburgh an. Dann ging das Handy aus.

Morrow sah es sich auf der Karte an: Der Anruf war von einem kahlen Feld an der Küstenstraße gemacht worden, anderthalb Kilometer außerhalb des Orts.

Die zweite E-Mail kam von DS Saunders, der sie vorwarnte: Die Met war über die Vermisstenanzeige informiert. Man hatte sie bei Fuentecillas Handyüberprüfung ins CC gesetzt, und nun hatten sie beschlossen, sich selbst mit den Arias' zu befassen. Ihr Vergnügungstrip nach London war abgesagt.

Met-Beamte würden heute Vormittag Maria Pinzón Arias und ihren Mann in ihrer Residenz in Mayfair besuchen. Met-Beamte würden Angebertee angeboten bekommen und zweifelsohne auch Kekse. Währenddessen war Morrow damit betraut, den Ort des letzten Handyanrufs zu überprüfen. Sie durfte auf einem verregneten Hügel herumstehen, durch Pfützen und Kuhscheiße stapfen, nach Leichen und/oder Handyteilen Ausschau halten und dann Frank Delahunt aufsuchen.

Sie rief den Bauern an, dem das Feld gehörte. David Halliday klang alt und schroff. Er wohnte gleich neben dem Feld, bewirtschaftete den Bauernhof allein, sagte er. Und er hatte etwas gehört: Er war gestern früh um fünf Uhr aufgewacht, weil seine Hunde gebellt hatten. Das bedeutete, dass da jemand Fremdes war, was selten genug vorkam, weil es sich bei der Straße um eine Sackgasse handelte. Ein Wagen. Er legte sich wieder hin, aber die Hunde bellten weiter. Er sah Autoscheinwerfer an seiner Decke. Zwei Wagen, dachte er. Die Hunde bellten immer weiter. Morrow fragte ihn, was das bedeutete, und er sagte, er wisse es nicht, die Hunde hätten es ihm nicht verraten. Mr. Halliday klang nach einem Scherzkeks. Ihn zu besuchen würde dem Morgen vielleicht die Melancholie nehmen.

Sie legte auf und ging ins Lagezimmer, um McGrain nach

dem Krankenhaustermin seines Kindes zu fragen. Sie war schon niedergeschlagen genug und wollte sich nicht auch noch einen ganzen Vormittag lang den Scheiß anhören, den Thankless verzapfte. Als sie den Raum betrat, sah sie sich nach jemandem um, der mit dem Fall vertraut war, egal wer, aber Thankless war der Einzige dort. Er hob hoffnungsvoll den Blick, ahnte noch nicht, dass er nicht für einen Tag nach London jetten durfte. Offenen Mundes gaffte er sie an, während sie auf der anderen Seite des Raums mit McGrain sprach.

McGrain sagte, er müsse um Viertel nach zwei zurück sein. Sie musste jetzt nur nach Helensburgh, sie könnte McGrain nun doch mitnehmen, aber es würde unter Umständen mächtig knapp werden.

»Da ist ein Anruf für Sie, Ma'am.« DC Kerrigan, eine blonde Frau mit sehr spitzen Zähnen, reichte ihr das Telefon. »Ein Rückruf von Mr. Halliday von der Lurbrax Farm.«

Mr. Halliday klang außer Atem. Hören Sie, Liebes, sagte er, er war gerade draußen gewesen und einem der Hunde hinter den großen Stall gefolgt. Er hatte ein Auto gefunden. Es war schwarz und groß und gehörte nicht ihm, und niemand war drin.

Roxannas Auto war schwarz.

Morrow bat ihn, nichts anzufassen, die Hunde bitte drinnen zu lassen, und sie würde in einer halben Stunde dort sein. Die Kriminaltechnik würde informiert werden müssen, falls sie eine Leiche fanden. McGrain kam nicht in Frage. Sie signalisierte Thankless mitzukommen. Er stand grinsend auf und zog seinen Pass aus der Schublade.

»Nein, wir fliegen nicht nach London«, rief sie ihm quer durch den Raum zu, »wir fahren nach Helensburgh.«

Das gefiel den Leuten im Lagezimmer.

Nach fünfzehn Minuten im Auto wusste sie wieder, warum sie ihn so gar nicht leiden konnte: Thankless war entsetzlich pompös. Manchmal hatte er recht, sie konnte das nicht vollständig leugnen, aber es war die Art, wie er Dinge sagte.

Sie brachte ihn auf den neusten Stand der morgendlichen Entwicklungen, während sie nach Helensburgh fuhren.

»Die Met wird die Erlöse einstreichen«, verkündete er, als sie über die Erskine Bridge fuhren. »Unser Chief sitzt nun mal nicht am längeren Hebel.«

Sie ignorierte das. Fuentecillas Spur hatte bis nach London geführt …

»Sie ist mit einem Liebhaber durchgebrannt.«

Sie versuchte, ihre Verärgerung auszudrücken, indem sie es in der Luft hängen ließ, aber er blieb unbeirrt.

»Spanische Frauen sind einfach …«

»*Halten Sie verdammt noch mal die Klappe.* Sie plappern nur Mist nach. Das ist schlechte Polizeiarbeit. Warten Sie auf Fakten, auf ein klareres Bild. Man muss unvoreingenommen bleiben, verdammte Scheiße.«

Thankless' Augenbrauen wanderten hoch und blieben dort.

Alex starrte aus dem Seitenfenster. Sie hatte es wieder getan: auf dass aus Fremden Freunde werden. Sie hatte ihre Wut nicht im Griff. Es war ihr Problem, sagte sie sich, nicht seins. Menschen hatten das Recht, nervig zu sein.

Sie fuhren schweigend weiter, bis sie scharf zur Lurbrax Farm abbiegen mussten. Sie lag an einem Steilhang etwa anderthalb Kilometer vor Helensburgh, mit Blick auf die breite Clyde-Mündung.

»Hier«, sagte Morrow, und sie bogen ab.

Die holprige Straße war auf beiden Seiten von Hecken gesäumt und führte zu einer Gruppe heruntergekommener Wirtschaftsgebäude, in deren Mitte ein Wohnhaus stand. In jedem der hohen Fenster des Bauernhauses prangten »Ja«-Schilder von der Referendumskampagne, Weiß auf Hellblau, von innen gegen die Scheiben gelehnt.

Thankless nickte. »Der traut sich was«, verkündete er. »Hier draußen gibt es sonst praktisch nur ›Nein‹-Wähler.«

Ihr Problem, nicht seins. Sie brummte, und er interpretierte es als: Wirklich? Führ das doch bitte aus, du interessanter und kluger Mann. Also tat er es.

»Bei ›Ja‹ soll doch der Flottenstützpunkt für atomgetriebene U-Boote dichtgemacht werden. Es heißt, der Immobilienmarkt wird hier draußen kollabieren. Jetzt sind die Preise eingefroren.«

Ein Ford Fiesta, ein Stadtauto, parkte weiter oben. Man hatte Morrow gesagt, die forensische Fotografin würde vorbeischauen, und sie vermutete, dass es ihr Wagen war. Dass sie überhaupt hier war, lag nur an PINAD. Fuentecillas Leiche war noch nicht gefunden worden, nur ihr Wagen, vermutlich war sie in Wirklichkeit gar nicht hier. Thankless parkte hinter dem Ford, und Morrow erschrak, als sie am Heckfenster einen »Nein danke«-Kampagnenaufkleber sah. Es war ein umstrittenes Thema. Die Fotografin hätte genauso gut in einem Fußballtrikot erscheinen können.

Morrow stieg aus und geriet in einen frischen, warmen Regenguss. Sie zog den Mantel enger um sich und stürmte zum Bauernhaus.

Zwei Hunde kündigten ihre Ankunft mit harmlosem Gebell an. Ein älterer Hund, grauhaarig und mit grauem Star in einem Auge, spähte aus der offenen Scheune und verschwand wieder in der Dunkelheit. Mr. Halliday kam heraus, von seinem milchäugigen Begleiter flankiert. Er rief den lärmenden jungen Hunden zu: »Still jetzt!«

Er sah älter aus, als er sich am Telefon angehört hatte. Ein wettergegerbter Mann in den Sechzigern oder Siebzigern, die Wölbung seines Bauchs wurde von dem gerippten Pullover, der sich darüber spannte, noch betont. Er sah Morrow mit einem frechen Zwinkern an. »Sind Sie das?«

»Aye«, lächelte Morrow. »Sind Sie's?«

»Das denk ich doch.« Er richtete seine Aufmerksamkeit auf Thankless. »Und was ist das für einer?«

Thankless lächelte wohlwollend und streckte die Hand aus. »Ich bin DC Thankless von Police Scotland.«

Halliday zeigte ein klein wenig aggressiv seine braunen Zähne und schüttelte die dargebotene Hand. »Nun, mein Junge, ich bin Ich von Hier.«

Sie ließen ihre Hände los, und Halliday wandte sich an Morrow.

»Also, was ich gesagt hab: Ich habe gestern früh geschlafen, das da oben ist mein Schlafzimmer« – er zeigte auf ein kleines Fenster oben rechts im Bauernhaus – »bis ungefähr um fünf. Die Hunde haben mich geweckt, weil sie gebellt haben. Das haben sie danach noch ein paar Mal.«

»Sie sind aber nicht aufgestanden?«

Seine Hand wanderte zu dem Kopf des Hundes. »Die Hunde stehen immer vor mir auf. Ich bin lange aufgeblieben und habe *Breaking Bad* geschaut, haben Sie das schon gesehen?«

»Nein.«

»Ich sag Ihnen was.« Er nickte feierlich. »Das lässt einen erst mal nachdenken, bevor man seine Nase irgendwo reinsteckt.«

Argyle and Bute war eine der sichersten Gegenden im Land, aber sie konnte sich Mr. Halliday vorstellen, wie er sich unter seine Bettdecke verkroch, während Scheinwerferlicht über den Putz seiner Wände glitt: Mr. Angst vor Überfall.

»Nicht, dass es bei mir was zu holen gäbe, das nicht.«

»Ich dachte, alle Bauern wären Millionäre.«

Mr. Halliday schnaubte. »Ach, wirklich? Dann haben Sie sich vielleicht zu oft *The Archers* im Radio angehört. Ich hatte früher eigentlich nie Angst, aber wenn man älter wird, macht man sich so seine Gedanken.«

»Ich bin nicht alt«, sagte Morrow, »und ich habe ständig Angst.«

Das gefiel ihm. Er zeigte auf seine »Ja«-Schilder in den Fenstern und vertraute ihr an: »Hier gibt es Leute in der Gegend, die würden einen dafür ausräuchern.«

Die Gemüter waren erhitzt, das wusste sie, aber hier spielte eine Menge Paranoia mit hinein, und beide Seiten wetteiferten um das begehrte Opfergold.

»Ich dachte, hier draußen herrschte geschlossene ›Nein‹-Stimmung.«

»Oh, das stimmt auch. Absolut.« Er warf einen Blick über die Schulter, als könnten sich »Nein«-Attentäter in der Hecke verstecken. »Wegen der Immobilienpreise.«

»Und Ihnen macht das keine Sorgen?«

Er sah sie trotzig an. »Nee! Mir sicher nicht, aber vielen anderen hier draußen. Die wollen sich absichern. Das würden Sie nicht glauben. Und die sind fies. Im Gemeinderat sitzen nur Freimaurer. Die haben zugelassen, dass der ›Nein‹-Mob einen Kampagnen-Pavillon auf den Marktplatz stellt. Ohne Genehmigung. Nichts.«

Es kam ihr merkwürdig komödiantisch vor, sich an so etwas zu stoßen. »Wurden Sie von jemand Bestimmtem bedroht?«

»Nein, nur allgemein.« Er hob die Schultern und lächelte. »Ich geh in Rente. Ich sag, was ich will. Und es ist mir egal, ob ich persönlich schlechter wegkomme. Wenn Schottland endlich …«

»Nein!« Morrow hielt eine Hand hoch. »Bitte! Nicht!« Sie konnte nicht noch einen politischen Monolog ertragen. Jeder in Schottland hielt einen bereit.

Mr. Halliday verstand sie falsch und nickte. »Ich weiß. Sie sind bei der Polizei. Sie dürfen sich nicht einmischen.«

Sie ließ ihn in dem Glauben und zeigte ihm das Bild von Roxannas Gesicht, das aus dem Orchideenhausbild herausvergrößert war. Er erkannte sie nicht.

»Was war das für ein Auto, das Sie in der Nacht gesehen haben?«

Er trat auf die Straße hinaus und zeigte auf den Wagen der Fotografin. »Sehen Sie das rote da? Die Sorte. Nur in Silber.«

Sie hoffte, dass er den Aufkleber am Fenster nicht bemerkte, trat einen Schritt zurück und sah zu dem Auto. Es hatte eine deutliche Beule an der Seite, wie ein Schatten unter einem Wangenknochen. »Sie haben nicht zufällig das Nummernschild gesehen?«

»Leider nein.«

»Wo ist der schwarze Wagen, den Sie gefunden haben?«

Mr. Halliday führte sie zu einem Feld, hob die Kette von einem Gatter, zog es weit auf und ließ sie hinein. Er führte sie am Zaun entlang bis hinter den Stall. Da stand der schwarze Alfa Romeo 4C, den Morrow drei Wochen lang auf dem Überwachungsmaterial beobachtet hatte. Man konnte ihn von der Straße und vom Wohnhaus aus nicht sehen. Sie verstand, warum Mr. Halliday einen Tag gebraucht hatte, um ihn zu entdecken. Er war so dicht an den Stall geklemmt, dass Roxanna Schwierigkeiten gehabt haben musste, aus der Fahrertür auszusteigen. Sie traten an den Zaun, um hineinzusehen.

»Ich lass Sie mal machen«, sagte Halliday und ging zurück zu seinen Hunden.

Kein Blut, keine Handtasche, nichts Außergewöhnliches. Morrow zog einen Latexhandschuh an und versuchte die hintere Beifahrertür zu öffnen. Sie war nicht abgeschlossen.

Die Fotografin tastete sich vorsichtig über das matschige Feld, um zu ihnen zu kommen. Sie hatte bereits das Wageninnere fotografiert, sagte sie, und war dann auf den Hügel geklettert, um eine Totale von der Situation zu bekommen, aber sie wurde nach Stunden bezahlt und musste jetzt los. Heutzutage drehte sich alles nur um Zahlen.

»Haben Sie das Auto offen vorgefunden?«

»Ja. Sie sollten auch ins Handschuhfach gucken.«

»Okay.« Morrow sah ihr nach, dann fiel ihr ein: »Hey — machen Sie den ›Nein‹-Aufkleber ab. Sie sind im Einsatz.«

Die Fotografin verdrehte die Augen. »Es tut mir so leid. Mein Auto ist kaputt, das ist der Wagen von meinem Vater.«

»Dann decken Sie den Aufkleber ab, solange Sie den Wagen benutzen.«

»Ich bin sowieso für ›Ja‹«, sagte sie.

»Tja, nun, das ist Ihre Privatsache und geht mich nichts an. Decken Sie einfach den Aufkleber ab.«

Die Fotografin nickte und verschwand.

Morrow richtete ihre Aufmerksamkeit auf das Auto. Wenn eine Londonerin ihr Auto offen ließ, bedeutete es vermutlich, dass Roxanna in der Nähe geblieben war. Es bedeutete, dass sie wieder einsteigen wollte.

Mit einem Mal war Morrow sehr kalt. Sie wies Thankless an, auf dem Feld nach einem Handy oder irgendwelchen Hinweisen zu suchen. Er verzog sich, und sie raffte ihren Mantel, um über den Zaun zu steigen. Sie öffnete die Wagentür, griff hinein und ließ das Handschuhfach aufklappen.

Ein blauer Gefrierbeutel mit *Waitrose*-Aufdruck. Er war mit einem weißen Draht verschlossen, in der Ecke wölbte sich weißes Pulver. Auch ohne dass das Etikett ausgefüllt war, konnte sie sich denken, worum es sich handelte. Sie sicherte es als Beweis und suchte auf dem Boden weiter. Es war merkwürdig: Roxanna war zwölf Stunden lang gefahren, auch durch die Nacht, aber der Boden war fast schon steril. Es gab keine losen blonden Haare, keine Krümel, nicht einen einzigen Grashalm, der an der Schuhsohle hineingetragen worden war. Jemand hatte gesaugt.

Morrow sah sich die Tür und das Lenkrad genau an, suchte nach Finger- oder Handabdrücken. Beides war abgewischt worden. Sie begutachtete einen Rückstand am Türgriff: Reinigungstücher. Sie wusste, welche Spuren sie hinterließen, weil sie sie benutzten, um die Fingerabdruckmaschine auf dem Revier zu säubern, nachdem jemand verhaftet worden war, die Gefahr einer Hepatitis C-Übertragung immer im Hinterkopf. Sie hatten häufig alkoholische Desinfektionsmittel benutzen müssen, als sie noch in Uniform unterwegs war, und sie rauten die Hände auf. Morrow erinnerte sich noch an das rohe Gefühl an den Fingerspitzen.

Sie schloss vorsichtig die Tür und rief auf dem Revier an: Schickt sofort einen forensischen Abschleppwagen her, und außerdem McGrain und Kerrigan. Sie brauchte Leute, um die Beweise zum Revier zu bringen. Wasserdichte Fälle waren schon wegen fehlerhafter Beweisketten gestorben. Sie konnte fast den Verteidiger hören, wie er Mr. Halliday ins Kreuzverhör nahm: Und wie lange stand der Wagen offen dort herum?

Thankless stapfte langsam über das Feld und suchte den Boden ab. Sie ging zu ihm. »Irgendwas gefunden?«

»Nein, Gott sei Dank.« Er war erleichtert, über nichts Grausiges gestolpert zu sein. Aber Morrow spürte, dass sie vielleicht etwas hatte: Die Reinigungstücher ließen auf Vorsatz schließen. Sie waren verdächtig. Die meisten Leute würden ihren Jackenärmel benutzen, um Abdrücke zu verwischen.

Sie richtete sich auf und bemerkte plötzlich den wunderbaren Blick. Üppig grüne Felder breiteten sich bis zum glitzernden Wasser aus. Die Hügel, ebenfalls grün, erhoben sich am gegenüberliegenden Ufer. Lächelnd sah sie die Küste zu ihrer Rechten hinunter, wo sorgsam angeordnet Helensburgh lag, die regenbedeckten Straßen schimmerten silbern im Sonnenlicht.

»Ich kenne Helensburgh eigentlich ziemlich gut.«

Er erklärte ihr, dass er ein Gewinn war. Sie wollte ihn nicht ermutigen, also sah sie weg. »Ja, es ist alt.«

»Eigentlich nicht. Es ist erst dreihundert Jahre alt. Es wurde als Luxusurlaubsort gebaut. Der Gründer benannte es nach seiner Frau ...«

»Ich weiß.« Sie hatte es nicht gewusst, aber er störte sie beim Denken.

Er versuchte weiter, sie zu beeindrucken. »Wussten Sie auch, dass mal ein Viertel aller britischen Millionäre dort wohnte?«

Das war recht interessant, wenn auch irrelevant. Morrow blieb stumm. Sie sah dorthin, wo das Straßennetz aufhörte und große Bäume sich mit Wiesen abwechselten bis zu den Hängen der umliegenden Hügel.

»Ich kenne es so gut, weil ich bei den Seekadetten war. Wir sind da drüben bei dem Outdoorcenter segeln gegangen.« Er zeigte auf einen entfernten Wald aus Schiffsmasten.

Morrow nickte in die richtige Richtung und dachte über die Reinigungstücher nach. Ihr Mangel an Feindseligkeit stimmte Thankless optimistisch, und er fragte: »Waren Sie bei den Kadetten?«

»Nein«, sagte Morrow.

»Es war großartig. Ich habe es geliebt.«

Sie fragte sich, warum sie sich darüber unterhielten, warum sie Persönliches austauschten, als wären sie Freunde. Es musste an der Umgebung liegen. Durch die Nähe zum Wasser hatte dieser Ausflug etwas von Urlaub.

»Kennen Sie die Gegend bei Helensburgh oben ...«

»War ich nie.« Sie killte den kameradschaftlichen Austausch mit einem »Wir waren aus Largs« und ging vor zum Auto. Sie warf einen Blick zurück und sah, wie Thankless betreten über das Wasser in Richtung Largs blickte.

Die beiden Ortschaften befanden sich an den gegenüberliegenden Küsten der weiten Mündung und wandten beide schüchtern den Blick voneinander ab. Helensburgh war dreihundert Jahre alt, hübsch und bestand auf seiner Erhabenheit. Largs war tausend Jahre alt und kümmerte sich einen Dreck darum, was irgendjemand dachte. Es hatte Wikingerschlachten und deutsche Bomber gesehen, den Schwarzen Tod und die EU. Es war ein Ort für Eisdielen, abgeschmackte Spielhallen, Pommes und Süßigkeiten und Taschengeldspielzeug. Es war ein Ausflugsziel der Arbeiterklasse. Helensburgh war der soziale Aufstieg.

Er holte sie am Auto ein. »Also, wenn ich mal im Lotto gewinne, will ich hier wohnen. Diese frische Luft und …«

»Ich mag's auf dem Land nicht«, sagte Morrow.

»Warum nicht?« Er lächelte sie an, überrascht und von oben herab, kurz davor, ihr zu erklären, warum sie so gänzlich falsch lag und warum »das Land« eine grandiose Sache war.

»Die Läden sind scheiße«, sagte sie. »Egal, genug geplaudert. Sie rufen das Revier an und sehen zu, dass Kerrigan die Kriminaltechnik mitbringt.« Das würde Kerrigan sowieso tun, und Morrow war klar, dass sie es tun würde. Sie gab Thankless nur eine Aufgabe, damit er wieder wusste, wer hier das Sagen hatte.

Sie ging fort, froh darüber, dass er den Mund hielt, aber enttäuscht von sich selbst. Es war ihr Problem. Sie hatte es immer gehasst, wenn sich Bosse ihr gegenüber so aufführten. Sie hasste es auch heute noch. Sie dachte an DCC Hughes, der das Meeting verließ, bevor alle ausgeredet hatten.

Als sie am Tor war, drehte sich Morrow noch einmal nach dem betörenden Anblick um. Der Wind, der vom Wasser kam, wehte eine sanfte La-Ola-Welle über das Rapsfeld.

Morrows Bauchgefühl sagte ihr, dass Roxanna wahrscheinlich tot war. Reinigungstücher und ein Handstaubsauger für den Autoinnenraum. Es war professionell, und es war ernst. Es gab keine Profikiller in Helensburgh, nur dicke Männer in Trainingsanzügen, die ihre Rivalen für eine Handvoll Fünfzig-Pfund-Scheine abstachen. Ein Profi wäre in so einer kleinen Gemeinde aufgefallen.

Sie nahm ihr Handy und rief CI Nolly Dent an.

15.

Nachdem er den Mittagsansturm im Café hinter sich gebracht hatte, rannte Boyd Fraser schwerfüßig los. Ihm blieben vierzig Minuten, bevor er mit den Vorbereitungen für das Benefiz-dinner anfangen musste. Erst schob er es auf seine Turnschuhe, dann fiel ihm ein, dass er es immer auf die Turnschuhe schob. Dass er eigentlich gar nicht gern lief.

Er rannte direkt in westliche Richtung, hielt sich von der kreuzungsfreien Küstenstraße fern, um eine Entschuldigung zu haben, wenn er an den Querstraßen stehen blieb und nach Atem rang. Der schwarze Asphalt schimmerte, und ein Elek-troauto erschreckte ihn, als es an ihm vorbeigeisterte und die Räder auf der regennassen Straße zischten.

Er hatte keinen Spaß am Laufen. Der Wind ärgerte ihn. Autos und Fußgänger kamen ihm in den Weg, alles tat weh. Früher war er einmal sehr fit gewesen und hatte am London Marathon teilgenommen. Er hatte sogar die Zeit seines Trai-ningspartners um drei Minuten unterboten, etwas, das ihm Sanjay nie wirklich verzeihen konnte. Jetzt verglich sich Boyd immer mit diesem Nie-wieder-Höhepunkt. Er pflügte sich weiter vorwärts, vorbei an Landhäusern, Segelhäusern, dem Eingangstor zu einem neogotischen Schloss. Er spürte, wie sei-ne Schultern rund geworden waren, weil er ständig über die Arbeitsfläche und über Rechnungsbücher gebeugt war, Kinder und Milchkisten hochhob.

Miss Grierson gestern zu treffen hatte ihn durcheinander-gebracht. In seinem Kopf war ein lückenloser Zeitablauf zwi-schen damals und heute entstanden, als wäre er nie am UCL gewesen und hätte nie fünfzehn Jahre in London verbracht, hätte nie in Cornwall gecampt und gesurft, als wäre er immer nur hier gewesen, und Lucy und die Kinder wären wie durch Zauberei in seinem Geburtsort erschienen.

Während er fort war, an der Universität, auf Reisen, hatte er sich selbst als jemanden gesehen, der unglücklich in Helensburgh war, gefangen in der niederdrückenden Korrektheit seines Elternhauses, der Kälte seines Vaters. Die drögen Tage der Sonntagsschule, mit Buntstift gemalte Bilder von Jesus, der Dunst von Familiengeschichte und das Gewicht der Erwartungen. Sie waren die guten Frasers, die rechtmäßig Erwählten. Seine Mutter dachte, dass alles, was ihr zustattenkam, Gottes Plan war. Alles andere war das Werk der Katholiken und Anglikaner.

Aber das Wiedersehen mit Miss Grierson hatte ihm diese Zeit wieder nähergebracht und ihn daran erinnert, wie es wirklich gewesen war, hier aufzuwachsen: ziemlich angenehm. Seine Eltern waren nette und sanfte Menschen, bigott, ein bisschen streng, aber wohlmeinend. Der Wunsch, alles kaputtzureißen, die Bitterkeit, der Hohn, das alles kam von Boyd selbst. Er wünschte, er hätte Miss Grierson keinen Job für heute Abend gegeben. Er wollte sie nicht wiedersehen.

Boyd keuchte weiter, und die Einsicht, dass er wirklich nie furchtbar gelitten hatte und eigentlich glücklich sein sollte, verstörte ihn. Er war nämlich nicht glücklich. Wessen Schuld es auch war, die Tatsache blieb: Er war es nicht. Er tat sich leid. Er kam sich vor, als hätte man ihn um etwas Lebensnotwendiges betrogen, und er wusste nicht, was es war.

Er schüttelte den Kopf, als er sich einer Querstraße näherte, schüttelte die Gedanken ab. Warum tat er sich selbst so leid? Er wusste es nicht mehr.

Er blieb am Rinnstein stehen: Lucy. Lucy war die ganze Zeit sauer. Es war der Druck der vielen Arbeit, weil er ein neues

Geschäft gegründet hatte, die Schlaflosigkeit durch die Kinder. Es war irgendwas davon. Erleichtert, als ergäbe alles wieder Sinn, lief er weiter. Es war der Druck des Lebens bei Hof. Marie Antoinette.

Jetzt war er schon wieder bei dem beschissenen Hameau. Genervt von dem aufdringlichen Gedanken, seinen schwachen Beinen und dem Gewicht, das er zugelegt hatte, drehte er um und rannte bergab in Richtung Wasser, blieb stehen, um einen Waitrose-LKW vorbeizulassen. Das scheiß Waitrose nahm ihm die Kundschaft und die Allergiebastarde. Waitrose verwandelte die ganze Stadt in einen Ruhesitz für Bankmanager.

Die Wut trieb ihn an, und er lief jetzt ziemlich schnell. Er dachte an Sanjay und wie sie miteinander gewetteifert hatten. Das vermisste er. Einen Ansporn, der ihn zu persönlichen Höchstleistungen trieb. Eine Bezugsgruppe. Das brauchte er.

Als hätte ihn das Universum erhört, sah er etwas über einen halben Kilometer entfernt an der Küste einen Mann, der ihm vage bekannt vorkam. Der Mann stand mit dem Gesicht zu Boyd an ein Trafohäuschen gelehnt. Sein Kopf war rasiert, er trug einen Trainingsanzug, dessen Reißverschluss er über dem Bauch zugezogen hatte, ein billiger Gangster, und er rauchte auf dekadente Cowboyart. Boyd kannte ihn irgendwoher, aber nicht aus dem Café, nur vom Sehen. Ihm fiel kein Name ein.

Boyd merkte, dass er auf den Mann zulief. Er könnte von ihm was zum Schniefen bekommen, oder zumindest würde er jemanden kennen. Ein chemisches Abenteuer. Das wäre es vielleicht. Sich kurz wegschießen.

Er wurde langsamer, als er sich näherte, und erregte die Aufmerksamkeit des Gangsters, blieb stehen, um Atem zu schöpfen und sich um sein Seitenstechen zu kümmern. Die beiden Männer standen parallel, aber mit Abstand, nickten sich zur Begrüßung zu.

»Alles klar?«, keuchte Boyd.

Der Cowboy nickte und löste sich von der Wand, die Hüften zuerst, dann Rücken und Schultern, stieß sich zuletzt mit dem Nacken ab und stand aufrecht da.

»Wir kennen uns doch, oder?«, fragte Boyd.

Der Mann ließ seine Zigarette fallen und zermahlte sie mit der Schuhspitze. »Wer bist du?«

»Boyd Fraser.« Boyd musste kurz Luft holen, und schon war der Moment vergangen, in dem er den Cowboy nach seinem Namen hätte fragen können.

»*Fraser?*« Der Cowboy grinste, als könne er es kaum glauben. Fraser war ein wohlbekannter Name in der Stadt.

»Aye.« Boyd sagte normalerweise nicht »Aye«. Seine Mutter hätte diese Art zu reden nicht gestattet.

»Ich kenn einen Fraser.« Er kam auf Boyd zu. Einen klitzekleinen Moment lang dachte Boyd, er würde ihn schlagen. Stattdessen blieb er stehen, neigte den Kopf zur Seite und fragte: »Wer ist denn dein Alter?«

Boyd wandte sich ihm frontal zu. Er war größer als der Mann, hatte breitere Schultern und war fitter. »Reverend Robert Fraser.«

»Diese Frasers? Dir gehört das Café? Dieses Puddle-Ding in der Sinclair Street?«

»Paddle. Aye.«

Der Cowboy schaute ernst und streckte ihm die Hand entgegen. »Tommy Farmer.« Englischer Name, grenzübergreifender Akzent, aber rundlicher, schottischer Körperbau: ein Navy-Kind.

Boyd schüttelte seine Hand. »Alles klar, Mann?« Er wusste nicht genau, wie er das Thema eines Deals anschneiden sollte. »Hey, du weißt nicht zufällig, ob …«

Aber Tommy hatte sich weggedreht. »Murray! Murray Ray! Dass ich dich hier treffe!«

Boyd hatte die beiden Menschen, die die Küstenstraße ent-lang auf sie zugeschlendert waren, nur am Rande wahrge-nommen, aber der Mann und das Kind hatten offenbar das Tempo erhöht und sich beeilt, während er nicht hingesehen hatte. Jetzt waren sie schon auf ihrer Höhe, und der Mann war stehen geblieben und sah verängstigt aus. Er hielt die Hand seiner Tochter ganz fest. Er trug einen kleinen »Aye«-Button am Jackenaufschlag, versuchte aber, ihn mit der freien Hand abzudecken, während er Tommy besorgt im Auge behielt.

Boyd erkannte, dass Tommy Farmer der Grund für die Angst war. Das fand er aufregend. Er verlagerte sein Gewicht in Rich-tung Tommy, glitt hinter seine Schulter, gab zu verstehen, dass sie zusammengehörten, auch wenn das nicht stimmte.

»Hiya, Murray.«

»Hiya, Tommy.« Murray senkte eingeschüchtert den Blick. »Der Button – ich weiß, Mark will nicht …«

»Vergiss es«, sagte Tommy. »Ich bin auch für ›Ja‹.«

Aber der Button war offensichtlich nicht das Problem, die Atmosphäre zwischen den beiden verbesserte sich nämlich nicht.

»Bist du auch für ›Ja‹, Boyd?« Tommy sah ihn an. Boyd war ein überzeugter ›Nein‹-Anhänger, aber das konnte er jetzt schlecht sagen. Er nickte leichthin, und die Männer sahen wie-der einander an.

Boyd wünschte sich ungeduldig, dass der Vater und das Kind weitergingen, weil er sich für eine Eröffnung entschieden hatte: *Tommy, du weißt nicht zufällig, wo ich eine Nase voll herkriege, oder?* Er übte es im Kopf. Er wartete auf eine Pause.

Aber Tommy und Murray trugen eine erbitterte private Un-terhaltung mit starren Blicken aus. Sie würden sich nicht vor dem Kind streiten, sie waren in einer Kleinstadt, klein genug, dass Kinder mit dem Gefühl aufwuchsen, kollektive Ressour-cen zu sein. Erwachsene verbargen ihre Feindseligkeiten und schwärten stattdessen bedrohlich. Aber wenn Boyd mit dem Mädchen plauderte und sie ablenkte, konnten sich die Männer aussprechen, und Murray würde weitergehen.

Boyd sah sie an. Ungefähr zehn oder elf, dicke Brille, pink-farbene Steppjacke und eine passende Wollmütze, die aussah, als würde sie jucken. Sie kratzte sich ständig am Kopf.

»Wie heißt du?«, fragte er.

»Lea-Anne Ray. Und du?«

»Boyd Fraser.«

»Oh, aye. Gehörst du zu den Lawnmore-Frasers oder zu den Colquin-Leuten?«

Es war ein erstaunlich gewitzter Kommentar zu seiner Familiengeschichte. Eine Generation zuvor hatte sich die Familie aufgeteilt in diejenigen, die in Lawnmore lebten, und die andere Seite, der es nicht so gut ergangen und die schließlich in den Sozialwohnungen in Colquin gelandet war.

»Lawnmore«, sagte er.

»Oh, aye. Sehr schön.« Sie schürzte die Lippen und wandte den Blick ab. Es schien ihr nicht so ganz zu gefallen.

Murray mischte sich ein. »Unsere Lea-Anne ist eine ganz Altkluge, was, Kleines? Ihre Omis haben sie großgezogen.«

Die Männer achteten bloß darauf, wie er mit ihr sprach, ohne die Gelegenheit zu nutzen, die Boyd ihnen verschaffte. Er merkte, wie sinnlos es war, und ließ es bleiben.

Tommy gestikulierte in Richtung Murray, der kurz vorm Heulen schien. »Boyd und Murray, ihr kennt euch noch nicht, oder?«

Boyd, der immer noch etwas kurzatmig war, schüttelte den Kopf.

»Nun, Gastwirtskollegen«, Tommy lächelte, aber sein Blick hatte etwas Gemeines, »das ist Murray Ray, ihm gehört das Sailors' Rest da hinten.«

Boyd sah an dem Mann und dem Kind vorbei zur Küste

hinunter auf das kleine, gedrungene Pub. Die Fenster waren verbarrikadiert. Davor standen, geparkt wie eine Dienstwagenflotte, drei große Müllcontainer.

»Renovierst gerade, was, Murray? Das kostet bestimmt 'ne Stange.« Tommy fragte nicht wirklich, und Murray schien nicht genug Atemluft in sich zu haben, um zu antworten. Er zitterte, und sein Kopf wackelte auf dem Hals.

»Unsummen«, sagte Lea-Anne. »Er musste umschulden.«

»Ach wirklich, Häschen?« Tommy sprach jetzt mit ihr, aber nicht gemein, nicht bedrohlich, wie er mit ihrem Vater sprach. »Unserm Boyd«, sagte er und fuhr mit der Vorstellungsrunde fort, als seien sie alte Kumpels, »dem gehört das Paddle Café oben an der Sinclair.«

Lea-Anne nickte und schützte höflich Interesse vor.

Murray fand überraschend seine Stimme wieder und sagte laut: »Da gehen Sie aber ein verdammtes Risiko ein! Bei dieser Wirtschaftslage ein Geschäft zu eröffnen! Man weiß doch nie, was einem zustoßen wird! Man weiß nie, wem man auf die Füße …«

»Beruhig dich, Murray«, warnte Tommy ihn, genoss es aber, das merkte Boyd. Ihm ging auf, dass sich Tommy hinter dem Trafohäuschen versteckt, das Pub beobachtet und auf Murray Ray gewartet hatte.

»Man weiß nie, WEM man auf die Füße tritt!« Murray tat nicht mal mehr so, als würde er mit Boyd sprechen, er schrie es einfach in den Wind. »Oder was einem für eine SCHEISSE ZUSTOSSEN KANN!«

Lea-Anne hörte das Schimpfwort und sah ihren Vater an, ihre Lippen formten ein festes kleines »o«. Er murmelte eine Entschuldigung und drückte ihre Hand. Sie akzeptierte die Entschuldigung mit einem leichten Nicken, wandte den Blick aber ab und murmelte »Schande« vor sich hin.

»Und wann kommt Mark eigentlich wieder?«, fragte Murray

nun draufgängerisch. »Ist er wieder mal im *Urlaub*?« Er bellte verzweifelt ein halbes Lachen in Richtung Boyd, um ihn einzubeziehen.

Tommy beugte sich vor, eine Warnung an Murray, den Mund zu halten, aber der verzweifelte Mann plapperte weiter. »Hey, Boyd Fraser, waren Sie auch bei dem Feuerchen oben beim Golfplatz?« Lea-Anne versuchte, ihrem Vater die Hand zu entziehen. Er hielt sie zu fest und tat ihr weh. Murray nickte Boyd mit einem festgefrorenen Grinsen zu. »Lichterloh, und alle so: ›Mark Barratt muss im Urlaub sein!‹«

Es ergab nicht gerade viel Sinn. Boyd wusste nicht, wer Mark Barratt war. Lea-Anne sah ebenfalls verwirrt aus und kratzte sich wieder durch die Mütze am Kopf. Boyd hörte nur noch halb zu. Er dachte an eine Nacht in London, an die er sich gern erinnerte, morgens um fünf noch tanzen, sich groß und wach und ganz da fühlen. Fünfzig Nächte verschmolzen in seinen Gedanken zu einem Moment vollkommener Zuversicht und Selbstsicherheit.

»Du richtest das Essen beim Tanzdinner heute Abend aus, oder?«, sagte Tommy zu Boyd.

»Ja«, sagte er, »wir machen das Catering für das Hospiz-Dinner.«

»Großartig.« Tommy rieb sich die Hände. »Ich komme.«

Boyd war darüber mehr als erfreut. Erleichtert. Tommy würde dort sein. Tommy würde wahrscheinlich ein kleines Päckchen dabeihaben, beim Dinner, oder er würde jemanden kennen, der was hatte.

Tommy nickte Vater und Tochter zu. »Du kommst doch auch, Murray?«

»Aye«, sagte Murray, jetzt ruhiger, zerstreut.

»Und wer passt auf dich auf, Lea-Anne?«

»Oma Eunice.«

»Nicht deine Oma Annie?«

»Nee. Eunice macht das Bein zu schaffen. Ihr Knie ist ganz dick. Annie hat 'ne Eintrittskarte.« Sie hob die Schultern. »Das Tanzbein schwingen wird sie wohl nicht, mit *ihrer* Blase.« Es war ein bisschen unheimlich, die Worte eines alten Menschen von einem so kleinen Kind zu hören. Alle starrten sie einen Moment lang an.

»Gut«, sagte Tommy, artikulierte das »t« so deutlich, dass es wie ein boshaftes Fingerschnippen klang.

Der Himmel verdunkelte sich. Lichter gingen auf dem Wasser an und pulsierten unstet. Boyds Pause ging zu Ende, und die Männer stritten sich wegen etwas, das er nicht verstand oder ihm egal war. Er sollte gehen.

»Na, dann«, sagte Boyd, »bis später.« Er nickte Tommy zu, als wären sie verabredet.

Murray und Lea-Anne machten ihm Platz, und er joggte weiter, brachte seine müden Beine auf Tempo, achtete auf die Atmung.

Er rannte weiter, vorbei an dem verrammelten Pub. Es sah nach einer ziemlichen Spelunke aus, aber der Marinestützpunkt in der Nähe bedeutete, dass Spelunken am Wochenende genügend Umsatz machten, um sich durch die flaue Woche zu hangeln.

Boyd lief ungefähr fünf Minuten weiter, bis an den Ortsrand, dann drehte er um. Er wusste nicht genau, wie spät es war. Er konnte nicht einschätzen, wie lange die seltsame Unterhaltung mit dem alten kleinen Mädchen und den beiden wütenden Männern gedauert hatte.

Er lief die Sinclair Street bergauf Richtung Lawnmore, ein steiler Anstieg vom Wasser her, ein abschließender Kraftakt.

Dann öffnete er das Gartentor, betrat sein Grundstück und erklomm die kleinen Stufen. Einen Moment lang blieb er stehen, betrachtete den Garten wie ein Fremder auf Besuch.

Die Lawnmore Frasers. Ihm wurde klar, dass er in London

Anonymität genossen hatte und ihm das zusagte. Hier im kuschelig-rüschigen Helensburgh war er der junge Ladenbesitzer aus einer alten Familie und gehörte zum Beziehungsgeflecht der Stadt. Es gefiel ihm nicht, so genau zu wissen, wer er war. Es gefiel ihm nicht, dass andere Leute wussten, mit wem sie es zu tun hatten.

16.

»Reinigungstücher?«

McGrain spähte durch das geschlossene Fenster ins Wageninnere. Er schnüffelte außen an der Wagentür. Er hatte die
Hand lose herabhängen, nun schoss sie reflexartig vor, hielt
inne, und er ließ sie wieder sinken. Er war kurz davor gewesen,
den Türgriff anzufassen. Er sah zu Kerrigan, die ihn beobachtete, und grinste, über sich selbst erschrocken. Sie grinste zurück und zeigte dabei ihre spitzen kleinen Zähne.

McGrain richtete den Blick wieder auf die Spuren am Armaturenbrett. »Ich kann nichts riechen, aber es sieht wirklich
nach den Spuren aus, die sie hinterlassen.«

»Okay«, sagte Morrow, die auf etwas Erkenntnisreicheres gehofft hatte, »wir lassen ihn eh abschleppen. Du musst um zwei
im Krankenhaus sein?«

»Abgesagt. Notfall. Sie haben uns eine SMS geschickt.«

»Wie unerfreulich.«

»Na ja, für den Notfall wahrscheinlich nicht. Irgendeine
arme alte Frau, die wohl gestürzt ist.«

»Dann fährst du mit mir nach Helensburgh. Ich habe Be-
weismaterial sichergestellt, das dokumentiert gehört. Thankless?«

Er kam zu ihr, als er seinen Namen hörte.

»Bringen Sie das zur Beweismittelsicherung.« Sie reichte
ihm die Asservatentüte mit dem Waitrose-Gefrierbeutel. »Lassen Sie es untersuchen und protokollieren. Okay?«

Vom Verfahren her war es besser, wenn möglichst wenige
Beamte mit den Beweisstücken zu tun bekamen, bis sie doku-

mentiert waren, aber sie merkte, dass Thankless glaubte, er würde wegen Fehlverhaltens fortgeschickt.

»Sie haben das heute prima gemacht«, log sie. »Danke dafür.«

Hin- und hergerissen zwischen Bestürzung und Entzücken, nahm Thankless die Beweistüte und ging zum Auto.

Sie sagte zu McGrain: »Bevor wir losfahren, überprüf doch mal, ob Frank Delahunt einen silbernen Ford Fiesta besitzt.«

Mr. Halliday hielt sich mit den Hunden im Hof auf. Er verrenkte sich fast den Hals, um zu sehen, wie sie den Wagen auf einen Laster luden, wollte ihnen aber nicht im Weg sein.

»Mr. Halliday«, sagte sie und ging zu ihm. »Nur um das klarzustellen: Wie viele Autos, glauben Sie, waren hier? Waren es zwei?«

Sein Blick wurde glasig, er dachte nach. »Oder auch drei.«

»Warum drei?«

Er sah auf den Boden. »Ich hab gestern Morgen nicht die Reifenspuren von dem da gesehen.« Er zeigte auf den Alfa Romeo. Er wedelte mit der Hand zu einer matschigen Stelle, wo der ungepflasterte Hof den Straßenbelag überlappte. »Hier haben zwei gewendet. Deshalb dachte ich: Zwei Autos sind gekommen, haben gewendet und sind weggefahren. Aber das war falsch. Da waren drei.«

Zusammen sahen sie auf den schlammigen Boden und verwünschten den nächtlichen Regen.

»Danke, Mr. Halliday.« Sie hielt ihm die Hand hin, und er schüttelte sie freundlich. Er begleitete sie zum Wagen. »Und wohin geht's als Nächstes?«

»Helensburgh. Wissen Sie, wo wir dort was zu Essen bekommen?«

»Pommes oder Suppe oder was?«

»Was auf die Hand?«

»Greggs. Kann man nichts falsch machen.«

McGrain wartete schon im Auto auf sie. Frank Delahunt besaß keinen silbernen Ford Fiesta. Er fuhr einen Jaguar.

Sie berichtete ihm das Nötige zu Halliday: drei Wagen, netter Kerl. McGrain kommentierte das »Ja«-Kampagnenschild im Fenster, glaubte, dass es hier draußen nicht so gut ankam, und Morrow erzählte ihm von dem heiß umkämpften Pavillon.

McGrain grinste. »Mein Gott, die drehen alle durch. Und unser Mann hat unrecht, es wird hinterher Stress geben.«

Der Chief hatte gegenüber der Presse bekanntgegeben, dass für die Beamten keine Überstunden eingeplant waren. Die Kampagnen verliefen friedlich, und sie gingen davon aus, dass es so weitergehen würde. Niemand wusste, ob er Optimist war oder dumm.

»Er kommt allerdings aus dem Süden, oder?«, bemerkte McGrain.

»Aye.«

»Der weiß nicht, wie weit einige hier oben bereit sind zu gehen, wenn sie sich streiten.«

Sie ahnte, dass McGrain wahrscheinlich gegen die Unabhängigkeit war, weil er »aus dem Süden« und »hier oben« statt »England« und »Schottland« sagte. Selbst in der Polizeitruppe hatte das Referendum eine Atmosphäre von wachsender Paranoia und Misstrauen geschaffen und sie alle darauf reduziert, die Mikrosignale der Kollegen überaufmerksam zu lesen.

Sie fuhren auf den Ort zu, durch hübsche Küstendörfer mit Schildern, die auf Teestuben und Naturschutzgebiete hinwiesen, vorbei an winzigen Feinkostläden und Zeitungskiosken, die angesehene Blätter bewarben. Hinter einem Parkplatz befand sich ein großer Waitrose. Morrow dachte an den Beutel im Handschuhfach. So ein Tütchen ließ sich mit dem schicken Waitrose gar nicht vereinbaren. Sie überlegte, ob es sich lohnen würde, die Gefrierbeutelverkäufe des Supermarktes zu überprüfen, kam aber zu dem Schluss, dass es sinnlos wäre. Sie verkauften sicher Unmengen davon.

McGrain berichtete ihr, was die forensischen Buchprüfer bei Injury Claims 4 U herausgefunden hatten: nicht viel. Die potenziell betrügerischen Schadensforderungen waren minimal. Gleich nachdem Fuentecilla eingestiegen war, hatte sie damit begonnen, Mitarbeitern zu kündigen und das Büro abzuwickeln. Alle waren nun gefeuert worden. Alle Rechnungen waren bezahlt, und die Lichter gingen am folgenden Freitag aus. Damit hatte niemand gerechnet. »Wechselt sie die Branche?«

»In den Büchern gibt es darauf keine Hinweise«, sagte McGrain. »Es sieht so aus, als würde sie einfach nur das Büro abwickeln. Wir finden nichts, das darauf schließen lässt, wohin sie gehen will, sie lässt das Geschäft einfach ruhen.«

»Hat sie versucht, die Firma auszuschlachten?«

»Man hat keine Vermögenswerte gefunden. Das Büro ist gemietet, das Mobiliar ist nichts wert.«

»Wo sind die sieben Millionen geblieben?«

»Die sind weg vom Konto, aber sie wurden noch nicht gefunden.«

Es gab keinen Grund, dort noch länger zu bleiben. Sie rief im Büro an und hinterließ eine Nachricht für die Buchprüfer: alles fotografieren und so schnell wie möglich abziehen, keine Aufmerksamkeit erregen.

Sie legte auf, hielt einen Moment lang mit geschlossenen Augen inne, dachte über Reinigungstücher nach. Sie rieb mit ihren Fingerspitzen über den Daumen, erinnerte sich an etwas Klebriges und Feinkörniges. Das war professionell durchgeführt worden, von einer fachkundig ausgebildeten Person. Da wollte jemand ungeschoren davonkommen. Sie öffnete die Augen und setzte sich auf und merkte, dass sie lächelte.

Sie fuhren gerade über eine wenig verheißungsvolle doppelspurige Straße, die nach Helensburgh hineinführte, vorbei an alten Mietshäusern, neuen Gebäuden und fabrikartigen Seniorenheimen. Sie passierten Tankstellenauffahrten, einen Gasspeicher und gelangten dann unvermittelt in die Innenstadt.

Georgianische Häuser und Läden mit Blick aufs Wasser standen in einer langen Reihe. Morrow verstand nun, was Mr. Halliday gemeint hatte: Auf jedem Laternenpfosten klebte ein lilafarbener »Nein danke«-Sticker. Viele der Läden hatten das Schild ins Schaufenster gestellt.

Die Promenade entlang der Küste war makellos gepflastert, aber menschenleer. Direkt am Wasser gab es nur drei Gebäude, die sich alle um den Fähranleger drängten: ein kleines öffentliches Schwimmbad, ein hässlicher Betonklotz von Pub, der verrammelt war, und ein kleiner Fahrkartenschalter für die Fähre.

»Bieg hier links ab«, sagte Morrow.

McGrain bog ab und fuhr die Steigung hinauf in eine überraschend befahrene Straße. Sie kamen an einer Apotheke und einem Zeitungsladen vorbei, einem Bahnhof und einer großen Kirche. Einen Block entfernt sahen sie einen weitläufigen Platz mit einem weißen Zelt, das mit »Gemeinsam sind wir stärker«-Schildern übersät war.

McGrain deutete auf das Zelt und rief gut gelaunt: »Der Pavillon!«, als spielten sie ein Autofahrspiel.

Morrow ließ ihn vor einem Café parken.

Innen war es warm und altmodisch: hellbeige Wände und eine dämmrige blaue Theke. Sie hatten schon bestellt, bevor Morrow auffiel, dass es sich gar nicht um ein nettes altes Café handelte. Es war vielmehr ein Café, das auf nett und alt getrimmt war. Die Kundschaft bestand in der Hauptsache aus Frauen eines bestimmten Alters, die Pullover einer bestimmten Preisklasse trugen. Ihre Bacon Rolls wurden gebracht, sechs Pfund pro Stück.

Draußen im Wagen aßen sie stumm vor Staunen ihre warmen Brötchen.

»Sechs Pfund«, sagte Morrow. »Dafür bekommt man zwei Packungen Bacon.«

McGrain schenkte seinem Mittagessen einen anklagenden Blick. »Wir sind auch gerade an einem Greggs vorbeigefahren.«

Morrow schob den Bacon im Mund herum und wartete darauf, dass sich der besondere Geschmack entfaltete. Er tat es nicht. Es schmeckte nur nach Bacon. Vielleicht war ihr Gaumen nicht komplex genug. Sie steckte sich das letzte Stück in den Mund, wischte die Hände ab und deutete in die Richtung, in der Delahunt wohnte.

Alle Häuser waren so gebaut, dass sie Blick aufs Meer hatten, wie Fußballfans auf der Tribüne hatte jede Villa ein Stück versetzt bergab den Rücken der Nachbarsvilla vor sich. Oben liefen gut gepflegte Rasen auf sie zu. Unten fand sich eine hässliche Ansammlung aus Garagen und Mülltonnen und Rückwänden. Die Straßen hatten keine Gehsteige, nur Grünstreifen, durch die sich gelegentlich ein Trampelpfad zog.

Sie bogen in eine Straße, über die sich dichte Bäume neigten, die Kronen streng geometrisch freigesägt, um LKWs die Durchfahrt zu erleichtern.

»Mein Gott«, sagte McGrain. »Schon protzig hier.«

Sie fühlte sich seiner Analyse näher als der von Thankless.

Sie parkten auf einem Grünstreifen und stiegen aus. Delahunts Haus lag oben auf dem Hügel hinter einem verschlossenen Eisentor. Morrow drückte auf den Knopf einer recht neuen, glatten Gegensprechanlage und wartete. Steinstufen wanden sich hinter dem schmiedeeisernen Tor den Rasen hinauf.

Warten.

Frank Delahunt war zu Hause und wollte wissen, wer vor der Tür stand.

»Hallo, Mr. Delahunt, wir sind von Police Scotland. Dürfen wir reinkommen, wir würden uns gern mit Ihnen unterhalten, Sir.«

Er zögerte. »Worum geht es?«

»Dürfen wir bitte reinkommen, Sir?«

Noch mal warten, dann sprang das Tor auf. Morrow stieß es weiter auf und stieg die vier Stufen hinauf. Ein langer, makelloser Grasstreifen führte zu einem gelben Haus aus Sandstein.

Eine zweiflügelige Glastür, die zum Garten hinausging, öffnete sich, und Mr. Y, den sie von den Fotos kannte, trat heraus und begrüßte sie.

Delahunt trug stets rote oder pinkfarbene Hosen und ein Anzughemd. Dazu manchmal ein gelbes Tweedjackett, manchmal eine moosgrüne Strickjacke mit braunen Ellenbogenflicken. Heute trug er weder noch, stattdessen hatte er die Hemdsärmel sorgfältig hochgekrempelt, als würde er arbeiten.

Morrow wurde klar, dass sie immer davon ausgegangen war, er wäre schwul, weil er so bunte Kleidung trug, aber als sie ihn nun so vor sich sah, seine breitbeinige Haltung im Türrahmen, seinen leicht angefressenen Rugbyspieler-Blick, fragte sie sich, ob er vielleicht eine Affäre mit Roxanna hatte. Das könnte den Anruf morgens um fünf in einem Krisenmoment erklären.

Delahunt beobachtete, wie sie auf ihn zukamen, hob die Hand zu einem unverbindlichen Gruß, ließ sie gleich wieder sinken, bevor sie sich ihm auf halbem Weg genähert hatten.

»Hallo, Mr. Delahunt. Mein Name ist DI Alex …«

»Es wäre mir lieber gewesen, Sie hätten den anderen Eingang genommen«, sagte er, sein Akzent gestutzt und verschliffen. »*Das* ist nicht der Haupteingang zum Grundstück.«

Morrow folgte seinem Blick zum Rasen und sah die beiden Paare ihrer Fußabdrücke im feuchten Gras. Es war offensichtlich nur zum Ansehen da, nicht zum Betreten.

»Das tut mir leid, aber man hat uns diese Adresse gegeben.« Sie deutete auf die Straße, wo sie geparkt hatten, bemerkte die beeindruckende Aussicht aufs Meer, die nur von den Dächern der Häuser hügelabwärts getrübt wurde.

»Nun, den Schaden haben wir schon«, sagte er großzügig. »Treten Sie ein, DI Alex, bitte schön.«

Irgendwie schien es nicht der richtige Moment, ihn zu korrigieren.

Er führte sie durch die Flügeltüren in ein von Büchern gesäumtes Arbeitszimmer. Mitten im Raum stand ein großer, quadratischer Schreibtisch aus dunklem Holz mit einer grünen Lederfläche. Jede der vier Seiten war ein eigener Arbeitsplatz: aufgeschlagene Bücher und Papierstapel erwarteten Aufmerksamkeit. Der Stuhl war in eine neutrale Position nahe der Tür geschoben worden, aber Morrow folgte den Furchen im Orientteppich zu einem Platz am Schreibtisch, von dem aus man direkt auf den Rasen blickte. Bis vor einer Minute hatte er dort gesessen, das wusste sie, weil sein Handy auf einem Buch lag und es offenhielt.

Es war ein grandioser Raum mit hohen gelben Wänden und einem frischen weißen Fries, aber Delahunt wollte nicht, dass sie sich hier länger aufhielten. Er stand mit ausgestreckten Armen neben der Tür wie ein kratzbürstiger Führer in einem Herrenhaus, um sie in die Eingangshalle zu dirigieren. Seine Beharrlichkeit machte Morrow misstrauisch. McGrain folgte Delahunts ausgestreckten Armen, aber Morrow scherte nach rechts aus und drehte eine Runde um den Schreibtisch.

»Gütiger Himmel!«, rief McGrain mit ungewohntem Enthusiasmus. »Was für ein beeindruckendes Haus!« Er war stehen geblieben, scheinbar von dem Deckenstuck fasziniert, was Delahunts Aufmerksamkeit von Morrow ablenkte. McGrain war ziemlich gut. »Von wann ist dieses Gebäude?«

Delahunt hielt immer noch die Hände ausgestreckt, um ihnen den Weg zu weisen, schien aber doch erfreut, dass man ihn fragte. Er folgte McGrains Blick zur Decke. »Achtzehnhundertzweiundzwanzig. Meine Familie lebt hier seit vier Generationen. Diese Straße war als Teil eines Bauprojekts geplant ...« Er sprach weiter, erzählte McGrain von der Straße und dem Gebäude. McGrain machte seine Sache gut, indem er interessiert tat, vielleicht war er es auch wirklich, Morrow kannte ihn nicht so gut, aber sie ergriff die Gelegenheit, einen Blick auf das Buch unter dem Handy zu werfen. Eine Überschrift sprang ihr ins Auge:

Die Leiche –

»Kommen Sie bitte mit?«, sagte Delahunt.

Sie sah auf. McGrain hatte keine Tricks mehr auf Lager, Delahunt ließ sie nicht mehr aus den Augen.

»Natürlich«, sagte sie und folgte ihm.

Delahunt ging voraus, und sie warf noch einen Blick auf die Kopfzeile: *Rechtsnachfolge: Allgemeine Aspekte.*

Die Eingangshalle wurde von einer Holztreppe dominiert, die abgebeizt und mit Hochglanzlack gefirnisst war.

»Wir können hier Platz nehmen.« Er deutete auf eine Sitzgruppe unter der Treppe.

McGrain und Morrow setzten sich nebeneinander auf eine gepolsterte Bank, die ein bisschen zu klein war. Delahunt zog sich einen Stuhl heran. Sie saßen in dem Leerraum unterhalb der Treppe, einem Kabuff in einem riesigen, offenbar leeren Haus. Es fühlte sich seltsam an. Es fühlte sich verdächtig an. Roxanna könnte hier gefesselt oder versteckt sein. Morrow merkte, wie sie gespannt horchte.

Delahunt hob erwartungsvoll die Augenbrauen, griff in die Hosentasche und holte ein Zigarettenetui und ein schlankes goldenes Feuerzeug hervor.

»Sie sind keine Polizisten hier aus dem Ort. Kommen Sie aus Glasgow?«

Morrow nickte.

»Hm, also keine Einbruchsserie?«

»Nein.« Morrow sah zu, wie er das Feuerzeug anmachte, wartete, bis er mit der Flamme die Zigarettenspitze berührte. »Roxanna Fuentecilla.«

Delahunts Hand bebte, aber nur minimal. Er atmete aus und hob eine Augenbraue. »Tut mir leid. Was wollen Sie von mir wissen?«

»Sie kennen sie.«

Er nickte leicht.

»Sie ist verschwunden.« Morrow begegnete seinem Blick. »Niemand weiß, wo sie ist. Wir wissen, dass sie Sie gestern angerufen hat.«

Sie wartete darauf, dass er etwas sagte. Er dauerte länger als erwartet. Er beugte sich behutsam vor zu einem kleinen Tisch, nahm einen Aschenbecher und stellte ihn auf sein Knie. Er sah zu ihr auf, als sei er überrascht, dass sie noch da war. »Ich weiß nicht, was Sie von mir wollen.«

»Wann haben Sie sie zuletzt gesehen?«

Er murmelte: »Donnerstag. In Glasgow.«

Man hatte sie zusammen in der Byres Road gesehen. Es war zumindest teilweise wahr.

»Mr. Delahunt, soweit wir wissen, sind Sie die letzte Person, mit der sie Kontakt hatte, bevor sie verschwunden ist. Was ist gestern Morgen geschehen?«

Delahunt klopfte seine Zigarette im Aschenbecher ab und blinzelte dabei im Takt. »Anruf«, murmelte er.

»Etwas lauter, bitte.«

»Ich bekam einen Anruf. Von ihr.«

»Um wie viel Uhr?«

»Gegen fünf.«

»Und?«

»Sie bat mich, vorbeizukommen und sie abzuholen.«

Morrow wartete wieder. Delahunt wartete. McGrain rutschte auf seinem Platz herum. Wäre Delahunt ein erfahrener Schwindler, hätte er die Zeit überbrückt, aber er tat es nicht. Er versuchte zu rauchen und nichtexistente Asche abzuklopfen, bevor er damit herausplatzte: »Ich bin hingefahren. Aber sie war nicht dort. Dann bin ich wieder nach Hause.«

»Was *genau* hat sie am Telefon gesagt?«

»›Ich bin auf Hallidays Feld. Komm und hol mich ab.‹«

»Und Sie sagten …?«

Er hielt ihrem Blick stand, während er eine Hand hochhob. »›Ich komme und hol dich ab.‹ Und dann bin ich hingefahren, und sie war nicht da, und ich bin wieder heim.«

»Was für einen Wagen fahren Sie?«

»Einen Jaguar SX.«

»Welche Farbe hat er?«

»Burgunderrot.«

Morrow war sich bewusst, dass sie eine starke Abneigung gegen Frank Delahunt verspürte. Sie hatte Komplexe, fühlte sich wohler, wenn sie Menschen aus der Arbeiterklasse befragte. Sie hatte Angst um Danny. Sie hatte gerade sechs Pfund für eine Bacon Roll bezahlt. Aber von alledem abgesehen war da etwas in der Präzision von Delahunts Manierismen und seiner Kleidung, in der Kleinheit seiner physischen Gesten, das sie gegen den Strich bürstete.

Sie versuchte, ihn ganz genau zu durchschauen. Es war nicht nur Klassendünkel, was sie wütend machte. Es war seine Geringschätzung. Sie sah, wie er ihren billigen Mantel und die schlammverkrusteten Lackschuhe musterte. Sie sah, wie er einen Blick auf McGrains abgekaute Nägel und vom Bügeleisen glänzende Hose warf. Sie sah, dass er sie beide für billig und dumm hielt. Sie wollte beweisen, dass er falsch lag.

»Wo ist Hallidays Feld?«

»Die Küstenstraße rauf in Richtung Glasgow.«

»Was wollte sie dort?«

»Ich weiß es nicht.«

»Haben Sie sie nicht gefragt?«

»Nein.«

»Aber Sie wussten, was sie meinte, als sie die Bezeichnung ›Hallidays Feld‹ benutzte? Warum?«

»Das ist doch nur … das ist ein bekannter Ort.«

»Sie ist Spanierin. Sie ist erst vor zwei Monaten von London nach Glasgow gezogen. Es muss demnach sehr bekannt sein.«

Er hob die Schultern und rauchte, Beine und Arme so abwehrend verschränkt, dass sie überzeugt war, mit einem Durchsuchungsbeschluss wiederkommen zu müssen.

»Haben Sie sie gefragt, warum sie um fünf Uhr morgens anruft?«

»Nein.«

»Haben Sie ihren Anruf erwartet?«

»Nein.«

Morrow sah sich in der Eingangshalle um: Alles war ordentlich, symmetrisch. Den Tigerlilien in der Vase auf dem Tisch neben der Haustür waren die orangefarbenen Staubblätter entfernt worden, damit sie keinen Ärmel streiften oder ein Hemd befleckten. Alles hier drin war präzise angeordnet, kein Haufen Mäntel, keine Schuhe, nichts war dem Zufall überlassen. Frank Delahunt war nicht der Typ, den man anrief, wenn morgens um fünf etwas Unvorhergesehenes geschehen war.

»Hatten Sie ein Verhältnis mit ihr?«

»Nein.« Er reagierte gelassen auf die Unterstellung. Nicht einmal unterdrücktes Verlangen köchelte dort.

»Was haben Sie nach dem Anruf gemacht?«

»Ich habe mich angezogen.« Pause, um an der Zigarette zu ziehen. »Ich bin runtergegangen.« Ausatmen. »Ich habe mir

Schuhe angezogen.« Abaschen. »Ich habe mich in mein Auto gesetzt und bin hingefahren.« Sein Blick traf wieder ihren, und seine Augen verengten sich.

»Das war morgens um fünf?«

Er nickte. »Halb sechs. Ich kam an, und sie war schon weg. Ich rief sie an, und ihr Telefon war ausgeschaltet.«

»War da noch ein anderer Wagen?«

Jetzt zuckte sein rechtes Auge. »Nein.«

»Sicher?«

»Absolut, es war niemand dort. Sie war gerade erst weggefahren.«

Er hatte Roxannas Auto nicht gesehen.

»Was glauben Sie, wohin sie gefahren ist?« Eine lähmende Stille ging von Delahunt aus. »Mr. Delahunt?«

»Ich dachte, sie wäre abgehauen.«

»Warum hätte sie das tun sollen?«

»Ich weiß es nicht. Ich kenne ihre persönliche Situation nicht. Ich bin für ihre Firma tätig.«

»Was tun Sie da?«

»Allgemeine Rechtsberatung.«

»Man hat ihr Auto heute Morgen in der Nähe des Felds gefunden. Sie muss mit jemand anderem weitergefahren sein, in einem anderen Auto. Wissen Sie, wer das sein könnte?«

»Robin? Ihr Partner könnte gekommen sein, um sie abzuholen. Er hat ein Auto, glaube ich.«

»Sie würde ihren eigenen Wagen aber nicht einfach hinter einer Scheune versteckt stehen lassen und die Fingerabdrücke abwischen, oder?«

Das erschreckte ihn. »Womöglich …« Er unterbrach sich, und sie sah, dass seine Stirn jetzt etwas feucht war.

»Was wollten Sie sagen?«

»Womöglich ist ihr Wagen liegengeblieben? Aber das erklärt nicht …«

»Nein«, sagte Morrow gespielt vertrauensvoll. »Das *erklärt* es nicht. Sie verstehen, warum wir uns Sorgen machen. Kennt sie noch jemanden in Helensburgh?«

»Nein.« Er schien sich sehr sicher zu sein.

»Wie sind Sie ihr Anwalt geworden?«

»Bob Ashe hat mich empfohlen.«

»Ihm gehörte vor Roxanna Injury Claims 4 U?«

»Ja.«

»Wo ist Mr. Ashe jetzt?«

»Er hat sich in Miami zur Ruhe gesetzt. *Enkelchen.*« Seine Lippen kräuselten sich verächtlich.

Morrow glaubte nicht, dass Frank Delahunt Enkelkinder hasste. Er war erschrocken und hatte ein wenig Angst um Roxanna, und deshalb benahm er sich seltsam. »Wo ist sie, Frank?«

Er sah hinaus, über den Rasen zum Meer, zog fest an seiner Zigarette, so fest, dass sich seine Augen verengten. »Ich weiß es nicht.«

Morrow deutete auf die Tür zum Arbeitszimmer. »Da drin. Da liegt ein Fachbuch. Darf ich es mir ansehen?«

Er stieß einen nervösen Lacher aus. »Fachbücher sind öffentlich zugänglich, richtig?«

Um weitere Einwände zu verhindern, stand sie auf und ging zügig ins Arbeitszimmer. Delahunt folgte ihr eilig.

Der Abschnitt mit der Überschrift »Die Leiche« behandelte die legalen Anforderungen zur Entsorgung einer verstorbenen Person, aber das Handy lag nicht dort, damit er dies lesen konnte. Es balancierte verdächtig auf dem oberen Seitenabschnitt und verdeckte einen Absatz. Sie legte ihren Finger auf die Stelle und sah ihn an.

»Da –«, er wurde hektisch, »da geht es nicht um sie ... Ich bin nicht ...«

Delahunt gingen die Ausreden aus.

Morrow las die Passage für McGrain, der an der Tür stand, laut vor: »*Wenn eine Person einfach verschwindet, so dass es keine Leiche gibt …*«

Delahunt konnte sie nicht ansehen.

»Wo ist sie, Frank?«

Er nahm seine ganze Verachtung zusammen, um sie durch halb geschlossene Augen anzusehen. »Wie gesagt, ich bin der Rechtsberater der Firma, die ihr gehört. Es ist meine Aufgabe, mir aller rechtlichen Auswirkungen jeglicher Entwicklungen bewusst zu sein und sie vorwegzunehmen.«

»Sie war nicht da, als Sie sich mit ihr treffen wollten, und deshalb schlagen Sie die rechtlichen Bedingungen für das Eigentum einer toten oder vermissten Person nach? Sie sind ja ganz herzig, Mr. Delahunt.«

Er blickte zu Boden.

»Rein interessehalber, Mr. Delahunt, was sind denn die rechtlichen Bedingungen bei einer Person, die ›einfach verschwindet‹?«

Er hob die Schultern, als würde es ihn nicht wirklich interessieren. »Na, das steht doch alles da.«

»Was steht denn da?«

Er wollte es nicht sagen. Aber dann sagte er es doch. »Wenn die Person nach sieben Jahren immer noch vermisst wird, kann sie offiziell für tot erklärt werden.«

»In dem Buch geht es um Rechtsnachfolge. Was geschieht mit ihrem Eigentum?«

»Ganz – normal. Ihre Familie erbt ihr Eigentum. Ganz normal eben.« Er lächelte kläglich. »Sie können sich das Buch auch selbst kaufen, wenn es Sie so sehr interessiert. Es ist überall erhältlich.« Er lächelte McGrain an, auf der Suche nach einem Verbündeten. McGrain wandte den Blick ab.

»Sie sind nicht der Familienanwalt, Mr. Delahunt. Sie sind der Firmenanwalt. Was geschieht mit dem Firmenbesitz?«

Sie kannten beide die Antwort. Er fiel zurück an die Investoren. Und wenn es sieben Jahre dauerte, Roxanna für tot erklären zu lassen, würde ihr Geld, ihr Eigentum unantastbar festsitzen, ohne dass es beschlagnahmt werden konnte, bis zur Todeserklärung. Sieben Jahre waren im Gedächtnis des Strafverfolgungssystems eine lange Zeit. Von Arias mochte alles beschlagnahmt werden bis auf seine Zahnfüllungen, aber man würde nie an die sieben Millionen rankommen, weil sie, wo auch immer sie waren, nicht ihm gehörten. Noch nicht.

»Ich fürchte, ich habe gleich einen Termin mit Mandanten. Ich muss Sie leider bitten zu gehen, Officers.«

17.

Die Klingelanlage surrte los wie ein elektrischer Fliegenfän-
ger und erschreckte Iain so sehr, dass er sich fast übergeben
musste. Das Geräusch war ihm nicht vertraut, er hatte selten
Besuch und fühlte sich sowieso ziemlich seekrank. Nach einer
zähen, unruhigen Nacht und dem ungewohnten Rauchen lag
er seit vier wie ein Gestrandeter wach auf seinem Bett, sah sich
Schöner-Wohnen-Sendungen an, trank literweise Leitungs-
wasser und wünschte sich, er könnte aufhören zu qualmen.
Er freute sich schon auf den Moment, in dem ihm der Tabak
ausging.

Die Klingel surrte wieder. Bsssss bsssss Doppelsurren. Zwei
tote Fliegen, und Iain dachte *Scheiße*, während er sich ans Fuß-
ende seines zerwühlten Betts schob. Er nahm die Fernbedienung, schaltete die Glotze aus und stand auf.

Seine Wohnung lag im Dachgeschoss eines alten Mietshau-
ses. Man schrappte mit dem Kopf fast an der Decke. Bis die
Wohnungsbaugesellschaft das Gebäude renoviert hatte, war
hier keine Wohnung gewesen. Nur ein leerer Dachboden, aber
mit Veluxfenstern und Isolierung gab es keinen Grund mehr,
den Hohlraum über den richtigen Wohnungen zu vernach-
lässigen. Er wurde verputzt, unterteilt und in winzige pflege-
leichte Einzimmerwohnungen umgewandelt. Die Dachfenster
waren allerdings unerbittlich, das Tageslicht erbarmungslos.
Iain stand in einer widerlichen, erstickenden Rauchwolke.

Er kniff die schmerzenden Augen zu, fühlte sich wie ein Er-
trinkender und sackte nach vorn, fing sich, bevor er fiel.

Bsssss.

Scheiße Scheiße Scheiße.

Die Arme vor sich ausgestreckt wie eine Mumie in einem schlechten Film, watete er zum Fenster und machte es auf. Der Wind von den Hügeln stürmte den Raum, jagte den Rauch in die Ecken, saugte ihn aus dem Fenster. Iain wich aus zur Gegensprechanlage neben der Wohnungstür.

»Wer ist da?«

»Iain? Bist du das? Ich bin's, Murray.«

»Murray wer?«

Zögern. »›Murray wer?‹ Was glaubst du denn, welcher scheiß Murray wohl hier ist, du Arsch?«

Aye, alles klar. Iain drückte auf den Knopf und ließ ihn rein. Er wartete gleich an der Tür, um nicht extra noch mal herkommen zu müssen.

Murray. Nicht übel.

Er war froh, dass Murray nicht gestern gekommen war, froh, dass es heute war. Murray würde die Qualmerei nicht gefallen, so viel stand fest, aber heute würde Iain ihm ins Gesicht sehen können, denn über Nacht, während der langen, verrauchten Stunden, hatte Iain der Wahrheit über gestern ins Auge gesehen: Er hatte diese Frau ermordet. Es gab keine mildernden Umstände, keine literarische Vorgeschichte. Als sie anfing zu schreien und weglaufen wollte, brachte er ihr eine schwere Kopfverletzung bei.

Schwere Kopfverletzung. Iain verstand, was seine Rolle in dieser Geschichte war, die sich im Kreis drehte, und er wusste, dass sie ihn wegen Sheila so mitnahm. Er war der böse Mann, der Frauen den Schädel einschlug, und dass er nichts für seinen erbärmlichen Hintergrund konnte, machte es kein Stück besser. Seine traurige Kindheit und was er getan hatte, das waren zwei verschiedene Paar Schuhe. Vielen war es weit schlechter ergangen als ihm. Murray war es weit schlechter ergangen als ihm. Und der Schmerz in seiner Brust, das war nicht sie. Das war er selbst, der darum rang, es sich erst gar nicht einzugestehen. Aber jetzt gestand er es sich ein, und das gab ihm Frieden. Vielleicht war er ein Stück Scheiße, aber wenigstens kein verlogenes Stück Scheiße.

Iain reagierte auf das wilde Klopfen an seiner Tür. Verschwitzt und außer Atem von den Treppen in den sechsten Stock warf sich Murray ins Zimmer und fächelte fluchend die stinkende Luft weg. Er ging zum Fenster und öffnete es weit, ließ den Himmel rein.

»Verfickte Scheiße, das mieft ja fürchterlich hier drin!«

Iain konnte sich nicht wirklich gut bewegen, er war noch steif vom Liegen und Rauchen und Schlafmangel, aber er lächelte, als er zusah, wie Murray in die Luft schlug.

Murray war Iains lebenslanger Freund, und dies ist Murrays Geschichte: Murray hatte eine Freundin, und sie bekam ein Kind, und das Kind war Lea-Anne. Lea-Annes Mutter ging nach Bristol, um mit einem Mann zusammen zu sein, den sie im Internet kennengelernt hatte. Sie ließ das Kind bei Murray.

Lea-Anne war ihrer aller Werk.

Murray brachte sie mit ins Gefängnis, wenn er Iain besuchte, als sie noch ein Baby war, als sie ein pummeliges Kleinkind war, das an den Tischecken knabberte, als sie ein Mädchen war, das die pinkfarbenen Schleifchen und Rüschen hübscherer Mädchen trug. Iain war der in sie vernarrte Taugenichts, ihr »Werd bloß nie so«-Onkel. Die Mutter der Mutter, Eunice, und Murrays Mutter Annie wurden die besten Freundinnen. Aus diesen verstreuten Stückchen und zerfaserten Fetzen schuf Murray eine Familie, um einen Schutzwall um das Kind zu errichten. Lea-Anne wuchs ohne den geringsten Zweifel daran auf, dass sie für alle um sie herum der Dreh- und Angelpunkt war. Sie alle wirkten am selben Wunder mit: Sie heilten die Unbill ihrer eigenen Kindheiten, indem sie ihre für sie schön machten.

Murray sah ihn an. »Was soll der Scheiß mit dem Rauchen?«

Iain hob die Schultern. »Ich hab eben geraucht ...«

»Lass es«, befahl Murray.

Iain wusste darauf nichts zu erwidern. Murray hatte recht, also sagte er: »Okay. Ich hör jetzt auf.«

Nachdem das geklärt war, wedelte Murray wieder vor sich in der Luft herum, aber es war nicht mehr so verraucht in dem Zimmer, nur noch windig. Er tat es bloß, um etwas zu tun. »Wo warst du gestern?«

Iain wollte nicht über den Morgen sprechen. »Weißt du noch, Susan Grierson?«

»Nein.« Murray trat nach einem dreckigen Teller, der auf dem Boden stand. »Wie das hier aussieht.«

»Die vor Jahren die Pfadfinder geleitet hat. Nach Amerika ausgewandert ist?«

»Nein.«

»Na ja, sie ist wieder da. Ich hab sie getroffen.«

»Also ich weiß immer noch nicht, wer zum Teufel das sein soll, und ich hab keine Ahnung, warum du mir von ihr erzählst.« Er war in keiner sehr guten Stimmung.

»Was ist los?«

Murray ließ sich auf den Bettrand sacken. »Scheiß Tommy Farmer war bei uns. Hing da rum und wartete, bis wir aus dem Sailors' rauskamen.« Er sah mit geröteten Augen zu Iain auf, und Iain kam es vor, als versteinerte seine Lunge. »Weißt du Bescheid?«

Iain suchte in Murrays Miene nach Abscheu, er wäre wütend, wenn Tommy ihm etwas erzählt oder angedeutet hätte, aber er sah nur Angst.

»Mark ist weg.« Murrays Kinn zuckte. »*Er ist in Barcelona.*«

»Nein.« Iain setzte sich neben ihn. »Nein, Mann, das bedeutet es nicht. Murray, es ist erledigt. Das wird nicht passieren.«

»Tommy hat praktisch gesagt, dass es passieren wird ...«

»Murray!« Iain berührte ihn an der Hand, Haut auf Haut, unangenehm intim. Beide zuckten zurück. Iain rollte die Finger in seine Handfläche. »Nein, nein, nein.« Beruhigend, besänftigend. »Es ist … ich hab die Schulden bei Mark beglichen. Alles ist gut. Alles ist erledigt.«

Murray schuldete Mark fünftausend. Er hätte sie mittlerweile zurückzahlen müssen. Er hatte vor, das Pub umzuschulden, sobald es wieder geöffnet war, aber die Bauarbeiten hatten sich immer weiter in die Länge gezogen. Murray hatte eine letzte Warnung erhalten, aber Iain hatte die Schulden beglichen. Murray war aus dem Schneider.

Weil er Mark kannte, weil er Iain kannte, war Murray alarmiert. »*Was?*«

Iain zog ein Schnalzen durch die Zähne. »Nichts, Mann, nichts.«

»Iain, was hast du getan?«

Hohe Stimme, schuldbewusstes Gesicht. »Ich hab nichts getan.«

Aber Murray war nicht dumm, und fünftausend waren eine beschissene Menge Geld. Er wusste, dass Iain etwas getan hatte, das auf irgendeine Weise fünftausend wert war. Murray war überwältigt, ängstigte sich um Iain, stotterte mit feuchten Augen: »Iain? Mann, was zur Hölle hast du getan?«

»Ich hab *nichts* getan.« Iains Stimme klang so gequält hoch, als wären sie noch die kleinen Angsthasen, die sich in matschigen Gräben vor den größeren Jungs versteckten, vor Jungs mit Vätern und Brüdern, vor Jungs, die ihr Abendessen an einem Tisch aßen und deren Betten bezogen waren.

Sie duckten sich unter dem erbarmungslosen Wind, der von den Hügeln kam und über ihre Köpfe wirbelte.

Murray biss sich fest auf die Lippen, um nicht mehr zu weinen. Iain hatte sich für ihn darum gekümmert, hatte ihn in Sicherheit gebracht, und er fand keine Worte, um seine

Gefühle auszudrücken. Iain verstand. Er verstand Murray immer. Iain besaß die Muskeln und den Mut, aber Murray war der mit dem großen Herzen in ihrer wackeligen Familie. Iain wusste, was er fühlte.

Iain nickte aufmunternd. »Alles okay?«

»Oh Mann …«

»Weißt schon, für das kleine Mäuschen.«

Murray schüttelte den Kopf. Er war traurig, er wollte nicht, dass es so lief, finanzielle Sicherheit für Lea-Anne, Reitunterricht für Lea-Anne, vielleicht eine Privatschule, wenn sie aufs Gymnasium ging. Er flüsterte: »Machst du für ihn ein Feuer, Iain? *Tu das nicht.* Dafür kommst du nach Carstairs in die Klapse, Mann.«

Iain erhob sich zu schnell, seine Rückenschmerzen stachen zu, er musste sich zur Seite beugen und ein Auge schließen. »Woah, Verficktescheiße. Nein. Kein Feuer, Kumpel. Nur … Scheiße tut das weh.«

Murray stand auf. »Rücken verrenkt?«

»Keine Ahnung, wie das passiert ist.« Er deutete auf die Tür. »Jetzt los, verpiss dich, okay? Ich check nachher mit Wee Paul, dass alles im Reinen ist.«

Murray öffnete die Tür bis zum Anschlag und blieb stehen, sah Iain an. Er wollte etwas sagen, danke oder etwas in der Art, aber kein Wort, das ihm einfiel, war groß genug.

»Ich hab einen ›Ja‹-Button getragen, als ich Tommy getroffen hab.«

»Mach dir keine Sorgen. Tommy ist für ›Ja‹.«

Murray nickte. »Ich weiß, aber meinst du, er verpfeift uns an Mark?«

»Nein«, sagte Iain. »Er ist voll paranoid, dass Mark es rausfinden könnte.«

»Hast du dich registriert?«

»Aye.« Hatte er nicht.

»Stimmst du für ›Ja‹?«

»Klar.«

»Es ist für die Kinder. Für ihre Zukunft.«

»Okay.«

»Okay.« Murray hob einen Finger vor Iains Nase, während er zur Tür herausschlurfte. »Und rauch nicht.«

»Ich werd nicht mehr rauchen.«

»Du bist ein guter Mann, Iain«, sagte Murray. Er hatte noch nie so etwas zu Iain gesagt, und Iain hätte fast geheult.

»Nein, bin ich nicht. Und jetzt hau endlich ab.«

Er schloss die Tür hinter Murray und lauschte darauf, wie sich seine Schritte immer weiter entfernten. Der Schmerz pochte in seinem Rücken. Er schloss die Augen und sah Murray auf Sheilas Beerdigung vor seiner Kirchenbank stehen, zwei Reihen hinter ihm, er winkte unauffällig. Iain war kein guter Mann. Er hatte nichts Gutes verdient.

Sie rollten ihre Leiche über den Rand. Das Wasser schloss sich sanft um sie, und sie standen da, sahen zu, konnten nicht tiefer als ein paar Zentimeter sehen. Iain stellte sich vor, wie sie sank, durch das Schwarz auf das tiefe Bett des Sees sank, um den Trümmern tausend Jahre alter Boote und Bierdosen und Krebsen Gesellschaft zu leisten.

Die Haut auf seiner Hand spannte und war trocken und fleckig von dem braunen, blutigen Wasser. Wie man Blut abwusch: Salz, kaltes Wasser und Einweichen. Ein Ratschlag von Sheila, während er verwirrt ins Erwachsenenalter stolperte: Wenn ein Mädchen zur Frau wird, sagte sie, als wäre Iain ein Mädchen, dann lernt sie als Erstes, wie man Blut aus der Kleidung wäscht.

Eine Schüssel Wasser auf dem Boden ihres alten Badezimmers. Grün gekachelter Boden, dasselbe dreckige Grün, das die See nach einem Sturm hat. Auf der Oberfläche der Schüssel hatten sich Ablagerungen gebildet, Salzkristalle klebten wie vorbeiziehende Wolken aneinander und tasteten blind nach dem Rand. Sheilas Unterhosen, vom Einweichen aufgequollener Stoff. Salz zieht das Blut raus. Es ließ ihn von der Schüssel zurückschrecken. Er verstand nicht, warum sie Blut an ihren Unterhosen hatte. Später wusste er es natürlich, aber da noch nicht. Jetzt fragte er sich: Wenn sie einen Hirnschaden gehabt hatte, hätte sie dann noch gewusst, wie man Blut aus den Unterhosen rausbekam? Er hatte keine Ahnung. Aber dass sie ihrem Sohn Ratschläge zur Periode gab, legte irgendwie nahe, dass sie einen Hirnschaden hatte. Diese Gedankenkette brachte ihn zurück zu Susan Grierson.

Als Susan Grierson ihm das Segeln beibringen wollte, versuchte er es nicht mal. Sie drückte seinen Arm: Mach dir keine Gedanken, du hast gerade genug andere Sorgen, genieß einfach das Wasser. Susan wollte, dass er gut von ihr dachte. Iain weigerte sich, so zu denken, weil sie es zu sehr versuchte. Es war damals die einzige Macht, die er hatte: Verweigerung.

Jetzt dachte er an Susan Grierson, die zwanzig Jahre lang auf der anderen Seite des Ozeans gewesen und wie salzgetrocknetes Holz hier wieder angespült worden war. Wo hatte sie die ganze Zeit gesteckt? Nicht in Chicago, so viel hatten sie geklärt. Iain war es egal, wer sie damals gewesen war, und er wusste nicht, wer sie heute war, aber ihm war bewusst, dass sie sich verändert hatte. Die Susan Grierson von damals würde keine drei Gramm Kokain auf einmal kaufen. Sie würde nicht in einem staubverdreckten Haus wohnen oder vor einem Zeitungskiosk warten oder einem einen Plastikbeutel voller Kekse zeigen. Alles an ihr war daneben. Vielleicht war auch alles an ihm daneben. Vielleicht machte das die Zeit einfach mit einem, die Zeit im Wasser.

Er öffnete die Augen und fühlte sich leichter, körperlich schwach, aber klar. Er würde zu Mark Barratts Haus gehen und Wee Paul fragen, was mit Murray und dem Sailors' war. Nur zur Sicherheit.

18.

Morrow und McGrain hatten Mühe, die hiesigen Cops zu fassen zu kriegen. Das Revier war verschlossen. Sie hämmerten gegen die Tür, um sich Einlass zu verschaffen, aber niemand hörte sie. Wenn sie die Nummer anriefen, landeten sie direkt auf dem Anrufbeantworter. Schließlich riefen sie bei der London Road Station an, wo man eine Durchwahl hatte und denen sagte, sie sollten sie hereinlassen. Reviere wurden überall geschlossen, um Geld zu sparen. Kontaktstellen wurden immer weiter minimiert. Polizeikabinen waren in Notaufnahmen errichtet worden, in 24-Stunden-Supermärkten, mobile Einheiten parkten zur Sperrstunde nahe den Trinkerstraßen, aber für Morrow hatte das mit echter Polizeiarbeit nichts zu tun. Echte Polizeiarbeit bedeutete, Teil einer Gemeinde zu sein.

Ein mürrischer Uniformierter öffnete die Tür, ließ sie ein, taute etwas auf, als sie ihm ihre Ausweise zeigten und darum baten, den Revierleiter sprechen zu können. Er sagte ihnen, sie sollten an dem alten vorderen Tresen warten.

Es war eine kleine Wache, altmodisch und – typisch für den Ort – teils funktional, teils Museumsstück. Ein hoher Tresen aus dunklem Holz diente als Barriere zwischen Dienst- und Wartebereich. An den Wänden hingen dieselben Plakate wie in der London Road Station. Alkoholmissbrauch. Einbruch. Vorsicht vor Taschendieben! Crimestoppers. Allerdings fanden sich hier keine Phantombilder, keine Aufrufe an die Öffentlichkeit, zu helfen oder mitzumachen, weil die Öffentlichkeit nicht hereindurfte.

Man hatte Morrow gewarnt, dass Argyle and Bute sehr sparsam besetzt war. Auf dem Dienstplan standen sechs Leute, die einen sehr großen geografischen Bereich abzudecken hatten, ein DI und zwei Autos.

Der uniformierte junge Mann kam wieder zu ihnen. Er führte sie nach hinten ins Büro und ließ sie sich hinsetzen, während er nach seinem Boss, DI Simmons, suchte.

Das Büro war innendrin klein und vollgestopft. Auf drei Schreibtischen türmten sich Akten und Formulare und Papiere und Urlaubsanträge. Kisten voller Papier waren an der Wand unter dem Fenster übereinandergestapelt. Niemand sonst war dort. Ein Computer am hinteren Ende des Raums offenbarte ein Patience-Spiel mitten im Betrieb; direkt daneben ein Haufen Papiere. Schlechte Disziplin.

Der uniformierte Beamte kam zurück, und sein Boss bog um die Ecke.

DI Simmons war eine Frau mit einem scharfkantigen Gesicht. Ihr Haar war kurz geschnitten und streng frisiert, ihre Lippen geschürzt. Rock und Bluse waren so funktional, dass sie aussah, als sehnte sie sich nach einer Uniform. Sie seufzte unüberhörbar und stapfte auf sie zu.

Morrow stand auf, setzte ausnahmsweise ihre Größe ein, und streckte die Hand aus. Simmons schüttelte sie, drückte zu fest zu.

»Und wie kann ich Ihnen beiden helfen?«, schnappte sie, als hätten sie bereits grotesk viel ihrer Zeit in Anspruch genommen.

»Wir würden Ihnen gern ein paar Fragen zur unmittelbaren Umgebung stellen, vielleicht können Sie uns bei einem Vermisstenfall helfen.«

»Warum?«

»Die vermisste Person rief jemanden hier im Ort von Hallidays Feld aus an.«

Simmons runzelte die Stirn. »Wo ist das?«

»Können wir uns in Ihrem Büro unterhalten?«

Ein aufgeräumtes Zimmer, klein, Kisten ordentlich an der Wand gestapelt wie Ziegelsteine. Sie erklärte Morrow, dass es oben zu einem Rohrbruch gekommen war und sie derzeit nur die Hälfte des Gebäudes nutzen konnten. Sie klang wie eine Anfängerin bei ihrem ersten Auftritt vor Gericht: präzise, wortreich, auf schrille Art uneinnehmend.

Morrow ließ ihre offene Handtasche auf den Boden plumpsen, so dass fast der Inhalt herausfiel, wohl wissend, dass Simmons das nicht gefallen würde – Vorsicht vor Taschendieben! –, und ging zu einer Landkarte an der Wand, die die Umgebung zeigte.

»Wir suchen also nach dieser vermissten Frau.« Sie reichte ihr das Foto von Roxanna im Botanischen Garten. »Das Signal ihres Handys wurde zuletzt auf diesem Hügel geortet, bei der Lurbrax Farm. Ein silberner Ford Fiesta wurde in der Nähe gesichtet.« Sie zeigte auf die Karte. »Das Büro des Chiefs ist an dem Fall dran, und wir brauchen Hintergrundinfos über diese Gegend. Kennen Sie einen Mann namens Frank Delahunt?«

Simmons blinzelte langsam in Richtung der Karte. »*Der* Chief?«

Darauf hatte Morrow keine Lust. Der Chief von Police Scotland war jetzt der Chief von allen, aber alte Gewohnheiten, was Abteilungen und Gruppen und geografische Feindseligkeiten betraf, verschwanden nur langsam. Niemand war glücklich damit, niemandem gefiel die Veränderung. Gute Leute waren gekündigt worden, schlechte befördert, und alle gaben dem Chief die Schuld, besonders diejenigen, die ihn noch nie getroffen hatten.

Morrow beugte sich aggressiv vor. »Können wir weitermachen?«

Simmons war hier eine große Nummer, und es gefiel ihr gar

nicht, so behandelt zu werden. Sie lehnte sich defensiv zurück. »›Police Glasgow‹ nennt man es hier.«

»Aye, gut, ich nenne es einfach meine Arbeit, Simmons, und die mache ich gerade. Können wir jetzt mal?«

Simmons setzte sich wieder normal hin, und Morrow bemerkte einen Geruch, etwas Saures, das von einem weißen Fleck an ihrem Rock kam. Simmons roch es ebenfalls und deckte den Fleck mit der Hand ab. Ihr Gesicht wurde hart. »Der Chief ist ein *Arschloch*.«

Morrow war ehrlich schockiert. »Whoa! Passen Sie verdammt noch mal auf, was Sie sagen.«

Diese Herausforderung überraschte Simmons. »Nun, das denken wir doch alle, oder?«

»Ich denke das nicht.«

»Haben Sie ihn mal kennengelernt?«

»Ja.«

»Und Sie fanden nicht, dass er ein Arschloch ist?«

»Ich habe Sie gerade kennengelernt, und ich denke, dass *Sie* ein echtes Arschloch sind.«

Sie starrten sich an.

In unregelmäßigen Abständen wurden Beamte auf Fortbildung zu bestimmten Themen geschickt. Oft zeigte man ihnen dort Videos mit Schauspielern in Situationen, die verdeutlichen sollten, wie man Dinge nicht anging. Wenn dies ein Trainingsvideo darüber wäre, wie man die Zusammenarbeit zwischen Abteilungen aufnahm, dann wäre Morrow die böse Beamtin, dessen war sie sich bewusst. Sie hatte gleich als Erstes das hohe Ross erklommen und moralische Überlegenheit für sich beansprucht, nur um sich dann kopfüber wieder herunterzustürzen. Als sie Simmons' Blick sah, wusste sie, dass die Frau gerade an den Formulierungen für das Beschwerdeformular arbeitete.

»Tut mir leid, was ich gerade gesagt habe.«

Eine winzige Bewegung auf Simmons' Schoß fiel ihr ins Auge. Sie tippte mit der Spitze ihres Zeigefingers auf ihr Knie, langsam und rhythmisch. Morrow schmunzelte unwillkürlich. Mit dem Finger tippen, um den Abstand des Ärgers zum Herzen zu vergrößern. Es war eine Übung aus dem Aggressionsbewältigungskurs, den Beamte absolvieren mussten, wenn es zu einer bestimmten Art von Vorfall gekommen war.

»Was ist so verdammt lustig?«, wollte Simmons wissen.

Morrow deutete mit dem Kopf auf ihre Hand. »›Achtsamkeit am Arbeitsplatz‹. Hilft es?«

Simmons starrte ihre nun ruhige Hand vorwurfsvoll an. »Manchmal. Woher wissen Sie davon?«

»Ich musste den Kurs zweimal machen.«

Simmons sah auf Morrows Hand. »Sie machen das nicht mit dem Fingertippen?«

»Nein. Davon werde ich wütend. Es tut mir leid. Ich habe ein Aggressionsproblem. Es ist mein Problem …«

»… *nicht Ihres, und ich entschuldige mich für mein Verhalten Ihnen gegenüber.*« Simmons vervollständigte das Mantra aus dem Aggressionsbewältigungskurs für sie.

Beide entspannten sich.

Simmons deutete auf den säuerlich riechenden Fleck auf ihrem Rock. »Meine Mutter …«

»Ihr geht's nicht gut?«

Simmons hob halbherzig die Schultern.

»Ich habe Zwillinge«, gestand Morrow. »Dreizehn Monate alt.«

Simmons musterte sie auf Spuren und konnte keine finden. Morrow ließ den Mantel von den Schultern rutschen und drehte sich etwas, um zu zeigen, wo milchiges Erbrochenes ihre Schulter heruntergelaufen war.

Simmons lächelte und ließ sich erweichen. »Was brauchen Sie hier?«

Morrow deutete auf die Karte. »Welche Informationen haben Sie über diesen Bereich?«

»Keine.«

»Man nennt das hier nicht ›Hallidays Feld‹?«

»Soweit ich weiß nicht.«

»Und wie lange sind Sie schon hier?«

»Acht Jahre. Was brauchen Sie noch?«

»Ein Anwalt namens Delahunt ...«

Simmons drehte den Kopf weg. »Frank Delahunt. Anwalt, pensioniert. Altes Geld. Er gibt die Fassade für das kriminelle Element hier draußen. Er gründet Scheinfirmen und wickelt sie ab.«

»›Wickelt sie ab‹?«

»Sie wissen schon. Um zu vertuschen, wo das Geld herkommt.«

»Verstehe.« Morrow notierte sich, dass sie Delahunts Vorgehensweise später überprüfen musste. »Und wer ist das ›kriminelle Element‹ hier draußen?«

»Mark Barratt. Früher war er Tapezierer, auf einmal hat er megaviel Kohle, aber er ist *ruhig*. Mehr kann man sich kaum wünschen, was?«

Zum ersten Mal seit Stunden musste Morrow an Danny denken. Ihr wurde klar, dass er in der Zwischenzeit gestorben sein könnte, und sie verspürte einen Funken Hoffnung. Sie hasste sich dafür.

»Was macht Barratt, damit es ruhig bleibt?«

»Er sieht zu, dass es sich für jeden lohnt. Kein Stress für niemanden. Wenn irgendwo was abgeht, fährt er weg ... Oh.« Ihr war etwas klargeworden.

»Was?«

»Barratt ist im Moment weg.«

»Also könnten seine Leute involviert sein?«

»Möglich.«

Morrow zeigte wieder auf die Karte. »Sie kommt aus Madrid, lebt in London, und sie wird verdächtigt, Kokain von Barcelona ...«

»Das ist ...« Simmons hielt eine Hand hoch und nickte. »Barratt. Das ist die Verbindung. Er ist ständig dort. Ein Haufen Geld. Wir wissen, dass es über ihn kommt, aber wir können noch nichts beweisen.«

»Okay. Vielleicht kennen sie sich daher. Sie zieht hierher und scheint dieses Feld unter dem Namen ›Hallidays Feld‹ zu kennen, wovon sonst noch niemand was gehört hat. Was ist mit dem Ford Fiesta?«

Simmons wirkte skeptisch. »Silbern? Kein Kennzeichen?«

»Nein, ich weiß«, sagte Morrow verzweifelt, »davon gibt es eine Million. Achten Sie trotzdem drauf.«

Simmons' Telefon klingelte, und sie sah Morrow an, bevor sie abhob. Sie sagte Hallo, hörte zu, nickte und wurde bleich. Sie sagte, sie würde in zwanzig Minuten dort sein, und legte auf.

»DI Morrow.« Sie stand auf und sprach ganz förmlich, als würde sie Bericht erstatten. »Wir haben eine weibliche Leiche aus dem Loch Lomond gezogen. Sie war nicht sehr lange drin.«

19.

Iain ging die Straße entlang, drückte sich eng an die Rück-
wände der Häuser, den Kopf gesenkt. Seine Brust fühlte sich
schwer an. Er atmete, als hätte er da Steine drin. Er konnte fast
hören, wie sich seine Rippen mühsam auseinanderzogen, um
die Lunge aufzublähen. Ein Wagen fuhr langsam an ihm vorbei, Allradantrieb, schwarz, alt und kastenförmig. Er kratzte
sich an der Stirn, um sein Gesicht zu verdecken. Mark gefiel
es nicht, wenn man zu ihm nach Hause kam, aber Iain hatte
keine andere Wahl.

Er sah Marks Pforte weiter oben. Hohe Eisentore, in eins
war eine Tür eingelassen. Iain wusste, dass er beobachtet
wurde. Zwei bauchige Kameras waren hoch über den Gar-
tenmauern platziert, jede deckte einen 180-Grad-Blickwin-
kel zur Straße hin ab. Er war schon zweimal drin gewesen,
und Mark prahlte gern damit, wie uneinnehmbar sein Haus
war. Iain dachte, dass Mark vermutlich jedem den Über-
wachungsraum und die Sicherheitssensoren zeigte, damit es
sich herumsprach.

Als er sich den Toren näherte, hing die eingelassene Tür nur
an ihren Scharnieren. Er stieß sie auf und trat hindurch.

Ein gepflasterter Vorhof mit einer Dreifachgarage zur Linken, kleinere Nebengebäude zur Rechten. Eins davon war voll
mit Gerät zum Gewichtheben. Mark stemmte keine Gewich-
te. Vielleicht hatte er es vorgehabt, als er den Raum entwerfen
und bauen ließ, Iain wusste es nicht, aber er zeigte den Jungs
gern den Raum und die eingebaute Sauna. Es war eine große
Sauna, für acht Personen. Mark hatte sie bauen lassen, schien

sie aber nie zu benutzen. Die Bank sah immer noch ein bisschen so aus, als würde man sich Splitter holen.

Wee Paul kam aus dem hintersten Nebengebäude. »Was machst du hier?« Seine Stimme klang ulkig hoch, aber niemand lachte darüber, weil er ein guter Mann war und angeblich recht nützlich. Iain hatte nie gesehen, dass er irgendwen geschlagen hätte, aber das war sein Ruf.

Iain ging zu ihm und warf einen Blick auf Pauls »Ja«-Armband. »Warum trägst du das?«

Paul zuckte die Achseln und lächelte. »Er ist doch nicht da, oder?«

Sie gingen hinein. Es war ein kleiner Raum, frisch verputzt, der Boden neu verlegt, aber leer. Die einzigen Dinge darin waren ein Stuhl und ein Tisch mit einem riesigen Computerbildschirm, der die Übertragungen von allen Kameras auf dem Anwesen zeigte. Ein anderer Monitor zeigte das Sensornetz als Übersicht aus roten Linien, keine davon war unterbrochen.

Es war sehr kalt. Die Wände in diesem alten Gebäude konnten bis zu dreißig Zentimeter dick sein. Die Kälte sickerte durch die Gipsplatten und die versiegelten schwarzen Bodenfliesen.

Paul schloss die Tür nachdrücklich und wandte sich Iain zu. Er deutete mit dem Kopf auf Iains Brust, fragte ihn, ob er ein Mikrofon trug.

Widerwillig und genervt zog Iain Pullover und T-Shirt aus, ließ beides auf den Tisch fallen, öffnete Gürtel und Reißverschluss, ließ die Jeans auf die Knöchel sinken. Er hielt seine Hände hoch, damit Paul ihn gründlich mustern konnte.

»Handy?«

»Zu Hause gelassen.«

Paul beäugte ihn misstrauisch. Es hatte ein bisschen was Schwules, wie er da in seinen Unterhosen stand, während Paul ihn abcheckte. Vielleicht lag es daran, dass der Raum so klein war und sie eng beieinander standen. Vielleicht, weil Wee Paul ihm nur bis an die Brustwarzen reichte oder weil sie allein waren, aber es hatte was Schwules, und sie waren beide froh, als es vorbei war. Paul nickte ihm zu, und Iain zog die Hosen hoch. Er nahm T-Shirt und Pullover und zog sich wieder an, genoss die Restwärme, die noch in den Kleidern hing.

»Also?«, fragte Paul.

Iain zwickte sich in die Nase. »Die Sache ist erledigt.«

»*Wissen wir*«, sagte Paul. »Du musst nicht herkommen und es mir sagen.«

»Hör zu«, sagte Iain, »ich hab die Sache erledigt.« Er deutete mit dem Daumen zum Haus. »Er hat gesagt, Murray Ray ist vom Haken, wenn ich es mache. Und ich hab's gemacht.«

Paul, der davon ausging, dass sie von irgendwem irgendwo abgehört wurden, streckte die Hände aus und hob die Schultern, gab ihm summend das Zeichen fortzufahren.

»Murray hat gestern einen Freund von uns getroffen. Er macht sich *Sorgen*. Aber es ist geklärt.«

Paul nickte zum Fußboden. Er nickte zum Monitor. Er sah Iain an. »Wir regeln das …«, und er deutete mit dem Daumen zum Haus, meinte damit, wenn Mark zurückkam.

»Es regeln« bedeutete, dass Mark eingreifen musste. »Es regeln« bedeutete, dass noch nicht entschieden war, ob Murray vom Haken war.

»T.« Iain sah sich paranoid im Raum um. Er hätte das nicht sagen sollen, und Paul warf ihm einen warnenden Blick zu. Iain nickte. Er wusste, dass er eine Regel verletzt hatte. Er streckte die Hände vor sich als, als würde er einen Meter Tommy vermessen. »War draußen vorm Sailors'.«

Paul tat, als würde er nicht verstehen, was das hieß. »Ist 'ne kleine Stadt. Die Leute kommen rum.«

»*Absichtlich.*« Iain verzweifelte langsam.

Paul hob die Schultern. »Tja …« Er würde nicht weiter

darüber diskutieren. Er sah ganz genau, wie verzweifelt er war, wie müde und abgefuckt, das wusste Iain. Paul lächelte fast, und das gab den Ausschlag.

Dem unsichtbaren Publikum trotzend, packte Iain den Kragen von Pauls Hoodie, verdrehte ihn zu einem Knoten, um Zugkraft zu bekommen, und hob ihn auf die Zehenspitzen, so dass sein Ohr Iains Lippen berührte. »Ich hab es beglichen. Ich hab es getan, und jetzt ist alles beglichen.« Und dann ließ er ihn los, ließ Wee Paul langsam wieder auf die Füße sinken.

Wee Paul genoss es, ein harter Kerl zu sein. In Wahrheit hatte er nichts sonst. Er hatte weder Iains gutes Aussehen noch Tommys Köpfchen oder Marks Tapezierkünste. Er war klein, und seine Stimme war hoch, und er konnte nicht mal gut Fußball oder Billard spielen. Nichts verhalf ihm zu Status, außer seinem Status, und die Kränkung, von einem großen, furchteinflößenden Kerl hochgehoben zu werden, traf ihn auf eine Art, wie sie einen größeren Mann nicht getroffen hätte, und das machte ihn tollkühn.

Er stellte sich auf die Zehenspitzen, wohl wissend, dass diese Haltung ihn kleiner wirken ließ, und flüsterte Iain ins Ohr: »T sagt, dass *er* es getan hat.«

Er stellte sich wieder normal hin und wartete auf Iains Reaktion. Iain schüttelte den Kopf. »Nein.«

Paul hob die Arme und neigte den Kopf zur Seite. Er hatte es nicht in der Hand. Sie würden einfach warten müssen, bis Mark zurückkam und sich drum kümmerte.

»Nein«, beharrte Iain.

Paul hob wieder die Schultern, die Arme immer noch ausgestreckt, was erwartete Iain denn von ihm? Das Wort eines Mannes gegen das eines anderen. Wer zum Teufel sollte da durchblicken?

Iain zeigte auf einen leere Stelle auf dem Boden, eine dritte Person andeutend.

»Lüge.« Er berührte seine Brust. »Beglichen.« Er formte eine Faust und zeigte Wee Paul die flachen Knöchel. »Wenn vorher irgendwas passiert …«

Wee Paul sah die Wand aus Knöcheln an, und Iain merkte, dass er Angst hatte. Paul hob den Blick zu Iain und nickte.

»Regel das.«

Paul deutete mit dem Daumen zum Haus. Sie würden es regeln, wenn Mark zurück war. »*Übermorgen.*«

»Viertel nach sieben?«

»Türlich. Nur ein Flug am Tag. Kommst du heut Abend trotzdem?«

»Wohin?«

»Tanzdinner. Vicky-Halls.«

Mark hatte angeordnet, dass sie hingingen. Paul fragte, ob Iain noch zu Marks Team gehörte oder nicht. »Ich komme. Klar komm ich.«

»Geh lieber heim und wasch dich. Es fängt in zwei Stunden an.«

»Aye.« Iain atmete wieder schwer. Er sollte etwas antworten. »Du kriegst frei?«

»Aye«, sagte Wee Paul. »Ich krieg frei, um hinzugehen. Ich seh dich dann da.«

»Paul, Kumpel, an deiner Stelle würd ich das Armband loswerden.«

Paul warf einen Blick darauf. »Alle wissen das eh.«

»Außer Mark.«

Paul zuckte die Achseln und winkte ihn raus.

Iain trat durch die kleine Tür in dem Tor und ging denselben Weg zurück, den er gekommen war. Tommy musste Paul getroffen haben, vielleicht auf der Straße, wohl eher im Snooker Q. Er musste ihn getroffen und ihm direkt ins Gesicht gesagt haben, dass er, Tommy, das Ding durchgezogen hatte. Oder vielleicht war er raffinierter vorgegangen. Hatte es nur angedeutet. Bei einer Andeutung belassen. So oder so war es eine verfluchte Schweinerei.

Iain hatte sich schon gedacht, dass Tommy ein ziemliches Arschloch war, aber er hatte ehrlich nicht angenommen, dass er sich mit der Tat eines anderen Mannes brüsten würde. Das war das Allerletzte. Er würde ihm vor Wee Paul beim Tanz eins auf die Fresse geben, und dann würden alle Bescheid wissen. Arschloch.

20.

Das Ganze sah aus wie der Eingang zu einem Hochsicherheits-
gefängnis in *Brigadoon*. Die Golfplatzpforten, als Andreas-
kreuz gegossen, hingen an Sandsteinpfosten, auf denen riesige
gemeißelte Disteln thronten. Neben der Pforte stand ein kleines, grünes Wachhäuschen, flankiert von einer freistehenden
Sprechanlage. Überall waren Kameras postiert.

Jenseits der Sicherheitsmaßnahmen, dem zufälligen Blick
entzogen, befanden sich jedoch hübsche, niedliche Landhäus-
chen mit Säulen davor, die hinter perfekt gestutzten Bäumen
hervorlugten.

Die Sonne ging über dem Loch Lomond unter, ein weiches,
rosafarbenes Licht breitete sich über den schneebedeckten
Bergen aus. Morrow war ein Stadtkind, sie kannte schottische
Berglandschaften in erster Linie von Bonbondosen, und als sie
den Blick auf die Hügel richtete, verspürte sie immer noch ein
Verlangen nach Karamellbonbons.

McGrain hielt hinter Simmons' Wagen. Simmons ließ ihr
Fenster herunter, sagte etwas in die Sprechanlage und zeigte
ihren Ausweis. Sie zog die Hand zurück, und die Tore, die ihnen
den Weg versperrten, surrten auf. Beide Autos fuhren in eine
schnurgerade Auffahrt, die von großen Bäumen gesäumt war.

Am anderen Ende stand ein Platzanweiser in einem Blazer
und blockierte den Weg zu einem Parkplatz außerhalb eines
Clubhauses. Er winkte Simmons' Wagen zu sich, sprach mit
ihr, dirigierte sie mit einer zornig hackenden Hand fort. Das
Fenster wurde hochgefahren, der Wagen zog nach rechts, und
Morrows Handy klingelte. Es war Simmons.

»Fahren Sie mir nach. Es ist hier unten.«

Der Platzanweiser warf Morrow und McGrain einen finsteren Blick zu, stieß mit dem Finger in die Richtung, die Simmons genommen hatte.

Morrow sagte am Handy zu Simmons: »Dieser Gentleman scheint nicht besonders dankbar für unsere Unterstützung zu sein.«

Aber Simmons ignorierte den kollegialen Unterton. »Er will nicht, dass uns jemand sieht. Sie mussten den Golfplatz schließen.« Sie legte auf. Sie hatte wohl noch andere Anrufe zu machen.

Eine makellos asphaltierte Straße führte sie an Nebenwegen vorbei. Es war ein weltberühmter Golfplatz, sogar Morrow hatte schon davon gehört. Hier war natürlich eine Menge Geld unterwegs. Das Gras war gleichhoch geschnitten und hatte überall dieselbe Farbe, die Bäume waren gestutzt und symmetrisch. Sogar die Mülleimer waren von akkurat geschnittenen Hecken umgeben. Simmons' Wagen nahm einen Abzweig zu einem Wäldchen. Morrow und McGrain folgten ihr hinab zu einer Lichtung mit drei Meter hohen Hügeln aus gelbem Sand, die den Blick zum Seeufer verstellten.

Simmons war ausgestiegen und wartete auf sie. Morrow nickte ihr zu. »Wie sieht's aus?«

Simmons hatte es eilig, nach Hause zu kommen, das sah Morrow an ihrem ruhelosen Blick. Sie unterrichtete sie in abgehackten Sätzen, als würde dadurch irgendjemand schneller heimkommen. Ein Landschaftspfleger, mit dem Boot draußen, um Dreck aus dem See nahe dem Golfplatz zu entfernen. Sah Füße in einem Ast hängen. Die Ortspolizei fuhr mit dem RIB, dem Festrumpfschlauchboot raus. Sicherte die Umgebung. Landschaftspfleger wurde zurückgebracht. Das ist sein Haus. Dort. Sie zeigte auf ein Häuschen, das verschämt hinter einem Magnolienbaum hervorlugte. Die Kriminaltechnik und die Rechtsmedizin waren aus Glasgow unterwegs.

»Wie lange ist es her, dass der Landschaftspfleger angerufen hat?«

Simmons sah auf die Uhr. »Ungefähr eine Stunde. Er steht unter Schock. Er versuchte sie sich zu angeln, weil er dachte, es wäre eine Schaufensterpuppe. Der Kopf ist schwer beschädigt. Die Kollegen haben gesagt, das Gesicht sei hier.« Sie ließ die Hand über eine Schulter gleiten, und dann, als würde der Gedanke sie erschrecken, drehte sie sich um und ging.

Morrow folgte ihr über einen ausgetretenen Zickzackpfad zwischen den Sanddünen, bis sie an einen schmalen Bootssteg kamen. Er schien kaum benutzt.

»Wofür ist der ganze Sand?«, fragte sie.

»Bunker. Auf dem Golfplatz. Und das graue Zeug dahinter ist für Bauarbeiten. Hier wird immer irgendein Scheiß für die Touristen gebaut. Ich hab gehört, dass sie jetzt ein paar Blackhouses mit Dampfduschen und Whirlpools ausbauen. In Blackhouses hat man früher die Schweine gehalten.« Simmons deutete auf das andere Ende des Stegs. »Das da ist sein Boot.«

Ein altes Boot tanzte auf dem Wasser. Ein kleiner Krangalgen hing hinten herunter, eine metallene Krebsschere, die an einer Kette hing. Das Ruderhaus war so eng wie ein aufrecht stehender Sarg. So alt und abgenutzt und stylish wirkte die *Sea Jay II* wie die Inspiration für einen Comic.

Ein graues Polizei-RIB hatte dahinter angelegt und wartete darauf, Morrow und Simmons mit hinauszunehmen. Ein Beamter am Bootssteg reichte jeder der beiden eine orangefarbene Schwimmweste. Morrow tat es Simmons gleich, zog sie an, machte die Klammern fest und spiegelte ihre Bewegungen, als sie an Bord gingen.

Sie saßen nebeneinander hinten auf einer Bank, die beiden Beamten standen vorn, um ihr Gewicht auszugleichen.

Das Boot legte vom Steg ab, flog sanft auf die Mitte des Loch Lomond zu.

Morrow war noch nie auf einem Boot gewesen. Auf einer Fähre schon, aber noch nie auf einem richtigen Boot, das durchs Wasser fuhr. Das RIB suchte die Seemitte, schob sich in langsamem Tempo majestätisch voran, um die Heckwelle vom Motor zu minimieren. Man wollte keine Beweise in der Nähe der Leiche wegdrängen.

Die Berge in der Ferne waren in Dämmerlicht gehüllt, zurückweichend und dunstig, wie Flächen einer Theaterkulisse. Vorbei an einem Grüppchen kleiner Inseln nahe dem Ufer, von denen jede fast magisch rund war, erreichten sie den offenen See und eine weite Wasserfläche. Als sie sanft nach links einschwenkten, neigte sich das Boot leicht, und Morrow musste sich stabilisieren, sie legte eine Hand an die Seite wie eine Königin, die den starken gummierten Arm des Höflings nimmt. Es war so hübsch und viktorianisch, dass sie fast ein leises Rascheln von Reifröcken durch die Luft schweben hörte.

Sie wurden langsamer, als sie bei einer kleinen Insel abbogen. Durch die Bäume sah sie einen Schwan mit dreckigem Gefieder in seinem Nest. Der Wasserpegel hatte einen schwarzen Rand, der aus Torfbriketts bestand. Sie war überrascht, als ihr klar wurde, dass die Insel ein landschaftlich gestaltetes Gebilde war.

»Ist das keine echte Insel?«, fragte sie Simmons.

»Nichts hier draußen ist echt«, sagte Simmons. »Hier ist überall viel zu viel Geld in Umlauf, als dass man noch irgendetwas echt lassen würde.«

Langsam umkreisten sie die Insel, und Morrow sah, dass man sie gebaut hatte, um etwas zu verdecken: Der Loch Lomond-Golfplatz lag vor ihnen auf einer langen, makellosen Halbinsel. Eine riesige Fläche von sich sanft wellendem grünem Samt, bestreuselt mit gelben Sandkratern. Die Bäume am Wasser waren gekappt, um gleichmäßig hoch zu sein.

Der Motor des RIB wurde ausgeschaltet, und sie trieben auf das von Bäumen gesäumte Ufer zu.

Simmons stellte sich auf, legte dabei eine Hand auf Morrows Schulter, um ihr zu signalisieren, dass sie sitzen bleiben sollte. Sie senkten beide den Blick zu den Wurzeln der Bäume.

Die tote Frau war fast vollständig verborgen, weil sie sich in einem Gewirr aus Unterwasserwurzeln verfangen hatte, deren unterirdische Äste sich in das klare, kalte Wasser hinausreckten. Sie lag auf dem Rücken, die Arme ausgebreitet, die Beine gespreizt, so entspannt, als würde sie ein heißes Bad nehmen. Kopftrauma, mit einem stumpfen Gegenstand. Ihr Gesicht war zur Seite gerutscht, aber das Wasser erlaubte den Betrachtern daran zu glauben, dass die Deformation nur auf gebrochenes Licht zurückging. Kein Blut im Wasser. Vielleicht war es weggewaschen, aber wahrscheinlich hatte man sie woanders getötet, was ärgerlich war. Es bedeutete, dass sie keinen Tatort untersuchen konnten, was wiederum bedeutete, dass sie sehr viel weniger hatten, womit sie arbeiten konnten.

Simmons' Hand zitterte. Ihre Knie knickten etwas ein, und sie setzte sich wieder neben Morrow, um ihre Bestürzung zu tarnen. Sie klammerte ihre Hände ineinander und wandte das Gesicht so, dass niemand sehen konnte, wie schwer es ihr fiel, hinzusehen. Morrow gefiel das an ihr, instinktives Mitgefühl war auf ihrem Hierarchielevel selten.

Jetzt erhob sich Morrow. Die tote Frau war mollig. Sie trug Mom-Jeans, weite Jeans mit hohem Bund. Ihre Füße wirkten nackt, aber Morrow sah die Strumpfnähte über ihren Zehen. Ein weißes Baumwoll-T-Shirt war vom Wasser grau und durchsichtig geworden. Darunter trug sie einen Sport-BH mit breiten Schulterriemen. Zu klein, zu untersetzt. Das war nicht Roxanna.

»Das ist nicht meine«, sagte sie.

Simmons berührte sie am Rücken, sagte ihr, sie solle sich

setzen, damit sie sich wieder hinstellen konnte, aber in dem Moment glitt das Bootsheck an der Leiche vorbei. Etwas lugte aus der vorderen Jeanstasche. Ein Bändchen. Gelb mit roter Schrift.

»Nein«, sagte Morrow und schob Simmons' beharrliche Hand weg. Sie sagte den Beamten des Polizeiboots: »Bringt mich wieder zurück.«

Die Polizisten paddelten vorsichtig und hielten das Paddelblatt so, dass sich das Wasser um sie herumbewegte. Das Boot tanzte einmal im Kreis.

Das Bändchen in ihrer Tasche war so ein Trageband, das üblicherweise mit einem Ausweis daran um den Hals gehängt wurde. Ein gelbes Band mit aufgedruckten winzigen roten Leitern. Injury Claims 4 U.

»Ist sie es doch?«, fragte Simmons an ihrer Hüfte.

»Nein«, sagte Morrow, »aber ich denke, es gibt eine Verbindung.« Sie nickte dem Polizeibootsführer zu. »Kann man schon sagen, wo sie ins Wasser geworfen wurde?«

»Kommt drauf an, wie lange sie drin war.«

Morrow betrachtete die Farbe der Haut. Sie war bisher noch nicht einmal aufgebläht, und ihre Knie waren deutlich zu sehen. »Nicht viel länger als einen Tag?«

Er sah zurück zur Leiche, zu dem Gewirr aus Wurzeln im Wasser. Er drehte sich um und sah über den See. »Na ja, es ist ein ruhiger Tag, da kommt nicht viel Kielwasser von den Schiffen. Wenn ich raten müsste«, er deutete übers Wasser, »würde ich sagen, dort.«

»Also nicht weit weg?«

»Ja«, sagte er. »Wirklich nicht weit. Wäre an einem Wochentag anders, oder wenn die Fähre draußen ist. Das Wasser würde sich viel mehr bewegen. Es ist an manchen Stellen sehr tief, aber erst, wenn man bis dahin gekommen ist.« Er deutete zu den entfernten Bergen. »Hier nicht so.«

172

Wer auch immer es gewesen war, hatte sie ausgerechnet am falschen Ort zurückgelassen. Es sah mehr nach einem Fehler aus als nach dem Versuch, die Leiche zu präsentieren. Es war ein ziemlich finsterer Ort.

Sie fragte: »Wer hat sie hier noch mal gefunden?«

»Ein Landschaftspfleger.« Simmons senkte die Stimme. »Er saß noch bis vor kurzem ein.«

»Wegen was?«

»Drogenbesitz. Er ist noch auf Bewährung. Aber er ist ein netter Kerl. Man kennt und mag seine Mutter hier im Ort. Sie sitzt im Ausschuss für das Blumenfest. Lady Cole.«

Morrow vermutete, dass »netter Kerl« in Helensburgh die Umschreibung für Mittelschicht war.

Das RIB fuhr dieselbe Strecke zurück, bewegte sich wieder mit qualvoller Langsamkeit. Sie bogen um die Insel, auf der der Schwan nistete, und gewannen etwas an Geschwindigkeit, näherten sich dem Bootssteg, von dem sie gekommen waren.

Einer der Polizisten wartete auf einer Lichtung bei dem Landschaftspfleger, der die Leiche gefunden hatte. Der Landschaftspfleger war um die vierzig, trug eine rote Baseballkappe, eine gummierte gelbe Latzhose und einen grünen Strickpullover.

McGrain stand am anderen Ende des Stegs neben den Sanddünen und hielt nach ihr Ausschau.

»Ma'am«, rief er und deutete den Steg hinauf zu den Dünen. »Tatort gefunden!«

»Scheiße sei Dank«, murmelte Morrow. »Simmons, können Sie hier warten und die Leute von der Kriminaltechnik und der Rechtsmedizin einweisen? Ich will mit dem Landschaftstypen reden.«

»Natürlich.«

»Und machen Sie Fotos von allem.«

Das Boot legte an, und Morrow stieg geschmeidig aus, öffnete ihre Schwimmweste und warf sie zurück ins Boot. Sie winkte McGrain zu sich.

Andrew Cole, Landschaftspfleger, war am Boden zerstört. Schock äußerte sich auf seltsame Arten, und Morrow bemerkte, wie er sie mit glasigem, mattem Blick ansah. Er hob die Hand, um sich an der Wange zu kratzen, bewegte sich mit der tantrischen Langsamkeit eines Mannes, der noch nicht verarbeiten konnte, was er gerade gesehen hatte.

»Mr. Cole«, sagte Morrow sanft, als sie auf ihn zukam. »Können wir zu Ihnen nach Hause gehen? Ich würde Ihnen gern ein paar Fragen stellen.«

»Klar«, flüsterte er, sah auf seine Fußspitzen, die Augen vom Schirm seiner Mütze verdeckt. »Ja.«

Morrow und McGrain führten ihn behutsam den Bootssteg entlang zu seinem Haus, das gleich um die Ecke lag. Er ging langsam, schlurfte mit den Füßen, seine Schultern waren herabgesunken.

Hinter einem Baum kamen sie zu einer winzigen georgianischen Villa, gelb gestrichen, die Tür eingerahmt von plumpen dorischen Säulen und einem weit überhängenden Dach. Er griff tief unter die Latzhose in die Tasche der Hose, die er darunter trug, und holte einen einzelnen Schlüssel heraus, um aufzuschließen. Morrow erschien es seltsam, dass er seine Haustür abschloss, aber sie kannte die Gegend nicht.

Cole schlurfte den niedrigen Flur entlang ins Wohnzimmer, ließ sich in den einzigen Sessel fallen und zündete sich eine Zigarette an. Ohne hinzusehen griff er nach einem leeren Aschenbecher auf dem Kamin und stellte ihn sich auf den Schoß. Er inhalierte tief, blies den Rauch durch die Nase aus.

»Die war nötig, was?«, fragte McGrain.

Cole zuckte leicht zusammen, als hätte er vergessen, dass die beiden da waren. »Oh.« Er sprach leise. »Ich darf auf dem Gelände nicht rauchen. Dafür wird man gefeuert.«

»Wie lange wohnen Sie schon hier, Mr. Cole?«

Er blinzelte ein paarmal, bevor er antwortete: »Fünf Monate?«

»Ist das Haus eine Sonderzulage zum Job, oder gehört es Ihnen?«

»Gehört zum Job.« Er nahm die Mütze ab, der Rand hinterließ einen brandroten Streifen auf seiner Stirn. Dann fuhr er sich mit der Hand durch das lichter werdende rote Haar. Er legte die Mütze auf die Knie und zog wieder an der Zigarette. Selbst nach dem wenigen, was er bisher gesagt hatte, wusste Morrow, dass Mr. Cole, der Landschaftspfleger, sehr viel vornehmer war als sie.

Er rauchte einen Moment still vor sich hin, und sie ließ ihn, sah sich währenddessen in dem kleinen Zimmer um. Es war nachhaltig unordentlich. Er hatte nicht viele eigene Möbel mitgebracht, einen Sessel, einen Fernseher, einen Couchtisch und einen Aschenbecher.

Sie konnte Mr. Coles Tagesroutine an dem Zimmer ablesen: Eine halb ausgetrunkene Tasse mit milchigem Tee stand auf dem Boden neben dem Sessel, eine Sahnewolke gerann an der Oberfläche: Der Tee stand dort schon eine Weile. Ebenfalls auf dem Boden standen zwei aufeinandergestapelte Teller, die von einer halben Scheibe Toast auf dem unteren getrennt wurden. Auf dem oberen lag noch ein Bissen Salatsandwich. Die Mayonnaise war noch nicht durchsichtig, und das Haus war warm. Morrow vermutete, dass es seit der Mittagszeit dort lag.

Der Sessel schien Mr. Coles Einsatzzentrale zu sein. Sein Laptop, klobig und billig, in Reichweite auf dem Boden. Der Sessel selbst so ausgerichtet, dass er dem kleinen Flatscreen-Fernseher aus dem Supermarkt gegenüberstand.

Von diesen Fakten leitete DI Morrow ab, dass Mr. Cole ein alleinstehender Gentleman war. Anscheinend verbrachte er seine Freizeit in diesem Sessel mit Sitzen, Fernsehen, Rauchen und Essen, nicht zum Vergnügen, sondern um seinen Hunger zu stillen. Ein normaler Tag, bis er raus aufs Wasser fuhr und eine tote Frau fand.

»Haben Sie vom Boot aus telefoniert, Mr. Cole?«

»Telefoniert?«

»Uns angerufen, als Sie die Frau gefunden haben?«

»Im Boot? Ich arbeite für den Golfplatz.« Er deutete vage die Küste hoch. »Angerufen.«

Was er sagte, ergab keinen Sinn. Er blinzelte heftig in Richtung Boden, und mit einem Mal dachte sie: Starker Raucher, schlechte Ernährung, schwerer Schock – womöglich hatte er einen Schlaganfall. Ihre Gedanken überschlugen sich: junger Mann, aber vielleicht war es erblich. Sie ging die diagnostische Checkliste durch: herabhängendes Gesicht: nein. Krallenartige Hände: nein. Schmerzende Schulter reiben …

Cole seufzte tief und beugte sich vor bis über die Knie, möglicherweise ein Zeichen dafür, dass er Schmerzen hatte. Morrow hatte die Hand schon am Telefon in ihrer Tasche, dachte an den Notarzt, aber er setzte sich wieder gerade auf, schloss die Augen und nahm noch einen wohligen Zug von seiner Zigarette.

»Mr. Cole, nehmen Sie irgendwelche Medikamente?«

Er schüttelte den Kopf.

»Statin oder etwas anderes?«

»Nein. Keine Tabletten.« Er lächelte verwundert die Wand hinter ihr an.

Morrow verstand mit einem Mal. Mr. Cole hatte wegen Drogenbesitzes gesessen. Sie stieß ein bellendes Lachen aus, als es ihr klar wurde, und McGrain lachte mit ihr. Mr. Cole sah sie an, und ein Bitte-habt-mich-lieb-Lächeln breitete sich auf seinem Gesicht aus.

»Ich dachte, er hätte einen Schlaganfall«, sagte Morrow.

Aber Mr. Cole litt weder an einem Schock, noch hatte er

einen Schlaganfall. Es schien, als hätte Mr. Cole heute Morgen eine olympiareife Menge Marihuana geraucht.

McGrain trat zu ihm und beugte sich über ihn, als würde er zu einem Kind sprechen. »Mr. Cole?« Er lächelte einnehmend. »Sie sind noch auf Bewährung, oder? Lägen wir richtig mit der Annahme, dass Sie heute gewisse Substanzen geraucht haben?«

Mr. Cole sah ihn entrüstet an. »Was unterstehen Sie mich denn da …?«

Sie schmunzelten. Als er merkte, dass sie über ihn lachten, stand Mr. Cole auf. Er schwankte, hielt sich am Kamin fest, um das Gleichgewicht wiederzuerlangen, und berührte seine Brust, nahm damit unabsichtlich die Haltung eines viktorianischen Schauspielers in einem Melodram an.

»Officers? Aus meiner Sicht? Ich denke, dass mich, offen gestanden, diese Unterstellung doch *sehr* verletzt.«

Morrow und McGrain schüttelten sich aus vor Lachen. Es war nicht nur der zeitlose Witz des Berauschten, der seinen Zustand nicht wahrhaben wollte, es war so lustig, weil er vornehm und ernst war. Es war niedlich, wie ernst es ihm war.

»Wir nehmen ihn mit«, sagte sie zu McGrain. »Wir sprechen später mit ihm.«

»Das wird nie langweilig, was?«, schmunzelte McGrain.

Mr. Cole vertraute sich traurig dem Teppich an: »Ich bin wirklich tief gekränkt.«

McGrain trat einen Schritt vor, packte Cole fest am Arm und brachte ihn zur Haustür. »Wir bringen Sie jetzt aufs Revier, Mr. Cole, und schauen mal, ob wir uns dort besser unterhalten können.«

»Nein.« Cole sprach McGrains Hand an, die ihn festhielt. »Das ist … aber dieses Gelächter hat mich sehr verärgert.«

»Tja, das ist wirklich eine Schande, Sir.«

Mr. Cole blieb stehen, seine Stimmung wechselte, und er

lächelte die beiden glücklich an. »Wissen Sie was? Machen Sie sich darüber keine Gedanken.«

»Oh«, McGrain grinste. »Das ist aber sehr nett von Ihnen.«

Cole fragte: »Wo gehen wir hin?«

»Wir, Sir, zischen jetzt ab.« McGrain öffnete die Tür. »Zum Revier. Da behalten wir Sie erst mal, bis Sie nicht mehr zu rattendicht sind, um fünf Minuten Klartext zu reden.«

Sie gingen, und Morrow war allein in dem Zimmer. Cole durfte auf dem Gelände nicht rauchen. Er musste das Hasch geraucht haben, bevor er rausgegangen war. Sie sah auf den Boden, dort lag kein Hasch herum. Keine Pfeife oder zerrissene Papers auf dem Boden, nirgendwo Papers. Keine Jointkippen im Aschenbecher.

Der Müll seines vergammelten Tages lag im Zimmer herum, aber er war umsichtig genug gewesen, die Beweise für seinen Verstoß gegen die Bewährungsauflagen zu verstecken, bevor er mit dem Boot rausfuhr.

Der törichte, niedliche, harmlose Mr. Cole hatte gewusst, dass die Polizei kommen würde.

21.

Alle Tische im Paddle Café waren zu drei Abteilungen zusammengerückt: Vorspeisen, Nachspeisen und zwei unterschiedliche Hauptgerichte. Kleine Teller mit kaltem pochiertem Lachs standen auf großen Catering-Tabletts und waren mit Frischhaltefolie überzogen. Zum Nachtisch gab es Zitronentörtchen, die Hauptgerichte waren entweder Huhn oder Quiche. Später vor Ort mussten sie nur noch die jeweils notwendigen frischen Zutaten auf die Teller tun – warmen Toast, Crème fraîche –, und dann raus damit. Für Boyd war das ein unerwarteter, aber ungemein angenehmer Aspekt beim Benefiz-Catering: Er fühlte sich nicht verpflichtet, irgendjemandem bei irgendetwas die Wahl zu lassen. Esst oder lasst es bleiben.

Er ließ Helen, die jüngste Bedienung, die Frischhaltefolie von den Tabletts abnehmen, während er den pochierten rosafarbenen Streifen auf jedem Teller mit Dill garnierte. Helen hatte ihre Klausuren vermasselt, soweit er sich erinnerte. In diesem Jahr ließ sie die Uni ausfallen und nahm Nachhilfeunterricht, um ihre Noten zu verbessern. Sie legte die Frischhaltefolie wieder über die Teller wie eine Bühnenassistentin, die lächelnd etwas verdeckte, während Boyd den Zauberer spielte: »Jetzt seh'n Sie es, jetzt seh'n Sie nichts.«

Helen war ziemlich attraktiv, schlank und dunkelhaarig mit großen Augen, aber sie wirkte sehr souverän. Sie sah aus, als würde sie sofort tratschen, wenn man sie fragte, wo man Koks kaufen könnte.

Er konnte ein anderes Mädchen in der Küche sehen, Katie, die Crème fraîche-Becher in riesige Steingutkrüge umfüllte.

Katie war allerdings verhuscht. Sie würde so etwas nicht wissen. Er sollte einfach auf Tommy Farmer warten.

Da es heute ein großes Fest gab, erlaubte sich Boyd den Luxus, die beiden jungen Frauen ein wenig in seine sexuellen Vorstellungen einzubinden, und er legte sich auf Helen fest: Helen schüchtern, Helen nackt, Helen, die sich über ein Bett beugte.

»Was kann ich für Sie tun?« Miss Grierson glitt ausdruckslos in sein Blickfeld. Sie sprach über den Cateringjob, aber ihm war unbehaglich, wie sich die Gedanken überlappt hatten.

»Ah ja.« Boyd hob die Stimme, damit alle ihn hören konnten. »Susan wird den Transport der Vorspeise in die Festhalle organisieren. Wir brauchen Leute, die die Tabletts tragen, und ein paar Begleitpersonen, falls etwas ins Rutschen kommt oder die Frischhaltefolie sich beim Gehen löst.«

Miss Grierson nickte knapp und ging in die Küche. Im nächsten Moment kam sie wieder raus, hatte alle Mädchen dabei, sogar die faule Teilzeitkraft Simone, die sich immer bei den Mülltonnen versteckte, sobald es ernst wurde. Jede von ihnen nahm von Miss Grierson und Helen ein Tablett entgegen. Grierson hielt die Tür auf, Helen folgte am Ende, und sie traten in die weiche Abendluft hinaus, mit pochiertem Lachs für hundert Leute. Boyd sah zu, wie die Reihe einer Prozession gleich ordentlich am Fenster vorbeizog.

Miss Grierson war gut. Fähig. Er fühlte sich beruhigt, was die Herausforderungen des Abends anging. Sie mussten nur zwei Blocks weit gehen, den Berg hinauf, zu den Victoria Halls. Boyd trat aus der Tür und sah ihnen nach.

Seine kleine Truppe schritt mit erhobenen Köpfen und beladenen Armen dahin, um ehrenvoll das Versprechen einer öffentlichen Verpflichtung zu erfüllen. Boyd spürte, wie richtig das Ganze war, wie zeitlos. An diesem wohlgeordneten Ort musste sich dies so abspielen.

Tommy hantierte im Wohnzimmer herum, steckte sich Kippen und etwas Kleingeld in seine Anzugjacke. Elaine kam mit einer Tasse Tee und einem Päckchen Kekse hereingeeilt. Sie stellte alles auf einen Beistelltisch, schaltete den Fernseher auf *Cowboy Builders* und warf sich in den Fernsehsessel. Mit Hilfe der Armstützen hob sie ihr Gewicht vom Sessel, stieß die Fußstütze heraus und machte es sich für den Abend bequem. Tommy sah zu, wie sie sich die Decke über die Knie zog, überprüfte, ob Tee und Kekse in Reichweite standen, dass die Fernbedienung bei ihr war – eine Pilotin, die einen letzten Sicherheitscheck durchführte. »Du kommst zu spät, wenn du jetzt nicht gehst. Und sag denen bloß, dass ich die Tickets für die Tombola gekauft hab.«

»Ich *sag's* ihnen, ich *sag's* ihnen.« Er übertrieb es. Elaine warf ihm einen Blick zu.

Tommy lächelte. »Okay, ich sag's ihnen *wirklich*.«

»Aye«, sie wandte sich wieder dem Fernseher zu. »Ich werd das überprüfen, Sohn.«

Er grinste, weil er ertappt worden war, und ging hinaus auf den Flur, um sich im Spiegel anzusehen. Er hielt den Blick auf die Details gerichtet. Polokragen gerade. Haar glatt. Er vermied es, sich in die Augen zu sehen.

Er öffnete die Haustür. »Tschüss, Lainey.« Und trat hinaus in den Durchgang.

Lainey rief ihm im Singsang »Tschüssi« hinterher, und er schloss die Tür.

Feuchte Kälte hing in den Wänden. Tommy sah sich in alle Richtungen um, ob Nachbarn vorbeikamen. Niemand. Er ging zur Hoftür und schloss sie laut, eine Geräuschkulisse für Lainey. Er öffnete sie wieder, diesmal leise, und stahl sich auf die Straße, blockierte die Tür mit einem Stein. Dann steckte er die Hände in die Taschen und ging mit erhobenem Kopf am Wohnzimmerfenster vorbei, so dass Lainey ihn sehen konnte.

Als er am Fenster vorbei war, duckte er sich und schlich zurück, blieb unterhalb der Fensterbänke. Er stupste den Stein aus dem Weg und stahl sich durch die Tür wieder in den Hinterhof.

Das Gras war dünn und der Boden uneben, aber er hielt sich von dem gut beleuchteten Weg zum Müllschuppen fern. Der Zaun war aus Maschendraht, der in die matschige Gasse zurückgebogen war. Er schlängelte sich durch, passte auf, dass er sich mit seinen guten Hosen nicht in dem zerfetzten Draht verfing, und ging weiter bis zum dunklen Ende der Straße und den verlassenen Garagen.

Die vorletzte hatte ein Schwingtor, von dem sich die rote Farbe löste. Niemand benutzte heute mehr die Garagen, nicht seit eine von ihnen eingestürzt war, aber Tommy stellte gelegentlich Sachen in dieser Garage unter. Er wusste, dass sie dort sicher waren. Das Tor öffnete nur bis auf Kniehöhe. Er bückte sich jetzt und zog das Tor hoch, hockte sich hin, um in die Dunkelheit zu greifen, tastete mit den Fingern herum, bis er den glatten Plastikgriff fand.

Er zog den Benzinkanister heraus und stand auf, dachte seinen Auftrag durch. Er ermahnte sich, nichts an seine Kleidung zu bekommen. Es roch unverkennbar, und er wäre entzündlich, bekäme er etwas ab. Auch konnten die Dämpfe in der Kleidung hängen bleiben, wenn man es in einem engen Raum ausschüttete. Deshalb: Verwende den Stutzen, gieß es durch ein Fenster, lass die Jacke in der Nähe, krempel die Ärmel hoch. Bleib den Dämpfen fern. Hab den Wind im Rücken. Er machte sich Sorgen, dass das Feuer bemerkt wurde, bevor es richtig brannte, so dass es armselig und nicht bedrohlich aussah. Es musste das richtige Fenster sein, damit es klappte.

Er konnte beim Dinner nicht mit matschigen Schuhen auftauchen, also stahl er sich wieder durch das Loch im Zaun, statt den dreckigen Weg zur Straße hinunterzugehen, und durchquerte den Hinterhof.

In seiner Vorstellung war er bereits beim Sailors', den Wind im Rücken und die Ärmel hochgekrempelt, das Streichholz schon angezündet, so dass er Elaine erst sah, als es zu spät war. Sie stand an der Küchenspüle und sah aus dem Fenster, direkt zu ihm.

Tommy blieb im Lichtkegel, der aus der Küche fiel, stehen. Für einen erschreckenden Moment trafen sich ihre Blicke.

Elaine fing sich noch vor ihm, senkte schnell den Blick in die Spüle. Sie tat, als hätte sie ihn nicht bemerkt, aber sie hatte ihn direkt angesehen, wie er in seinem schicken Jackett im Hinterhof stand, einen roten Benzinkanister in der Hand. Die Anstrengung des Ausweichmanövers ließ sie rot anlaufen. Lügen waren nicht Laineys Stil.

Lügen waren Tommys Stil, aber nicht bei seiner Mutter. Peinlich berührt hielt er den Kopf gesenkt und ging durch den Durchgang auf die Straße.

Die hellen weißen Deckenlichter in den Victoria Halls mussten aus Sicherheitsgründen anbleiben. Es war ein sehr altes Gebäude, und die weicheren Seitenlichter waren in letzter Zeit nicht sicherheitsüberprüft worden. Es war egal, wie hübsch die Tische gedeckt waren oder wie das Essen im Hinterzimmer aussah, es war egal, wie viel Dill oder Kresse drauflag oder wie kunstvoll der Jus arrangiert war, das Essen sah aus wie in einer Fährkantine.

Der große Saal war gewölbt, die hohe Decke pfirsichfarben mit einem weißen Zierrand. Der lebhafte Pfirsichton war, vielleicht aus Gründen der viktorianischen Authentizität, vielleicht aber auch aus ästhetischem Versehen, mit mintgrünen und rosafarbenen Wänden verschwistert worden. Lange burgunderrote Vorhänge waren um Bühne und Fenster drapiert. Rote Ballons reihten sich an der Galerie. Die Eintrittskarten waren gut verkauft worden, und Tische drängten sich um die Tanzfläche.

Der Spitzentisch stand oben auf der Bühne, eine Art Letztes Abendmahl mit reichen Geschäftsleuten aus der Gegend und Guter-Zweck-Funktionären, die in einer Reihe saßen und an Brötchen knabberten, als wollten sie dem Fußvolk weiter unten mit gutem Beispiel vorangehen.

Die Stiftung hatte zwei große Poster beigesteuert, die den Spitzentisch flankierten. Ein großäugiges Mädchen mit rasiertem Kopf und einer nasalen Ernährungssonde, die an ihrer Wange festgeklebt war, lächelte matt, zweimal, und sah der Gesellschaft beim Essen zu.

Jede Bevölkerungsgruppe der Stadt war anwesend, die Reichen und Alten, die Armen und fast Jungen, alle hatten sich zusammengetan, um Geld für einen guten Zweck zu sammeln. Einige der Frauen waren eher Nachtclubs gewöhnt als Tanzdinner, trugen orangefarbenen Selbstbräuner und stöckelten in hohen Plateauschuhen und Minikleidchen herum. Die gediegeneren älteren Frauen der Stadt, mit den Gepflogenheiten eines Tanzdinners besser vertraut, hatten die Haare gemacht und trugen lange Röcke und Absätze, in denen sie tanzen konnten. Die Männer trugen Jacketts und Stoffhosen, manche auch Kilts, die teuer und für besondere Hochzeiten angeschafft worden waren, und sie würden sie verdammt noch mal auftragen, wo es nur ging.

Die Vorspeise war gut angekommen, obwohl der größte Teil des frischen Dills auf den Tellern geblieben war. Boyd spähte durch die Seitentür nach den letzten leeren Tellern und Brotkörben, die zurückkamen. Die Bedienungen versammelten sich nach und nach im Nebenzimmer, bereit, das Hauptgericht zu servieren.

Er wandte sich an Miss Grierson. »Wann sind die Vorspeisen vom Spitzentisch zurückgekommen?«

Sie überprüfte Klemmbrett und Armbanduhr. »Elf Minuten.«

Er nickte, während er zusah, wie die letzten Teller ihren

Weg zurück durch den Saal nahmen. Noch vier Minuten, und sie wären spät dran. Beim Anblick der kahlen und grauen Köpfe im Saal wusste Boyd, dass die meisten von ihnen Kinder hatten, und die meisten der Kinder würden heiraten. Die Victoria Halls waren eine erstklassige Location für Hochzeiten. Wenn sie das Datum festgelegt hatten und das Dinner buchten, würden diese Leute an ihn denken. Dies war seine Chance, eine Menge Kundschaft einzusammeln. Er musste nur gute Portionen anständigen Essens in vernünftigen Abständen servieren.

Boyd duckte sich wieder in den Nebenraum, wo die Teller standen. Aus einer Bain-Marie, die in die Wand gestöpselt war, löffelte er Kartoffelbrei und Huhn auf fünf Teller. Einer vom Spitzentisch hatte Quiche bestellt. Er schickte die Mädchen raus.

Während der nächsten fünfundzwanzig Minuten löffelte er und tischte auf, betrachtete jeden Teller ganz genau auf Unzulänglichkeiten, stellte sich dabei den frischen Blick der Speisenden vor, der zum ersten Mal auf dem Essen landete. Er verlor sich in dieser meditativen Aufgabe, genoss den schlingernden Rhythmus von Löffel zu Löffel, während er den Kartoffelbrei in Form brachte und Soße über das Huhn träufelte. Sein Gesicht war feucht, ob nun vom Schweiß oder dem Kondenswasser des Bain-Marie, konnte er nicht sagen, aber er tupfte es sich mit dem Geschirrtuch, das an seiner Schürze hing, ab und machte weiter. Im Hintergrund hörte er Miss Grierson die Tische aufrufen.

»Zweimal Quiche für Sechzehn.«

»Einmal Huhn, ohne Kartoffelbrei, für Achtzehn.«

Austauschbare junge Frauen in schwarzen Schürzen glitten rein und raus, die Hände leer, die Hände voll, nie hielten sie inne, um zu trinken oder zu reden.

Boyd hatte keine Teller mehr. Er sah auf.

»Alle bedient«, sagte Miss Grierson.

Boyd nickte zum Saal. »Sehen Sie nach?«

Sie ging los, um durch die Tür zu sehen, und ließ Boyd allein in dem mit Teppichboden ausgelegten Nebenraum. Es waren acht Portionen Huhn übrig und eine ganze Quiche mit zwölf Portionen. Er konnte sie morgen im Café verkaufen.

Miss Grierson kam lächelnd zurück. »Alle bedient.«

»Läuft es gut?«

»Sehen Sie selbst.«

Er tupfte sein feuchtes Gesicht ab und trat vor, um durch die Glastür zu sehen. Hundert Köpfe waren über die Teller gebeugt, der Raum war gefüllt mit dem misstönenden Klirren von Besteck, das auf Geschirr traf.

Die Bedienungen stammten alle aus der Gegend und waren im Saal geblieben, um mit den Speisenden, die sie kannten, zu plaudern. Am Spitzentisch wurde gegessen, geredet, auf die Teller geschaut, als wollte man sich lobend über das Essen äußern. Alle waren glücklich, und Boyd war zufrieden.

Er entdeckte Tommy Farmer, der an einem Tisch nahe der Bühne saß, lächelte und sich tief über seinen Teller beugte, um sich Kartoffelsalat in den Mund zu schaufeln. Sein Jackett hing über der Stuhllehne, und Boyds Herz hüpfte, als hätte er ein Mädchen gesehen, in das er verliebt war.

»Das hat wirklich gut geklappt«, sagte er.

»Ja«, sagte Miss Grierson.

Konnte er einfach rübergehen und mit Tommy reden? Eine Hand auf der Rückenlehne, ihm ins Ohr flüstern: Alles gut, Tommy? Ich hatte mir nur so überlegt … Aber er war ein bisschen verschwitzt, und alle saßen noch, er würde auffallen. Warte bis nach dem Nachtisch.

Boyd wollte Miss Grierson beglückwünschen, indem er die Luft über ihrem Rücken tätschelte, aber er hatte noch den Blick auf Tommy gerichtet und nicht bemerkt, wie sie in seine hohle

Hand zurücktrat. Boyds Handfläche landete etwas zu tief auf ihrer Taille. Er berührte ihren Hintern.

Miss Grierson sah ihn an, die Augenbrauen überrascht hochgezogen.

Hastig taumelte Boyd ins Hinterzimmer. Er schauderte, lachte halb vor Peinlichkeit. Er warf einen Blick zurück, hoffte, dass es auch ihr peinlich war, dass auch sie lachte.

Was sie nicht tat.

Miss Grierson sah ihn ausdruckslos an, aber die Festigkeit ihres Blicks sagte Ja.

Iain saß an einem Ecktisch im Schatten der Galerie. Es hatte ihn hierhin gespült, als er mit den anderen in den Saal gelassen wurde.

Er sah niemanden, den er näher kannte, während er mit der Eintrittskarte in der Hand an der Tür wartete. Murray war zu spät, Wee Paul und die anderen Jungs noch im Pub, und Tommy schien auch nicht da zu sein. Er wollte mit Tommy reden, am besten in Beisein von Wee Paul, aber er würde warten müssen.

Schließlich saß er neben einem Pärchen, das er noch von ganz früher kannte. Sie hatten einen schlaksigen Neffen dabei. Der Junge starrte die ganze Zeit auf den Tisch und aß alles auf, was die anderen übrigließen.

Iain saß still da und ließ sie miteinander reden. Leute kamen an den Tisch und gingen wieder, Hände auf Iains Schultern, keine Hände mehr. Iain aß, genoss das warme Essen, merkte, dass er vierundzwanzig Stunden lang nichts mehr gegessen hatte und dass er sich zum Teil auch deshalb so schlecht fühlte.

Die Nacht perlte um ihn herum; sie erreichte ihren Höhepunkt, sie fiel tief hinab. Dann bemerkte er Tommy auf der anderen Seite des Saals in der Nähe der Bühne, aber es gab gerade das Hauptgericht, und Iain hätte die Blicke aller auf sich gezogen, wenn er zu ihm gegangen wäre.

Er glaubte, Murray von hinten auf dem Weg zur Toilette zu sehen, war sich aber nicht sicher.

Er sah Granny Eunice, und sie winkte ihm kurz zu. Ihr Bein lag auf einem Stuhl, und sie wand sich übertrieben vor Schmerz, um ihm zu zeigen, dass es immer noch wehtat.

Susan Grierson kam während des Nachtischs herein, sie war ganz förmlich schwarz gekleidet, hielt ein Klemmbrett, als würde sie für den Caterer arbeiten, trug aber keine Teller. Sie sprach mit einer Bedienung und ging ziemlich nah an ihm vorbei, ignorierte ihn aber gezielt. Das freute ihn durchaus.

Ein Mann von der Stiftung machte die Runde, als der Nachtisch aufgegessen war, bedankte sich bei allen, dass sie gekommen waren, erwähnte die kranken Kinder, sprach über das Sterben und dass es doch eine Schande sei.

So vollgegessen fühlte sich Iain sehr ruhig und müde. Es waren hektische Tage gewesen. Alles, was er noch zu tun hatte, war, Tommy eine reinzuhauen, weil er den Ruhm für die Frau einheimste, dann konnte er nach Hause gehen und schlafen. Das war das Einzige auf der Welt, das er jetzt wollte. Schlafen, mit dem Gesicht nach unten, regungslos, und am nächsten Morgen aufwachen, schmerzend und angeschlagen. Er lehnte sich zurück, eine Hand auf dem Bauch, und sah sich im Saal um. Die Raucher standen auf und gingen zum Ausgang. Tommy stand drüben bei den Türen, schrieb Nachrichten in sein Handy und lachte über einen Witz, den Hank Murphy geschäftig erzählte. Eigentlich könnte Iain auch jetzt mit ihm reden.

Boyd versteckte sich im Betriebsraum. Miss Grierson erschien in der Tür und lächelte sanft. »Okay, Boyd?«

»Oh – logo.« Er nahm einen Löffel und wischte nervös die Crème fraîche davon ab.

Miss Grierson blieb dort stehen, starrte ihn an, bis die Mädchen mit den Nachtischtellern zurückkamen.

Boyd wusste sich zu beschäftigen, er half Helen, die letzte Ladung Teller vom Hauptgang aufzustapeln. Ein paar pingelige Gäste hatten das Huhn oder den Kartoffelbrei oder den Salat liegen gelassen. Meistens den Salat. Darin waren Blumen. Falsche Zielgruppe. Boyd hielt den Kopf gesenkt, als die vielen Teller zurückkamen. Er und Helen und Kate nahmen den letzten Schwung Teller über die Seitentür entgegen und stellten sie auf einen Servierwagen aus Metall, der bereits halbvoll war. Bringt ihn zum Café zurück, sagte er ihnen, lasst ihn in der Küche stehen, nehmt eure Mäntel und Taschen und geht heim. Sie konnten morgen früh immer noch abwaschen. Für den Abend wurde ihnen die anderthalbfache Zeit berechnet, er wollte nicht, dass die Schicht länger als nötig dauerte. Er sah ihnen zu, wie sie den schweren Wagen auf die Straße rollten, und ging wieder zurück in den Saal.

Das Zubereiten des Kaffees war an die Leute delegiert worden, die den Saal betrieben, aber Boyd hatte vorher noch die Mädchen mit Pralinen für jeden Tisch rausgeschickt, und auf jedem Tellerchen lag unübersehbar eine Visitenkarte des Paddle Cafés. Miss Grierson brachte die letzten paar selbst hinaus.

Begierig darauf, Tommy zu sehen, ließ Boyd sein Geschirrtuch fallen und ging zu den Saaltüren, um durch das facettierte Glas zu spähen. Die Tischgemeinschaften lösten sich auf. Sie würden zum Rauchen gehen, bevor die Wohltätigkeitsversteigerung stattfand und dann der Tanz begann. Er sah, wie sich Miss Grierson im Saal unter die Leute mischte und sie fragte, ob es ihnen geschmeckt hätte, und wie sie im Gegenzug zu vielen Gästen aus der oberen Mittelschicht eingeladen wurde, die sich an sie erinnern konnten. Sie stand entspannt neben ihnen, die Hände vor sich verschränkt, und ließ sich vorstellen. Gelegentlich ein Anflug von Trauer in ihrem Blick, vermutlich wenn der Tod ihrer Mutter angesprochen wurde. Dann ein anmutiges Lächeln und das Versprechen, sich bald wieder zu treffen, gute Nacht, viel Spaß noch beim Tanz. Sie glitt zwischen den Tischen umher, ihr freundliches Lächeln blieb unerschütterlich.

Sie war gar nicht wirklich alt, wurde ihm klar. Sie war vielleicht erst fünfzig, Anfang fünfzig. Er hatte sie für alt gehalten, weil sie älter als er war, als es darauf ankam. Vielleicht kam es gar nicht mehr so sehr darauf an.

Boyd wurde schlagartig müde, er atmete tief durch, legte den Kopf in den Nacken und sah an den Wangen hinab in den Saal. Durch die halb geschlossenen Augen verschwammen die Menschen, sie verschmolzen zu einer festen Masse aus Haarspray und Jacketts.

Raucher kamen zur Tür, sie hatten Hüte und Taschen dabei, freuten sich darüber, nach draußen zu dürfen. Tommy Farmer stand neben seinem Platz, zog das Jackett an, wollte gerade aufbrechen, und Boyd dachte, er könnte jetzt reingehen und ihn ansprechen. Er öffnete die Tür, und im selben Moment kam ein dicker Mann in vollem Kilt-Outfit auf ihn zu.

»Aah!« Er streckte die Arme aus und schnappte sich Boyd. »Grandios!« Er schwitzte entsetzlich. »Fantastisches Essen, Boyd.«

Tommy schlenderte an ihnen vorbei, während der Mann Boyd in den Saal schleifte. Alle Augen richteten sich auf ihn. Vereinzelter Applaus breitete sich aus, Boyds Empfinden nach nicht annähernd genug, aber trotzdem eine Runde Beifall. Man würde sich während der Reden bei ihm bedanken, vielleicht hoben sich die Leute ihre Anerkennung für später auf. Dann war er mitten im Saal, mitten im unsteten Gesellschaftsgewässer, und tanzte von Tisch zu Tisch. Hände griffen nach ihm, Gemeindemitglieder und Kundschaft. Er wurde in

Gesprächsstrudel hineingezogen, Komplimente und Vorstellungsrunden.

Jetzt stand er unter der Galerie und wurde einem kleinen, lilagesichtigen Rentner vorgestellt, der seinen Vater gekannt hatte. Der lila Mann sprach wütend darüber, dass Reverend Robert gestorben war, wie die Kirche seitdem den Bach runtergegangen war, als hätte sich der Tod gegen ihn persönlich gerichtet. Seine verwirrte Frau übernahm das Gespräch. Sie war mit jemandem, der seine Mutter gekannt hatte, zur Schule gegangen, aber diese Person war jetzt tot, und war das nicht ein Segen, und Boyd ging es doch richtig gut? So schön, dass er wieder zu Hause war. Und wie viele Kinder hatte er? Zwei Jungs? Na, die hielten ihn bestimmt auf Trab!

Miss Grierson stand mit einem Mal hinter ihm. Sie wartete nicht auf eine Pause im Gefasel der Rentner, sondern flüsterte ihm ins Ohr: »Ich hab Schnee.«

Sie sagte es ganz beiläufig, als mache sie ihn darauf aufmerksam, die Bratensoße nicht zu verschütten.

Boyd stand ganz still, so als hätte sie nun ihm an den Hintern gepackt. Er nickte der alten Frau, die vor ihm stand, zu. Die Tochter von irgendwem war irgendwie krank, aber davon ließ sie sich nicht beirren.

Miss Grierson flüsterte ihm ins Ohr, und ihre Lippen berührten dabei sein Ohrläppchen: »Gib mir die Schlüssel fürs Café und warte fünf Minuten.«

Ohne den Blickkontakt mit der Frau zu unterbrechen, die ihm die Geschichte erzählte, nahm Boyd die Schlüssel aus der Tasche und reichte sie ihr.

Aus dem Augenwinkel sah er, wie Miss Grierson zwischen Tischen und wogenden Menschengruppen zu den Saaltüren navigierte. Beschwingt sah er sich nach jemandem um, mit dem er die nächsten fünf Minuten verplempern konnte.

Mit fehlgeleiteter Freude lächelte er eine alte Frau an, die in der Nähe saß. Sie lächelte schmerzlich zurück, rieb kreisförmig mit der Hand über ihr geschwollenes Knie, das in einem orthopädischen Stützband steckte.

»Das Knie macht mir zu schaffen«, sagte sie, als hätte er sich danach erkundigt.

»Sie muss es hochlegen, musst du doch, meine Liebe?«, erklärte eine andere Frau, die ihr am Tisch gegenübersaß. Sie hatte mehr Wärme, schien sympathischer. »Sie sind der Mann vom Puddle Café?«

»Paddle. Ja.«

»Oh, junger Mann, Ihre Preise sind kriminell.«

Boyd gefiel das nicht, aber er würde gleich eine Nase bekommen, also sollte er sich wirklich nicht über banale Kränkungen aufregen. Einfach ignorieren.

»Sie sind ein Fraser, stimmt's?«, tönte die Märtyrerin des Knies.

»Und jetzt sagen Sie mal«, rief die dumme Kuh zu ihm rüber, »Ihre Familie sind doch die Lawnmore Frasers?«

Es war die Art, wie sie es sagte, die Betonung des seltsamen Mädchens, dem er an der Küstenstraße begegnet war. Boyd erkannte, dass er die beiden Großmütter vor sich hatte, und lächelte.

»Ja, die Lawnmore Frasers.«

Die beiden Großmütter nickten sich einmal gegenseitig zu, dann nickten sie ihm zu, nahmen den Familienstammbaum im Geiste durch, fanden ihn akzeptabel.

»Sind Sie Oma Eunice und Oma Annie?«

»Oh! Woher wissen Sie denn das?«

»Ich bin Lea-Anne vorhin begegnet, mit ihrem Dad, unten auf der Promenade.«

»Als er aus dem Pub kam, wahrscheinlich.«

»Ja«, sagte Boyd, »als er aus dem Pub kam. Sagte sie nicht, eine von Ihnen würde sie heute Abend babysitten?«

Die Frauen sahen sich an. Der Vater hatte dann doch nicht

192

ausgehen wollen, sagte die eine. Er hatte ihnen seine Karte gegeben, sagte die andere, und deshalb waren sie zusammen hier.

Boyd erklärte den beiden, wie er ihre Betonung in der Sprechweise ihrer Enkelin wiedererkannt hatte, aber jemand, der eine Schwester hatte, die gerade einen Schlaganfall gehabt hatte, stand nun am Tisch, und niemand interessierte sich sonderlich für seine phonetischen Beobachtungen. Er stahl sich davon, und die Märtyrerin rief ihm nach: »Und, junger Mann, hören Sie zu: Da fehlt Salz an Ihrer Soße.«

Er fühlte sich erniedrigt, als er ging, und stellte sich vor, wie Sanjay ihn auslachte. Da fehlt Salz an Ihrer Soße.

Tommy Farmer lief ihm über den Weg und warf ihm einen Blick zu, aber das interessierte Boyd jetzt einen Scheiß. Er ging schnurstracks aus dem Saal und runter zum Café.

Iain sah, wie Tommy zur Tür ging, und dachte mit einem Mal, dass es ihm auch ganz guttun würde, frische Luft zu schnappen. Er stand auf, nahm das Jackett von der Stuhllehne und lächelte. Natürlich, frische Luft. Die Lüge des Abhängigen: er würde sich von jemandem eine Zigarette schnorren.

Und dann war er draußen inmitten der Raucherschar, die sich an der Rollstuhlrampe aufgereiht hatte. Alle waren dort, all die gutaussehenden Frauen und Typen, die meisten jünger als er, aber gute Leute. Ein junges Gespann lauschte Darren Oaky, wie er eine Geschichte erzählte, und prustete und lachte. Tommy nahm eine Zigarette raus und betrachtete Darren mit einem neidischen Grübchen zwischen den Augenbrauen. Tommy konnte keine Geschichten erzählen.

Iain ging auf ihn zu und sah, wie Tommys Gesicht versteinerte.

»Wee Paul hat gesagt, du hast gesagt, dass du es warst«, murmelte Iain.

Tommy schnaubte. »Und?«

Sie bauten sich voreinander auf. Sie würden sich allerdings nicht prügeln, das würde Mark nicht gefallen, also starrten sie sich an und sagten nicht, was sie dachten.

Tommy dachte, im Grunde war *er* es doch gewesen. Er hatte alles organisiert, den Lieferwagen besorgt und so weiter. Also war er es *wirklich* gewesen.

Iain dachte, dass er seine Hände gegen die Frau erhoben hatte. Er hatte Andrew Cole überredet, ihnen das Boot zu leihen, und von seiner Hand war sie gestorben. Langsam senkte sich Tommys Blick auf Iains Fingerspitzen.

»Deine Hände sehen total wahnsinnig aus«, sagte er.

Iain sah sie sich an. Lainey hatte das auch gesagt. Aber Tommy lenkte ihn nur ab. »Du lässt Murray Ray in Ruhe«, sagte Iain und ließ seine Hand sinken. »Oder ich prügel dir die verdammte Seele aus dem Leib.«

Sie starrten sich an. Tommy entschied etwas, das Iain nicht entschlüsseln konnte. Er grinste hämisch. Und zündete sich die Zigarette an. Iain sah auf die Schachtel. »Gib mal eine.«

Tommy gab ihm eine. Iain hatte immer noch seine Feuerzeuge, gelb gelb, aber das machte ihm nicht mehr so viel aus. Sie rauchten nebeneinander an der Rampe, eine Art Friedenspfeife.

Darren war bei einer anderen Geschichte angelangt, und mehr Leute kamen heraus. Manche der rauchenden Frauen hatten sich Männerjacketts über die Schultern gelegt, um sich zu wärmen. Tommy verschwand unauffällig.

Iain schnorrte noch eine Kippe von einer Frau, die er kannte. Er hatte alles getan, was er tun musste. Er fühlte sich recht gut. Er blieb draußen, sogar als er fertig geraucht hatte, hielt sich am Rand der Gruppe auf, genoss es, Teil von ihr und zugleich von ihr getrennt zu sein.

Es wurde kälter, dunkler. Die Raucher zogen ihre Jacketts und Mäntel enger, drängten sich zusammen, um es wärmer zu haben. Darren und ein anderer junger Typ fingen an, dieselbe Geschichte zu erzählen. Sie sprachen zu laut, schrien sich mit unterschiedlichen Versionen der Pointe nieder, um das weibliche Publikum zu beeindrucken.

Das Dröhnen war so leise, dass es erst wie eine reine Erinnerung schien, ein weit entferntes Heulen, das von Osten über die Dächer drang: Feuerwehr. Die Gespräche an der Tür verloren sich. Die Nacht wirkte mit einem Mal kalt, als das Dröhnen lauter wurde. Es kam von der Küste.

Rote Lichter blinkten am unteren Ende der Sinclair Street, ließen die Schaufenster von Boots mit einer blutflüssigen Schmierspur aufleuchten. Sirenen erstarben mitten im Geheul.

Die Menge stob zur Straße und sah zum Wasser. Eine schwarze Rauchwolke quoll über die Stadt hinaus, wogte wie ein Monster, das aus dem Meer trat.

Eine Stimme in der Menge: »O Gott, das ist das Sailors'!«

Eine Frau rief zu den Türen: »JEMAND MUSS MURRAY HOLEN!«, und die Leute im Saal nahmen den Ruf auf: »Murrays Haus brennt!« »Holt Murray nach draußen!«

Aber Murray war nicht im Saal.

Iain atmete flach, als Eunice und Annie zur Tür kamen. Sie standen dort, von hinten erleuchtet. Sie hielten sich aneinander fest, sahen zum Wasser, die Gesichter so unbewegt wie Fischerfrauen bei einem Sturm. Iain erstarrte: Sie waren beide hier. Murray war nicht hier, und Lea-Anne wurde nie allein gelassen.

Iain baute sich vor ihnen auf, atemlos vor Schrecken, und die kleinen Frauen mussten nichts zu ihm sagen. Sie wandten ihre entsetzten Gesichter dem Feuer zu. »WO SIND SIE?«, schrie Iain, aber er wusste, wo sie sein würden. »IHR MÜSST ES DENEN SAGEN! *IHR MÜSST ANRUFEN!*«

Aber sie hatten keine Handys dabei. Aus dem Augenwinkel sah er ein helles Rechteck aus Licht, jemand machte ein Foto von dem Feuer. Er riss das Handy an sich, stieß den empörten Fotografen zur Seite und hielt es Annie hin: *Notruf! Sag ihnen, dass sie da drin sind!* Annie fummelte das Handy zu Eunice hinüber, und diese attackierte es drei Mal mit dem Finger.

Glas explodierte irgendwo in der Ferne, der Wind trug das hohe Knacken zu ihnen. Iain sah rote Flammen über dem Dach zusammenschlagen, die sich grell von dem schwarzen Wasser absetzten. Dicker schwarzer Rauch wogte von Westen herbei und stieg höher hinauf als die Stadt. Der Rauch war Marks Stellvertreter, die Stadt beugte sich seinem Willen, und Iain sah zu, wie er sich um die Gebäude an der Küste schlängelte.

Mit hämmerndem Herzen bewegte er sich, war sich nicht sicher, ob er sich bewegte, weil sich alle um ihn herum auch bewegten, so unaufhaltsam wie ein Erdrutsch, den Berg hinab, in das Feuer hinein.

Ein Windstoß vom Wasser blies dicken Rauch das Tal hinauf zu ihnen. Die Menge schreckte zurück, aber nicht Iain. Er schritt in den segnenden Rauch. Hitze und eine körnige Schwere drückten auf seine Brust. Er eilte hinein, atmete tief die erstickende Dunkelheit ein.

Der Wind änderte die Richtung. Wie ein riesiger Weihrauchkessel über der Stadt schwenkte er den Rauch aus den engen Straßen, weg, hoch, raus aufs Meer.

Iain wurde langsamer und geriet ins Stolpern. So plötzlich, wie die Gnade des Glaubens ihn verließ, fand er sich allein vor dem Tesco Metromarkt. Rauch stieg von seinem guten Jackett auf. Er hustete, und seine Spucke war schwarz.

Er schleppte sich weiter zur Ecke, blieb stehen, als er auf der gegenüberliegenden Straßenseite vor dem brennenden Pub war.

Das Café wirkte im Dunkeln innen viel größer. Es wirkte größer und mutiger und wie das Raffinierteste, was jemals jemand auf die Beine gestellt hatte. Boyd schwitzte und wusste – als sähe er den halb erleuchteten Raum zum ersten Mal –, dass er hier etwas Rühmliches vollbracht hatte.

Wenn man es sich mal so richtig überlegte: saisonale, regionale Biokost in die Stadt zu holen – genial. Und *er* hatte das in die Stadt gebracht, weil es nichts, buchstäblich *nichts* in der Art zuvor gegeben hatte. Und diese Leute beschwerten sich darüber, dass zu wenig Salz an der Soße war.

Er sah auf Miss Griersons Kopf hinunter, der an seinem Schritt vor- und zurückruckte. Er hatte für einen Moment vergessen, was sie hier taten, aber schlagartig fluteten all die Empfindungen seinen Kopf, und er verlor sich darin, in der Feuchtigkeit und der Merkwürdigkeit, dass sie es war, dass es hier war, in der Dunkelheit, während seine Augen brannten und seine Nase bitzelte. Die Jalousien waren vor den Fenstern zugezogen. Lichter blitzten vorbei, weißer Lärm draußen, Menschengruppen gingen vorüber. Die Reste des abendlichen Events stapelten sich überall in der Küche. Er musste morgen nicht hierherherher –

Lichtblitze erblühten hinter seien Augenlidern, als er sich in ihren Mund leerte, Langzeitanspannung pulsierte aus seinem Schwanz. Er hielt den Atem an, und sein arbeitsbesessenes Hirn brachte den Gedanken zu Ende – er musste morgen nicht kommen, weil sich die Mädchen morgens um den Abwasch kümmern würden.

Scheiße. Er öffnete die Augen. Scheiße. Sogar der Blowjob einer Fremden wurde ihm durch aufdringliche Gedanken zum verschissenen Dienstplan ruiniert. Jetzt war er wieder aufgedreht und wütend. Ein vergeudeter Fehltritt.

Er sah hinab, und Miss Grierson wich zurück. Dann machte sie etwas sehr Merkwürdiges. Es geschah sehr schnell, in nur einer Sekunde. Boyd blinzelte unverzüglich, ließ diesen Vorgang noch einmal in seinem Kopf ablaufen, zerpflückte die einzelnen Bewegungen, weil sie nicht zusammenzupassen schienen: Erst wandte sie sich von ihm ab, machte eine Dreihundertsechzig-Grad-Drehung, fischte sich etwas aus dem Mund. Dann wandte sie sich ihm wieder zu, die Hand an der Seite, ihr Gesicht die reinste Unschuld. Das Lächeln einer Stewardess, ganz ohne persönliche Gefühle, eine Verpflichtung.

Boyd machte die Augen auf. Es war seltsam, weil die Bewegung so fließend war. Sie wirkte so – einen Moment lang kam er nicht auf das Wort, aber dann fiel es ihm ein – so professionell.

Zeitverschiebung. Zeitsprünge. Er hatte sehr lange schon kein Kokain mehr genommen, erinnerte sich aber an die Zeitsprünge. Das hier fühlte sich nicht so an. Es hatte nicht die guillotinierte Schärfe in der Mitte.

Miss Grierson stand auf und lächelte ihn an. Eine silberne Spur quer über der Wange fing das Licht ein. Sie hatte einen kleinen schneeigen Rand an ihrem Nasenloch.

»Lass uns zu mir gehen«, flüsterte sie. »Ich hab Pläne mit dir.«

Er senkte den Blick und sah ein schlabberiges Kondom in ihrer Hand. Sie folgte seinem Blick. »Lecktuch«, sagte sie. »HIV.«

Es war aber kein Lecktuch. Es war ein Femidom, oder etwas in der Art. Nur kürzer, irgendwie?

Boyd zog seinen Schlüssel aus dem Türrollladen und richtete sich auf.

Das jetzt, gerade jetzt, das war ein Zeitsprung. Das fühlte sich an, als wäre etwas herausgeschnitten worden. Er verstand nicht, warum es eigentlich wichtig war, bis er sich umdrehte und sie lächelnd den Berg hinaufgehen sah. Miss Grierson. Verdammte Scheiße. Eine wandelnde Zeitverschiebung.

Diagonal überquerten sie nebeneinander die breite Straße, beide hatten sie die Hände tief in ihren Taschen und hielten Abstand, falls jemand sie sah. Eine Seitenstraße hinunter auf ihr Haus zu. Warum waren sie den Berg hochgegangen, fragte er sich, als sie durch die Mondschatten der überhängenden Bäume schritten. Ihr Haus lag vom Café aus gesehen bergab. War es eine Abkürzung?

»Hast du da unten jemanden gesehen?«, fragte er.

»Was?«

»Warum gehen wir hier entlang?«

»Weil … Ich mag das.« Sie zeichnete einen Bogen über ihren Kopf. »Die Bäume.« Sie lächelte von ihm weg, ihr Blick verweilte auf seinem Gesicht. Alles fühlte sich jetzt seltsam an. Ihm war kalt, sie benahm sich komisch. War sie eine Prostituierte? Als was hatte sie in Amerika gearbeitet? Und in London?

»Als was hast du in Amerika gearbeitet!« Er hatte ganz beiläufig fragen wollen, aber es klang wie eine Zahlungsaufforderung.

»In Amerika?«

»Ja.«

Sie gingen ein Stück weiter.

»Lehrerin!« Jetzt klang es bei ihr wie ein Ausruf, als würde sie einen Witz verkünden. Aber sie lächelte nicht.

»Oh.«

Weiter ging es, über die Straße, an der hohen Mauer zu einem Garten entlang, am grasbewachsenen Rand, obwohl die Straße leer war. Sie hielten sich im Schatten, er folgte ihr. Sie wollte nicht mit ihm gesehen werden. Das beruhigte ihn. Sie war verschwiegen. Das war gut.

Er folgte ihr auf die andere Straßenseite, an der Grenze ihres Familiengrundstücks entlang, durch ein abgelegenes Gartentor mit einem neuen Vorhängeschloss.

Das Tor schloss sich hinter ihm, und Boyd fand sich in dem riesigen Grierson-Garten wieder. Alles war tot. Spaliere mit vertrockneten Weinskeletten waren an die Rückwand genagelt. Es sah aus wie in einer Gemüsefolterkammer.

Sie bemerkte seinen Blick und ließ ihre Hand sinken, die Schlüssel klirrten.

»Hübsch«, sagte Boyd über den Mitternachtsgarten.

Sie sah zum Garten, und ihre Lippen verzogen sich angewidert.

»Gefällt es dir nicht?«

Sie hob die Schultern. »Was bezweckt man damit?«

»Man erschafft etwas.« Er lächelte. »Der Zweck ist ein schöner Garten.«

Sie nickte widerwillig. »Ja, ich kenne keinen Gärtner, der sich an einem Garten erfreut hätte. Du etwa? Er ist nie fertig. Man kann nie aufhören. Es ist Arbeit, die Arbeit macht. Verdammt sinnlos, finde ich.«

Es stieß ihm auf, dass sie das sagte. Es klang so nihilistisch, es widersprach all den althergebrachten Werten dieses Orts.

Sie sahen sich in der Dunkelheit an, sie hob ihr Gesicht zu ihm, ihre Augen zunächst traurig, dann amüsierter, als der Blick zu lange hielt, um nichts zu bedeuten.

»Was tun wir hier?«, fragte Boyd.

»Wir haben einen dreckigen kleinen Fick?« Sie lachte, selbstironisch, süß, und er merkte, dass der finstere Beigeschmack nur eine Mischung aus Koks und Müdigkeit und Sorge war, weil er so etwas noch nie getan hatte. Aber er genoss es. Und er hatte es ja jetzt schon getan. Und es würde nicht besser oder schlechter werden, wenn er auf der Stelle wegging. Und sie hatte ihm einen geblasen, also schuldete er ihr irgendwie was.

»Lass uns reingehen«, sagte er.

Sie spähte in Richtung des Gartens. »Sicher? Du bist verheiratet. Ich nicht.«

»Ist das ein Problem für dich?«

Sie warf einen Blick auf die Schlüssel in ihrer Hand, trennte sie, legte sie auf ihrer Handfläche aus. »Ich hab mich entschieden. Ich gehe weg. Ich gehöre hier nicht mehr hin. Ich weiß nicht, wo ich hingehöre, aber nicht hierher. Heute Nacht will ich nur ein bisschen high sein und eine Runde ficken.« Sie sah ihn flehend an. »Ich will hinterher kein Theater.«

Etwas war mit ihr passiert, das sah er in ihrem Blick. Sie hatte eine Affäre gehabt und war verletzt worden. Vielleicht, dachte Boyd, hatte es der Mann seiner Frau erzählt. Die Frau war wütend geworden. Die Frau hatte Susan die Schuld gegeben, und alles, was sie gewollt hatte, war ein Fick und ein bisschen Zärtlichkeit, und es war eine verdammte Schande.

Boyd beugte sich über sie und küsste sie auf die Lippen. Als er es tat, spürte er, wie eine salzige Lasur aus getrocknetem Schweiß in seinem Nacken bröckelte. Sein T-Shirt war von der Arbeit des Abends schweißgetränkt und pellte sich von einem seiner Unterarme.

Boyd wollte mehr Kokain. Er wollte etwas Zärtlichkeit und einen netten, unkomplizierten Fick, bei dem nicht verhandelt werden musste, ob man rechtzeitig zum Yogakurs fertig war. Das alles wollte er so sehr, dass er gar nicht erst auf die Idee kam, sich zu fragen, warum Miss Grierson sich bewogen fühlte, einen verschwitzten, verheirateten Typen auf dem Boden des Wintergartens ihrer Mutter zu vögeln, direkt neben einem Loch im Boden, das die Form eines offenen Grabs hatte.

Drei Löschfahrzeuge kämpften bereits gegen den Brand, aber nun traf ein weiteres ein. Das vierte Löschfahrzeug, das sich aus der Ferne ankündigte, kam von einer anderen Feuerwehr. Der ohrenbetäubende Alarm gellte immer näher, bis er so laut war, dass Iain ihn in den Augen spürte.

Das Sailors' Rest spuckte Rauch und Flammen in die Nacht

hinaus. Feuerwehrmänner in beigefarbenen Overalls entrollten Schläuche, bildeten lange erprobte Formationen um die Löschfahrzeuge herum. Ein Warnruf, der sich im Brüllen des Feuers verlor, kündigte das Wasser an, und sie feuerten es über das Dach, dirigierten es.

Frisches Wasser. Es war nutzlos.

Iain war nass. Er wusste nicht, ob es vom Meer oder vom Löschwasser kam. Er lehnte sich an das Gebäude, sah zum Feuer hinüber, seine Augen schmerzten, seine Füße waren taub.

Er sah zu, ohne die Feuerwehrleute wahrzunehmen, die ihm zuriefen, er solle von der Straße verschwinden.

Er ignorierte die Polizisten, die kamen, nachdem das Feuer gelöscht war, als der Rauch dünn und mickrig und die Straße mit schwarzem Wasser überflutet war.

Er blieb, als die Krankenwagen ankamen, zwei waren es, und er sah zu, wie sie die schwarzen Leichensäcke aufluden, einer groß, der andere klein, und er sah zu, wie sie wegfuhren.

Und da war es mittlerweile drei Uhr morgens, und er wusste nicht, ob er noch länger stehen konnte. Seine Füße waren taub. Seine Knie knickten ein. Er sackte seitlich weg auf den kalten, nassen Bürgersteig. Sie fing an, sich durch seine Brust zu fressen.

22.

Morrow kam gern zehn Minuten zu früh ins Büro, um den Kopf frei zu kriegen von Einkaufslisten und Ärger, Politik und Scheiße. Um Berichte zu lesen und nachzudenken. Lesen und Nachdenken ließen sich im Budget schlecht quantifizieren, deshalb musste sie es in ihrer Freizeit tun. Dieser Tage schaffte sie es selten, weil die Jungs so früh wach wurden, aber heute war es ihr gelungen. Sie weckte ihren Computer aus dem Ruhezustand und öffnete ihre E-Mails. Ein Bericht der Met über die gestrige Befragung von Maria Arias.

Maria hatte zugegeben, sich mit Roxanna Fuentecilla am Vorabend getroffen zu haben. Roxanna war zu ihr nach Hause gekommen, nach Chesterfield Gardens, Mayfair. Roxanna war verärgert, weil sie sich mit ihrem Partner Robin gestritten hatte. Sie vermisste ihre Londoner Freunde und wollte sich dringend mit einer Freundin unterhalten, *Sie wissen doch, wie Mädels sind?* Morrow war Arias' aufgesetzte Mädchenhaftigkeit zuwider. Sie ging rasant auf die fünfzig zu, verdammte Scheiße. Ms. Arias gab sich größte Mühe, den Beamten klarzumachen, dass Mr. Walker sehr viel jünger war als ihre Freundin und vermutlich nur hinter ihrem Geld her. Arias wusste, dass Roxanna Fuentecilla kein eigenes Geld hatte, aber das wussten die Met-Beamten nicht. Man hatte sie nicht darüber informiert, dass Arias das Geld für die Geschäfte in Glasgow bereitstellte, so dass sie ihr keine weiteren Fragen dazu gestellt hatten. Sie hatten nichts Sinnvolles gefragt. Sich nur ihre Ausflüchte angehört und waren gegangen.

Ein Anhang an dem Met-Bericht war mit »eingeschränkter

Zugriff« gekennzeichnet und ermahnte »DI Alec Morrow«, keine der Informationen darin ihrem Team oder sonst jemandem gegenüber auszuplaudern, der ihr nicht ausdrücklich vom Untersuchungsteam genannt worden war. Sie musste ihre Dienstausweisnummer und das persönliche Passwort eingeben, um ihn zu öffnen. Darin informierte man sie, dass das Betrugsdezernat kurz davor war, sowohl die Geschäfts- als auch die privaten Konten der Arias' zu beschlagnahmen. Diese Abteilung wusste, dass Arias das Geld für die Geschäfte in Glasgow stellte, und sie wollten alles zurückhaben. Sobald man Fuentecilla gefunden hatte, tot oder lebendig, waren sie umgehend zu informieren.

Morrow las den Anhang noch einmal. Police Scotland würde nichts von den Erlösen erhalten. Der Verwendungszweck des Geldes war eingegrenzt auf das Betrugsdezernat oder die Met, sie wusste es noch nicht genau.

Auf der letzten Seite desselben geheimen Berichts stand die Ein-Wort-Antwort auf Morrows Überlegungen, die Fuentecillas Verschwinden, die vorsätzliche Ausnutzung der siebenjährigen Ruhefrist und den Rücktransfer des Eigentums nach der Todeserklärung nach schottischem Recht betrafen: unwahrscheinlich. Man hatte sich nicht einmal die Mühe gemacht, Großbuchstaben zu verwenden.

Sie googelte das Buch, das am Tag zuvor auf Delahunts Schreibtisch gelegen hatte – *Treuhandvermögen und Rechtsnachfolge* –, und folgte einem Link zu dem Todesvermutungsgesetz (Schottland) von 1977. Eine Zusammenfassung des Gesetzes besagte, dass die Person seit sieben Jahren ohne Sichtung vermisst sein musste. Die Erklärung konnte früher erfolgen, aber es musste dann gute Gründe für die Annahme geben, dass derjenige gestorben war. Diese Maßnahme konnte nur von jemandem eingeleitet werden, der seit mindestens einem Jahr in Schottland lebte. Sie konnte sich nicht vorstellen, dass

Robin Walker hier wohnen blieb, wenn Roxanna längere Zeit vermisst wurde. Morrow vermutete, dass man sich auf Delahunt verließ, was bedeutete, dass er bis über beide Ohren mit drinsteckte.

Sie hatten es perfekt geplant. Roxanna musste unter verdächtigen Umständen verschwinden, so dass sie später plädieren konnten, dass sie gestorben war, aber nicht so verdächtig, dass es zu einer Untersuchung kam. Das Dezernat für Schwerverbrechen würde normalerweise kein verlassenes Auto untersuchen. Sie waren nur beteiligt, weil sie hinter den Erlösen her waren. Es kam ihr vor, als wäre sie über einen noch nicht aufgedeckten Schwindel gestolpert, aber die Met erachtete ihn als *unwahrscheinlich*. Sie schloss das Dokument, wie verlangt, und sah zu, wie das System es sperrte.

Sie hatte noch drei Minuten Zeit zum Nachdenken, bevor ihre Schicht begann. Sie saß da, das Gesicht in die Hände gestützt, und versuchte, sich den Zeitablauf von Roxannas Verschwinden vorzustellen. Roxanna war aufgestanden und hatte die Kinder fertig gemacht Danny. Scheiße. Roxanna war aufgestanden und Danny. Scheiße. Danny war aufgestanden und hatte die Kinder fertig gemacht und. Morrow sah auf. Tu es jetzt.

Sie rief im Southern General an und fragte nach seiner Station. Ein Krankenpfleger sagte ihr, dass Danny stabil war. Er hatte eine »gute Nacht« gehabt. Er beschrieb die Umstände seiner »guten Nacht«: gute Atmung, keine Komplikationen von der Operation, aber Morrow verlor sich in der vertrauten Formulierung. Ihr ältester Sohn war im Alter von zweieinhalb Jahren gestorben. Eine »gute Nacht« war einmal ihre größte Hoffnung gewesen. Dass wenigstens ein Pfleger oder eine Ärztin sie anlächelte, wenn sie kam, um Brian abzulösen, dass jemand sagte, Gerald hätte eine gute Nacht gehabt, anstelle von »leider« und »ich fürchte«. Danny McGrath hatte keine guten Nächte verdient, aber Morrow musste sich ermahnen, dass Gesundheit nichts mit Gerechtigkeit zu tun hatte. Der Krankenpfleger sagte, sie könne ihren Bruder besuchen, brauche dazu aber eine Sicherheitsfreigabe und müsse »außerhalb einer Absperrvorrichtung stehen«.

Morrow dankte ihm und fragte, was geschehen war. Auf Danny war mit einem Stuhlbein eingestochen worden. Seine Milz war entfernt worden. Nein, das war kein lebenswichtiges Organ.

Morrow legte auf und hatte jetzt ein etwas weniger schlechtes Gewissen.

Vor drei Tagen war Roxanna aufgestanden und hatte ihre Kinder fertig gemacht und zur Schule gefahren. Sie stritt sich mit den Kindern im Auto: Hatte ihr Vater eine Affäre gehabt? Maria war attraktiv. Roxanna setzte die Kinder ab und fuhr nach London, um Maria zur Rede zu stellen. Sie kam spät zurück, während der Nacht, fuhr aber nicht nach Hause, um ihre Kinder zu sehen, und rief sie auch nicht an, um sie zu beruhigen. Stattdessen fuhr sie zu einem leeren Feld in Helensburgh und löste sich in Luft auf.

Morrow nahm sich die Akte mit der Toten im See von gestern vor. Sie betrachtete mehrmals das Material aus den Überwachungskameras vom Golfplatz, das den Morgen zeigte. Es erzählte eine interessante Geschichte. Die Kriminaltechnik hatte auf Mr. Coles Boot Haarbüschel von der Toten in einer Klampe auf Deck gefunden. Sie überprüften es nun auf Rückstände von Blut, aber das Boot war offenbar mit einem Schlauch abgespritzt worden.

Grauenvolle Fotos von der Leiche am Fundort, auf dem Steg, dann auf einer Platte liegend. Sie wirkte mütterlich, wie eine Glasgowerin. Sie hätte jede pummelige Frau in jeder Schlange in jedem Supermarkt der Stadt sein können. Die Nachtschicht hatte sie überprüft: Ihre Fingerabdrücke waren nicht registriert, und niemand, der ihrer Beschreibung entsprach, war als vermisst gemeldet worden.

Morrow zog die Fotos von den Gegenständen heraus, die sie bei sich getragen hatte. Sie sah sich wieder das Vorschaubild des Injury Claims 4 U-Bändchens an. Ein anderes skaliertes Foto zeigte die Nahaufnahme einer Halskette, die sie getragen hatte. Es war eine Goldkette, nichts Besonderes, mit einem Kruzifix und einem Davidstern, die miteinander verwoben waren. Eine gemischte Ehe, oder vielleicht die Absicherung für das Leben nach dem Tod.

Der Bericht über Fuentecillas Auto war interessanter. Der Gefrierbeutel im Handschuhfach beinhaltete vereinfacht ausgedrückt fast zwei Gramm Kokain. Das reichte für eine ziemlich extravagante Nacht oder die lange Fahrt von London zurück, aber die Menge sprach klar für Eigenbedarf. Es war nicht genug für eine Dealerin. Außen auf dem Beutel befanden sich ein paar gute Fingerabdrücke, die man gerade durch das System jagte. Morrow hatte in einem Punkt recht gehabt: Der Wagen war mit Reinigungstüchern gesäubert worden.

Morrow lehnte sich zurück und schloss die Augen. Reinigungstücher waren Profiarbeit, aber doch nur semiprofessionell. Es wäre weniger plump gewesen, keine Spuren zu hinterlassen, keine Alkoholrückstände. Die Plumpheit könnte Absicht sein, so dass sich Delahunt auf »verdächtige Umstände« berufen konnte, um eine vorzeitige Todeserklärung zu bekommen. Aber vielleicht traute sie ihnen auch zu viel zu. Vielleicht war es *unwahrscheinlich*.

Sie wählte die Nummer von Simmons' Büro und dachte erst nach dem ersten Klingeln daran, dass es sieben Uhr morgens und Simmons wahrscheinlich noch gar nicht da war. Aber Simmons hob ab, begrüßte sie mit einem resignierten Seufzer.

»Simmons? Ich wollte eine Nachricht hinterlassen. Ich hab nicht erwartet, dass Sie schon da sind.«

»Ich bin nicht ›schon da‹. Ich war noch gar nicht zu Hause. Es gab in der Stadt einen Brand. Zwei Tote, ein Vater und seine kleine Tochter.«

»O Gott, das tut mir leid.«

»Ja«, sagte Simmons.

»Häusliche Gewalt?«

»Gewerbeimmobilie.«

»Versicherungsbetrug?«, fragte Morrow hoffnungsvoll.

»Unwahrscheinlich. Der Besitzer hatte schon eine zweite Hypothek auf sein Haus aufgenommen, um für Bauarbeiten zahlen zu können, die fast beendet waren. Er war mit seiner Tochter drin, und sie starben im Feuer.«

»Brandbeschleuniger?«

»Jede Menge. Die Feuerwehr sagt, dass überall Benzindämpfe waren, aber wir müssen auf die chemische Analyse warten, um sicher zu sein. Na gut. Warum rufen Sie an? Ist es wichtig, ich würde nämlich gern weitermachen.«

»Klar.« Morrow lehnte sich zurück. »Die Leiche vom Golfplatz hängt mit unserem Fall zusammen. Wir übernehmen.«

Simmons war so erleichtert, dass sie fast nett klang, aber nur fast. Als Morrow ihr sagte, sie würde gleich Andrew Cole vernehmen, grunzte Simmons ihr Okay und legte auf.

Morrow marschierte zügig durch den Eingangsbereich, vorbei an den Umkleiden zum hinteren Tresen und den Hafträumen.

Der diensthabende Sergeant war auf seinem Posten, frisch und munter, obwohl es für ihn das Ende einer langen Schicht war.

»Ma'am.«

»Ist Andrew Cole schon wach?«

Er spähte auf einen Bildschirm unterhalb des Tresenrands. »Da haben wir ihn, er trinkt gerade ein Tässchen Tee.«

Morrow schob sich um den Tresen herum und sah auf den

Bildschirm. Andrew Cole saß auf einer nackten Plastikmatratze und nippte an einer großen Blechtasse.

»Wo ist denn der Bettbezug?«

»Der musste rausgenommen werden.« George sah in das nächtliche Protokoll und fuhr mit dem Finger bis zum richtigen Eintrag: »Um … fünf Uhr acht heute Morgen: ›Mr. Cole wirkte sehr beunruhigt, und es gab Bedenken bezüglich seiner Sicherheit‹.« Er lächelte und sah auf.

Morrow war überrascht. »Selbstmordwache?«

George winkte ab. »*Sehr* kurz. Wahrscheinlich falscher Alarm, aber besser auf Nummer sicher.«

Auf dem Monitor nippte Cole an seinem Becher. Er wirkte jetzt ruhig. »Was hat er getan, weshalb Sie sich kümmern mussten?«

George las wieder nach: »Lautes ›Schreien‹ und ›Fluchen‹, ›gegen die Zellentür schlagen‹. Er sagte, er könnte ›es nicht mehr aushalten‹, ›wollte, dass seine Mum stirbt‹, so verrücktes Zeug in der Art.« Er schüttelte den Kopf. »War ein bisschen besorgniserregend. Ging aber schnell vorbei. Seitdem hat er nicht mehr geschlafen.«

Auf dem Monitor, in nebligem, grobkörnigem Grau, nippte Andrew Cole wieder an seinem Tee und sah dann in den Becher. Wenn er selbstmordüberwacht wurde, würde der Tee bestenfalls lauwarm sein. Und doch umschloss er den Becher mit beiden Händen und versuchte sich zu wärmen.

23.

Iain hatte nicht geschlafen. Er hatte keinen Termin. Er war einfach in Dr. Neimans Morgensprechstunde erschienen. Dr. Neiman. Der Name war ihm auf dem ganzen Weg zurück in die Stadt im Kopf herumgespukt. Er war zum Anker geworden, etwas zum dran Denken. Dr. Neiman. Er konnte nicht an die anderen Namen denken, seinen und ihren, die schwarzen Säcke. Er konnte nicht.

Er war die ganze Nacht gelaufen, die Gareloch Road entlang, dem Wasser nach. Er lief stundenlang blind geradeaus, durch Wälder und Ortschaften, vorbei an Jachthäfen, landeinwärts auf Berghänge zu, immer derselben Straße folgend. Seine Füße waren taub. Es regnete. Er war nass, und dann war er wieder trocken. Er erinnerte sich nicht, umgekehrt zu sein, aber als die Sonne aufging, befand er sich auf dem Rückweg in die Stadt.

Er setzte sich ins Wartezimmer der Praxis. Einen Moment lang fühlte es sich wunderbar an, als würden seine Hüften und Oberschenkelknochen mit dem Stuhl verschmelzen, aber dann zwang ihn ein Adrenalinstoß wieder auf die Füße und ließ ihn auf und ab schreiten. Es war nicht leicht, sich zu bewegen. Viele Leute warteten, Arbeiter und Marinepersonal, Kinder in Schuluniformen, Füße, über die er steigen musste. Er drehte ein paar Runden um die Verkehrsinsel aus Stühlen, bis die Sprechstundenhilfe seinen Namen rief und ihn nach hinten winkte.

Er musste an der Sprechstundenhilfe vorbei und merkte, dass sie sich vor ihm fürchtete. Ging er zu schnell? Nein, dachte er, nein. Dr. Neiman. Dr. Neiman. Sie deutete den Flur hinunter zum Behandlungszimmer. Iain bewegte sich ganz normal, aber vielleicht wirkte er leicht beängstigend. Sein Auftreten war beängstigend, weil er in die Brüche ging.

Dr. Neiman stand hinter seinem Schreibtisch auf, als Iain in den Raum glitt. Der Arzt fürchtete sich wohl ebenfalls.

»Mr. Fraser!«, sagte Dr. Neiman, und sein deutscher Akzent verlieh dem Namen einen abgehackten Befehlston. »Haben Sie sich verbrannt?«

Iain starrte ihn an, er hatte einen Aussetzer, tastete hinter sich nach der Wand. Dann wurde ihm schlagartig bewusst, dass er mit seinen schwarzen Händen die Raufasertapete beschmierte. Haltlos griff er nach dem Stuhl, dem Patientenstuhl, der in einem bestimmten Winkel zu Dr. Neimans Schreibtisch stand. Iain packte die Rückenlehne und benutzte sie als Schlepptau, um sich heranzuziehen. Er ließ sich auf den Stuhl fallen, spürte wieder, wie seine Oberschenkelknochen verschmolzen.

»Waren Sie in dem Feuer, Mr. Fraser?«

»Nein. In der Nähe.«

»Das sehe ich sehr deutlich. Sie sind mit Schwärze bedeckt, Mr. Fraser.«

»Schwärze?«

»Ruß.« Dr. Neiman stellte sich hin, sprach zu Iain. Er war sehr groß und dünn. Iain fiel es leichter, sich mit seinem Bauch zu unterhalten. Es war zu schwierig, ihm in die Augen zu sehen.

»Bitte. Darf ich Sie untersuchen?«

Iain blieb schlaff sitzen, während der Arzt seine Unterarme auf Verbrennungen untersuchte, Puls und Blutdruck maß. Er war daran gewöhnt, sich untersuchen zu lassen, dazusitzen, während ihm Gefängnisärzte Blut abnahmen und seine Eier auf Geschwülste überprüften. Die Verantwortung für das chaotische Durcheinander an jemand anderen abzugeben war eine Erleichterung, wenn auch nur kurzzeitig.

Der Arzt bat ihn, das Poloshirt hochzuziehen, und hauchte auf das Metallstück seines Stethoskops, bevor er es auf Iains Brust platzierte. Er sagte irgendwas über Kälte.

»Ich bin nicht erkältet«, sagte Iain.

»Mmmh.« Der Arzt lauschte. Dann nahm er die Stecker aus den Ohren und bat Iain, sein Shirt hinten hochzuheben, damit er ihn dort abhören konnte. »Ich sagte, das ist gegen die Kälte. Ich atme es an, so …« Er stieß etwas Luft aus, Iain konnte ihn nicht sehen, er stand nun hinter ihm, »und dann erwärmt es sich ein bisschen.«

Die Metallfläche berührte seinen Rücken.

Iain konnte sie in sich spüren, sie wand sich nicht mehr vor Zorn. Sie war größer, war gewachsen, fraß freudlos an ihm. Iain stellte sich vor, wie ihre Kiefer mahlten, ihr Gesicht angespannt und müde.

»Ich höre nur ein sehr schwaches Kratzen, Mr. Fraser, es sitzt nicht tief. Es könnte von einer leichten Rauchgasvergiftung kommen. Wie geht es Ihrem Rücken?«

»Tut immer noch weh. Hier.« Er fasste sich zwischen die Schulterblätter und schob die Hand den Rücken hinab. »Und jetzt tut es auch hier weh.« Er berührte seine Seite.

Der Arzt nickte und runzelte die Stirn. »Seit wann, der Schmerz in der Seite?« Es klang unschuldig, aber Dr. Neiman war ein schwerfälliger Mann.

»Ein paar Tage.«

»Husten Sie?«

»Ein bisschen. Aber ich habe wieder angefangen zu rauchen, also …«

»Ah, nein. Sie müssen aufhören. Versprechen Sie es mir.«

Iain zuckte die Achseln und murmelte, das würde er tun.

Dr. Neiman nickte, als wäre es abgemacht, und setzte sich auf seinen Stuhl. Er schrieb etwas in seinen Computer. Iain spürte Stolz in sich aufsteigen, als ihm klar wurde, dass er es geschafft

212

hatte, sich aufzuraffen und herzukommen, zum Arzt. Das würde dem Ding in ihm gar nicht gefallen. Er hatte die Geistesgegenwart besessen, dies zu tun. Iain merkte, dass der Arzt ihn ansah, etwas zu ihm gesagt hatte, und er nicht antwortete.

»Entschuldigung?«, fragte Iain.

»Sie sind verlottert und riechen stark nach Rauch«, sagte Dr. Neiman und achtete hörbar auf seine Wortwahl. »Sie waren letzte Nacht bei dem Feuer?«

Die Augen des Arztes verengten sich. Er kannte Iains Vorgeschichte. Er wusste, dass er im Gefängnis gewesen war. Er verdächtigte ihn.

»Ich war beim Tanzdinner. Ich hab den Rauch gesehen und bin runtergelaufen.«

Der Arzt nickte, ermutigte ihn zum Weiterreden, aber Iain hatte nichts mehr zu sagen. »Ich bin runtergelaufen«, wiederholte er. »Mein bester Freund. Meine Nichte. Im Feuer. Tot.« Er hörte auf zu sprechen, begriff, dass es unmöglich war, sich Gehör zu verschaffen, unmöglich, einen so schweren Verlust in Worte zu fassen. Und er wusste, dass es ohnehin sinnlos war, es zu erklären. Und er saß eine Weile da, mit seinen schwarzen Händen offen auf den Knien wie ein Bettler.

Nach einer Weile hob er den Blick und sah, dass der Arzt immer noch nickte und wartete. Alle beschwerten sich ständig, dass Arzttermine so kurz waren, aber dieser schien unendlich.

Schließlich sagte der Arzt: »Also, warum sind Sie heute zu mir gekommen?«

Nacktschnecke in meiner Lunge. Schlangen in der Lunge. Iain wusste nicht, wie er es ausdrücken sollte: »… *durcheinander.*«

»Würden Sie sagen, dass Sie eventuell deprimiert sind?«

Iain blieb an dem Wort *eventuell* hängen. Er wollte die Aufmerksamkeit des Arztes darauf lenken, weil es seltsam klang, aber der Arzt wertete seine Reaktion als Zustimmung.

»Und Sie wirken auch ein bisschen verstört.« Er hob fragend die Augenbrauen. »Würden Sie sagen, dass dem so ist?«

Er hatte recht. Iain war verstört. Iain nickte. »Bin ich.«

»Sind Sie die ganze Nacht bei dem Feuer geblieben?«

»Ja. Ich war die ganze Nacht dort. Ich konnte nicht …« Eine Welle rollte seine Wirbelsäule hoch, umhüllte ihn mit Trauer, warf ihn vornüber auf die Knie, wrang große trockene Schluchzer aus seinen Eiern. Er wartete auf Tränen in seinem Gesicht, aber es kamen keine. Sie steckten in seinem Hals fest. Er setzte sich auf und spürte die Hand des Arztes auf seiner. Es war unangemessen: nicht die Geste eines Arztes für einen Patienten, sondern Freundlichkeit von Mensch zu Mensch, und es war ein Trost.

»Ich weiß nicht«, gurgelte Iain. »Ich weiß nicht was.«

»Sie sind überwältigt.«

»Ja.«

»Ich glaube, Sie hatten eine sehr erschütternde Nacht.«

»Ja.«

»Sie hatten schon einmal einen psychotischen Schub, als Sie im Gefängnis waren?«

Plötzlich war er überzeugt, der Arzt würde ihn ins Krankenhaus stecken. Iain stand auf und warf dabei den Stuhl um. »Es geht mir gut.«

Aber der Arzt stand nicht auf und versuchte auch nicht, ihn zu Boden zu ringen. Er rief keine Gefängniswärter, die draußen vor der Tür standen, um ihn zu bändigen, und er spritzte ihm auch keine Antipsychotika, von denen sich die Welt langsamer drehte und seine Füße schwer wurden. Der Arzt blieb einfach sitzen und sah Iain direkt an.

»Es könnte ein Rückfall sein. Darauf müssen wir vorbereitet sein. Vielleicht ist es das aber auch nicht. Das Feuer hat alle sehr mitgenommen. Viele Patienten … Sie müssen wissen, dass Sie damit nicht allein sind.« Und dann sah Iain, oder zumindest glaubte er es zu sehen, dass dem Arzt eine Träne ins Auge stieg. Aber der Arzt schaute auf seinen Computerbildschirm und blinzelte viel, und als er ihn wieder ansah, war sie weg.

»Mr. Fraser, bitte, setzen Sie sich wieder hin.«

Iain befolgte die Anweisung, stellte den Stuhl wieder auf, setzte sich hin, wusste nicht, was er mit seinen Beinen tun sollte, versuchte sie übereinanderzuschlagen, kam durcheinander und gab auf.

»Ich möchte Ihnen gern etwas verschreiben, nur für einen Tag, ja?«

Iain nickte stumm.

Der Arzt deutete auf den Bildschirm. »Haben Sie dieses Medikament schon einmal genommen?«

Iain nickte. Er hatte das mal genommen, und davon konnte man sehr gut schlafen. Er hatte es allerdings nicht auf Rezept bekommen.

»Also, ich möchte, dass Sie es nehmen.« Der Arzt schrieb etwas in seinen Computer, tipp tapp tipp tapp. »Heute dreimal eine Tablette, dann morgen noch eine, und morgen früh kommen Sie wieder zu mir. Dann schauen wir, ob die Angst abflaut. Wissen Sie, was ich damit meine?«

»Dass sie weggeht«, sagte Iain ein wenig beleidigt.

»Ja, weggeht. Und ich möchte, dass Sie sehr gut auf sich aufpassen. Ich möchte, dass Sie regelmäßig essen und schlafen. Okay?«

Ein rosafarbenes Rezept glitt aus dem Drucker. Der Arzt nahm einen silbernen Füller aus seiner oberen Jackentasche, schrieb etwas darauf und reichte es Iain.

Iain wollte es nehmen, aber der Arzt ließ es nicht los. Er brachte Iain dazu, ihn anzusehen. »Sie gehen jetzt zur Apotheke und holen sich diese Tabletten. Nehmen Sie eine, wirklich nur eine. Gehen Sie nach Hause und waschen Sie sich und versuchen Sie zu schlafen. Wenn Sie aufwachen, nehmen Sie noch eine. Dann nehmen Sie eine dritte heute Abend. Verstehen Sie das?«

»Ja.«

»Ich möchte, dass Sie morgen die letzte nehmen und gleich als Erstes wieder zu mir kommen. Um neun Uhr, sind wir uns einig?«

»Ja.«

»Kommen Sie wieder her zu mir.« Er stand auf, hob eine Hand zur Tür. Iain sah auf die Hand, las sie und oh! Er verstand. Er sollte auch aufstehen. Er tat es.

Dann schüttelte ihm der Arzt die Hand. »Sie haben etwas Schreckliches erlebt, Mr. Fraser. Es war für alle eine furchtbare Nacht. Sie müssen heute auf sich aufpassen und vorsichtig sein.«

Und Iain sah den Blick des Arztes, sah, dass Dr. Neiman das Grauen verstand, das Iain gesehen hatte, und auch, warum er beim Feuer geblieben war. Iain merkte, dass er verstanden wurde, und fühlte sich besser.

Er verließ die Praxis, ging durch eine Hintergasse, in der es nach verbranntem Papier und Haaren roch. Der Geruch des Feuers haftete an der Stadt, hing an den Mauern und in den Straßen, obwohl sich der Wind redlich bemühte.

Iain schlich bergab zu einer Apotheke, umklammerte ein Stück Papier, das Hilfe versprach. Er hielt den Blick gesenkt und ging an einer Bank vorbei, einem Lebensmittelgeschäft, einem Wohlfahrtsladen. Er blieb vor dem Schaufenster eines Zeitungskiosks stehen. Ein Plakat der Lokalzeitung:

ZWEI TOTE IM FEUER:
HEL. TRAUERT

24.

Bevor die Vernehmung begann und das Band mitlief, erklärte Andrew Cole, dass er definitiv keinen Anwalt wollte. Als sie ihn nun baten, das für die Aufzeichnung zu wiederholen, klang er nicht mehr so überzeugt.

Morrow und Kerrigan saßen ihm gegenüber und warteten auf die Antwort. Cole sah ängstlich auf das Aufnahmegerät, ein ominöser schwarzer Plastikapparat, der an der Wand hing. Morrow wusste, eine zögerliche Antwort auf Band konnte vor Gericht so wirken, als wäre der Beschuldigte unter Druck gesetzt worden. Gewitztere Beschuldigte gaben sich bei Befragungen extra zögerlich oder gestresst, weil sie wussten, dass ihnen das möglicherweise später Berufungsgründe eintrug.

Sie kannte Andrew Cole nicht, argwöhnte aber, dass er an Anwälte herankam, die über genug Zeit und Motivation verfügten, um die Akten zu lesen, bevor sie zur Vernehmung kamen.

»Mr. Cole, wenn Sie Ihre Meinung geändert haben, sagen Sie es uns, und wir beenden sofort die Vernehmung.«

»Nein«, sagte er endlich. »Entschuldigung, ich bin nur, ich will keinen.«

»Okay. Sind Sie sicher?«

»Ja.«

»Es ist nicht zu spät, sich anders zu entscheiden.«

Das schien ihn zu entspannen, als hätte er nur auf diese Bestätigung gewartet.

»Schön.« Er schenkte Kerrigan ein charmantes Lächeln, lehnte sich zurück und öffnete vor Morrow seine Hände. »Fragen Sie mich irgendwas.«

Morrow warf einen Blick auf ihre Notizen. Ein seltsam jungenhafter kleiner Mann. Er schien noch keine Ahnung zu haben, was für Scheiße ihm um die Ohren fliegen würde, aber er war schon im Gefängnis gewesen. Er konnte nicht völlig naiv sein.

»Mr. Cole, Sie haben gestern die Polizei gerufen …«

»Und ich *muss*«, unterbrach er sie und wandte sich zu dem Aufnahmegerät an der Wand. »Entschuldigung«, sagte er zu dem Gerät, »aber ich muss mich für gestern entschuldigen, und für, äh, Sie wissen schon …?« Er sah wieder Morrow an, fragte wortlos, ob das nicht einfach zwischen ihnen bleiben konnte? Und ob sie vielleicht auf Band unerwähnt lassen könnten, dass er bekifft gewesen war? Bitte?

»Sie haben die Polizei gerufen«, sagte Morrow geduldig. »Vom Boot aus. Können Sie mir sagen, was dort geschehen ist?«

Mr. Cole lächelte warm und nickte, als hätten sie sich darauf verständigt, gemeinsam den Verstoß gegen seine Bewährungsauflagen zu vertuschen. Er ließ eine vorbereitete Geschichte vom Stapel, man hätte ihm gesagt, er müsse raus und totes Holz einsammeln, das man vom Golfplatz aus umhertreiben sehen konnte. Hässlicher Unrat auf dem Wasser. Anfang der Woche hatte es gestürmt, und einige Äste waren herabgestürzt. Andrew tat, was man ihm auftrug. Er angelte ein paar Äste heraus, als er einen Fuß im Wasser sah, gleich beim Ufer. Er dachte, es sei eine Schaufensterpuppe, und wollte versuchen, sie herauszuziehen. Er näherte sich ihr und merkte, dass es sich um einen Menschen handelte, und dachte, sie hätte Selbstmord begangen. Aber dann sah er, Sie wissen schon … Er fuhr sich mit der flachen Hand über den Kopf, schauderte, wirkte seekrank. Seine Körpersprache passte zu einem zufälligen Auffinden. Sie fragte sich, ob es möglich war, dass er sie umgebracht und es verdrängt hatte.

»Wie kamen Sie auf Selbstmord?«

»Na ja, das südliche Ende des Sees ist wirklich extrem kleinstädtisch. Wenn jemand vermisst wird, wissen alle Bescheid. Wir würden alle Ausschau halten, wenn es einen Unfall oder so etwas gegeben hätte …«

»Erzählen Sie mir ein wenig über sich, Andrew. Soweit ich weiß, waren Sie im Gefängnis?«

»Leider ja.« Mr. Cole nickte feierlich.

»Weswegen wurden Sie verurteilt?«

»Nun, *betrüblicherweise*«, sagte er, als wäre es eine Bühnenanweisung für seine Vorstellung, »Besitz von Kokain.«

Morrow grinste über seine Formulierung. »Das ist sehr *betrüblich*.«

»Ja, das ist es.« Er schaffte es, noch trauriger auszusehen, und merkte nicht, dass er verspottet wurde. »Wirklich eine große Schande.«

»Eine Schande, dass Sie geschnappt wurden?«, fragte Kerrigan scharf. Sie war von ihm weniger eingenommen als Morrow.

»Nein, Officer, es ist eine Schande, dass ich das gemacht habe. Ich hatte alle Möglichkeiten, wissen Sie das? Großartige Schule, großartige Familie.« Er hob hilflos die Hände. »Alles hab ich weggeworfen.«

Morrow genoss Mr. Coles Vorstellung, nicht weil seine Darbietung besonders glaubhaft gewesen wäre, sondern weil es eine erfrischende Abwechslung von dem Fluchen und der Stille oder den Gewaltandrohungen war. Sie hätte ihn gern ermutigt, noch mehr närrisches Zeug von sich zu geben, aber dafür hatten sie keine Zeit.

»Sie waren zu sechs Jahren verurteilt und haben drei abgesessen – das ist lang.«

»Aber ich bin vorzeitig rausgekommen. Wegen guter Führung.«

»Immerhin drei Jahre. Das war ein schweres Vergehen.«

Er wackelte mehrdeutig mit dem Kopf. »Es gab da außergerichtliche Faktoren, durch die das Urteil so hart ausfiel.«

Kerrigan war entnervt. »Haben Sie sich der Festnahme widersetzt?«

»Nein, ich meine *politische* Faktoren. Gründe, warum mein Strafmaß so hoch war. Meine Familie kennt viele Leute im Gerichtswesen. Böses Blut.«

Kerrigan lutschte verdrossen an ihren spitzen kleinen Zähnen. Morrow sah, wie sein Blick über den Tisch huschte, während er herumspintisierte. Die Wahrheit war, dass Cole fette sechs Jahre bekommen hatte, weil er so viel Kokain mit sich geführt hatte. Jede Verurteilung wurde genauestens auf Verhältnismäßigkeit überprüft. Richter konnten nicht einfach ihren Launen folgen. Cole dachte allerdings wirklich, dass es darum ging, wer wen kannte und was man von ihm und seiner Familie hielt. Er lebte in einer seltsamen kleinen eigenen Welt, einer reizvollen Welt, unwiderstehlich, weil sie so schrill war, als würde man in eine bizarre ausländische Seifenoper stolpern.

»Mr. Cole, ich frage mich die ganze Zeit, wer hat sie reingelassen?«

Er lächelte und schüttelte den Kopf. »Wer hat, Entschuldigung, *was*?«

Morrow sprach langsam. »Wer hat die Täter reingelassen? Auf den Golfplatz. Wer hat ihnen den Code gegeben, um auf das Grundstück zu kommen?«

Ein Kichern höflicher Verwirrung. »Es tut mir leid …?«

Morrow seufzte und starrte ihn an, bis er wegsah. »Sie haben heute Morgen in Ihrer Zelle randaliert.«

Noch ein Kichern. »Leider …«

»Leider wird niemand ohne Code oder visuelle Überprüfung durch das Sicherheitspersonal auf den Golfplatz gelassen. Auf dem Überwachungsband ist ein blauer Transporter mit verdeckten Kennzeichen zu sehen, der am Lieferantentor hält. Jemand streckt den Arm aus dem Fenster und tippt den Sicherheitscode auf den Tastenblock.«

Mr. Cole sah verwirrt aus. Er machte den Mund auf, um etwas zu sagen, überlegte es sich aber anders.

»Wir haben mit dem Geländemanagement gesprochen. Niemand hat Ihnen aufgetragen, rauszufahren und Unrat aus dem Wasser zu fischen.«

»Na ja«, sagte er jetzt sehr leise, »das ist *Teil* meines Jobs.«

»Sie sagten, man hätte Sie ›rausgeschickt‹, um Unrat einzusammeln‹. Das stimmt so nicht. Sie sind rausgefahren, weil Sie wussten, dass da draußen etwas war.«

»Das wusste ich nicht.«

»Sie wussten, dass sie dort war. Haben Sie sie getötet?«

»Nein! O Gott, nein!«

»Mit aufs Boot genommen und umgebracht?«

»Nein! Dazu bin ich gar nicht *fähig*!«

»Okay. Wenn Sie gestern einfach nur rausgezockelt wären, um einen kleinen Job zu erledigen, dann wären keine Spuren von ihr auf Ihrem Boot. Aber die Kriminaltechnik hat Haare von ihr gefunden, die unter einer Klampe festhingen. Sie suchen noch nach Blutspuren, aber es heißt, dass das Deck abgespritzt wurde. Wenn sie irgendwo an Bord Ihres Boots war, bevor sie starb, finden die das heraus.«

Cole war sichtlich erschüttert, und Morrow fand, dass jetzt ein guter Zeitpunkt war, seinen Blick auf einen Ausweg zu lenken.

»Hören Sie, Andrew, wenn jemand ins Gefängnis geht, der da eigentlich nicht hingehört, freundet er sich mit Leuten an, mit denen er sich normalerweise niemals anfreunden würde. Manchmal werden diese Beziehungen ausgenutzt, um denjenigen dazu zu bringen, etwas zu tun, nachdem er seine Zeit abgesessen hat.«

Er warf ihr einen skeptischen Blick zu.

»Menschen, nette Menschen wie Sie«, sagte sie einladend, »und das sehen wir hier *häufig* – werden manchmal in etwas hineingezogen.«

Aber Andrew weigerte sich, auf die offene Tür zuzugehen. Er wusste, dass es sie gab, das merkte sie, aber er hatte sich entschieden, keine Namen zu nennen.

»Das ist ein sehr angesehener Golfclub«, sagte Morrow. »Es überrascht mich schon, dass man jemandem mit Ihrer Vorgeschichte einen Job und ein Lehnshaus anvertraut.«

»Na ja«, er schüttelte den Kopf, »das war meine Mutter ...«

»Sie hat Ihnen den Job verschafft?«

»Sie kennt ... jeden. Es war ein Gefallen.«

»Haben Sie Mitgliedern des Clubs Kokain verkauft?«

»Scheiße, nein!«

Sie wusste, dass er das nicht getan hatte. Der Club würde keinen Kiffer mit Vorstrafe tolerieren, der auf dem Gelände dealte. Man würde einen dealenden Kellner oder Platzwart dulden, sofern er diskret vorging und den Mitgliedern beschaffte, wonach sie verlangten.

»Hören Sie, das hier kann große Folgen haben oder kleine. Kommt ganz drauf an, wie bereitwillig Sie mit uns reden. Wem haben Sie den Sicherheitscode gegeben?«

Er wollte keinen Namen nennen.

»Mr. Cole, wir können auch einfach die Liste der Leute im Shotts Prison durchgehen, mit denen Sie Kontakt hatten. Ich vermute, dass Sie den Code per SMS geschickt haben?«

Er drückte sich die geballte Faust auf den Mund, den Ellenbogen auf dem Tisch, und starrte mit geröteten Augen wütend an die Wand.

»Sie wollen keinen Namen nennen. Vielleicht haben Sie Angst?«

Seine Augen blitzten auf, die Unterstellung ärgerte ihn. Sie tat so, als hätte sie es nicht bemerkt.

»Verstehe. Können wir uns darauf einigen, dass Sie den Code jemandem gegeben haben? Dann muss ich mir Ihre Verbindungsnachweise nicht kommen lassen.«

Er nickte. Sie brachte ihn dazu, »Ja« für das Band zu sagen, obwohl sie gefilmt wurden. Es war gut, wenn sie sprachen.

»Haben Sie mit der unbenannten Partei abgesprochen, dass Sie mit dem Boot rausfahren und ›zufällig‹ die Leiche finden würden?«

Sein Gesicht wurde mit einem Mal ganz rot, und er brüllte den Tisch an. *»Ich wusste nicht, was passieren würde!«*

Sie konnte sich jetzt vorstellen, wie er seine Zelle zerlegte, in die Enge getrieben und verzweifelt und mit dem Gefühl, nichts zu verlieren zu haben. Cole konnte nicht damit umgehen, für sein Handeln verantwortlich gemacht zu werden. Das war seine Schwachstelle.

Sie klopfte rhythmisch auf den Tisch vor ihm, als wäre es sein Rücken. »Andrew, es ist okay. Es ist okay.«

Er sah sie an, merkte, dass sie ihn immer noch mit Wohlwollen betrachtete. Seine Panik wich.

»Es ist okay«, sagte sie noch einmal und reichte ihm ein Taschentuch. Er putzte sich mit einem komischen kleinen Furzgeräusch die Nase, was ihn erschauern ließ.

Alles an Cole war klein und putzig und harmlos. Sie bedachte, dass er am Morgen in der Zelle randaliert hatte, eine lange Strafe abgesessen hatte, Drogenzubehör aus seinem Haus geräumt hatte, bevor er rausgegangen war, um nach einer Leiche im Wasser zu suchen.

Polizeivernehmungen waren anstrengend. Wie bei einem Bewerbungsgespräch oder einem ersten Date waren die Menschen zutiefst verunsichert, weil ein schlechter Eindruck lebenslange Konsequenzen haben konnte. Durch diesen Druck benahmen sie sich oft widersprüchlich, und statt Schwachstellen zu überspielen, beharrten sie auf dem Gegenteil. »Mich verarscht niemand« bedeutete üblicherweise »Ich bin schon übel verarscht worden«. »Mir ist egal, was die Leute denken« bedeutete »Mir ist total wichtig, was alle anderen denken«. Dieser Gedankengang brachte Morrow darauf, wie fieberhaft sie selbst darauf bestand, ihr Bruder sei ihr egal. Ihre Laune sank bei diesem Eingeständnis. Sie sah auf. Hier saß Mr. Cole, der wieder und wieder Variationen derselben Geschichte über sich erzählte: Ich bin nur ein harmloser kleiner Mann, ich bin ein netter Niemand. All meine Sünden sind nichts als Fehltritte aus Unterlassung und Gutgläubigkeit, mich trifft keine Schuld, und es tut mir leid.

»Werden Sie die Person nennen, der Sie den Code gegeben haben?«

Er schüttelte den Kopf, dann fiel ihm das Band ein, und er sagte »Nein«.

»Weil Sie Angst vor dieser Person haben?«

Er lächelte. »*Nein.*«

Darin lag keine Angst. Vielleicht Spott, aber der galt nicht der Person, der er den Code gegeben hatte. Der Spott galt Morrow.

»Warum wollen Sie den Namen nicht nennen?«

Er zog mit dem Finger waagrechte Linien auf der Tischfläche, vor und zurück. Mr. Coles Widersprüchlichkeit bestand darin, dass er keineswegs willenlos war. Er war berechnend. Er würde wieder ins Gefängnis müssen, und er wusste, was es hieß, als Ratte einzufahren. Es bedeutete, seine gesamte Zeit in Isolationshaft abzusitzen. Jahrelang in Einzelzellen, umgeben nur von Kinderschändern und den Gestörten, die den normalen Strafvollzug nicht überleben würden. Er war nicht willenlos, und er würde nicht nachgeben.

»Okay«, sagte sie leise. »Sagen Sie mir, was *Sie* getan haben. Sie haben den Code verschickt, jemanden reingelassen, und was dann? Gab es ein Treffen?«

»Nein.« Er hatte sich in der Nacht zuvor eine Version für das

Rechtssystem zurechtgelegt, in der er nur der arme Trottel war. »Ich habe jemandem den Code geschickt. Viele Leute auf dem Gelände machen das. Aber ich bin zu Hause geblieben.«

»Und? Was, glaubten Sie, würde passieren?«

»Ich habe denen gesagt, sie könnten reinkommen und mein Boot benutzen. Ich dachte, sie wollten nur was …« Er brach ab, verlor sich in Erwägungen über Verstöße gegen die Bewährungsauflagen, mildernde und verschärfende Umstände.

»Es interessiert mich nicht, was Sie dachten, Andrew«, sagte Morrow. »Was ist tatsächlich passiert?«

Als er sprach, klang seine Stimme tiefer und trauriger, man hörte ihm sein Alter an. »Ich war zu Hause, im Bett, und ich hörte jemanden schreien. Davon bin ich aufgewacht. Sie hatten mir gesagt, ich soll den Schlüssel im Boot lassen. Ich dachte, sie wollten was versenken – aber dann hörte ich sie schreien. Da wusste ich es. Ich blieb drinnen. Ich hörte, wie sie mit dem Boot rausfuhren, und ich hörte sie zurückkommen. Ich blieb drinnen. Ich blieb den ganzen Tag drinnen. Ich versteckte mich im Hinterzimmer. Ich hörte, wie sie weggingen, aber ich brauchte einen ganzen Tag, um mich rauszutrauen. Ich ging dann zum Boot. Blut, *überall.*«

»Da scheint jetzt kein Blut mehr zu sein.«

»Ich hab's gereinigt. Abgespritzt.«

»Warum?«

Er zuckte mit einer Schulter.

»Kannten Sie sie?«

Er schüttelte den Kopf.

»Könnten Sie es für die Aufnahme bitte laut sagen, Andr–«

»Miststück, ICH KANNTE SIE *NICHT*!« Er kniff die Augen so fest zusammen, dass sie tränten. Er besann sich, öffnete sie weit und tat, als hätte er nichts gesagt.

Aber sie hatte ihn jetzt gesehen, den echten Andrew Cole. Einen bitteren, wütenden, kleinen Mann, der sich von Bullen-

Gesocks wie ihr nichts sagen ließ, der sich von Gesocks wie ihr nicht bemitleiden ließ, der sich von Gesocks wie ihr nicht herumkommandieren ließ.

Sie ließ die mitfühlende Maske fallen und sah ihn kalt an. »Sie gehen wieder ins Gefängnis.«

Morrow lächelte warm, weil sie beide wussten, was das bedeutete: Er würde von Gesocks wie ihr herumkommandiert werden. Gesocks wie sie würde ihn überwachen, wenn er auf dem Klo saß. Er würde bei Gesocks wie ihr um Seife und Shampoo und Plastikgabeln betteln müssen. Und er würde für lange Zeit einsitzen.

So saßen sie einen Moment lang da, sie lächelte, sah dabei zu, wie in ihm aller Widerstand schwand.

»Warum sind Sie einen ganzen Tag im Haus geblieben?«

Er atmete tief ein.

»Andrew? Sie müssen es gewusst haben. Warum sonst mussten Sie sich erst zuknallen, bevor Sie rausgingen, um nach ihr zu suchen?«

Er sah verzweifelt an die Decke, dicke, selbstmitleidige Tränen rollten über sein verzogenes jungenhaftes Gesicht. »Ich wusste von nichts, es war dieser Schrei. Das war kein normaler Schrei. Nicht so, wie ein Mensch schreit. Wie ein Tier. Wie ein Tier in einer Falle.«

25.

Die Kunden in der vollen Apotheke starrten Iain an. Er saß auf einem Stuhl neben der hohen Theke und wartete auf sein Rezept. Es war ihm egal, dass sie ihn anstarrten. Er sah fürchterlich aus, aber das war ihm egal, weil der Arzt seine Hand berührt hatte und auch bestürzt war. Er war nicht allein.

Die Türen zur Straße wurden aufgestoßen. Ein dünner junger Kerl, Iain kannte ihn nicht, stürmte direkt zur Theke. Er humpelte, schlenkerte mit den Armen und verscheuchte die Frauen, die sich Make-up ansahen.

Methadon!

Er stampfte von einem Fuß auf den anderen, lehnte sich mit dem ganzen Gewicht auf die Theke, hob einen Fuß vom Boden, gackerte. Die Apothekerin bat ihn, in die Kabine zu gehen, aber – gib's mir einfach. Ich brauch's verdammt noch mal.

Er schlürfte die klare grüne Flüssigkeit aus dem Messbecher. Iain sah, wie die Frauen, die auf der Suche nach Make-up gewesen waren, gingen, dabei murmelten, tratschten. Sie kannten wahrscheinlich die Familie des Jungen, wussten, zu wem er gehörte, kannten seine ganze Geschichte.

Der Junge war dünn. Sogar seine Zunge wirkte dünn, als er sie in den Plastikbecher steckte und die Reste von dem geriffelten Boden ableckte. Er wollte ihn schon absetzen, als er noch eine kleine grüne Pfütze entdeckte und sie auch noch aufleckte. Dann ließ er den Becher auf die Theke fallen, warf der Apothekerin einen garstigen Blick zu und stürmte türenknallend hinaus.

Die Apothekerin wartete, bis die Türen geschlossen waren

und er am Fenster vorbeigelaufen war. Sie sah auf den Messbecher. Dann bückte sie sich, hob einen kleinen Mülleimer hoch und benutzte den Ellenbogen, um den leeren Becher hineinzustoßen. Dabei begegnete sie Iains Blick.

»Speichel«, erklärte sie angewidert. Sie sah ihn hoffnungsvoll an und fragte: »Sind Sie Feuerwehrmann?«

Iain antwortete nicht. Sie entschied, dass er einer war, und fing an zu weinen.

»Oh mein Gott«, sagte sie heiser. »Diese Lea-Anne Ray. Mein Gott, die war so ein liebes kleines Ding.«

Sie konnten sich nicht ansehen. Sie blieben still, zwischen ihnen der Laden so weit wie ein Ozean, bis sich die Tür zur Straße öffnete und eine Frau hereinkam. Beide wandten ihre Gesichter ab.

Iains Rezept wurde ihm in einer hübschen Papiertüte ausgehändigt. Er wollte eine Tablette im Laden nehmen, dachte aber, das könnte die Apothekerin an den Methadonabhängigen erinnern. Es gefiel ihm, fälschlich für einen guten Kerl gehalten zu werden. Er bedankte sich bei ihr und ging lässig aus dem Laden.

Draußen verschwand er um die Ecke und duckte sich in eine Seitengasse, wo er neben den Mülltonnen die Papiertüte aufriss und die dunkle Flasche herausnahm. Er drückte die Kappe runter, spürte das mechanische Ratschen wie von einer Uhr, die neu aufgezogen wurde. Es war eine ziemlich große Pille, aber er schluckte sie trocken. Sie blieb ihm im Hals stecken und hinterließ ein Druckgefühl, dann rutschte sie runter. Der Nachklang der Tablette tat im Hals weh. Er schluckte wieder. War sie unten? Wahrscheinlich.

Wenn sie etwas taugte, würde es zehn Minuten dauern. Wenn nach zwanzig Minuten immer noch nichts passiert war, konnte er jederzeit noch eine nehmen. Er kehrte zurück auf die Straße und ging langsam los, betrachtete seine Füße, vermaß seine Laune mit jedem Schritt. Etwas besser. Schwache Sonnenstrahlen wärmten die Straße. Der Geruch verzog sich langsam. Es ging ihm etwas besser.

Er fühlte sich ruhig genug, um den Kopf zu heben und sich umzublicken. Ein paar Frauen an einer Straßenecke schauten unter Tränen zum Ufer hinab und sprachen leise miteinander, die Hände vor den Mündern. Die Rentner in den Cafés wirkten traurig und ausgelaugt. Sogar die SUV-Fahrer wirkten bestürzt und verbogen sich die Hälse, um die Feuerwehrabsperrung am Ende der Sinclair Street zu sehen.

Er ging hinunter zum Wasser. An der Promenade, einen Block entfernt vom geschwärzten Sailors' Rest, stand eine mobile Polizeieinheit mit glänzenden Aluminiumtreppchen, die zur Straße hinunterführten. Ein Cop, der draußen Wache schob, guckte sich erwartungsvoll auf der Straße um, aber niemand begegnete seinem Blick. Seine Hände hatte er auf dem Rücken verschränkt, die Füße gespreizt. Er stand da schon seit einer Weile. Iain sah, wie ein Mann seine Frau von ihm weglenkte und sie dazu brachte, über die Straße zu gehen. Niemand würde etwas unternehmen, bis Mark Barratt zurückkam. Die Stadt wartete auf seine Anweisungen.

Iain hatte kein Recht, sich moralisch überlegen zu fühlen. Er tat ebenfalls nichts. Er war kein Stück besser als sie. Annie und Eunice waren alles, was ihm geblieben war. Iain konnte nicht glauben, dass er noch gar nicht an sie gedacht hatte. Die Großmütter mussten am Boden zerstört sein. Er drehte sich um und ging den Berg hinauf in Richtung Osten, drückte die Tablettenflasche in seiner Tasche, wollte unbedingt, dass die Medikamente seine Wahrnehmung dämpften.

Auf der anderen Straßenseite sah ihm Susan Grierson durch das Schaufenster eines Wohlfahrtsladens voller Kristallvasen und dunklen Zinnkrügen beim Wünschen zu.

26.

Die Cadogan Street lag im alten Geschäftsviertel der Glasgower Innenstadt. Riesige viktorianische Bürogebäude aus blutrotem Sandstein standen sich in engen Straßen gegenüber. Sie waren hoch, abweisend und imposant. Die mit frühmorgendlichen Pendlern bevölkerte Straße wirkte wie eine fade Reihe von Türen, die in hell erleuchtete Eingangshallen öder Wirtschaftsunternehmen führten. Die Langeweile wurde gelegentlich von Sandwichläden und Coffeeshops unterbrochen. In den Bürofenstern darüber zuckten erbitterte Lichtröhren.

Das Injury Claims 4 U-Büro lag hinter einer Glastür. Dem Concierge war gesagt worden, dass er sie gleich morgens erwarten sollte. Er ließ sie herein und führte sie durch eine graue Lobby.

»Früh«, sagte er vage und nickte auf seine Uhr.

Es war zehn vor acht. Sie mussten mit den Angestellten reden, aber zwei von ihnen hatten bereits neue Jobs. Sie hatten sich bereit erklärt, vor der Arbeit vorbeizukommen.

Der Concierge brachte sie zu einem engen, nachträglich eingebauten Lift. »Achter Stock. Die einzige Tür auf dem Flur.«

Die Türen glitten zu, und der Lift hob sich langsam. Verglichen mit dem achten Stock war die Lobby noch glamourös gewesen. Eine schäbige Tür stand halb offen. Sie war kriegsschiffgrau angemalt, und auf einem Metallstreifen stand *I4U*.

Sie traten in einen Empfangsbereich, der aussah und roch, als hätte jemand dort dreißig Jahre lang Kette geraucht. Alles war braun getönt, der Teppichboden, der Schreibtisch, der Stuhl. Sogar die blassblaue Strukturtapete an den Wänden hatte einen Gelbstich.

»Das hab ich nicht erwartet«, sagte Morrow leise. »Überhaupt nicht.«

Sie hatte sich die gepflegte, schöne Roxanna in einem völlig anderen Arbeitsumfeld vorgestellt. Irgendwas mit Glastrennwänden, Designermöbeln und anderen Luxus-Büroutensilien, zum Beispiel atembare Luft.

»Kein Wunder, dass sie Glasgow nicht leiden können«, sagte McGrain, der sich in seinem Bürgerstolz vom Zustand dieses Orts beleidigt fühlte.

Beim Anblick des Büros schien es offensichtlich, dass Fuentecilla von Anfang an vorgehabt hatte, es dichtzumachen. Hätte sie es weiterführen wollen, so wäre sie umgezogen. Sie hätte neue Möbel gekauft. Sie hätte die Räume streichen lassen oder wenigstens ein Fenster geöffnet.

»Hallo?«, rief McGrain.

Ein plötzliches Wassergurgeln erregte ihre Aufmerksamkeit. Sie folgten dem Geräusch um die Ecke und fanden einen kleinen Gemeinschaftsraum mit einem gefüllten Wasserkocher, der auf einem kleinen Kühlschrank brodelte. Drei teefleckige Tassen standen neben dem Wasserkocher aufgereiht, in jeder hing ein einsamer Teebeutel zusammengesackt in einer Pfütze Milch. An einem runden Tisch saßen die drei Angestellten, die sie angerufen hatten, eine Frau und zwei Männer, alle in den Zwanzigern, und sahen sie schuldbewusst an. Eine halb aufgegessene Packung mit Bourbon Biscuits lag vor ihnen auf dem Tisch.

Morrow und McGrain stellten sich vor und zeigten ihre Dienstausweise.

Maxine Bradford hielt die Hände zwischen den Knien verschränkt, als würde sie ihnen nicht ganz trauen. Sie hatte lockiges blondes Haar und trug viel zu viel Make-up für die Tageszeit, eigentlich für jede Tageszeit außer vielleicht die lange Gala-Nacht im Club der Clowns.

Lorrie Whittle hielt eine Hand hoch, als er sich vorstellte, zog den Kopf ein, als würde er sich genieren. Die anderen beiden trugen Bürokleidung, Lorrie hatte eine graue Jogginghose und ein Sweatshirt an. Er hatte noch keinen neuen Job.

Der dritte Kollege stand auf und zog sein Jackett glatt. »Jim Moonie.« Er streckte zur Begrüßung die Hand aus und machte Sie-können-mir-trauen-Blickkontakt, wie es für seinen Beruf üblich war. Er schüttelte erst Morrow die Hand, dann McGrain, und krönte das Ganze mit einem gewohnheitsmäßigen, aber unangebrachten »Wie schön, dass Sie kommen konnten«. Sein Patzer war ihm bewusst, er setzte sich rasch wieder hin und haderte mit sich.

»Okay.« Morrow übernahm das Kommando. »Also, vielen Dank, dass Sie alle so früh hergekommen sind. Das ist sehr nett. Wir wollen uns nur ganz allgemein mit Ihnen unterhalten. Können wir uns irgendwo hinsetzen?«

Moonie bot ihr seinen Stuhl an, holte zwei weitere aus einem angrenzenden Büro und stellte sie um den Tisch. Tee wurde angeboten und abgelehnt. Die Kekse wurden angeboten, und McGrain nahm sich einen.

»Haben Sie sie gefunden?«, fragte Maxine etwas aufgeregt. »Ist sie tot?«

McGrain schüttelte den Kopf. »Wir haben Roxanna Fuentecilla nicht gefunden.«

»Wir haben jemanden gefunden, aber nicht sie.« Morrow legte ein Foto von dem Davidstern und dem Kreuz auf den Tisch. »Kommt Ihnen das bekannt vor?«

Sie starrten es einen Moment lang an.

»Ist das von Hettie?«, schlug Maxine vor.

Lorrie berührte das Bild. »Viele Leute tragen so etwas.« Er

nahm das Foto, gab es Morrow zurück und wiederholte: »Viele Leute tragen so etwas.« Als hätte sie ihn nicht gehört.

»Viele Leute, die hier arbeiten?«

Sie waren von der Schlussfolgerung schockiert.

»Die Frau, die diese Kette getragen hat, wurde tot aufgefunden. Sie hatte das in ihrer Tasche.« Sie legte das Foto von dem Bändchen auf den Tisch.

Die Wirkung war durchschlagend. Maxine stieß einen kleinen Schrei aus und sagte »Oh mein Gott«, einmal zu Lorrie, einmal zu Jim, einmal zu Morrow und McGrain. Lorrie blinzelte aufdringliche Tränen weg und konnte den Blick nicht von dem Bild wenden.

Jim holte ein exaktes Duplikat des Bändchens aus seiner Tasche und legte es auf den Tisch. Daran hing ein Ausweis mit seinem Foto auf einer Seite und einem Magnetstreifen auf der anderen. »Damit kommt man zur Eingangstür rein. Wir haben alle solche Bändchen.«

Morrow nickte. »Gibt es eine Personalakte von Hettie?«

Lorrie Whittle murmelte, dass er wüsste, wo sie war. Sie folgten ihm in ein Hinterzimmer, wo die Firmenunterlagen aufgehoben wurden. Die forensischen Buchhalter waren diese Akten mit Kamera und scharfem Blick durchgegangen und hatten ganz und gar nichts gefunden. Whittle zog eine Akte aus einer grauen Personalkartei.

Hester Kirk hatte die Kündigung bekommen, sobald Fuentecilla übernommen hatte. Sie hatte noch bis zum Ende ihrer Frist gearbeitet und war vor drei Wochen gegangen. Ein kleines Passbild hing oben rechts an der Akte. Morrow erkannte sie als die Leiche im Wasser. Sie war mollig, vollbusig und trug auf dem Foto die Kette. Ihr Haar war blond gefärbt und zu einem Pferdeschwanz zurückgekämmt. Sie hatte den Gesichtsausdruck von jemandem, der vom Fotoautomaten auf dem falschen Fuß erwischt worden war, ihr Mund hing offen, ein Auge war halb geschlossen. Ihre Wohnadresse war in Clydebank.

In der Küche fragte Morrow, wer am längsten hier gearbeitet hatte. Jim sagte, das sei er, er sei hier anderthalb Jahre gewesen.

Ein Büro wurde aufgesucht. Jim Moonie setzte sich auf einen steifen Stuhl und hielt sich an den Armlehnen fest.

»Jim, was können Sie uns über das erzählen, was hier passiert ist?«

Jim sah von Morrow zu McGrain. »Wie meinen Sie das?«

»Erzählen Sie uns, was hier geschehen ist. Es interessiert uns, welche Sicht Sie auf die Dinge haben.«

»Okay. Hmmm.« Er wog die Aufforderung einen Moment lang ab. »Nun, das Büro wurde geschlossen. Das ist alles, was wir wissen.«

»Sie waren vor Roxanna hier?«

»Aye. Bob Ashe war vor ihr der Besitzer. Schadensansprüche. Das war das Geschäft. Nicht immer ganz blitzsauber, aber das wissen Sie wahrscheinlich schon. Es waren kleine Sachen, kein organisierter Versicherungsbetrug. Nichts Ernstes.«

»Das wissen wir. Dafür interessieren wir uns auch nicht ernstlich. Wir wollen wissen, was geschehen ist, als Roxanna herkam.«

»Na ja.« Er schmatzte mit den Lippen. »Sie kommt, er geht. Er trommelt das Büro zusammen, mächtig nervös, das hier ist eure neue Chefin, viel Glück noch. Ohne Vorwarnung und nichts. Weg ist er, wohnt jetzt in Miami.«

»Wirkte das wie etwas, das er geplant hatte?«

»Nein. Aber er hat dort Enkelkinder. Er ist immer hin- und hergeflogen. Wenn er irgendwo hinwollte, dann dahin.«

»Nein, ich meinte zu verkaufen und wegzuziehen?«

»Überhaupt nicht. Er hat bis jetzt nicht mal sein Haus verkauft, ich weiß, dass es noch auf dem Markt ist. Ich sehe es jede Woche in der Zeitung.«

»Wo hat er gewohnt?«

»Helensburgh. Da draußen ist der Markt tot bis nach der Wahl. Niemand weiß, was passieren wird, oder?«

Morrow ließ ihn die Adresse für sie aufschreiben.

»War das Haus schon auf dem Markt, bevor er seinen Weggang verkündet hat?«

»Nein. Man würde da draußen jetzt nichts verkaufen. Aber es schien wie etwas, dem er nicht widerstehen konnte. Als hätte man ihm 'nen Haufen Schmiergeld gegeben, damit er sich verpisst, Entschuldigung. Und sie übernimmt. Hat keine Ahnung vom Geschäft, außer wer die krummen Dinger dreht, und den will sie loswerden.«

»Hester Kirk?«

»Hettie war die Königin der Bauerfänger. Ich will ehrlich sein, ich fand's großartig, dass Hettie rausgeschmissen wurde. Ich mochte sie als Mensch, aber sie war eine verfickte Abzockerin, entschuldigen Sie. Ich dachte, jetzt werden wir sauber. Man kann gut davon leben, wenn man es richtig macht. Aber wenn man es unbedingt falsch machen will, kann es einen umbringen. Hettie lag mir ständig in den Ohren, ich solle dies tun und jenes tun, bring deine Zahlen hoch, du ziehst uns runter. Aber das ist illegal, wissen Sie das? Also, klar wissen Sie das, Sie sind ja von der Polizei. Ich bin nicht religiös oder so. Ich bin nur kein verfickter Abzocker, entschuldigen Sie. Ich tu so etwas einfach nicht. Ich hatte es also echt nicht leicht, und dann kommt Fuentecilla, sie schien hier aufräumen zu wollen. Sie hat die verfickten Abzocker rausgeworfen, entschuldigen Sie.«

»Wie Hester?«

»Genau, wie Hettie. Sie war die Erste, die rausflog. Wir bekommen Provision auf die Schadenssumme, wissen Sie? Da kommt man leicht in Versuchung, sie aufzublasen. Hettie hat der Versuchung nachgegeben. Und den Schmiergeldern.« Mit einem Mal wirkte er schuldbewusst. »Es ist doch okay, wenn ich Ihnen das sage, oder? Schließlich ist sie, Sie wissen schon ...«

»Tot?«

»Aye. Tot.«

»Hat Fuentecilla Ihnen gesagt, was sie vorhatte? Gab es ein Meeting oder etwas Ähnliches?«

»Nein. Aber man merkte es deutlich daran, wer gefeuert wurde. Wir haben es alle kapiert.«

»Fuentecilla hat gar nichts über Einnahmen oder die Einnahmequellen der Firma oder etwas in der Art gesagt?«

»Sie macht sich nicht die Mühe, mit uns zu reden. Sie ist ziemlich versnobt, oder? Jedenfalls, es ist jetzt ihre Firma, also kann sie machen, was sie will. Aber die wollten hier gar nicht aufräumen, oder? Denn dann haben sie uns ja alle gefickt, entschuldigen Sie, abserviert.«

»Wie hat Hester Kirk reagiert, als ihr gekündigt wurde?«

Jim sagte, Hettie sei vielleicht, na, so zwei Jahre hier gewesen. Sie war sowieso eine irgendwie wütende Frau, wissen Sie? Geschieden. Ihr Ex war ein Junkie und hat ein paarmal versucht, sie auszurauben. Na ja, jetzt war sie stocksauer. Meinte, sie würde nie wieder so einen Job kriegen. Ihre Abfindung war das gesetzliche Minimum. Sie sagte, sie würde sich das nicht einfach so gefallen lassen. Sie wusste alles über den Laden, und wer war diese spanische Fotze überhaupt, entschuldigen Sie.

»Jedenfalls, uns allen wurde letzte Woche gekündigt. Die Miete ist bezahlt. Eine andere Firma zieht hier nächste Woche ein.«

»Fuentecilla hat Sie alle ausbezahlt?«

»Aye. Letzte Woche.« Er verzog den Mund. »Sie hat es nicht mal für nötig gehalten, es uns ins Gesicht zu sagen. Sie hat nur Briefe und die letzte Lohnabrechnung auf unseren Schreibtischen gelassen. Die anderen sind gar nicht mehr gekommen. Sie ist echt dämlich. Ich meine, das ist eine Personengesellschaft. Wenn die Firma mit haufenweise Schulden untergeht, dann muss sie die aus eigener Tasche zahlen.«

»Wir haben die Außenstände überprüft, ich dachte, die Firma sei schuldenfrei?«

»Oh, das kann nicht sein.« Jim lächelte. »Dann wissen Sie nichts von ihrer Kauforgie. Von all den Anschaffungen.«

Morrow sah sich in dem armseligen Büro um. »Was hat sie denn gekauft?«

»Land«, sagte Jim. »Und das weiß ich nur, weil Hettie es mir erzählt hat. Sie ist einmal nachts in die Archivschränke eingebrochen, im Back-Office – sie ist voll asozial –, und hat Briefe von Maklern gefunden, Kaufverträge.«

Morrow stand auf. »Können Sie mir die zeigen?«

Das Back-Office lag dem Empfangsbereich gegenüber. Fuentecilla hatte ihr eigenes Büro so weit wie möglich vom Rest der Mitarbeiter angesiedelt. Jim öffnete zögernd die Tür, als könnte seine schöne spanische Chefin immer noch dort sitzen. Er griff hinein und schaltete das Licht an.

Leer. Ein Glasschreibtisch mit einem aufrecht stehenden lila Bang & Olufsen-Telefon. Ein durchsichtiger Stuhl. Eine Wand aus roten Archivschränken mit unterschiedlich großen Schubladen, und auf allen stand derselbe Designername in Stahlbuchstaben.

Die forensischen Buchhalter waren hier nicht reingekommen. Aber Hester schon. Sie war wütend gewesen, als sie das Büro durchsucht hatte, und hatte ein Stemmeisen benutzt, um die Schränke aufzuhebeln. Auf dem Boden lagen Papiere verstreut. Morrow hätte sie sich ohne einen Durchsuchungsbeschluss kaum ansehen dürfen, aber da hier ein mutmaßlicher Einbruch vorlag, konnte sie sich ansehen, was sie wollte.

Morrow und McGrain gingen von Stapel zu Stapel und fassten nichts an. Kaufaufträge und Eigentumsurkunden, Bestätigungen über Liegenschaftstransfers. Alles für unbebautes

Land an der schottischen Westküste. Bei der Unsicherheit, die gerade am Markt herrschte, waren die Preise vermutlich gesunken. Niemand sonst kaufte. Grundstücksspekulationen waren nicht kriminell, aber unbebautes Land war einer der wenigen Vermögenswerte, die problemlos sieben Jahre lang unberührt bleiben und im Wert steigen konnten, bis eine Todeserklärung beantragt wurde und sich die amtlichen Zahnräder in Bewegung setzten.

Morrows Telefon klingelte. Sie ging dran. Es war DC Kerrigan. Die Fingerabdrücke auf dem Kokainbeutel in Fuentecillas Auto konnten zugeordnet werden: Iain Joseph Fraser, derzeit wohnhaft in Helensburgh, zuvor Shotts Prison. Man hatte das Kokain untersucht und Spuren von Jaffa Cakes gefunden. Seltsam.

Morrow nickte McGrain zu, wies ihn an, Jim Moonie abzulenken.

McGrain tat wie angeordnet, beschäftigte Jim, indem er ihn fragte: »Wann haben Sie bemerkt, dass Hettie hier eingebrochen ist?«

Morrow ging auf den Flur. »Weswegen hat er gesessen?«

»Schwere Körperverletzung«, sagte Kerrigan. »Ziemlich hässlicher Angriff. Ich habe Ihnen seine Akte geschickt.«

»Gut. Nehmen Sie Thankless mit. Fahren Sie nach Helensburgh und schauen Sie, ob sie Iain Fraser auftreiben können. Und auf dem Weg dorthin rufen Sie Mr. Halliday von der Lurbrax Farm an. Fragen Sie ihn, ob er kürzlich unbebautes Land verkauft hat.«

Sie mochte ihn nicht selbst fragen. Ihr gefiel die Vorstellung, dass Halliday unbekümmert auf eigene Kosten für die nächste Generation kämpfte, aber sie kannte die Menschen zu gut.

27.

Boyd hielt seine schlafverkrusteten Augen gerade lange genug offen, um auf die Uhr neben dem Bett zu sehen. Zehn nach acht, aber das war okay: Helen und Katie würden um neun in den Laden kommen und abwaschen, sie würden die Putzhilfe hereinlassen und die Lieferungen entgegennehmen. Es war okay.

Er döste, genoss den Luxus eines leeren Betts und dass er nicht zur Arbeit musste, genoss den pochenden Schädel und die schmerzenden Muskeln.

Körperlich fühlte er sich scheiße, aber dieses Ausgelaugtsein war genau das, was er gebraucht hatte. Er ließ die vergangene Nacht rückwärts ablaufen: Zu Lucy ins Bett stolpern, die ihn im Schlaf verfluchte. Mit Miss Grierson Whisky trinken, um alles zu entschärfen. Wirklich ziemlich schlechter Sex. Es hatte sich nicht gelohnt, rückblickend. Auf einem dreckigen Boden. Mit einer Frau, die nicht halb so schön wie Lucy war. Sie hatte nicht alt gewirkt, aber sie war ziemlich alt.

Übelkeit ließ ihn hochfahren, sein Gehirn klatschte heftig gegen die Innenseite seines Schädels. Er schloss die Augen und wartete, bis der Schmerz in ihnen abklang.

Die Jungs kreischten vorm Fernseher in der Küche zu einem schrillen Kinderprogramm. Ihm fiel, wie immer an diesem Punkt, ein Artikel im *Observer* über Katerstimmung ein und dass jemand nachgewiesen hatte, dass Reue eine chemische Reaktion auf den Alkoholkonsum war. Seine Waden prickelten, kurz davor zu krampfen. Er zwang sich aus dem Bett und stolperte ins Bad, um zu duschen.

Unter dem Wasserstrahl seifte er sich Susans getrockneten Speichel von den Oberschenkeln und erinnerte sich an das Lecktuch in ihrem Mund und die komische, heimlichtuerische Art, mit der sie es rausgenommen hatte. Ob sich schon mal jemand beschwert hatte, dass sie so etwas benutzte, und sie hatte sich dann angewöhnt, es zu verbergen? Nein, das war es wohl nicht. Vielleicht hatte sie HIV? Oder dachte, er hätte es? Nein, hinterher nämlich, bei ihr zu Hause, war sie nicht mehr so vorsichtig gewesen. Es war seltsam. Die ganze Nacht war seltsam gewesen. Er lauschte auf die Frühstücksgeräusche von Lucy und den Kindern in der Küche. Es klang sehr weit entfernt.

Boyd hielt seine Familie auf Abstand, so wie sein Vater ihn auf Abstand gehalten hatte. Das hatte ihm an seinem Vater nicht gefallen. Als er jung war, glaubte er, sein Vater könne ihn nicht leiden; später machte er die Kirche dafür verantwortlich, die Aufmerksamkeit seines Vaters von ihm abzuziehen; noch später gab er seiner Mutter irgendwie die Schuld. Jetzt erkannte er die Kälte in sich und fragte sich, ob es bei Fraser-Vätern zur Bestimmung gehörte, dass man sie kaum zu sehen bekam, distanziert und gottgleich. Er dachte an all die Familienfotos. Sie reichten Jahrzehnte zurück. Im Moment befanden sie sich in einem Pappkoffer auf dem Speicher. Generationen von Kindern und Tanten, die lächelten, während Väter im Hintergrund Zeitung lasen, Väter in der Ferne rauchten, Väter abseits standen. Er war wie diese Fraser-Väter. Unaufmerksam. Unzufrieden. Unnahbar.

Ihm fiel jetzt ein, warum er sich manchmal gern die Kante gab: Dies war genau die Art von erleuchtend ehrlicher Selbstbeschau, die ein Absturz bei Boyd auslöste.

Er trocknete sich ab, klammerte sich an die Erkenntnis, spürte, wie sie seinem geistigen Griff entglitt wie die Erinnerung an einen Traum. Er war distanziert, wie sein Vater. Er wollte es nicht sein. Er suchte nach einer Möglichkeit, es auszudrücken, nach einem Satz, der den Sinn fassen würde, und trottete in die Küche.

Lucy und die Jungs, sogar Jimbo, erstarrten, als er durch die Tür kam. Sie nahmen sich vor seinen Launen in Acht. Er lächelte.

»Morgen, ihr alle«, sagte er und setzte sich an den Tisch.

»Morgen«, murmelte Lucy nervös und schüttete weiter den Jungs das Müsli auf die Teller, stellte sich so hin, dass Boyd die orange-grüne Schachtel nicht sah. Boyd war gegen dieses Müsli: Es war voller Farbstoffe und Zucker und Salz. Es war eine Großpackung, und sie war halb voll. Sie hatten an anderen Tagen bereits viel davon gegessen. Sie musste die Schachtel heimlich gehortet haben.

Sie verbargen ihr Leben vor ihm, so wie er seins vor seinem Vater versteckt hatte, so wie er und seine Mutter sich zusammengetan hatten, um das Schlimmste vor Reverend Robert geheim zu halten. Karten für Rockkonzerte. Reeboks: »Zu teuer für Turnschuhe«, hatte sein Vater gesagt.

Ein schmerzender Stich chemischer Reue durchfuhr Boyd. Er wollte nicht, dass es für ihn und die Jungs so war. Unvermittelt stand er auf, was Lucy zurückweichen ließ. Er griff in den Schrank, nahm eine Schüssel heraus und hielt sie Lucy hin, damit sie ihm auch eine Portion gab. Die Jungs beobachteten ihn argwöhnisch. Jimbo schlich sich raus. Boyd versuchte, Lucys Blick einzufangen. Sie schmunzelte halb, während sie ihm das Müsli auffüllte, es war zu viel, lief über auf Arbeitsfläche und Boden. Boyd hob die Krümel von der Arbeitsfläche auf und hielt ihren Blick, während er sie sich in den Mund steckte. Sie lächelte, noch immer verunsichert, und sah zu, wie er sich zu den Jungs setzte.

»Was ist letzte Nacht mit dir passiert?«

»Ich hab mich weggeschossen.« Er goss sich Milch ein und griff nach der Schublade, um sich einen Löffel zu nehmen.

Die Jungs fingen an, sich leise darüber zu streiten, wer die meisten getrockneten Erdbeeren hatte.

Lucy senkte ihre Stimme. »Du warst spät dran.«

Er bemerkte, dass ihr linkes Auge kurz davor war zu zucken. Das war normalerweise der Punkt, an dem er herumbrüllte, obwohl er gerade nicht mehr wusste, warum eigentlich. Lucy war wunderbar. Sie hatte Besseres verdient.

»Kungeln mit den Angestellten.« Er warf einen Blick auf die Kinder. »Erzähl ich später.« Und dann flüsterte er: »*Ich hab mir was besorgt.*«

Lucy lachte ungläubig, bemerkte aber seine erbärmlich roten Augen. Es war offensichtlich, dass er die Wahrheit sagte.

William versuchte, ein winziges rotes Teilchen aus der Schüssel seines Bruders zu klauen, aber der kleine Larry ließ das nicht zu und zwickte ihn ins Handgelenk. William jaulte auf. Lucy griff in die Müslipackung und pickte ein paar verdorrte rote Teilchen heraus. Sie ließ sie in die Schüsseln der Kinder fallen.

»Jetzt esst, was ihr habt, oder ich nehm es euch weg, und ihr bekommt Cornflakes. *Ohne* Zucker.«

Sie löffelten drauflos, nahmen sich vor ihrer Mutter in Acht, belauerten sich gegenseitig.

Sie flüsterte Boyd zu: »Bring mir nächstes Mal was mit.«

»Mach ich«, sagte Boyd und genoss die Unangemessenheit, dass er es vor den Jungs sagte. »Ich versuch's heute.«

»Scheibenkleister!« Lucys Stimme bebte vor Aufregung, und sie machte sich an ihre Arbeit.

Boyd aß das widerliche Müsli, schnitt Grimassen für die Jungs, tat so, als fände er es wunderbar.

Hinter ihm bewegte sich Lucy mit himmlischer Anmut, räumte auf, wischte weg, ihre Bewegungen grazil. Boyd, so rau er auch sein mochte, merkte genau, wie seltsam es für alle war, dass er mit ihnen aß, Blickkontakt hielt, nicht wütend oder gemein war. Er kam sich schon vor wie ein geschiedener Vater, der über Nacht hatte bleiben müssen, weil sein Auto kaputtgegangen war oder etwas in der Art. Er strengte sich zu sehr an.

Er hörte auf und ließ die Jungs weiter beim Essen auf den Fernseher starren. Lucy sah ihn an und lächelte. Es war lange her, dass sie ihn so angelächelt hatte. Er dachte daran, wie es für sie hier in Helensburgh sein musste. Sie kam aus Devon. Dort hatte sie einen großen Freundeskreis, alles Spitzenfrauen, alle süß und hübsch und witzig und reizend. Sie musste sich in diesem Haus gefangen fühlen, seinem Haus, in seiner Stadt.

Sie kümmerte sich weiter um sie, goss nach, wischte, legte winzige Hemdchen auf die Heizung, damit sie später beim Anziehen schön warm waren. Fürsorglich. Sie kam an ihm vorbei, und Boyd schob seinen Stuhl unter dem Tisch hervor, legte einen Arm um ihre Hüfte und zog sie auf sein Knie. Lucy schmiegte sich an ihn, und er umarmte sie, beschmuste ihren Hals, während sie sein Haar küsste.

Er knuffte sie sanft und genussvoll in die Hüfte, und sie küsste ihn noch einmal, wollte aufstehen, aber er hielt sie spielerisch fest, versuchte, sein Müsli über ihren Schoß hinweg zu essen, tropfte Milch auf ihre Pyjamahose und brachte sie zum Lachen, ihr heiseres Lachen. Grinsend stand sie auf und goss ihm Kaffee ein.

Boyd und seine Jungs aßen, und dann zog er ihnen ihre warmen kleinen Hemdchen an und Pullover und Latzhosen, dann ihre Socken und Gummistiefel und öffnete die Tür, damit sie mit Jimbo im Garten herumtollen konnten. Es war ein schöner, klarer Tag. Von der vorderen Veranda aus konnte er direkt auf das glitzernde Wasser sehen.

Lucy kam zu ihm raus und setzte sich auf einen der ausgebleichten blauen Korbsessel, die sie auf dem Dachboden gefunden hatten. Boyd zog sich den zweiten Sessel neben sie. Er nahm ihre Hand, und sie sahen ihren wunderbaren Jungs in ihrem wunderbaren Garten an einem wunderbaren Morgen zu.

»Hast du von dem Feuer gehört?« Ihre Stimme war leise, ihre Lippen bewegten sich kaum. Sie hielt den Blick auf die Jungs, wollte sichergehen, dass sie nichts hörten.

»Was für ein Feuer?«

»Das Sailors' Rest. Abgebrannt. Zwei waren drin.«

»O Gott«, sagte er, aber er dachte an Lucy und wie es ihr ging, er dachte an die Jungs und dass alles jetzt besser werden würde. Es kam nicht richtig bei ihm an, bis sie sagte: »Der Mann, dem es gehört hat, und seine Tochter waren drin. Beide tot. Rauchvergiftung.«

»Verdammte Scheiße.« Jetzt fielen ihm Murray und Lea-Anne ein. Ihm fiel die seltsame Unterhaltung ein, bei der alle komisch drauf waren und Tommy Farmer Drohungen ausgestoßen hatte.

Lucy sah den Tränen nahe über den Rasen. »Ich glaube, man sagt ›Rauchvergiftung‹, weil man nicht ›lebendig verbrannt‹ sagen will, du weißt schon, das klingt zu brutal.«

»Ich hab sie gestern getroffen.«

»Wen?«

»Den Besitzer und seine Tochter. Ich hab sie getroffen. Sie sind *tot*?«

»Ja.«

»Da war so ein Typ, irgendwie ein unheimlicher Typ, Tommy Farmer. Er hat sie quasi bedroht.« Boyd war froh, dass er nichts von ihm gekauft hatte. Wenn Farmer etwas mit dem Feuer zu tun hatte, dann wollte er nichts mit ihm zu tun haben.

»Sie müssen Schulden gehabt haben«, sagte Lucy. »Vielleicht haben sie es selbst angezündet und kamen nicht mehr raus? Wegen der Versicherung?«

»Vielleicht.«

Lucy redete weiter, aber Boyd war in Gedanken bei dem Dinner und den beiden Großmüttern. Eine von ihnen hätte auf Lea-Anne aufpassen sollen, aber Murray hatte abgesagt und ihr seine Karte gegeben.

»Bei dem Dinner«, sagte er, »sie sollte babysitten, die Oma, die mit dem wehen Bein, aber sie war bei dem Tanzdinner, beide Omas waren dort …«

»Was?« Lucy sah über den Rasen, achtete darauf, dass die Jungs nicht zu nah an den Steilhang zwischen Gras und Gartenmauer kamen.

Er erzählte ihr von der Großmutter, dass sie wegen ihrem kaputten Bein oder ihrer Blase zu Hause hätte sein sollen, aber dass er dann beide dort getroffen hatte. Scheiße! Wie furchtbar. Und Gott, das muss man sich mal vorstellen!

Sie sahen über den Rasen zu den Jungs, die vor dem Fuchsienbusch kauerten und etwas im Gras beobachteten.

»Schrecklich«, sagte Lucy.

»Mein Gott, diese Stadt«, sagte Boyd, stand zu schnell auf, seine Waden prickelten, als er versuchte, die Beine zu strecken. Er hatte runter zu den Kindern gehen wollen, aber er konnte kaum laufen.

Lucy lachte, als er die Treppen zum Rasen hinunterhoppelte. »Du hast dir gestern aber ganz schön die Kante gegeben, was?«

»Meine Fresse«, sagte er und versuchte, es zu verharmlosen. »Ich brauch mehr Kaffee.«

Die Jungs kamen sowieso gerade zurückgerannt, zwischen ihnen gab es Streit. Sie kletterten auf die Veranda und ließen sich auf ihre Hintern fallen, um sich die Gummistiefel auszuziehen. Boyd sah Lucy dabei zu, wie sie ihnen aus ihren Straßensachen half. In strengem Ton versprach sie ihnen zehn Minuten Zeichentrickfilm in der Küche, wenn sie beide allein auf die Toilette gingen.

Als er wieder in der Küche war, schenkte sich Boyd noch

eine Tasse Kaffee ein, trank sie in vier Schlucken und ließ den Arm um Lucys Taille gleiten.

»Ich liebe dich so verdammt.«

»Sprichst du mit mir oder mit dem Kaffee?«

»Dem Kaffee.«

Sie lachte in seinen Armen, und er spürte die Vibrationen, die von ihr durch ihn in seinen Bauch rollten. »Von wem hast du dir das Zeug besorgt, von dieser dicken Kellnerin?«

»Nein.« Er ließ sie los und versteckte sein Gesicht hinter seinem Kaffee. »Von Susan Grierson. Sie kam ins Café und fragte nach Arbeit.«

»Grierson? Die mit dem riesigen Haus im Southerland Crescent?«

»Ja. Ganz alte Familie aus Helensburgh.«

»Ist sie wieder da?«

»Ihre Mutter ist gerade gestorben«, sagte Boyd und nippte wieder, sehr daran interessiert, das Thema zu wechseln.

»Nicht gerade, das stimmt nicht«, sagte Lucy. »Sara Haughton hat sich schon vor anderthalb Jahren nach dem Haus erkundigt, sie wollte es wegen des Gartens kaufen. Die Besitzerin war bereits tot, aber der Nachlass war wohl noch nicht geregelt.«

Es war eine etwas zu detaillierte Aussage, als dass Boyd sie vollständig aufnehmen konnte. Er mochte Sara Haughton nicht. Sie war versnobt, was ihn betraf, weil er nur ein »Koch« war. Lucy merkte, dass er nicht zuhörte.

»Boyd, die alte Mrs. Grierson ist vor zwei Jahren gestorben.«

»Na ja, sie kümmert sich eben jetzt erst drum.«

»Um den Nachlass? Dann erzähl ich das Sara, wenn sie verkauft. Sie liebt diesen Garten.«

Er hielt seine Frau fest und küsste sie sanft.

»Lucy«, flüsterte er, »ich war in letzter Zeit ganz schön zickig, und das tut mir leid. Ich will so nicht sein.«

»Du bist ja nicht *immer* so.« Sie tätschelte seinen Rücken und versuchte sich zu lösen, aber er hielt sie fest.

»Ich will nicht, dass du zusammenzuckst, wenn ich nach Hause komme.«

Da schaltete sie um, warf ihm einen warnenden Blick zu und schüttelte seinen Arm ab. »Tja, dann komm einfach nicht jeden Tag mit so einer Scheißlaune nach Hause.«

»Du hast recht«, sagte er, als sie an ihm vorbeiging. »Es tut mir leid.«

Es war wirklich ein neuer Tonfall für ihn, das wussten sie beide. Sie blieb stehen und sah ihn an.

»Du solltest dich öfter mal abschießen, Boyd. Reue steht dir.«

Weil Lucy auch den *Observer* las.

28.

Sie saßen im warmen Auto vor Fuentecillas Haus, bis Morrow mit ihren Telefonaten fertig war. Es war noch früh, und es versprach ein guter Tag zu werden, ein Tag, an dem Dinge erledigt wurden.

Kerrigan ging ans Telefon. Sie war mit Thankless im Auto unterwegs nach Helensburgh. Mr. Halliday hatte sich zunächst etwas gesträubt, schließlich aber zugegeben, dass er das Feld neben seinem Bauernhof vor ein paar Wochen verkauft hatte. Das hatte er für seine Rente gebraucht, sagte er. Es gab dafür eine Baugenehmigung, auf die er jahrelang hingearbeitet hatte. Die erhöhte den Wert gleich um den Faktor zehn, sagte er. Die Firma, an die er verkauft hatte, nannte sich Claims4U. Delahunt hatte den Kauf abgewickelt. Mr. Halliday erkannte seinen Namen wieder.

Kerrigan sagte, dass DI Simmons wegen der Fingerabdrücke auf dem Beutel aus dem Alfa Romeo angerufen hatte. Iain Joseph Fraser war in Helensburgh bekannt. Er hatte ein langes Vorstrafenregister und war jetzt Mitarbeiter von Mark Barratt. Er hatte mehrfach wegen Körperverletzung gesessen. Nach jedem Gefängnisaufenthalt kam er in die Stadt zurück. Simmons hatte ihnen eine Liste mit aktenkundigen Adressen gegeben, wo man nach ihm suchen konnte.

Morrow legte auf und sah ihr Handy an. Halliday interessierte sich einen Scheiß für Grundstückspreise, weil er schon verkauft hatte. Sie war von ihm enttäuscht. Sie hoffte, dass sie sich nicht mehr begegneten. Sie wollte sich seine Entschuldigungen nicht anhören.

Für sie stand fest, dass Delahunt hinter der Nummer steckte. Es war sein Stil, aber das Geld kam von den Arias'. Es musste eine Verbindung zwischen ihnen geben. Bob Ashe, der pensionierte Besitzer, der unerwartet nach Miami gezogen war, kam aus Helensburgh. Er kannte vermutlich Delahunt. Das alles ergab bis zu Roxannas Verschwinden Sinn. Dann wurde es verworren, wirkte improvisiert, als wäre etwas unerwartet schiefgelaufen. Der Auslöser war der Anruf von Vicente, die Erwähnung von Maria Arias und Roxannas überstürzte Fahrt nach London.

»Bereit?«, fragte McGrain.

Morrow steckte ihr Handy ein. »Ja, gehen wir.«

Sie stiegen aus und begaben sich zum Eingang des Gebäudes, in dem Walker und Fuentecilla wohnten. Eine Nachbarin, die sich abmühte, zwei Kleinkinder und einen Zwillingswagen aus der Tür zu bringen, ließ sie rein.

Das helle Morgenlicht schmeichelte dem Haus nicht. Gelbes Sonnenlicht siebte hinein. Träge Teilchen von gestern schwebten im warmen Treppenhaus, hoben sich durch den Luftzug, setzten sich auf das Geländer.

Morrow klopfte, und Robin Walker öffnete die Tür.

»Haben Sie *irgendwas* gefunden?« Seine Wut war heute mit Vorwurf durchsetzt. Morrow blendete seine Laune aus.

»Können wir reinkommen, Mr. Walker?«

»Ich bringe gerade die Kinder zur Schule. Sie sind schon spät dran.«

»Ich verstehe. Können wir reinkommen?«

Er missverstand ihren Unwillen, sich zu streiten, als Vorbote schrecklicher Nachrichten und wurde bleich.

»Nein«, sie streckte die Hand nach ihm aus, »das ist es nicht. Wir wollten Sie nur wegen einiger Details befragen, die sich ergeben haben, das ist alles.«

Er hatte gedacht, Roxanna sei tot. Erleichtert rieb er sich mit einer Hand übers Gesicht und wurde dann wieder wütend. Es war eine ziemlich aufgeladene Stimmung für eine Unterhaltung im Treppenhaus. Seine Launen schwankten heftig. Morrow fragte sich, ob er Medikamente nahm oder trank.

»Können wir drinnen reden?«

»Tut mir leid, kommen Sie rein. Ich dachte, sie …« Er sah McGrain an. »Sie wissen, was ich dachte.«

»Wir sind nur hier, um Ihnen ein paar Fragen zu stellen, das ist alles.«

Sie gingen ins Wohnzimmer, und Robin winkte sie aufs Sofa. »Bitte …«

Er setzte sich auch, mit einem Mal willens zu helfen. Jetzt im hellen Wohnzimmer wurde ihr klar, dass Walker nichts genommen hatte. Er sah aber nicht so aus, als hätte er geschlafen.

»Robin, wir haben eine Frau gefunden, die für Ihre Frau gearbeitet hat. Sie wurde ermordet und im Loch Lomond gefunden. Ihr Name war Hester Kirk. Kennen Sie sie?«

Es sah aus, als hätte er aufgehört zu atmen.

»Mr. Walker: *Hester Kirk.* Haben Sie diesen Namen schon mal gehört, oder kennen Sie sie persönlich?«

»Ich habe von ihr gehört. Glaube ich.«

»Was haben Sie ›von ihr gehört‹?«

»Wir haben sie freigesetzt, glaube ich. Oder?«

»›Wir‹?«

»Roxanna. Sie hat sie freigesetzt.«

Morrow erwiderte seinen Blick und nickte. »Sie wurde gekündigt?«

»Ja«, bestätigte er.

»Warum wollte Roxanna sie loswerden?«

»Hmm, nun …« Er war zu müde, um sich schnell eine Lüge einfallen zu lassen. Morrow unterbrach ihn.

»Hören Sie, Mr. Walker, seien Sie bitte ehrlich. Wir müssen verstehen, was hier los ist: Eine Frau wurde ermordet, und Ihre

Partnerin wird vermisst. Wir haben Roxannas Wagen verlassen in Helensburgh aufgefunden. Wir machen uns sehr große Sorgen um ihre Sicherheit.«

Martina lief mit einem Mal quer durch den Raum, als wäre sie aus einer Wand gestiegen. Sie trug einen Teller mit Toast und ignorierte sie. Wahrscheinlich hatte sie sich, als sie kamen, schon in Schuluniform Frühstück gemacht und dann in der Küche festgesessen. Sie wollte nicht mit ihnen reden und verschleierte ihr Gesicht mit ihrem offenen blonden Haar. Sie war sich bewusst, dass alle Blicke auf ihr ruhten, und strebte zur Tür, um schnell wegzukommen.

»Martina?« Morrow erwartete fast, ein blaues Auge zu sehen, als sie das Gesicht hob.

Martina blieb stehen, tat überrascht, als hätten sie sich unter einem Klavier versteckt.

»Ich würde mich gern mit dir unterhalten«, sagte Morrow.

Martina befingerte ihren Toast, während sie über die Bitte nachdachte. »Na gut. Ich bin in meinem Zimmer.« Sie ging weiter.

Morrow wartete, bis sie weg war. »Sie wirkt etwas munterer als gestern.«

Walker sah verwirrt aus.

»Wie geht es Hector?«

»Schlecht. Er ist in seinem Zimmer. Wie auch immer, die Kirk war noch vom alten Schlag. Sie hat fragwürdige Schadenssummen eingetragen und abgesegnet, das ist rechtlich schon Grauzone. Deshalb hat Rox sich von ihr getrennt.« Er betrachtete ihre Gesichter, um zu sehen, ob sie ihm glaubten.

»Hester Kirk ist vor ein paar Nächten ins Büro eingebrochen, um die Akten durchzusehen. Wussten Sie davon?«

Offensichtlich nicht. Er sagte: »Was?«, um Zeit zu gewinnen.

»Wir wissen, dass Roxanna das Büro abwickelte. Um es kommenden Freitag zu schließen.«

»Nun, ich weiß wirklich nichts über ihre Geschäfte.« Er hatte diesen Satz schon mal gesagt.

»Wissen Sie«, sagte Morrow und klang zögerlich, »ich denke, das ist eine Lüge, Mr. Walker. Sie sind allein in einer Stadt, die keiner von Ihnen beiden kennt. Ihre Partnerin wickelt eine Firma ab, und Sie sprechen nicht miteinander darüber? Das ist unwahrscheinlich, oder? Sie sind Ihr Freund, nicht das Au-pair. Ich sehe mir diese Fotos von Ihnen an und wie sie Sie auf diesen Fotos ansieht, und sie ist deutlich in Sie verliebt. Ich kann nicht glauben, dass sie Ihnen nichts erzählt hat.«

Er versuchte zu lächeln.

»Warum haben Sie uns nicht gesagt, dass das Büro abgewickelt wurde?«

»Wir wollten nie für immer hierbleiben.«

»Ziehen Sie um?«

Walker schüttelte den Kopf. »Nicht, ähm. Ich weiß es nicht.« Aber er wusste es. Er kannte den Plan, und er würde ihnen nichts erzählen.

»Warum hat sie unbebautes Land gekauft?«

Er lächelte nervös.

Morrow schnalzte missbilligend. »Robin, wollen Sie, dass ich rate, was hier los ist?«

Er versuchte wieder zu lächeln.

»Geldwäsche?«

»Entschuldigung? Geld? *Was*?« Wohin ihn sein gutes Aussehen auch bringen würde, es war nicht die Bühne.

»Als wir uns die Bücher der Firma ansahen, entdeckten wir keine Außenstände, aber wir wissen, dass Sie Land gekauft haben. Das fanden wir ziemlich seltsam für eine Versicherungsgesellschaft.«

»Es ist keine Versicherungsgesellschaft. Es ist eine Personenhandelsgesellschaft. Das ist eine sehr flexible Geschäftsform. Es gibt keine Gesellschafter, die darüber informiert werden müssen, wenn sich die Geschäftspraxis ändert, verstehen Sie.«

Sie konnte die Betonung einer anderen Person in seiner Stimme hören, wahrscheinlich die von Delahunt.

»Haben Sie das von Delahunt?«

Er riss die Augen auf. »Entschuldigung?«

»Ihr Anwalt«, sagte sie ruhig. »Ich vermute, Sie haben keinen Abschluss in schottischem Recht.«

»Nein, nein, hab ich nicht.« Er blinzelte nicht.

»Sie haben also die Firma gegen sofortige Bezahlung gekauft und finanzieren ziemlich beträchtliche Landkäufe. Können Sie mir sagen, woher das Geld dafür kommt?«

»Ich weiß es nicht.«

Morrow brummte unverbindlich und hielt seinen Blick. »Roxanna fuhr am Tag ihres Verschwindens nach London. Sie fuhr noch in derselben Nacht zurück, hier vorbei und weiter nach Helensburgh. Ich kann mir nur einen Grund denken, warum sie das getan hat. Sie fühlte sich bedroht. Sie wollte Sie nicht in Gefahr bringen, indem sie nach Hause fuhr.«

Er hörte sehr genau zu. »Was wollte sie in London?«

»Sie hat Maria Arias getroffen.«

»*Maria*? Ich habe sie dreimal angerufen. Und ich habe sie gestern angerufen. Sie sagte, Rox hätte sich nicht gemeldet, sie hätte sie nicht gesehen – sie sagte, sie würde mich anrufen, falls Rox sich bei ihr meldet. Warum ist Rox da hingefahren?«

»Hat Martina es Ihnen nicht gesagt?«

»Was gesagt?«

»Sie haben sich am Morgen von Roxannas Verschwinden im Auto gestritten. Martina ließ durchblicken, dass Vicente angerufen hatte. Er erwähnte beiläufig Maria Arias. Aus irgendeinem Grund wurde Ihre Frau deshalb sehr wütend …«

Robin wurde ebenfalls sehr wütend. Er stand auf und rief:

»Das ist … Was mischt sich dieses Miststück ein … Sie redet SCHEISSE!«

»Inwiefern ist das Scheiße?«

»Maria und Vicente *kennen* sich nicht. Sie können sich gar nicht kennen, verdammte Scheiße.« Erschöpft ließ er sich aufs Sofa sinken.

»Und was, wenn doch?«

Er wirkte erschrocken.

»Falls sie sich kennen«, fuhr Morrow ruhig fort, »also falls, dann ist Roxanna von Freunden ihres rachsüchtigen Exmannes in einen riskanten Geldwäschebetrug verwickelt worden. Welche Ausstiegsstrategie haben Sie?«

Walker starrte ausdruckslos auf den Teppich.

»Roxanna wollte die Firma ruhen lassen, und dann?«

Sie merkte, dass er reden wollte. Er wollte ihr so viel erzählen, dass er sich die Hand vor den Mund hielt, aus Angst, es könnte aus ihm herausplatzen.

»Wollten Sie alle verschwinden? Irgendwo mit deren Privatflugzeug hinfliegen und neu anfangen? Mit einem riesigen Sack Geld für Ihre Mühen?«

Er sah sie Verständnis heischend an. »Sie haben das schon mal gemacht.«

»Aber Sie müssen denen vertrauen, damit es klappt, richtig?«

Er nickte leicht und ließ die Hand sinken.

»Denn andernfalls«, fuhr sie fort, »wenn Sie denen nicht trauen können, werden die zusehen, dass sie Roxanna auf andere Art loswerden. Wenn sie verhaftet wird, ruht die Firma ebenfalls, und man spart sich ihren Anteil. Das Eigentum fällt auf genau dieselbe Art an die Investoren zurück. Dasselbe gilt, wenn man sie ermordet.«

»Vicente und Maria kennen sich nicht«, beharrte er. »Sie *kennen* sich nicht.«

Aber sie wussten beide, dass es möglich war. Und wenn sie

sich kannten, war Roxanna in ein viel hässlicheres Spiel verwickelt, als ihr bewusst war.

»Wie haben Sie Juan und Maria kennengelernt?«

»Über die Schule der Kinder.«

»Roxanna und Maria freundeten sich an?«

»Eng.« Er zögerte und dachte darüber nach. »Sehr eng.« Er warf einen Blick auf die Larkin & Sons-Vitrine. »Die haben sie uns gekauft.«

»Dieses Schränkchen da?«

Die Bezeichnung gefiel ihm nicht. »Eigentlich ist das eine freistehende Sammlervitrine.«

»Ziemlich seltsames Geschenk, oder?«

Robin winkte ab. »Wir waren auf einer Auktion, so einem Wohltätigkeitsdinner. Sie haben uns eingeladen, wir kannten sie noch nicht näher. Wir sahen uns den Katalog an und sagten, wie nett das Ding aussah, und sie brachten einen Freund am Tisch dazu, in unserem Namen zu bieten.« Es beeindruckte ihn immer noch. »Sie haben in *bar* bezahlt.«

Offenbar sah Morrow nicht beeindruckt genug aus, deshalb fügte er hinzu: »Vierundsechzigtausend.«

Sie tat jetzt beeindruckt, McGrain ebenfalls, aber sie dachte an das zynische Paar. Sie mussten Robin und Roxanna gleich von Anfang an in die Falle gelockt haben. Wahrscheinlich wussten sie, dass man sie bei dieser Auktion beobachtete, die Met war ja berüchtigt für ihre undichten Stellen. Es war so offensichtlich, so öffentlich. Dadurch wurde die Aufmerksamkeit der Polizei vollständig und ausschließlich auf Roxanna und Robin gelenkt. Die Verschwindestrategie hing davon ab, dass Roxanna unsichtbar war. Sie hatten es von Anfang an darauf angelegt, dass sie verhaftet werden würde.

»Wir müssen jede Möglichkeit in Betracht ziehen, Robin.«

»Rox und Vicente streiten sich um das Sorgerecht für die Kinder. Er ist ein absoluter Scheißkerl.«

Sie wollte Robin warnen, eine Andeutung machen, ihm die Möglichkeit geben, sein Strafmaß zu mildern, indem er sich ihnen anvertraute. Sie durfte es nicht. Der Bericht der Met untersagte es ihr. Sie hätte nicht einmal Maria Arias erwähnen dürfen, weil Walker sie anrufen könnte, um sie zu warnen. Mitleid war in niemandes Interesse, wegen der Erlöse.

»Würde Vicente einen Komplott schmieden, um ihr zu schaden?«

Walker war zu zerstreut, um zu antworten.

»Gehen wir noch etwas weiter zurück: Würde Vicente sich heimlich mit jemandem zusammentun, um ihr eine Falle zu stellen, durch die sie in kriminelle Machenschaften verwickelt wird, die auf ihre Inhaftierung hinauslaufen könnten?«

Walker sah sie mit großen Augen direkt an und nickte verängstigt.

»Im Moment gehen wir von der Annahme aus, dass Roxanna von der Verbindung zwischen den beiden erfuhr. Dass sie in Panik geriet und nach London fuhr, um Maria zur Rede zu stellen. Wir müssen sie finden, um sie in Sicherheit zu bringen. Ihr Handy konnte bis zu einem Feld außerhalb von Helensburgh am Morgen nach ihrem Verschwinden nachverfolgt werden. Wir fuhren dorthin und fanden ihren unverschlossenen Alfa Romeo an einem Feldrand geparkt.«

Er setzte sich hoffnungsvoll auf. »Delahunt, unser Anwalt, wohnt in Helensburgh.«

»Wir haben bereits mit Mr. Delahunt gesprochen, er hat sie nicht gesehen. Kennt sie dort sonst noch jemanden?«

»Nein. Niemanden.«

»Wir haben ein Tütchen Kokain in ihrem Wagen gefunden.«

»Das gehört ihr nicht.«

»Warum?«

»Roxanna nimmt kein Kokain.«

»Robin, sie ist die gesamte Strecke von London hoch

über Nacht gefahren, vielleicht hat sie ein kleines bisschen genommen?«

»Nein«, sagte er bestimmt. »Rox hat Herzgeräusche. Sie trinkt nicht mal Kaffee. Wenn es im Auto war und es sich definitiv um ihr Auto handelt, dann hat es jemand anders dort gelassen. Die wollen doch, dass man sie verhaftet, oder?«

Sie nickte, log, um ihn zu beruhigen. Das Motiv erschien ihr nun etwas teuflischer. Iain Joseph Fraser, ein bekannter ortsansässiger Krimineller, hatte deutliche Abdrücke auf dem Beutel hinterlassen, aber das war unprofessionell, passte nicht zusammen mit den Reinigungstüchern und dem gesaugten Boden. Es wirkte wie ein Ablenkungsmanöver, der Magier, der auf die Taube deutet, während die Assistentin hinten aus der Kiste krabbelt. Es hatte nie Hinweise auf Drogenmissbrauch oder Dealen in der Familie gegeben. Sie pflegten einen regelmäßigen Tagesablauf, die Eltern machten regelmäßig Sport, sie hatten selten Gäste. Es war ein ganz plumper Köder, aber Morrow kam noch nicht dahinter, wovon man ihren Blick ablenken wollte.

Sie stand auf. »Okay. Ich möchte, dass Sie darüber nachdenken, wo sie sein könnte. In der Zwischenzeit werde ich mich mit Martina unterhalten.«

McGrain stand ebenfalls auf, nickte Walker anteilnehmend zu und folgte ihr zu Martinas Zimmer.

Sie klopften. Sie wartete. Morrow wollte gerade noch einmal klopfen, als Martina zur Tür kam und den Raum mit ihrem Körper abschirmte.

»Was?«

Morrow stieß die Tür auf und ging hinein, sah sich wie eine misstrauische Mutter um. Martina hatte ihre Schultasche gepackt, sie wölbte sich auf dem Bett.

Sie war empört. »Entschuldigung, aber Sie können nicht einfach so in mein Zimmer eindringen.«

Morrow setzte sich auf den Schreibtischstuhl. »Setz dich, Martina.«

Widerwillig ließ sich Martina auf die Bettkante fallen, und Morrow betrachtete sie. »Wir sind Polizeibeamte, Martina, verstehst du, was das bedeutet? Ich bin nicht deine Mutter oder dein Stiefvater oder eine Lehrerin. Etwas ist anders. Was ist passiert?«

Martina tat verwirrt.

»Seit gestern? Du warst so besorgt um deine Mutter, dass du die Polizei gerufen hast. Machst du dir keine Sorgen mehr?«

Ihr kamen die Tränen, und sie nickte. »Nein, ich mach mir immer noch … meine Mum …«

»Hat sie dich angerufen?«

»Nein.« Sie schien aufrichtig, aber Morrow beschloss, ihre Verbindungsnachweise zu überprüfen. »Wenn du etwas hörst, möchte ich, dass du mich anrufst.« Sie reichte Martina ihre Karte. »Wirst du das tun?«

»Natürlich.«

Sie gingen und schlossen die Tür, klopften leise an die von Hector. Er rief »Herein«, und sie fanden ihn seitlich auf dem Bett liegend vor, mit roten Augen und für die Schule angezogen. Die Vorhänge waren zugezogen, der Raum war düster. Sein Handy, ein altes iPhone mit runden Ecken, von den Eltern ausrangiert, lag auf dem Kissen, direkt neben seinem Gesicht, als hätten sie sich gegenseitig Geheimnisse zugeflüstert.

»Können wir uns für einen Moment unterhalten?«

Er nickte. Er musste sie gehört haben, gewusst haben, dass sie da waren.

»Gehst du heute nicht in die Schule?«

»Doch.« Er hatte feuchte Augen. »Ich geh hin.«

Morrow setzte sich auf seinen Schreibtischstuhl, und McGrain stellte sich neben sie. »Hast du von deiner Mutter gehört, Junge?«

Er schüttelte den Kopf.

Das iPhone blinkte auf, strahlend hell in dem Dämmerlicht. Morrow warf einen Blick darauf. Es war eine SMS von *Mart*. Ein Wort: *callate*. Hector sah es, erschrak und drehte das Telefon um.

»Was ist *callate*?«

Hector zog die Decke über den Mund, als hätte er Angst. »Weiß nicht.«

»Warum schickt sie dir eine SMS quer über den Flur?«

»Ich hab ihr gesagt, sie soll nicht reinkommen. Ich weiß gar nichts darüber«, sagte er und fing wieder an zu weinen.

Als sie wieder im Auto saßen, sah Morrow das Wort *callate* auf ihrem Handy nach. Spanisch für »Halt den Mund«.

Sie hatte eine Sprachnachricht erhalten: Hester Kirks Familie hatte das Foto mit dem Gesicht der toten Frau identifiziert und bestätigt, dass sie es war. Der Opferschutz war jetzt bei ihnen. Drei Töchter lebten noch zu Hause, im Alter von vierzehn, sechzehn und achtzehn. Kein Vater.

Die Frau war vier Tage lang vermisst gewesen. Morrow zählte rückwärts. Es bedeutete, dass sie zwei Tage vor ihrer Ermordung bereits verschwunden war. Wenn dieselben Leute sie entführt hatten, könnte Roxanna noch leben.

Sie fuhren nach Clydebank, und sie rief im Büro an, als sie gerade vor Hester Kirks Haus hielten. Sie erreichte einen männlichen Constable, den sie kaum kannte und dessen Namen sie nicht mitbekam.

»PINAD: Haben wir die Überwachung der Handys der Fuentecilla-Kinder beantragt?«

»Ja, haben wir.«

»Können Sie mal die Datei öffnen und nachsehen, ob die Kinder irgendwelche Anrufe von ihrer Mutter bekommen haben?«

»Ist offen, Ma'am.« Er summte, als er die Liste durchging. »Ah! Martina: keine Anrufe von ihrer Mutter. Aber Anrufe von einer nicht eingetragenen Nummer während der letzten zwei Tage. Das Handy ist jetzt ausgeschaltet, aber die letzte Ortung war in Helensburgh.«

»Frank Delahunt?«

»Warten Sie.« Er schnalzte mit der Zunge, um die Zeit zu überbrücken, während er nachsah. »Nein. Die GSM-Ortung führt zum Sutherland Crescent Nummer sieben in Helensburgh.«

Morrow sagte, sie würden Hester Kirks Familie befragen und hinterher dorthin fahren. Kerrigan und Thankless informieren, dass sie auf dem Weg waren.

29.

Iain tippelte durch die Stadt, bergauf, bergab, während er darauf wartete, dass die Medizin anfing zu wirken. Er wollte nicht zu den Großmüttern, bevor er ruhig war. Er war furchterregend. Er wollte ihnen keine Angst einjagen. Leute kauften ein, Leute machten Besuche, Leute gingen mit ihren Hunden. Die mobile Polizeieinheit hatte die Promenade von ihrem üblichen Publikumsverkehr befreit. Sogar die Autos mieden die Straße davor.

Iain überquerte den Colquhoun Square und blieb stehen: Zwei nicht zueinanderpassende Leute, ein Mann und eine Frau, kamen in einem sauberen Auto den Berg herauf. Sie fuhren zu langsam, achteten genau auf die Gesichter auf der Straße, und sie kamen nicht von hier. Das waren Polizisten, und sie suchten nach jemandem. Iain schlüpfte in eine Seitengasse, die zum kleinen Asda-Markt führte, um die Ecke zu den großen Mülltonnen, wo ein Auto ihn nicht sehen konnte.

»Hallo.«

Er sah auf. »Susan.«

»Du bist sehr dreckig, Iain.«

»Feuer«, sagte er.

Sie legte den Kopf schief wie eine Möwe, die ein Stück Pommes betrachtete. »Bist du schlecht drauf?«

Er mochte sie heute überhaupt nicht. Sie musste ihm von der Straße aus gefolgt sein. »Was zum Teufel geht dich das an?« Das war zu heftig. Er hätte sich etwas zurücknehmen sollen.

Aber sie ging nicht darauf ein. Er fragte sich, ob er es überhaupt gesagt hatte, weil sie so unbeirrt schien. Sie hielt ihm etwas hin. Etwas Weißes. Ein Umschlag. Sie trug einen Handschuh. Es war ein warmer Tag. Er wusste nicht, was los war.

Sie wedelte mit der anderen Hand, ohne Handschuh, in Richtung der Gassenwand. »Schlecht drauf wegen des Feuers? Entsetzlich.«

Iains Blick war verschwommen. Er wartete darauf, dass er sich klärte. Aber er konnte spüren, wie die Medizin durch seinen Körper pumpte. Jetzt hielt er einen Umschlag in der Hand. Er fühlte sich mit einem Mal so schläfrig, dass er glaubte, er könnte sich gleich hier hinlegen und schlafen, direkt neben den Mülltonnen. Gott, war das wunderbar. Er wartete eine Minute, genoss es. Susan wartete mit ihm.

Als die erlösende Starre verging, stellte er fest, dass Susan ihn anlächelte. Sie hakte sich freundschaftlich bei ihm unter, führte ihn aus der Gasse und zu einem Zeitschriftenladen.

Sie ließ ihn in der Tür stehen, ging zur Kasse und kaufte einen Schokoriegel. Iain glaubte nicht, dass sie wirklich einen wollte. Sie schien ihn wahllos herauszugreifen, zahlte und warf ihn dann gedankenlos in ihre Tasche.

»Tabak?«, fragte sie, als hätten sie sich in der Gasse darüber unterhalten. Vielleicht hatten sie das ja. Er trat jedenfalls einen Schritt vor, und anscheinend kaufte er welchen. Er steckte den Umschlag in die Gesäßtasche, um die Hände frei zu haben, damit er sein Geld rausholen konnte.

Jetzt hatte er Papers und Tabak und bezahlte, da fragte der Ladenbesitzer Susan, ob sie von dem Brand im Sailors' Rest gehört hatte. War das nicht furchtbar? Seine kleine Enkeltochter war mit dem Mädchen, das gestorben war, zur Schule gegangen.

Susan stimmte ihm zu, dass es furchtbar war.

»Aye«, fauchte der Ladenbesitzer Iain an. »Und jeder Bastard in dieser Stadt weiß, wer es war, aber keiner sagt was.«

»Warum?« Susan sah unschuldig von einem zum anderen.

Iain sammelte langsam den passenden Geldbetrag aus seiner gewölbten Hand zusammen, damit er nicht den Blick heben musste.

Der Ladenbesitzer zischte Iain zu: »Tja, warum sagt niemand was?«

»Warum sagen Sie nicht was?«, sagte Susan zu dem Mann.

Er wurde rot. »Es ist nicht meine Aufgabe, etwas zu sagen.«

»Sie lasten ihm an, was Sie selbst nicht tun wollen?«

Der Ladenbesitzer grummelte.

»Wissen Sie, was ich an diesem Land so abstoßend finde?«, fragte Susan und ließ ihren Akzent in einen anderen übergehen. »Diese scheiß Scheinheiligkeit.«

Der Ladenbesitzer war überfordert. »Was? Heiligkeit?«

»Scheinheiligkeit. Selbstgerechtigkeit.« Ihr Akzent klang jetzt sehr viel amerikanischer. Iain befand sich in einem Medikamentennebel, aber sogar er konnte es hören. »Das ist *widerlich.*«

Iain wusste, dass sie ihre Maske hatte fallen lassen. Das war die echte Susan, und sie ließ nur zu, dass die anderen sie so sahen, weil sie wegging. Sie war klug. Sie war angewidert. Und sie würde weggehen.

Der Ladenbesitzer war entschlossen, nicht zuzugeben, dass er im Unrecht war. Er zuckte die Achseln. »So sind Menschen eben, oder nicht?«

»Nein«, sagte die echte Susan. »So ist es *hier.*«

Iain hatte Mühe, das Geld abzuzählen. Susan beugte sich vor, pickte ein Fünf-Pence-Stück aus seiner Hand und ließ es auf den Haufen auf der Theke fallen.

Iain wollte nicht mehr hier sein. Er hielt den Kopf gesenkt, nahm das Tabakpäckchen und steuerte auf die Tür zu.

Sie gingen raus auf die Straße. Iain dachte darüber nach, wie wenig Susan die Stadt verstand. Es ging nicht um Scheinheiligkeit. Niemand würde Mark oder Tommy verraten, weil für alle hier und dort ein bisschen was abfiel, sie alle bekamen den einen oder anderen Job oder hatten einen Cousin, der profitierte. Hier hatten alle mit allen zu tun, waren verbandelt und verwickelt, weil es so ein kleiner Ort war.

»Du gehst weg, oder?«, fragte er.

Susan sah überrascht aus. Sie drückte seinen Unterarm. »Der Umschlag.« Sie nickte in Richtung seiner Tasche. »Andrew Cole wurde wegen Mordes verhaftet.«

Er sah sie an. Er musste sich verhört haben. Er nickte drängend ihrem Mund zu, und sie wiederholte. »Andrew Cole. Wurde verhaftet. Wegen Mordes. Golfplatz.«

»Was zur Hölle?«, fragte er ihre Lippen.

»Die Polizei. Wird ihn gehen lassen. Wenn du ihnen den Umschlag gibst.«

»Warum?«

»Der ist von seiner Mutter, aber das darfst du denen nicht sagen. Die wissen, was für eine Glucke sie ist. Gib ihn der Polizei. Sag ihnen, du hättest ihn von Tommy Farmer.«

»Tommy?«

»Tommy, ja. Tommy kennt Andrews Mutter nicht.«

»Woher kennst du Tommy?« Und woher kannte sie eigentlich Andrew? »Woher kennst du Andrew?«

»Ich kenne ihn nicht. Aber seine Mutter.«

Iain sah in ihr vollkommen gelassenes Gesicht. Sie lächelte ihn an. Warm und mütterlich, eine gute Freundin, eine zuverlässige Nachbarin. Die nicht-echte Susan war wieder da.

»Wer bist du?«

»Susan.« Sie schenkte ihm ein geduldiges Lächeln. »Weißt du noch? Du warst Wölfling bei den Pfadfindern.«

»Nein«, sagte Iain und zweifelte ausnahmsweise nicht an sich selbst. »Nein, die bist du nicht.«

Sie lächelte wieder, wartete darauf, dass der Moment vorüberging.

»Die Witwe Grierson ist vor zwei Jahren gestorben. Deshalb bist du nicht hier. Also wer bist du?«

Hand ausgestreckt, Ellenbogen umfasst, warme Hand, Kopf geneigt. »Es tut mir so leid. Du machst gerade eine schwere Zeit durch, Iain. Ich möchte dir helfen.«

Ihre Maske war sehr gut. Sie hatte für jeden Fall ein paar platte Gesten auf Lager, aber er wusste, dass er mit seiner Einschätzung richtiglag. »Du bist nicht besser als ich.«

»Das stimmt.«

»Wer bist du?«

Sie murmelte mit ausdruckslosem Gesicht etwas Freundliches, wandte sich um und ging. *Entstört?* Hatte sie das gerade gesagt? Sie nannte ihn doch wohl nicht gestört, oder?

Sie schlenderte jetzt lässig die Straße hinunter, spähte in die Schaufenster, ihr Rock raschelte um ihre Knöchel, der teure Haarschnitt wehte im Wind. Er spürte das Papier des Umschlags in seiner Gesäßtasche knittern, als er sein Gewicht verlagerte.

Er blinzelte heftig. Susan Grierson war ein kaputtes Puzzle. Es ergab keinen Sinn.

Annie und Eunice. Sie waren alles, was blieb. Er musste es tun. Er drehte sich um und ging Richtung Osten, zu ihrem Haus. Er spürte, wie die Energie aus seinen Füßen wich, wie der Drang, sich zu bewegen, verging und die Schmerzen des nächtlichen Spaziergangs sich meldeten. Zielloser Schwung brachte ihn den Hardy Hill hinauf.

Kleine graue, kastenförmige Häuser mit hinterhältig hoch liegenden Fenstern und kein Platz für die stinkenden Mülleimer außer direkt neben der Eingangstür.

Iain klopfte und lehnte sich gegen den kalten Beton und wartete. Die Tür war aus PVC, und doch sang die Haut über seinen Knöcheln ein zartes Echo des Klopfens. Er fragte sich halb, ob seine Hand verbrannt war, aber es interessierte ihn nicht genug, um nachzusehen. Er konzentrierte sich darauf, hineinzukommen, sie zu sehen, weil er sich dann besser fühlen würde. Die beiden ergaben immer Sinn.

Ein Bus fuhr auf der Straße vorbei, das Grollen des Motors hallte an den Betonfassaden der Häuser nach. Passagiere sahen zu ihm heraus, mit schlaffen Mündern und verschwommenen Gesichtern.

Die Haustür ging auf, und da stand Annie mit Augen so feuchtnackt wie frische Austern. Bei Iains Anblick trat sie zurück in den dunklen Flur. Aber dann streckte sie ihre Hand aus, bat ihn hinein. Iain stolperte über die Stufe.

Sie schloss die Tür, sah ihn aber nicht an. Da wusste Iain, dass sie ihm zum Teil die Schuld an dem Feuer gab. Er ging ihr nach, wusste nicht, was er sagen sollte, streckte die Hände aus, um sie zu umarmen. Annie war nicht sehr an Berührungen gewöhnt, Iain auch nicht. Es war steif und befangen. Sie drückte ihn und tätschelte seinen Rücken, als wollte sie ihn aufziehen, und nannte ihn Sohn. Sie wollte, dass er sie losließ, aber er konnte nicht. Er war hergekommen, um Trost zu finden, um sie wie davor zu sehen, aber es war nicht davor, und er wollte ihr Gesicht nicht sehen.

Er gab sie frei, wandte den Blick ab und sah Lea-Annes pinkfarbenen Mantel an einem Geländer hängen. Ein Foto von Lea-Anne in Schuluniform, lächelnd. Lea-Annes knallige Turnschuhe. Ein »One Direction«-Schulranzen.

Das wenige Licht, das es im Flur gab, schwand schlagartig. Eunice stand in der Küchentür. Sie nickte, drehte sich um und humpelte in die Küche. Annie zupfte an Iains Ärmel, nahm ihn mit hinein.

Kleiner Tisch, Furnier mit Holzmuster, an die Wand geschoben. Ein Platzdeckchen in radioaktivem Pink, mit Blümchen bestickt. Drei Stühle, einer für jede Großmutter und ein dritter mit einem »One Direction«-Kissen. Auf dem Bild umarmten sich die Mitglieder der Boygroup und lächelten fröhlich egal welchem Hintern entgegen, der sich auf ihnen niederließ. Der Stuhl war ein Stück vom Tisch weggeschoben, als wäre Lea-Anne nur kurz raus auf die Toilette gegangen. Alle drei machten einen Bogen um ihn.

Eunice sah Iain an, kalt, mit eingezogenen Lippen. Sie wandte sich ab. »Tee.«

Iain lehnte sich an die Wand. Er kam sich riesig vor, wie er auf die geschrumpften alten Frauen und die Leerstelle, die das Kind hinterlassen hatte, hinabsah.

Eunice, Unsere Liebe Frau vom Kranken Bein, drehte und wendete sich, ließ die Hüften kreisen, während sie sich durch die Küche bewegte, brachte und räumte und kochte. Ihre Wangen waren geschwollen und von feinen Äderchen überzogen wie eine Landkarte. Ein kleiner Teller mit Keksen landete auf dem Tisch, drei Untertassen, Zucker, ein Milchkarton. Annie betastete die Stickerei auf dem Platzdeckchen, das vor ihr lag. Die Sonne verschwand draußen hinter einer Wolke, und in der Küche wurde es dunkler. Alles stand bereit. Kekse, Milch, Teebeutel, Zucker, salzige Cracker. Details stürmten lautstark auf Iain ein. Alle Blicke mieden einander.

Annie griff nach ihm, ihre Hand lag in seiner, Fingerspitzen an seinen Fingerspitzen.

»Sohn«, sagte sie, »deine Hände sind geschwollen.«

Er sah hin. Der untere Teil ihres Gesichts weinte, das Kinn knitterig, die Atmung abgehackt und unregelmäßig. Der obere Teil ihres Gesichts sah auf seine Hände, seine dreckigen Hände, als könnte sie sehen, was er getan hatte, was an ihnen gewesen war.

»Salzwasser«, sagte Iain, weil Frauen es wussten.

»Du bist verdreckt«, sagte sie und ließ seine Finger los, ließ ihn wegtreiben.

Dreckig. Das war er. Aus sechs Kilometern Entfernung betrachtete er die zwei alten Trauernden, deren Körper an verfallenden Knochen welkten.

Eunice goss heißes Wasser in drei Tassen. Sie tat drei Stück Zucker in jede und Milch. Lea-Anne hatte drei Stück Zucker genommen. Die Frauen rührten in ihren Tassen, wechselten sich mit dem Löffel ab, rührten für Lea-Anne. Sie nippten ihr hohles Abendmahl. Sie boten Iain nichts an. Die dritte Tasse blieb vor dem leeren Stuhl stehen.

Iain wandte sich zum Gehen.

»Die Polizei war hier«, erklärte Eunice. »Die haben dich gesucht, Junge.«

Iain drehte sich um. Sie sah ihn nicht an. Beide hatten sich über ihre Tassen gebeugt und konzentrierten sich auf das Ritual. Sie gaben ihm die Schuld an dem Feuer.

Annie sagte: »Nimm am besten die hinteren Gassen.« Sie sprach mit dem Tee.

Er kam an einem Spiegel in dem trüben Flur vorbei. Er erkannte sich nicht. Der Rauch hatte sich in jede Falte seines Gesichts gearbeitet, sein Haar braun gefärbt. Sie gaben ihm die Schuld.

Draußen auf der Straße knatterte ein Bus vorbei, eine Frau schob einen Kinderwagen, ein Mann telefonierte. Der Rauchgestank hatte sich hier oben nicht festgesetzt, aber er hing an Iain. Er war jetzt der Gestank.

Noch eine. Er nahm die Tablettenflasche heraus und nahm noch eine, schluckte sie wieder trocken, freute sich, dass es wehtat.

Ihre Namen waren in seinem Kopf. Lea-Anne. Murray. Murray und Lea-Anne. Er sah ihre Gesichter. Lea-Anne und Murray. Murray, der sich am Bach versteckte, als sie jung waren, damals, als Annie gern einen trank und das Haus der Mittelpunkt jeder Party war. Murray, der auf Iains Bett saß – *hör auf zu rauchen*. Murray, der Sechzehnstundentage in der

Hotelküche arbeitete, um das Geld für die Anzahlung zusammenzubekommen, um das Sailors' ersteigern zu können. Die Aufregung, als er es bekam. Fort. Murray mit Lea-Anne als Baby, wie sie an einem niedrigen Tisch im Besuchsraum saßen, und Iain kam rein und sah, wie sie ihre Blicke auf ihn richteten. Sie warteten auf ihn.

Sie gaben ihm die Schuld. Andrew Cole war verhaftet worden? Weshalb? Er hatte gar nichts getan. Alles war durcheinander und kaputt.

Da wusste er, dass er für den Rest seines Lebens frei oder in einer Zelle sein konnte. Es machte keinen Unterschied. Wenn er nichts tat, nichts anpackte, war er verloren. Polizei.

Zielsicher marschierte er drei Blocks weiter, drehte und rauchte auf dem Weg Zigaretten.

Mit der Sonne in den Augen und einer Zigarette zwischen den Lippen stieg er die vier Stufen zur Tür der Polizeiwache hinauf. Er rüttelte am Griff. Sie war verschlossen. Er klingelte. Nichts.

Dann sah er eine laminierte Notiz an der Tür, in kleinen Buchstaben geschrieben. Da stand, er solle diese Nummer anrufen und eine Nachricht hinterlassen. Er sah sich nach dem Auto mit dem Paar um, das nicht zusammenpasste, die Cops auf der Lauer, aber sie waren nicht da. Er dachte kurz an die mobile Polizeieinheit, aber Mark würde es erfahren, wenn er dort hinging, denn irgendwer, irgendjemand würde ihn sehen.

Irgendjemand.

Der Gedanke an eine finstere, gesichtslose Anwesenheit ließ ihn an Susan denken. Genau das war sie. Ein dunkler Niemand.

Er stand auf den Stufen und sah auf die Straße. Nikotin strömte durch die Kanäle, trieb sein Gehirn an. Die Tabletten dämpften seine Gefühle. Es war eine gute Mischung. Susan war etwas, das er nicht verstehen konnte, aber er wusste, dass sie ihn benutzte. Er wäre dumm, wenn er täte, was sie ihm sagte.

Der Umschlag. Sie wollte, dass er ihn den Cops gab. Also lass es. Mach was anderes damit. Mach irgendwas, das sie nicht will. Gib ihn zurück.

Froh darüber, dass die Polizeiwache geschlossen war – er hätte dort fast etwas wirklich Dummes getan –, sprang er die Stufen hinab zur Straße.

30.

Die gelbe Backsteinsiedlung war neu und gefällig. Sie war bisher noch nicht verschlissen und hatte ihre Schwächen noch nicht gezeigt. Die Häuser waren klein, aber gut geschnitten, lagen in gewundenen Straßen mit breiten Bürgersteigen, auf denen die Kinder Fahrrad fahren konnten, sicher vor Autos. Die Straßen waren mittäglich still, die Auffahrten leer, die Kinder in der Schule. Ein kleiner Hund beobachtete sie vom Fenster eines Nachbarn aus.

Obwohl es Tag war, strahlte ein blendend heller Scheinwerfer direkt auf die Stufen vor dem Eingang der Kirks. McGrain drückte auf die Klingel, und drinnen erklang eine niveauvolle elektronische Melodie. Die Tür wurde von einer uniformierten Opferschutzbeamtin geöffnet, die gerade ihren Mantel überzog.

»Ich muss los«, sagte sie schnell und schob sich an ihnen vorbei.

»Stimmt was nicht?« Morrow trat in den Flur.

»Doch«, sagte die Beamtin. »Ich muss nur noch woanders-hin – viel los heute Morgen.« Sie drehte sich um und rief in die Küche: »Mädels! Ich melde mich heute Nachmittag, wenn ihr mich vorher nicht anruft.«

Sie schloss die Tür, während die Mädchen im unsauberen Chor einen Abschiedsgruß riefen.

Morrow ging durch den Flur in die Küche und traf drei spärlich bekleidete Mädchen an, die im Stehen aus riesigen Teebechern tranken. Achtzehn, sechzehn und vierzehn. Die Mädchen waren dick, kein Wunder: Die Küche war ein häuslicher

Schrein, der dem Zucker huldigte. Auf jeder verfügbaren Oberfläche türmten sich Kekse, Schokoriegel und Süßigkeiten in Gastronomiepackungen. Zwei Chipstüten lagen offen auf der Arbeitsfläche neben dem Wasserkocher, eine kleine Knabberempfehlung zum Tee. Sogar auf dem Fenstersims hinter der Spüle reihten sich Flaschen mit rotem, sprudeligem Saft.

Morrow stellte sich und McGrain vor. Die Mädchen schüttelten ihnen der Reihe nach die Hand. Scarlet, die vernünftige Älteste, war sehr dunkel und hübsch. Marnie, die Mittlere, hatte den Kopf an den Seiten rasiert, grüne Augen und ein etwas manisches Kichern. Debbie trug ihr Haar knallpink, und auf der Rückseite ihrer stämmigen Arme hatte sie raue, rote Dehnungsstreifen. Keine war wütend, bemerkte Morrow, und keine weinte.

Als die Haustür geschlossen war, fiel Morrow plötzlich auf, dass es unglaublich warm im Haus war, was erklärte, warum die Mädchen so wenig wie möglich anhatten.

»Ich weiß!«, sagte Marnie. »Kochend heiß! Wir wissen nicht, wie man die Zentralheizung bedient.«

McGrain nickte zu dem Boilerschrank an der Wand. »Ist das eine Kombitherme?«

Sie wussten es nicht.

»Ich schau mir das mal an.« Er öffnete die Schranktür. »Ich habe auch so eine. Seht ihr das Einstellrad? Das aussieht wie ein Lautstärkeregler?«

Die Mädchen reckten die Hälse und sahen zu, wie er es runterdrehte.

»So.« Er schloss die Tür. »Das sollte jetzt gut sein.«

»Verfickte Scheiße sei Dank«, sagte Debbie. »Wir haben hier drin geschwitzt wie die Schweine.«

Die Mädchen lächelten sich gegenseitig an, weil sie ein Problem gelöst hatten, und wegen des lustigen Bildes.

Scarlet fiel auf, dass es nicht genug Platz in der Küche gab, und sie schlug vor, ins Wohnzimmer zu gehen, damit sich alle setzen konnten. Debbie und Marnie versuchten ihnen Tee aufzudrängen, Kaffee? Vielleicht lieber ein Ginger-Ale? Einen kleinen Keks? Sicher? Chips? Wirklich nicht? Sie sagten McGrain, er solle seinen Mantel ausziehen, und begluckten die beiden, bis sie in dem vollgestopften Wohnzimmer waren.

Zwei überdimensionale beigefarbene Ledersofas standen einander gegenüber, die Rückenlehnen fest gegen die Wände gedrückt. Dazwischen ein gigantischer Fernseher, der den Raum dominierte. Wie Votivgaben lagen um seinen Fuß herum Netz- und andere Kabel und Headsets und Spielekonsolen, manches davon noch originalverpackt.

Die Mädchen setzten sich eng zusammengedrängt auf einen Zweisitzer und kicherten. Morrow und McGrain nahmen das Sofa gegenüber.

Morrow hielt sich ans Protokoll und sagte den Mädchen, wie sehr sie ihren Verlust bedauerte. Die Mädchen machten kummervolle Geräusche und schlossen die Augen, als hätten sie gerade von etwas Schrecklichem gehört, das in weiter Ferne lag.

»Gott!«, sagte Marnie. »Wie kann so etwas geschehen! Die arme Frau.«

Morrow war sich nicht sicher, ob sie es schon verstanden hatten. Sie sagte, sie würde gern ein paar Fragen stellen, könnte ihnen aber etwas Zeit geben, wenn sie das Gefühl hatten, sie bräuchten sie …

»Nein«, sagte Scarlet nachdrücklich. Ihre Schwestern nickten zustimmend. »Wissen Sie, es ist kompliziert mit meiner Mutter. Wir sind nicht … na ja, legen Sie einfach los.«

»Sie sind achtzehn, Scarlet, richtig?«

»Ja. Fragen Sie ruhig.«

»Und Sie sind in der Lage, Ihren Schwestern zu erklären, was hier passiert, dass sie auf nichts antworten müssen, wenn sie es nicht wollen …«

Scarlet drehte sich um und warf ihren Schwestern einen theatralisch misstrauischen Blick zu. Sie grinsten zurück, um zu zeigen, dass sie den Witz verstanden hatten. Morrow dachte, vielleicht sollten sie besser auf einen Sozialarbeiter warten. Sie nahmen es nicht besonders ernst.

»Wo ist euer Vater? Wohnt er bei euch?«

Marnie schnalzte abschätzig mit der Zunge. »Noonan ist ein scheiß Junkie.«

»Komme ich jetzt ins Heim?«, fragte Debbie besorgt. »Denn zu diesem Psycho ziehe ich nicht. Auf keinen Fall.«

»Ihr bekommt einen Sozialarbeiter zugewiesen«, sagte Morrow. »Der kann euch mehr darüber sagen, wie es weitergeht.«

»Ich kann dich adoptieren.« Scarlet wandte sich an Morrow. »Oder nicht? Ich bin achtzehn. Noonan ist nämlich ein Junkie. Er kommt einmal die Woche her und sucht nach verficktem Geld oder irgendwas, das er verkaufen kann, er haut an die Tür wie ein Zombie und versucht reinzukommen. Er hat schon mal vorne die Pflanzen geklaut, um sie zu verkaufen. Hat sie in einem Pub verkauft, können Sie sich das vorstellen? *Schwachmat.* Er glotzt durchs Fenster rein und sieht den ganzen Scheiß, den meine Mum gekauft hat.« Sie deutete auf die Spielekonsolen und den Fernseher. »Lauter Junkieköder.«

McGrain sah begehrlich auf den Stapel. »Dann seid ihr keine Gamer?«

»Nein«, sagte Debbie. »Sie hat es gekauft und gesagt ›Das ist für euch‹, aber das ist überhaupt nichts für uns.«

»Genau«, unterbrach Marnie. »Noonan soll es bloß durchs Fenster sehen.«

»Er hat sie verlassen«, erklärte Scarlet ruhig. »Er ist mit so einer dürren Tussi abgehauen, und jetzt kauft sie diesen ganzen Kram, damit er ihn sehen kann, und das macht ihn verrückt. Wir können das Haus nie unbewacht lassen. Wie auch immer, legen sie los: Stellen Sie uns Ihre Fragen.«

»Wann habt ihr eure Mutter zuletzt gesehen?«

Marnie antwortete: »Sonntagabend.« Das war vor vier Tagen, und sie hatten sie nicht als vermisst gemeldet.

»Um welche Uhrzeit?«

»Sie ist weggegangen. Wir haben uns diese Doctor Who-Doku angesehen. Langweilig. Das war so gegen halb elf. Wisst ihr noch, wie langweilig die war?«

Die anderen Mädchen nickten.

»Wohin ist sie gegangen?«

Sie sahen einander an, und Marnie hob die Schultern. »Zwei Männer kamen vorbei. Sie ist mit ihnen weggegangen.«

»Kanntet ihr die Männer?«

»Ich hab sie nicht gesehen«, sagte Scarlet bedauernd. »Sie ist einfach mit ihnen mitgegangen.«

»Woher wisst ihr dann, dass es zwei Männer waren?«

Scarlet sagte: »Sie ist reingekommen und hat gesagt: ›Ich bin dann mal weg.‹ Wir haben uns dieses Doctor Who-Ding angesehen.«

Das beantwortete nicht die Frage. Morrow sah die anderen beiden an. »Hat eine von euch sie gesehen?«

Debbie schüttelte den Kopf, aber Marnie sagte: »Ich hab zwei Typen draußen vor der Haustür gesehen. Da ist ein Verandalicht über der Tür, aber es hat einen Fußball abgekriegt, und jetzt …« Sie legte die flache Hand über ihren Kopf, duckte sich darunter und gab ein hohes Summen von sich. »Und sie standen abseits davon und ich konnte ihre Gesichter nicht sehen.« Sie sah zu ihren Schwestern. »Das waren einfach irgendwie, ich weiß nicht, so *Typen* halt.« Die anderen beiden nickten.

»Was hatten sie an?«

»Hoodies, Jeans und so.«

»Welche Farbe hatten die Hoodies?«

»Weiß nicht. Aber sie ist rausgegangen, und einer von denen

hat sich weggedreht, und da hab ich gesehen, dass er eine von diesen, also, diesen Jeans von Markies anhatte, wissen Sie, die mit den weißen Schlangenlinien auf der Arschtasche?« Morrow nickte. »Nur dass er die bestimmt secondhand gekauft hat, der sah nämlich nicht so aus, als würde der bei Markies kaufen. Der sah mehr so knastig aus.«

»Inwiefern sah er ›knastig‹ aus?«

Scarlet hob die Schultern. »Blass. Arm. Blond und groß. Breite Brust.« Sie deutete mit der Hand von Schulter zu Schulter. »Irgendwie hübsch, aber auch irgendwie knastig.«

»Was war mit dem anderen?«

»Hab ich nicht gesehen.«

»Kannte eure Mum die beiden?«

»Glaub ich nicht.«

»Haben sie sie bedroht?«

»Nein.«

»Warum ist sie dann mit ihnen mitgegangen?«

Die Mädchen sahen sich an. Marnie murmelte Debbie zu: »Du bist dran …« Sie schienen darüber schon gesprochen zu haben, und Debbie war ausgewählt worden, um die Geschichte zu erzählen. Die anderen beiden lehnten sich zurück, als sie anfing:

»Sie sehen doch den ganzen Spielekram? Bar bezahlt. Mum hat die Firma, für die sie gearbeitet hat, abgezockt. Also …«

»Nicht ›abgezockt‹«, korrigierte Marnie.

Scarlet schlug hinter dem Kopf ihrer Schwester gegen Marnies Arm. »Lass sie erzählen, Marnie.«

»Okay«, fuhr Debbie fort und nickte ihrer Schwester zu, »*beschwindelt*. Sie hat Geld genommen, das sie nicht hätte nehmen dürfen. Deshalb hat sie es alles ausgegeben für …« Sie öffnete die Hand, deutete auf den Haufen Elektronik am Boden, »diesen *Scheiß*. Weil sie es loswerden musste. Man kann keinen Scheißdreck mehr zur Bank …«

»Das ist kein ›Scheiß‹«, sagte Marnie zu McGrain. »Man kann den Kram verkaufen.«

Scarlet erklärte Debbie: »Es hat ordentlich Wiederverkaufswert.«

»*Verdammte Scheiße*«, jammerte Debbie, »ich versuche hier, die Geschichte zu erzählen.«

»Dann erzähl sie richtig.« Marnie grinste Morrow an.

»Haltet die Klappe!« Debbie hielt eine Hand hoch, damit ihre Schwestern still waren. »Ja?«

»Okay.« Scarlet nickte, sah Morrow an. »RUHE!«

Marnie lachte. »Ja! RUHE!«

Debbie war empört. »Aber ihr habt gesagt, ich soll erzählen.«

»RUHE!«, wiederholte Scarlet.

Morrow war ein Einzelkind, aber sie erinnerte sich an die hektische Atmosphäre in Mädchengruppen an der Schule, wilde Gefühlsausbrüche, die, kaum abgeklungen, auch schon wieder vergessen waren.

Sie waren eine nette Familie, gingen liebevoll miteinander um in ihrer Verwirrung und Trauer. Sie waren nicht einfach nur ein Genpool und eine Ansammlung gemeinsamen Unglücks. Die drei waren so sympathisch. Die Zuneigung in der Art, wie sie als Einheit sprachen und sich bewegten, wie sie sich Stichworte gaben und korrigierten, im Spaß knufften, Morrow nur ansahen, damit sie bezeugen konnte, was sie aneinander hatten.

Debbie setzte wieder an. »Okay. Sie macht – ich weiß es nicht, *irgendwas*. Sie kriegt Geld. Sie gibt es für Sachen aus, die sich wiederverkaufen lassen. Die lagert sie. Das Haus platzt schon. Dann übernimmt so eine Spanierin und – bumm – wird sie gefeuert.« Sie machte eine dramatische Pause. »*Nicht lustig.*«

»Was hat sie getan?«

Scarlet übernahm. »Sie ging einfach weiter ins Büro. Ich schätze, sie konnte es nicht glauben. Dann, als die Zeit rum war, hat sie sich ein paar Tage lang betrunken. Da oben, in ihrer Höhle, hat sie randaliert.«

Sie warfen alle einen Blick an die Decke, als ob Hester immer noch dort wäre, immer noch wütend.

Marnie flüsterte: »*Fuchsteufelswild.*«

»Rasend«, nickte Debbie.

Scarlet beugte sich vor, um sich Gehör zu verschaffen. »Und dann kommt sie eines Tages runter in die Küche, macht uns was zu essen und so …«

»Hackfleisch mit Kartoffeln«, berichtete Debbie unheilvoll.

»Scheiß gruselig«, sagte Scarlet. »Total gruselig.«

»Aber echt«, stimmte Marnie zu. »Wirklich gruselig. Und sie so: ›HALLO, LIEBES!‹« Sie sagte es mit schriller Fistelstimme, so dass die anderen beiden zusammenzuckten und lachten. »Und alles so, als wäre es *normal.*«

»Und Debbie so …«

Sie sahen zu, wie Debbie für die Polizisten einen pantomimischen Durchlauf machte: Mit den Lippen formte sie ein stummes »OH MEIN GOTT« und wedelte wild mit den Händen neben dem Kopf. Sie lachten, und Morrow lachte mit ihnen.

»Jedenfalls. Jedenfalls.« Marnie schlug auf die Lehne, damit das Gelächter abklang. »Hettie hatte einen Plan, das hat sie uns später gesagt. Sie würden sie ›nicht so leicht loswerden‹, so hat sie das gesagt, oder?«

Scarlet lächelte ihre Schwester betrübt an. »Das stimmt. Klischees. Sie sprach in Klischees, dachte in Klischees.«

»›Superteurer Fummel‹«, sagte Debbie, wackelte mit den Schultern, ahmte ihre Mutter nach. »›Stattliche Mannsbilder‹, so in der Art.« Plötzlich verlegen, weil sie sich über ihre tote Mutter lustig machte, warf sie Morrow einen schuldbewussten Blick zu und hörte auf. »Jedenfalls. Sie wollte mit denen abrechnen. Sie sagte, da liefe was. Diese neue Frau würde keine Untersuchung wollen, bei der rauskommt, was sie da jetzt machen. Sie hat der Spanierin gesagt, sie würde die Cops schicken, wenn sie ihr keine Abfindung zahlt. Deshalb waren die beiden Typen hier, sie haben sie für die Abfindung mitgenommen. Sie stand in der Tür und sagte: ›Ich bin dann mal weg und hol mir 'nen schönen Batzen.‹«

»›Schönen Batzen Bares‹«, sagte Marnie. »So hat sie die Abfindung genannt.«

»Sie hat diese Leute erpresst?«

»Aye. Bezahlt mich oder ich hetze euch die Polizei auf den Hals, so in der Art.«

Hettie war bestimmt nur zu gern mitgegangen, dachte Morrow und stellte sich vor, wie sie in ein Auto oder einen Transporter stieg, mit einem kleinen gierigen Lächeln im Gesicht.

»Jedenfalls, ich ziehe ganz bestimmt nicht bei diesem scheiß Noonan ein«, sagte Marnie.

»Die werden nie von uns verlangen, bei dem zu wohnen«, sagte Debbie. »Das werden die doch nicht, oder, Scar?«

»Kann ich sie adoptieren?«, fragte Scarlet und deutete mit dem Daumen auf ihre Schwestern.

»Die Sozialbehörde wird sich alle Mühe geben, damit ihr nicht ins Heim müsst. Warum habt ihr eure Mutter nicht als vermisst gemeldet?«

Die Mädchen sahen sich an.

»Sie ist öfter mal verschwunden. Sie fuhr einfach in den Urlaub und so was. Sie hat uns nicht immer alles gesagt. Man wusste nie so genau, wann sie hier sein würde, wirklich. Und wir haben genug zu essen ...«

Morrow sah die Mädchen und ihre Mutter vor sich, erkannte, wie das Vertrauen zwischen ihnen schon früh zerstört war. Die Mädchen waren zu jung, um sich wegen ihrer Gefühle für sie zur Heuchelei verpflichtet zu fühlen. Sie hatten sich ihre eigene Familie ohne sie aufgebaut, und sie trauerten um das, was Hester verloren hatte, nicht um sich selbst. Sie hatten offenbar nicht den Eindruck, viel verloren zu haben. Sie musste an Danny denken. Sie wünschte sich, sie könnte so ehrlich sein wie die Mädchen.

Marnie unterbrach Morrows Gedanken: »Was würden Sie mit dem ganzen Zeug machen?«

Morrow warf einen Blick auf die Sachen, überschlug den Preis der Konsolen und des Fernsehers, sah auf den großen Buddhakopf auf einem Tisch in der Ecke. Sie sollten das alles als Erlöse aus Straftaten konfiszieren. »Stellt es auf eBay.«

Marnie nickte ernst. »Meinen Sie?«

»Macht schnell. Besorgt euch das Geld und zahlt es auf ein Konto ein. Zeigt den Behörden, dass ihr in der Lage seid, euch selbst zu versorgen. Dann hat euer Vater keine Chance.«

Sie log sie an. Noonan würde zwar das Sorgerecht für die Mädchen nicht bekommen, wenn sie widersprachen, aber er konnte sie ausplündern, und dann hätten sie nichts. Es war ein ziemlich guter Ratschlag. Sie beschlich das Gefühl, endlich mal etwas Sinnvolles getan zu haben.

»Gibt es noch mehr davon?«

»Ist das Ihr Ernst? Kommen Sie.« Marnie sprang auf, führte sie in den Flur. Morrow und McGrain folgten ihr die Treppe hinauf ins obere Stockwerk. Die anderen Mädchen kamen ihnen nach.

Marnie blieb vor dem ersten Schlafzimmer stehen und streckte die Hand nach dem Türgriff aus. Sie drehte ihn, stieß die Tür zum Allerheiligsten ihrer Mutter weit auf, trat schnell einen Schritt zurück, das Kinn gesenkt, skeptisch, als könnte der Gott der Habgier aus der Dunkelheit geflogen kommen und sie verschlingen.

In dem Zimmer war es schummrig, die Vorhänge waren zugezogen. Einen Moment lang konnte Morrow nicht erkennen, was sie dort sah. Sie trat näher. Ein Doppelbett in der Mitte, vom Flurlicht erhellt. Es war ungemacht. Der Abdruck, den Hetties Kopf hinterlassen hatte, war noch auf dem Kissen.

Aus dem Augenwinkel sah Morrow etwas, das sie für einen schmalen schwarzen Schrank hielt. Es war in Wirklichkeit ein Fernseher von der Größe eines Einzelbetts, der noch eingeschweißt an der Wand lehnte. Ihre Augen gewöhnten sich an die Dunkelheit, und sie sah mit einem Mal überall an den Wänden und auf dem Boden aufgetürmte Kisten und Beutel und Kleidersäcke und ungeöffnete Internetbestellungen. Ein Wäschetrockner, noch originalverpackt, stand an der Wand. Darauf ein weiterer Fernseher in der Verpackung und zwei Blu-Ray-DVD-Player. Ein enges Tal führte von der Tür zum Bett.

Debbie warf einen Blick darauf und fauchte: »*Zeug*. Scheiß … *Zeug* und noch mehr *Zeug*.«

»Kleidung?«, fragte Morrow.

»Taschen und Kleider und Schuhe und Pullover und Designerscheiß, für den sie viel zu scheiß fett war, um ihn zu tragen.«

Morrow betrachtete Marnies Kleidung. »Nee«, sagte Marnie und sah an ihrem billigen Primark-Hemdchen und den Shorts hinab. »Uns hat sie nie was gekauft, wenn sie's vermeiden konnte.«

»*Zeug*«, sagte Debbie wieder und sah in das Zimmer. »Sie konnte es nicht lassen. Sie konnte nicht mal die Hälfte davon tragen, sonst hätten sie gewusst, was sie trieb. Einfach. Wahnsinnig.«

Sie starrten in das Zimmer. Es widerstrebte ihnen, die Schwelle zu überschreiten, die in die Höhle ihrer Mutter führte. Dann tat es Debbie. Sie trat demonstrativ über den metallenen Türanschlag auf dem Teppichboden. Ihre Schwestern folgten ihr. Debbie schaltete das Licht an und brach den Bann. Sie sahen sich um, als wären sie bei einem Lagerverkauf, berührten einzelne Teile mit Händen und Zehen.

Debbie hatte ihre Stimme ehrfürchtig gesenkt, als wäre sie in der Kirche. »Sicher, dass die Polizei nicht alles mitnehmen wird?«

»Na ja«, sagte Morrow, ihr war bewusst, dass sie zur Polizei gehörte und dass sie dringend Gelder brauchten und sie alles mitnehmen sollte. »Wir untersuchen den Tod eurer Mutter. Wenn wir anfangen, euer Haus auszuräumen, sieht das komisch aus.« Sie sah zu McGrain, und der nickte. »An eurer Stelle würde ich es aber nicht an die große Glocke hängen.«

»Arme Mum«, sagte Debbie. »So eine Pflaume. Was verdammt wollte sie bloß? Mehr und mehr und mehr. Sie hatte doch genug.«

»Scheißdumm.« Marnie sah hinab auf einen Stapel mit drei identischen, noch verpackten DAB-Radios.

Scarlet legte den Arm um Debbies mollige Schultern, und sie weinten ein bisschen. Marnie kam zu ihnen, drückte das Handgelenk ihrer kleinen Schwester und schüttelte traurig den Kopf über einen Turm aus Schuhkartons.

Morrow glaubte nicht, dass sie wegen ihrer toten Mutter weinten. Sie betrauerten Hesters Fehler – mehr und mehr und mehr um den Preis des Genug.

Sie taten recht daran, zu weinen. Es war tragisch.

31.

Morrow und McGrain betrachteten den Sutherland Crescent. Es war ein adretter Halbkreis mit makellosen Anwesen hinter gepflegten Hecken. Bis auf Nummer sieben, wo die Hecken üppig über den Grünstreifen schossen. Ein empörter Gärtner hatte schon in Selbstjustiz von der Straße aus auf die Äste eingehackt, aber die Hecke wucherte weiterhin heiter und grün und wild.

Die Häuser, die sie bisher in Helensburgh gesehen hatten, lagen am Hang und waren so ausgerichtet, als beharrten sie alle darauf, eine persönliche Beziehung zum Meer zu haben. Aber hier wurde eine andere Geschichte erzählt. Dieser Bereich war flach, und der Halbkreis bot Ausblick auf einen unechten grasbedeckten Anger, als befände er sich tief im Herzen eines ländlichen Idylls.

McGrain zog die Handbremse an, und sie stiegen aus. Die Häuser waren im Verhältnis zu den großen Gärten bescheiden.

Die Vicente-Kinder hatten jemanden angerufen, der sich hier aufhielt, möglicherweise ihre Mutter. Vielleicht wurde Roxanna hier gefangen gehalten, oder sie war abgetaucht, Morrow wusste nicht mehr, womit sie es zu tun hatte. Vielleicht versteckte sie sich da drin. Morrow überlegte, woher Roxanna wissen könnte, dass es leer stand. Kein Maklerschild bot es zum Verkauf an, aber vielleicht hatte sie es besichtigt und das Schild weggenommen. Vielleicht hatte sie es sogar gekauft.

Die dichte Hecke verbarg das Haus. Morrow und McGrain fanden ein hohes Holztor, das zu einer Einfahrt führte und an seinen Scharnieren verrottete, die vordere Kante hatte sich tief in den matschigen Boden gepflügt.

Zusammen hoben sie es an und schoben es durch ein dichtes Gewirr aus Nesseln nach innen auf. Sie ließen es offen, es waberte trunken am letzten intakten Scharnier.

Es war ein vereinsamtes kleines Haus. Jemand hatte es einmal sehr geliebt, aber das war vor langer Zeit gewesen. Glasierte blaue Terrassentöpfe unter den Fenstern erstickten vor totem Unkraut. Das Dach sackte in der Mitte durch. Farbe blätterte von den Fensterrahmen, und eine Fensterscheibe auf dem Speicher war zerbrochen.

Sie wateten durch das Gras und die Nesseln in der Einfahrt darauf zu. Erst als sie die Haustür erreichten, fiel ihnen ein Gartenpfad mit plattgetretenem Unkraut auf, der zu einem verdeckten Durchgang in der Hecke führte: Jemand war erst vor kurzem hier gewesen.

Sie wies McGrain an, zur Rückseite zu gehen, wartete, bis er dort war, bevor sie sanft an die Tür klopfte. Sie sah angestrengt durch das mattierte Seitenfenster und achtete auf jede Veränderung des Lichts im Haus. Sie wartete, klopfte wieder und sah nichts.

Sie umrundete das Haus auf der anderen Seite, um sich zu McGrain zu gesellen, fand aber den Durchgang blockiert von einem Auto unter einer schimmeligen grünen Plane. Sie zog einen Handschuh über, hob eine Ecke hoch und sah den Kofferraum eines silbernen Ford Fiesta. Die überwucherte Zufahrt führte zu einer Gasse. Gras und Unkraut waren plattgewalzt.

Morrow schob sich an dem Wagen vorbei in einen riesigen hinteren Garten, der von einer hohen Ziegelsteinmauer umgeben war. Es war ein Dickicht. Tapfere Ahornwildlinge und Unkraut waren an den Mauern entlang in die Höhe geschossen und tauchten den Garten in immerwährendes Zwielicht. Die

Holzverschalung der Hochbeete war zerfallen und verrottet, tote Pflanzen waren an die Wand genagelt. Ein Streifen helles Tageslicht fiel Morrow ins Auge.

Es kam von einer Tür in der Gartenmauer. Sie hing halb offen, umrahmt von einem Ziegelsteinbogen. Morrow ging hinüber und stieß sie mit einem Finger weit auf. Die äußeren Beschläge waren verrostet, aber der Rost war abgenutzt und ungleichmäßig. Etwas hatte daran gerieben. Sie fuhr mit dem Finger über den Riegel. In der Mitte war der lose Rost glatt-geschabt, und zwar erst kürzlich. Ein Vorhängeschloss hatte daran gehangen, war aber jetzt fort.

Sie drehte sich wieder zum Haus. Ein altmodischer Win-tergarten hing am hinteren Teil des Gebäudes und neigte sich leicht zur Seite. Die Küchentür stand offen.

Dem Protokoll folgend rief sie Kerrigan an, informierte sie über Ort und Zeit. Wenn sie in zwanzig Minuten nicht zu-rückrief, würden sie unter dieser Adresse tot anzutreffen sein. Kerrigan sagte, oh nein, warten Sie, Thankless fuhr sie gerade genau zu dieser Adresse: Fraser war am Morgen in der Stadt im Gespräch mit der hier eingetragenen Hauseigentümerin gesehen worden.

Morrow warf einen Blick auf das baufällige Haus. »Eine Hauseigentümerin? Für diese Adresse?«

»Ja. Susan Grierson. Groß, schlank, um die fünfzig.«

Morrow legte auf und ging einen Schritt auf die Küchentür zu, als sie eine Stimme hinter sich hörte.

»Was zur Hölle?«

Umrahmt vom offenen Gartentor stand dort ein Mann, hob sich scharf vom Gegenlicht des hellen Tages ab. Er stand da wie ein buntes Kirchenfenster, seine Hände hingen offen an den Seiten, und schwarzer Ruß betonte die Konturen seines Gesichts. Er war groß und hatte eine breite Brust. Hübsch sah er aus, aber auch irgendwie knastig.

McGrain hatte ihn ebenfalls erkannt. »Sir …«

Es war als Einleitung gedacht, aber Iain Joseph Fraser war schon oft genug verhaftet worden und erkannte Polizeijargon auf Anhieb. Überrascht trat er einen Schritt zurück, als wollte er flüchten. Aber dann tat er es doch nicht. Er schien im Zwiespalt, drehte sich weg und wieder zurück, ohne die Füße vom Fleck zu rühren. McGrain packte ihn am Handgelenk, und er leistete keinen Widerstand. Behutsam drehte er ihm die Hand auf den Rücken.

»Okay«, sagte Fraser und nickte. »Aye, es ist okay.«

Morrow stand neben ihm. »Sind Sie Iain Joseph Fraser?«

Er nickte, zu langsam, sah hinaus auf die Straße, erinnerte sie an Andrew Cole.

»Haben Sie Drogen genommen, Mr. Fraser? Sie bewegen sich sehr langsam.«

Er atmete mühsam. »Tabletten«, sagte er. »Auf Rezept.«

»Was für Tabletten, Sir?«

»In meiner Tasche.«

»Ich werde sie für Sie suchen, Sir, okay?«

Fraser nickte seine Zustimmung.

»Haben Sie irgendwelche Nadeln oder scharfen Gegenstände bei sich, von denen ich wissen sollte?«

»Nein.«

Morrow fasste ihm vorsichtig in die Tasche des Hoodies. Nichts. Andere Tasche, ein trockenes Taschentuch. Hintere Jeanstasche, ein Umschlag, nicht verschlossen. Unsicher, ob sie nach Tabletten oder einem Rezept suchte, öffnete sie den Umschlag und zog ein Foto heraus. Es war vor einigen Jahren gemacht worden, und die Qualität war schlecht, aber es war trotzdem deutlich.

Roxanna stand mit zwei Männern auf einer Straße. Sie trug einen Regenmantel und hatte einen Schirm dabei. Die Straße war nass, aber die Männer trugen kurze Hosen und T-Shirts.

Morrow hielt es Fraser hin. »Wer ist das?«

Er zuckte die Achseln.

»Haben Sie dieses Bild benutzt, um sie aufzuspüren?«

Iain Fraser sah es noch einmal an. Er schüttelte den Kopf.

»Warum haben Sie dieses Bild bei sich?«

Schulterzucken. »Jemand hat es mir gegeben.«

»Wer hat es Ihnen gegeben?«

Er antwortete nicht.

Sie zeigte auf Roxanna. »Hat sie es Ihnen gegeben?«

Er sah es noch einmal an, wirkte gekränkt und runzelte dann die Stirn. Er starrte auf einen der Männer in kurzen Hosen. »Er?«

Sie folgte seinem Blick und zeigte auf ein Gesicht. »Er? Dieser Mann hat Ihnen das Foto gegeben?«

»*Ihn* kenne ich. Ich hab ihn gesehen. Wo ist Andrew?«

»Kennen Sie seinen Namen?«

Er schüttelte den Kopf. Sein Atem ging schwer, als wäre er lange gerannt. Sie griff in seine vordere Jeanstasche und holte eine kleine Flasche mit zwei Tabletten heraus, die auf dem Glasboden klapperten. Sie las das Etikett. Es waren nur vier Tabletten in der Flasche gewesen, und das Etikett datierte sie auf heute Morgen. Er hatte keine Überdosis genommen, aber eine hohe Dosis Antipsychotika.

»Woher haben Sie dieses Foto, Mr. Fraser?«

Er sah auf und nickte zu dem Haus, zu der Tür, die angelehnt war. »Von ihr.«

»Die Person in diesem Haus hat es Ihnen gegeben?«

»Ja.«

»Diese Frau?« Sie deutete auf Roxanna.

»Nein. Susan«, sagte er. »Hören Sie: Ich war es. Ich habe eine Frau am See getötet. Nicht … Das war nur ich.« Frasers Knie gaben nach, und er sah aus, als würde er vornüberkippen. Sie packten ihn an den Armen und setzten ihn auf den Boden.

Frasers wächserne Blässe war nicht einfach nur Gefängnis-
bräune. Dem Mann ging es nicht gut.

Sie erklärte ihm seine Rechte, sprach sorgfältig. Sie knie-
te sich neben ihn und zeigte ihm noch mal das Bild. »Susan
Grierson hat Ihnen das gegeben?«

»Sie ist nicht Susan.«

»Susan ist nicht Susan?«

»Sie sagt, sie ist Susan, aber sie ist nicht Susan.«

»Warum hat sie es Ihnen gegeben?«

»Für Andrew Cole.«

Morrow stand auf. Sie wollte nicht, dass er noch mehr darüber sagte, bevor sie ein Aufnahmegerät auf einer Wache am
Laufen hatte.

»Jeder scheint hier jeden zu kennen«, sagte sie, nur um etwas
zu sagen.

Fraser hob den Kopf und sah sie an. Seine Augen waren blut-
unterlaufen. »Niemand kennt hier *irgendwen*.«

Thankless und Kerrigan erschienen am hinteren Tor.
Morrow sagte ihnen, sie sollten Fraser in Simmons' Büro
bringen. »Und lassen Sie ihn von einem Polizeiarzt untersuchen. Das Rezept scheint neu zu sein. Vielleicht verträgt er es
nicht.«

Sie sah zu, wie sie Fraser zum Auto brachten, ihm sagten,
was als Nächstes geschehen würde. Fraser war erleichtert, dass
man ihn mitnahm. Er war so gefügig, wie es gewohnheits-
mäßige Knackis oft bei erneuten Festnahmen waren.

Als sie sah, wie Thankless Frasers Kopf mit der Hand bedeckte, um ihn auf den Rücksitz des Autos zu packen, spürte
sie einen Anflug von Zuneigung. Hardcore-Knastfutter wie
Fraser, das mochten Täter aus der Hölle sein, aber die meisten
waren auch Opfer. Solche Geschichten waren schwer im Kopf
zu behalten, schwer wiederzugeben und noch schwerer anzu-
hören. Sie stellte sich ihn in Shotts vor. Er war bis vor kurzem

dort gewesen. Er musste zusammen mit Danny dort gewesen sein.

Der Wagen fuhr los, und Morrow und McGrain wandten sich wieder dem Haus zu. Falls sich jemand dort versteckt hielt, hatte er oder sie jetzt reichlich Zeit gehabt, zu verschwinden. Irgendwie erleichterte sie das ein bisschen.

Die Küchentür ließ sich lautlos öffnen. Eine frische Ölspur glänzte auf dem Scharnier. Es war eine große Küche, wären die Fenster geputzt, wäre sie hell, aber sie waren nicht geputzt. Warme Luftströme aus dem verglasten Wintergarten belebten die staubige Luft, machten sie fast dickflüssig. Ein großer Tisch mitten im Raum. Alte Geräte aus den Fünfzigern, die Arbeitsplatte war für ein modernes Kochfeld ausgeschnitten worden. In einer Ecke war die Decke heruntergekommen. Sie überprüften eine Doppeltür gegenüber und fanden heraus, dass sie in einen feuchten und leeren Schrank führte.

Im Flur war es stickig, dauerkalt. Ein großes dreckiges Fenster im Treppenhaus spendete Licht. Ein sauber in den Flurteppich gekämmter Viertelkreis verriet, dass die Haustür kürzlich geöffnet worden war. Zwei Zimmer gingen vom Flur ab, eine Tür war offen, die andere fest verschlossen.

Sie wusste es.

Hinter der offenen Tür das Esszimmer. Polierter Tisch aus dunklem Holz. Geschirrschrank. Eine Glasvitrine, leer.

Morrow wusste es. Bevor sie die zweite Tür im Flur öffnete. Sie konnte den süßen, schweren Geruch von verdorbenem Fleisch riechen, der dahinter aufstieg.

McGrain wusste es ebenfalls. Er stöhnte »Oh Scheiße« und zog reflexhaft einen Polizei-Taser aus der Tasche, schaltete ihn ein. Die Batterie war schwach.

Morrow und McGrain prusteten los, lachten, weil es so dumm und sinnlos war: Man konnte eine Leiche nicht wegtasern.

Morrow stöhnte und streckte die Hand aus, öffnete die ver-
schlossene Tür.

Dunkler Raum. Vorhänge zugezogen. Eine Ansammlung
aus Beistelltischen neben dem Kamin. Eine Couch. Ein Sessel.
Hinter der Couch, auf der Seite, ein zugezogener Schlafsack.
Unförmig. Leck. Die Quelle des Gestanks.

32.

Morrow stand in der Tür zu dem Zimmer. Die Mentholpaste auf der Oberlippe ließ ihre Augen tränen, übertünchte aber gnädig den Geruch. Sie sah zu, wie der Schlafsack unter den weißen Lichtern geöffnet wurde und erkannte den Wust aus blondem Haar, der das aufgeblähte rote Gesicht umrahmte. Sie war nicht ganz sicher, bis sie die schlichten rotgoldenen Ringe in einem Ohrläppchen sah. Roxanna trug sie, immer.

Der leitende Beamte der Kriminaltechnik sagte nach oberflächlicher Betrachtung, Roxanna sei mit einem Draht erdrosselt worden. Das wusste er, weil der Draht immer noch um ihren Hals lag. Sie war seit mindestens zwei Tagen tot. Der Beamte erklärte, dass die Prellungen an ihren Knöcheln, die durch die Totenflecken noch deutlicher hervortraten, auf aktive Abwehrverletzungen an Armen und Händen schließen ließen. Ein Kampf. Abwehrspuren von Drahteinschnitten an den Unterarmen. Sie hatte einen Schlag seitlich auf den Kopf hinter dem Ohr bekommen. Wahrscheinlich ein Angriff von hinten.

Morrow nickte, und sie machten den Schlafsack mit Roxanna darin wieder zu. Man würde ihn für den Transport zur Rechtsmedizin intakt halten.

Sie ging hinaus auf den Flur und fand dort Thankless, der auf sie wartete.

»Ich hab die Infos über die Hausbesitzerin.« Thankless stellte sich hinter sie, zu nah, und lächelte irritierend. Sie wusste, dass er nichts richtig machen konnte und dass es ihre Schuld war. Dümmlich zog er ein Notizbuch aus der Tasche.

»Eine Susan Grierson besitzt das Haus. Sie ist vor Jahrzehnten nach Amerika ausgewandert, aber ihre Mutter starb vor ...« Er spähte auf sein eigenes Geschreibsel. »... neunzehn Monaten, steht das da? Vor neunzehn Monaten erbte sie das Haus. Na ja, es ging in einen Treuhandfonds auf ihren Namen über, also ...«

»Ein Treuhandfonds auf ihren Namen?«

»Amerikaner?« Thankless hob die Schultern. »Steuern. Die sind ausgefuchst.« Er schaute auf seine Schuhe. »Wie Onkel Dagobert.«

Netter Witz, theoretisch zumindest. »Dann ist sie also zurückgekommen?«

»Na ja, Iain Fraser beharrt darauf, dass er sie getroffen hat. Er hat hier nach ihr gesucht. Ein Ladenbesitzer in der Stadt sagt, er hat Fraser mit ihr gesehen, und er kennt sie als Susan Grierson. Er war gestern Abend auf einem Benefizdinner mit hundert Leuten, und sie wurde einigen vorgestellt. Sie arbeitete offenbar für den Caterer.«

»Wer hat das Essen gemacht?« Ein scharfes blaues Licht erhellte das Wohnzimmer.

Morrow fragte sich, warum zur Hölle sie diese Tests durchführten.

»Das find ich raus«, sagte Thankless.

Morrow hörte die Fotografin im Wohnzimmer murmeln und Bilder machen. Sie brachte es nicht über sich, noch einmal hineinzusehen. Sie rief in den Raum: »Bitte, Herrgottnochmal, sagt mir, ihr habt nichts.«

»Tut mir leid«, rief der Beamte von der Kriminaltechnik ihr zu, »aber doch.«

Morrow schauderte. Manche Tatorte waren einfach zu grauenvoll.

»Was ist denn?«, fragte Thankless.

»Sie haben Sperma gefunden.«

»Oh.« Er verzog das Gesicht. »Oh! Himmel!«

»Aber es hat ein seltsames Muster«, rief der Kriminaltechniker. »Es sieht nicht nach einer Ejakulation aus. Eher als hätte man es hier hingegossen.«

Das gesamte Szenario stimmte nicht. Ein Haus, das von einer Frau treuhänderisch verwaltet wurde, die hier nicht lebte. Iain Fraser hatte gesagt, sie sei eine Betrügerin, und jetzt das. Morrow erinnerte sich an die Spuren der Reinigungstücher in Roxannas Auto und die deutlichen Fingerabdrücke von Fraser. Professionell, aber nicht ganz.

Sie hörte, wie die Plastikklappe des Leichensacks aufgeschlagen wurde, um den Schlafsack zu verschlingen. Man würde sie hineinrollen, und wenn sie das taten, würde eine Wolke der Verwesung durchs Haus wabern, das wussten Morrow und Thankless.

Sie bedeckten Mund und Nase und gingen über den Trampelpfad hinaus durch die Tür in den Vordergarten. Kerrigan und McGrain standen dort und unterhielten sich.

»Haben die Leute, die Susan Grierson getroffen haben, sie von früher erkannt?«

»Warum fragen Sie das?« Thankless blinzelte sie an.

Es war eine kluge Frage. Sie dachte an die Reinigungstücher und den sauberen Boden in Fuentecillas Alfa Romeo. »Professionell«, sagte sie. »Auf mich wirkt das professionell. Aber sie dann im eigenen Haus zu lassen, das ist das genaue Gegenteil.«

»Leichtsinnig?«, schlug McGrain vor.

»Das ist die wahrscheinlichste Antwort. Aber *Sperma*? Herrgott. Thankless, rufen Sie London Road an, sagen Sie denen, dass wir wahrscheinlich Roxanna gefunden haben. Sie sollen eine Fahndung rausgeben und Susan Grierson daran hindern, das Land zu verlassen. Flughäfen, Fähren, alles. Sie und Kerrigan fahren in der Stadt herum und sehen zu, dass Sie Fotos von gestern Abend bekommen, überprüfen Sie Handys. McGrain und ich sind hier auf der Dienststelle bei Fraser. Schicken Sie die Opferbetreuung zu Robin Walker und bringen Sie ihn auf den neuesten Stand.«

Morrow bedeckte ihre Nase und ging zurück ins Haus.

Sie griff sich den leitenden Kriminaltechniker. »Seien Sie bitte diskret, geht das? Kleinstadt. Wir wollen nicht, dass die Nachbarn wissen, was wir gefunden haben.«

»Aber immer«, sagte der Beamte.

Der Polizeiarzt war Deutscher. Ein netter Mann, der Iain Fraser kannte und ihm sogar selbst heute Morgen die Tabletten verschrieben hatte. Mr. Fraser, sagte er ihnen, hatte zuvor schon einen psychotischen Schub gehabt, als er noch im Gefängnis saß, und letzte Nacht hatte er außerdem einen fürchterlichen Schock erlitten: Er hatte miterlebt, wie zwei Menschen in einem Feuer starben. Er war unglaublich aufgewühlt, und die Medikamente machten ihn möglicherweise beeinflussbar, aber er konnte vernommen werden.

»Wenn ich Ihnen einen Rat geben darf?«, fragte Dr. Neiman.

»Natürlich«, sagte Morrow.

»Meiner Auffassung nach hat Mr. Fraser seit gestern nicht mehr geschlafen. Ich würde vielleicht mit der Befragung des Mannes warten, bis er wenigstens etwas geschlafen und gegessen hat.«

Morrow sagte ihm nicht direkt, dass er sich verpissen solle, aber sie deutete es zwischen Dankeschöns und Aufwiedersehens unmissverständlich an.

Sie brachten Iain Fraser in Simmons' Vernehmungsraum im zweiten Stock. Die Überschwemmung vom Wasserrohrbruch war noch an der Wand zu sehen, ein schimmelfleckiger schwarzer Fluss. Der Raum war klein und roch süßlich nach Moder. Ihr hünenhafter Verdächtiger saß ganz still da, den Mund offen, die Hände lose auf dem Tisch.

Iain Fraser wollte keinen Anwalt. Seine Augen waren sehr rot, und er sprach langsam, aber er war klar in seiner Aussage: Er kannte keine Frau namens Roxanna Fuentecilla, und er erkannte sie auch nicht auf irgendwelchen Fotos. Susan Grierson hatte ihm an den Mülltonnen beim kleinen Asda-Markt den Umschlag mit dem Bild darin gegeben. Er legte großen Wert darauf, ihnen zu sagen, dass er Hester Kirk umgebracht hatte. Er und nur er hatte sie getötet. Sie verdiente es nicht. Und sie war eine nette Frau. Sie war nett. So nett, dass sie sich von ihm hatte mitnehmen lassen. Er, und er allein, brachte sie zum Golfplatz und ermordete sie auf dem Steg, und das war er gewesen. Nur er. Und ja, er würde es für das Tonband wiederholen, und nein, er wollte keinen Anwalt. Und das reichte jetzt.

»Können Sie Auto fahren, Iain?«

Konnte er nicht.

»Sind Sie mit ihr zu Fuß dorthin gegangen?«

Nein, war er nicht.

»Haben Sie sich ein Taxi genommen?«

Er wusste nicht, wie er darauf antworten sollte.

»Wer hat Ihnen den Code gegeben, um reinzukommen?«

Jetzt sah er auf.

»Den was?«

»Wer hat Ihnen eine SMS mit dem Sicherheitscode geschickt, damit Sie durch das Tor und auf den Golfplatz kommen konnten?«

»SMS?« Er sah einen Moment lang auf den Tisch, dann hob er den Blick zu Morrows Hals und sagte, er bekäme keine SMS. Er hatte kein Handy.

Sie sagte ihm: Jemand fehlt in dieser Geschichte. Jemand hat Hester Kirk zu dem Boot gefahren. Andrew Cole schickte jemandem den Sicherheitscode per SMS, um in einem Lieferwagen auf den Golfplatz zu gelangen. Also fehlt jemand in Ihrer Geschichte. Können Sie uns sagen, wer?

Er schüttelte den Kopf, sah stirnrunzelnd auf den Tisch. Andrew?, fragte er. Andrew hat ihn geschickt?

»Kennen Sie Andrew?«

Andrew Cole. Andrew Cole war in Shotts gewesen. *Andrew* hatte jemandem den Sicherheitscode geschickt?

»Da sind wir uns ziemlich sicher. Warum?«

Aus irgendeinem Grund schmerzte das Fraser. Er sagte, er habe gedacht, Andrew Cole sei wie ein Kind oder so.

»Mr. Cole gibt sich gern recht hilflos, nicht wahr?«

Fraser sah zu Morrow, sein Blick mit einem Mal klar und bestimmt, aber er sagte nichts.

»Ich bin nicht davon überzeugt, dass Mr. Cole ein Unschuldslamm ist.«

Er schenkte ihr ein schiefes Lächeln. »Wer *ist* das schon?«

Sie lächelte zurück. »Wir haben Ihre Fingerabdrücke auf einem Beutel mit Kokain in Roxanna Fuentecillas Wagen gefunden, Mr. Fraser.«

Es beunruhigte ihn nicht einmal, er hob nur träge die Schultern, als wäre es zwar unwahr, aber er hätte einfach keine Lust, sich zu streiten. Morrow wollte ihn über den Tisch hinweg anbrüllen, ihm befehlen, es solle ihm nicht alles scheißegal sein. Aber das war es ihm. Sie sah es ihm an. Und es lag nicht nur an den Medikamenten.

»Wir haben eine Leiche in Susan Griersons Haus gefunden. Eine Frau. Können Sie mir etwas darüber sagen?«

Er reagierte nur mit dem Heben einer Augenbraue. Sie wusste nicht, ob er sie gehört hatte. »Mr. Fraser? Wir haben eine weitere Frau gefunden, tot, in einem Schlafsack, in dem Haus, bei dem Sie heute waren. Haben Sie sie auch umgebracht?«

»Nein.«

»Was denken Sie, wer es war?«

»Susan.«

»Warum glauben Sie das, Mr. Fraser?«

»Ich glaube nicht, dass sie Susan ist.«

»Was denken Sie, wer sie ist?«

Er zuckte die Schultern. »Wenn ich zurückdenke … ich weiß es nicht. Sie sagte, sie sei Susan, aber ich weiß nicht …«

»Warum zweifeln Sie das an?«

»Sie ist anders.«

»Inwiefern?«

Er dachte lange darüber nach. »Ausbeuterisch.« Er kreiste langsam mit der Hand, als hoffte er, dass weitere Wörter folgten, aber es kamen keine.

»Waren Sie in Roxannas Wagen? Einem schwarzen Alfa Romeo?«

Er schüttelte den Kopf.

»Haben Sie einen Gefrierbeutel von Waitrose mit Kokain angefasst?«

Er sah sie nachdenklich an, bat sie darum, es zu wiederholen.

»Ein blauer Gefrierbeutel von Waitrose, voller Kokain. Es waren Krümel von Jaffa Cakes darin. Haben Sie so einen angefasst?«

Er dachte einen Moment lang nach, starrte auf den Tisch, und dann, als hätte er nie einen lustigeren Witz in seinem Leben gehört, stieß er kleine Lacher aus, ganz für sich. »Jaffas …« Er lachte. »Dieses beschissene … Waitrose.«

Von da an war es nicht mehr möglich, ihn zum Gespräch zu bewegen. Er wiederholte immer wieder den Namen des Supermarkts, schnaubte schläfrig vor sich hin. Egal was sie ihn fragte, er kam immer wieder auf Jaffa Cakes und Waitrose.

Morrow rief Thankless und Kerrigan herein: Bringen Sie ihn nach Glasgow. Behalten Sie ihn sorgfältig im Auge, ich weiß nicht, ob es Mr. Fraser wirklich gut geht. Sie wollte gerade gehen, als er sich aufsetzte und sie ansprach.

»Barratt«, sagte er.

Morrow drehte sich zu ihm um. »Mark Barratt?«

»Kommt nach Hause. Morgen. Viertel nach sieben, von Barcelona. Nach Prestwick. Er wird es ihnen sagen. Wegen des Feuers. Wird ihnen sagen wer.«

»Was wird er sagen?«

»Das Feuer. Murray und …« Er fiel in sich zusammen, mit dem Gesicht in die Armbeugen, murmelte: »Ich war das nicht. Barratt soll es Annie sagen. Und Eunice.«

Morrow betrachtete ihn für einen Moment, hörte ihn schniefen und merkte, dass er eingeschlafen war.

Simmons wartete vor dem Vernehmungsraum. Sie war erfreut, von Morrow zu erfahren, dass es eine Verbindung zwischen der toten Frau im See und dem Feuer im Sailors' Rest gab.

»Dann arbeiten Sie mit uns zusammen?«, fragte sie. »Weil ich hier mehr als ausgelastet bin.«

Es wäre höflicher gewesen, so zu tun, als würde sie sich aus anderen Gründen freuen. Wegen der Einblicke und Fähigkeiten, die Morrows Team mitbringen würde, oder irgendetwas anderes als nur der Umstand, selbst weniger zu tun zu haben.

»Kennen Sie eine Frau namens Susan Grierson?«

»Nein.«

»Sie wohnt im Sutherland Crescent.«

»Ich kenne nicht viele Menschen, die im Sutherland Crescent wohnen, DI Morrow. Wurde in ihrem Haus die Leiche gefunden?«

»Ja. Wir suchen sie, aber keine Spur. Sie arbeitete für den Betrieb, der gestern Abend für das Benefizdinner gekocht hat.«

»Das Paddle Café? Die Leute kenne ich, sie sagen uns, wo sie ist, wenn sie es wissen.«

»Iain sagt, sie hat ihm dieses Foto gegeben.« Morrow zeigte ihr das Bild von Roxanna.

Simmons sah es sich an. »Oh ja, das ist er.«

»Wer?«

»Er.« Simmons berührte den Mann in kurzen Hosen auf dem Foto. »Ihm gehört das Paddle Café. Das wurde aber schon vor längerer Zeit aufgenommen.«

Der Mann links hielt eine Medaille hoch, die an einem Band um seinen Hals hing. Morrow betrachtete es näher. Es war eine Medaille für den London Marathon.

33.

Boyd kam erst, als der Mittagsansturm vorüber war, und alles war in Ordnung. Sie hatten abgewaschen, die Lieferungen angenommen, Mittagessen serviert und die übriggebliebene Quiche von letzter Nacht verkauft. Er könnte kaum zufriedener sein. Er versprach ihnen zwanzig Pfund extra zu ihrem nächsten Lohn und schickte beide eine Stunde früher nach Hause.

Er wischte mit einem Lappen über die Ablage der Verkaufstheke, lächelte über ein vierzahniges Kleinkind, das über der Schulter seiner Mutter hing, als er hörte:

»Boyd Fraser?«

Sie sahen wie Schuldeneintreiber aus, der Mann und die Frau, die seinen Fluchtweg blockierten, indem sie im Durchbruch der Theke standen.

»Sind Sie Boyd Fraser?«

»Bin ich. Kann ich Ihnen helfen?«

»Wir sind von Police Scotland. Können wir uns hinten einen Moment mit Ihnen unterhalten?«

»Können wir uns nicht hier unterhalten?«

»Es ist eine recht ernste Angelegenheit …«

Scheiße Scheiße. Das Koks. Es ging um das verfickte Koks.

»Natürlich, bitte kommen Sie durch.«

Er führte sie durch die Küche ins hintere Büro, aber als sie durch die Tür traten, merkte er, dass sie nicht reinpassten. Sie mussten sich im Gänsemarsch in die Küche zurückschieben.

»Wir können hier sitzen.« Er tätschelte die Ecke des Edelstahltischs und fragte die Teilzeitköchin Moira: »Stören wir dich?«

Er war nie so höflich, aber er versuchte, den guten Kerl zu geben. Moira spielte mit.

»Oh, ihr könnt sehr gern hierbleiben!«, sagte sie herzlich, obwohl sie nie so miteinander sprachen, es war nur für die Fremden.

Boyd zerrte den Bürostuhl in die Küche und fragte Moira nach den Klappstühlen, die sie im Abstellraum hatten, aber die blonde Frau ging dazwischen. »Wir müssen uns nicht hinsetzen. Es ist recht dringend. Könnten Sie aufhören ...«

So ein Theater zu machen, hatte sie sagen wollen. Er machte Theater.

»Tschuldigung.« Er stand still, nickte Moira raus ins Café. Sie wartete hier ohnehin nur darauf, dass die Brownies aus dem Ofen geholt werden konnten.

»Okay, Mr. Fraser. Kennen Sie eine Frau namens Susan Grierson?«

Scheiße. Susan! Sie war eine Dealerin oder so was. Dealende Prostituierte oder so was. Es lief schlimmer, als er es sich vorgestellt hatte. Lucy würde ihn verdammt noch mal umbringen. Sie würde ihn verlassen und umbringen.

»Sie scheinen sich nicht sicher zu sein.«

»Ja, nein, doch, ich kenne sie, ja.«

Er hielt sich an der Tischkante fest und bemerkte zum selben Zeitpunkt wie die Polizistin, dass seine Hand zitterte. Er steckte sie in die Tasche und gab ein lächerlich schrilles Kichern von sich. Er klang verdächtig. So verdächtig, dass er anfing zu schwitzen.

»Woher kennen Sie sie?«

»Sie, äh, hat gestern Abend für mich gearbeitet. Bei einem Benefizdinner. Sie kommt hier aus der Gegend.«

»Kennen Sie sie schon lange?«

Er nickte.

»Kannten Sie sie in den Staaten?«

»Nein! Sie ist dahingezogen, als ich noch jung war. Sie kam zurück, weil ihre Mutter gestorben ist …« Aber dann fiel ihm ein, dass sie, nein, nicht deshalb zurückgekommen war. Ihre Mutter war tot, aber das war … Lucy hatte gesagt, das war schon eine Weile her. »Sie … Nein, ihre Mutter, äh, sie kam hierher zurück.«

»Wann haben Sie sie wiedergetroffen?«

»Vor zwei Tagen.«

»Hat sie Ihnen gesagt, warum sie wieder hier war?«

»Sie hat mir gesagt, dass ihre Mutter gestorben ist, und ich bin davon ausgegangen, dass sie deshalb zurückgekommen ist. Aber das war gar nicht der Grund, warum sie wieder hier ist. Aber ich weiß nicht, ob sie mir das gesagt hat.«

»Wie haben Sie herausgefunden, dass sie nicht deshalb zurückgekommen ist? Hat sie Ihnen einen anderen Grund genannt?«

Das war gut, sie interessierten sich für Susan, nicht für ihn. Weiß Gott, was sie noch alles angestellt hatte. »Nein, hat sie nicht. Sie hat gesagt, sie sei hier, weil ihre Mutter gestorben ist, aber meine Frau sagt, das Mrs. Grierson, die alte Mrs. Grierson, schon vor zwei Jahren gestorben ist. Also nehme ich an, das war nicht der Grund.«

»Vor zwei Tagen. Da haben Sie sie zum ersten Mal wiedergetroffen?«

»Ja.«

»Wie haben Sie sie getroffen?«

Also erzählte er ihnen die Geschichte, wie sie hier gewesen war, wie sie sich zufällig …

»Haben Sie sie sofort erkannt?«

»Klar, sie hat gesagt, sie sei Susan, und ich hab sie erkannt.«

»*Sie* hat gesagt, sie sei Susan?«

»Ja, und ich hab sie erkannt.«

»Haben Sie sie erkannt, bevor sie ihren Namen nannte?«

Seltsame Frage. Er schweifte in Gedanken zurück. »Nein.«

»Ist sie auf Sie zugekommen?«

»Ähm, ja.«

»Waren Sie in ihrem Haus im Sutherland Crescent?«

Lucy wusste nicht, dass er dort gewesen war. War das wichtig? Sie würde wissen wollen, wie es im Haus aussah, wegen Sara Haughton. Aber sie waren von der Polizei, und die Polizei anzulügen war dumm. Er hatte nicht wirklich etwas angestellt.

»War ich. Ja. Gestern Nacht.«

»Weshalb?«

Boyd leckte sich die Lippen und sah zum Café durch. »Nur, Sie wissen schon, auf einen Drink oder so. Es war nach dem Benefizdinner. Wir haben gefeiert. Getrunken und so weiter, wissen Sie.«

Er war mit seiner Antwort zufrieden. Ehrlich, aber ohne sich zu verraten, doch die Polizistin hörte nicht mehr zu. Sie sah sich in der Küche um, ohne ihre Neugierde zu verstecken, wie es ein höflicher Mensch tun würde. Der Mann bemerkte seinen Blick und lächelte, als wäre es eine ganz normale Sache.

»Wir würden Sie gern zu einem Foto befragen, Sir.«

Die Frau schnüffelte weiter herum, ging sogar in die Knie, um unter ein Regal mit Trockengut zu sehen, verdammte Scheiße. Der Mann hielt ihm ein Foto hin.

»Ja! Ich und Sanjay«, sagte er und freute sich, ihn wiederzusehen. »Was? Geht es um Sanjay?«

Die Frau streckte die Hand aus, und ihr Finger landete sanft wie eine Fliege auf dem Gesicht von Sanjays Freundin. »Wer ist das?«

»Sanjays damalige Freundin.«

Der Mann fragte: »Wer ist Sanjay?«

»Sanjay Hassan. Wir haben zusammen in London gearbeitet. Er studierte da noch Jura, jetzt ist er Anwalt. Wir haben zusammen für einen Cateringservice gearbeitet. Eventbetreuung.«

Die Frau fragte: »Wie gut kennen Sie sie?«

Erleichtert lächelte er. »Oh, wissen Sie, ich kenne sie gar nicht. Ich habe sie nach dem Marathon mit Sanjay getroffen. Sie haben sich nach ein paar Dates wieder getrennt. Sie hatte zwei Kinder.«

Der Mann sagte: »Roxanna Fuentecilla.«

»Roxanna! Stimmt. Jetzt weiß ich es wieder. Er nannte sie Roxy. Was ist los?«

Der Polizist sah die Polizistin an, als wüsste er nicht mehr, was er noch fragen sollte. Sie starrte auf die Reihe Plastikbehälter auf dem Regal für Trockengut. Sie stupste den Mann an und deutete auf einen der Behälter. Das Plastik auf dem Deckel war trüb, zerkratzt vom Abwaschen und Wiederverwenden. Darauf war mit schwarzem Filzstift *Backpulver* geschrieben.

»Ist mit Sanjay alles in Ordnung?«

»Darf ich das mal öffnen?«, fragte sie.

»Natürlich!«

Sie zog sich Latexhandschuhe über und nahm den Deckel ab. Auf der flachen weißen Oberfläche schwamm eine blaue Blase. Jemand hatte einen bläulichen Gefrierbeutel hineingestopft.

»Was ist das?«, fragte er.

Die Polizisten sahen sich an und fragten, ob Boyd Alufolie hätte.

»Natürlich!« Boyd versuchte hilfsbereit zu sein, griff unter die Spüle und beförderte eine große Alufolienrolle auf den Tisch. »Was soll ich damit tun?«

Sie bestanden darauf, es selbst zu tun, und der Mann zog sich nun ebenfalls Latexhandschuhe über. Dann rollten sie ein Stück Folie der Länge nach auf dem Tisch aus, und die Polizistin kniff in die Blase und hob das Ding aus dem Backpulver. Es war ein Handy, ein ziemlich neues Samsung.

»Was macht das denn da?«, fragte Boyd und merkte erst dann, was für eine blöde Frage das war. Es war seine Küche in seinem Café.

Die Polizisten verständigten sich mit Blicken. Boyd merkte, dass es für ihn nicht gut aussah.

»Das ist nicht mein Handy.«

Die Frau strich den Gefrierbeutel über dem Handy glatt und schaltete es ein. Sie griff in ihre Tasche, holte ein klobiges Arbeitshandy heraus und wählte eine Nummer. Das Handy im Gefrierbeutel leuchtete auf.

»Wem gehört das Telefon?«

Die Frau beendete auf ihrem eigenen Handy die Verbindung. »Es gehört der Frau auf dem Foto mit Ihnen und Sanjay.«

»Sanjays Exfreundin?« Er lachte wieder, klang diesmal aber nicht wie ein Trottel, nur ungläubig. »Sanjays *Ex*? *Was*?«

»Mr. Fraser, es tut mir leid, aber wir müssen Sie bitten, mit uns mitzukommen. Und wir schließen das Café für eine gründliche Durchsuchung.«

»Warum?«

»Diese Frau ist gerade tot aufgefunden worden. In Susan Griersons Haus.«

Sie schlossen das Café. Moira geleitete sämtliche Gäste mit ihren eingepackten Mittagessen nach draußen. Sie nahm ein Backblech mit Brownies heraus und setzte sie zum Abkühlen auf ein Gittertablett. Als letzte pflichtschuldige Geste rief sie Lucy zu Hause an und sagte ihr, sie solle runterkommen, weil die Polizei da war und Boyd befragte. Dann ging Moira, sichtlich froh, dass sie wegkonnte, machte aber einen langen Hals, als sie am Fenster vorbeikam.

Die Polizisten sagten ihm, er hätte das Recht zu schweigen und so weiter. Boyd hörte nicht richtig zu, weil es nur eine Verwechslung war.

Minuten später kam der Zweierbuggy durch die Tür. Boyd sah, dass William gerade aufgewacht war und verärgert und überrascht aussah. Er hob den Blick zu Lucy, die ihn erwiderte. Sie hatte denselben Gesichtsausdruck. Die Polizisten ließen sie nicht miteinander sprechen. Dann kamen zwei andere Cops, ein kahler Mann und eine Frau mit schiefen Zähnen, und sie nahmen Boyd mit.

34.

Morrow und McGrain durchsuchten das Café, die Schränke, die Toiletten, sie suchten hinter der Verkaufstheke. Sie stellten sich auf Stühle, um die oberen Regale zu überprüfen. Drei gelbe Olivenölfässchen standen auf einem Regal. Sie waren leer, brachten aber einen kräftigen Farbklecks aus Gelb und Grün in den Raum. McGrain hob sie der Reihe nach hoch und schüttelte sie. In dem dritten war etwas drin. Er holte es runter, und sie nahmen den Deckel ab. Ein Beutel von Waitrose, blau, mit weißem Puder darin.

»Muss 'ne ganze beschissene Rolle Gefrierbeutel benutzt haben«, murmelte Morrow.

Lucy Fraser sagte: »Das gehört ihm nicht.«

Sie saß in dem Café mit zwei kleinen Jungs, von denen sich einer abmühte, aus dem Wagen zu kommen. Sie hatte beiden jeweils einen Brownie von dem Stapel auf der Theke gegeben, und der eine war mit einem winzigen Schokoladenstück auf der Zunge eingeschlafen. Morrow wollte so sehr nach Hause zu ihren eigenen Jungs, dass sie die beiden kaum ansehen konnte.

»Ich sage Ihnen, warum ich weiß, dass es ihm nicht gehört«, sagte Lucy Fraser. »Weil er erst gestern Abend was gekauft hat, und heute Morgen sagte er, wenn er das nächste Mal an was rankommt, dann besorgt er auch was für mich. Es ist also unmöglich, dass es ihm gehört. Wir sind seit zwei Jahren hier, und wir haben noch nie was gekauft. Wir haben gerade erst ein Geschäft eröffnet, und wir haben zwei Kinder. Ehrlich, das gehört ihm nicht.«

Sie sah elend und traurig aus und war in sich zusammen-gesackt, aber Morrow wusste: Sie hatte keine Ahnung, dass sie in einem Mordfall ermittelten. Morrow sollte es ihr sagen. Es war keine Aufgabe, die sie genoss.

»McGrain, geh zum Auto und hol einen von den großen Asservatenbeuteln.«

Er stellte das Ölfass auf den Boden und ging raus auf die Straße.

»Wirklich«, sagte Lucy Fraser und starrte elend auf das Fass. »Das gehört ihm nicht.«

Morrow sah sie skeptisch an.

»Ich weiß schon«, sagte Lucy. »›Mann lügt Ehefrau an.‹ Nicht gerade was für die Titelseite, oder? Aber so ist es nicht. Er sagte, er hätte nichts …« Ihre Stimme wurde immer leiser, und als sie weitersprach, klang sie sehr schwach. »Ich weiß, ich hör mich an wie eine Idiotin – hier hocke ich mit meinen Kindern und sehe total übermüdet aus. Aber ich weiß, was für eine Art Scheißkerl er ist, und er ist nicht der Typ, der mir was verschweigt.«

Lucy und Morrow lächelten sich an, nicht herzlich, nur um anzuerkennen, dass sie beide anwesend und beide Menschen waren.

»Lucy, ich denke, ich sollte Ihnen sagen …«

»Hören Sie«, Lucy stählte sich, »Boyd ist gestern Abend nicht heimgekommen. Er ist erst sehr spät nachts gekommen. Wir haben in London oft gekokst, nur so aus Spaß, aber wir haben das ewig nicht mehr gemacht, und ich kenne die Anzei-chen, und ich weiß, wann er es gemacht hat und wann nicht.«

»Wann ist er heimgekommen?«

»Gegen halb fünf.«

»Wo ist er gewesen?«

McGrain kam draußen am Fenster vorbei und griff nach der Tür.

»Ich glaube, er hat eine Bedienung gevögelt.« Lucy Frasers Kinn verkantete sich. »Er ist im Moment ziemlich rastlos.«

Die Tür ging auf, McGrain kam herein, und der Moment war vorüber. Lucy wandte sich wieder den Jungs im Wagen zu.

McGrain öffnete den Asservatenbeutel und hielt ihn weit offen. Morrow hob das Fässchen sehr vorsichtig hoch und stellte es in den Beutel.

»Füll das Etikett aus und bring es zurück zum Auto, ja?« McGrain nahm den Asservatenbeutel mit raus, und Morrow wartete darauf, dass die Tür zufiel.

»Lucy, Sie müssen wissen, dass es bei dieser Untersuchung nicht um Drogenhandel geht. Zwei Frauen wurden ermordet. Wir glauben nicht, dass Boyd es getan hat, aber es gibt eine Menge verwirrender Zufälle. Zu viele Zufälle, um wirklich welche zu sein.«

Lucys Gesicht war grau geworden. Sie stand auf, der Mund schlaff, die Augen weit offen. »Was kann ich tun?«, murmelte sie.

»Mir die Wahrheit sagen?«

Lucy nickte Morrows Bauch zu.

»Welche Bedienung, glauben Sie, war es?«

»Susan Grierson, vermute ich. Heute früh ist er zusammengezuckt, als die Rede auf sie kam. Er kam heute Morgen runter und war ganz nervös und überspannt. Er hat versucht, nett zu sein.« Sie lächelte elend. »Gar nicht seine Art ...«

Morrow nickte. »War er schon öfter nachts so lange unterwegs?«

»Nein. Was er am häufigsten allein tut, ist laufen zu gehen, aber das macht er üblicherweise nachmittags oder mittags, und dann nur für eine halbe Stunde. Ansonsten ist er hier oder zu Hause.«

»Vor zwei Tagen, am Dienstagmorgen um halb sechs, wo war er da?«

»Da hat er neben mir geschlafen«, sagte Lucy.

Morrow glaubte ihr.

Niemand mit dem Namen Susan Grierson hatte versucht, das Land zu verlassen. Thankless hatte ein Foto von der Frau aufgetrieben. Er hatte in einer Metzgerei nachgefragt, und eine Kundin hinter ihm hatte die Fotoserie, die sie mit ihrem Handy vom Tanzdinner gemacht hatte, bereitwillig zur Verfügung gestellt. Sie hatte ihn die Bilder überfliegen lassen, bis sie eins mit einer Frau im Hintergrund fanden, bei der sich alle einig waren, dass es sich um Susan Grierson handelte. Thankless ließ sich das Bild zuschicken.

Sie standen in Simmons' Büro und sahen es sich an. Susan Grierson war groß, sie war schlank, sie hatte eine lange Nase und graues, zu einem akkuraten Bob geschnittenes Haar.

»Drucken Sie das aus«, sagte Morrow und ging raus, um zu telefonieren.

Das Brandermittlungsteam hatte an einem der Schreibtische sein Lager aufgeschlagen und gockelte dort wichtig herum.

Boyd Fraser hatte ihr Sanjay Hassans Handynummer gegeben. Er meldete sich beim dritten Klingeln. Hassan ging gerade an einer sehr lauten Straße entlang. Als er hörte, dass sein Freund Boyd verhaftet worden war, tat er ihr den Gefallen und ging nicht runter in den U-Bahnhof von Holborn, sondern blieb am Apparat.

Morrow schickte ihm das Foto aus dem Umschlag in Iain Frasers Gesäßtasche, und er rief sie zurück. Das war der Tag des London Marathon, rief er über den Lärm der Busse, die vorbeirumpelten. Er war ihn die letzten drei Jahre auch wieder mitgelaufen und hatte die Zeit geschlagen. Morrow dachte, die Verbindung sei abgerissen.

»Entschuldigung, ›die Zeit geschlagen…‹?«

»Meine ZEIT«, rief er. »Meine *Zeit* ist jetzt besser. Beim Marathon.«

»Oh, Ihre Marathonzeit?«

»Ja, *meine* Zeit.«

Sie bat ihn, wenn möglich weiter mit ihr zu sprechen, aber an einen ruhigeren Ort zu gehen, damit sie ihn besser verstehen konnte. Er sagte, das sei möglich. Eine abrupte Veränderung in der Atmosphäre und leise Hintergrundmusik verrieten ihr, dass er in einem Geschäft war.

»Ich bin in einem *Geschäft*«, rief er.

»Okay, Mr. Hassan, die Frau auf dem Foto, was können Sie mir über sie erzählen?«

»Das ist eine Ex von mir, Roxanna Fuentecilla. Sie hatte Kinder.«

»Wo haben Sie sie kennengelernt?«

»O Gott, ich weiß es nicht mehr. Vielleicht bei Brown's? Da hab ich während meiner Ausbildung eine Weile Teilzeit als Kellner gearbeitet. Ich glaube, es war bei Brown's. Wir sind nur ein paarmal miteinander ausgegangen. Sie war Spanierin.«

»Kannte Boyd sie?«

»Nein.« Er klang recht sicher.

»Wer könnte an einen Abzug von diesem Foto kommen?«

»Hatte Boyd das nicht auf der Website von seinem Café oder so?«

»Hatte er?«

»Hat er immer noch, glaube ich, oder nicht? Er hat mich gefragt, wie ich seine Website finde, und, na ja, ich mag das Bild nicht besonders. Er hat mich in dem Jahr geschlagen, und er sieht ziemlich selbstgefällig aus. Bestimmt hat er es nur hochgeladen, um mich zu ärgern. Meine Zeit ist jetzt viel besser. Ich glaube, Boyd läuft auch gar nicht mehr.«

Morrow konnte hören, wie eine Verkäuferin flüsterte, ob er das anprobieren wollte?

»Haben Sie sie seitdem gesehen?«

»Wie meinen Sie das?«

»Sie sind sich nicht zufällig irgendwo begegnet oder waren auf denselben Partys oder so etwas?«

Er wusste nicht, was er ihr darauf antworten sollte. »Waren Sie schon mal in London? Die Stadt ist ziemlich groß.«

35.

Boyd saß schon seit vierzig Minuten auf der Betonbank. Jedes Mal, wenn er die Augen schloss, um zu blinzeln, erwartete er, dass die Welt eine andere war, sobald er sie wieder öffnete. War sie aber nie. Eine tote Frau, bei Susan gefunden.

Boyd hatte Roxanna nur einmal getroffen. Sanjay sprach nicht viel über sie, und dann war sie auch schon Geschichte. Sie hatte Kinder. Sie waren junge Männer. Boyd war ehrlich gesagt viel verblüffter zu hören, dass Sanjays Ex in Helensburgh gewesen war, als dass man sie tot in Susans Haus gefunden hatte. Seine Zeit in London fühlte sich so abgetrennt von der in Helensburgh an. Es war, als sähe man eine Figur im falschen Film.

Ihm gegenüber eine graue Wand. Ein grauer Boden vor ihm. Wärmezehrende Kälte unter seinem Hintern. Er lehnte sich wieder vor, faltete die dünne Matratze unter seinen Arsch und setzte sich drauf. Seit dreißig Minuten wechselte er zwischen in gummiertes Plastik schwitzen und sich auf dem nackten Beton die Eier abfrieren.

Er schloss die Augen. Ihn befragen. Sie mussten ihn wegen einer ermordeten Frau befragen? Lucy wusste nicht, wie ernst es war, als man ihn mitnahm. Sie dachte, Boyd wurde festgenommen, weil er was gekauft hatte. Er hatte sehen können, wie sie ihm die Schuld gab.

Er hörte die wütende Stimme seiner Mutter im Kopf: Sprich deutlich, nuschel nicht, bleib ruhig, lüg nicht. Verfickt sinnloser Rat in diesem Zusammenhang.

Er schloss wieder die Augen und dachte an Miss Grierson.

Es hieß, zwei Frauen seien ermordet worden. Sie war die einzige Frau, bei der er sich vorstellen konnte, dass sie abgängig war, die einzige Frau, wegen der er ein schlechtes Gewissen hatte. Sie hatte gesagt, sie würde weggehen, und dass sie nicht hierhergehörte, und er sollte es denen sagen. Es sollte das Erste sein, was er denen sagte. Vor weniger als zwölf Stunden stand sie in der Tür zu ihrem Garten, sah ihm nach, als er ging, mit einem beruhigenden Mangel an Zuneigung und Wärme im Blick, als sie Gute Nacht, bis später sagte, formelhafte Phrasen, die nichts versprachen und nichts verlangten.

Wenn sie tot war, würde man überall an ihr Spuren von ihm finden. Selbst wenn sie gleich, nachdem er gegangen war, gebadet hätte, wären Spuren von Boyd überall in der Küche und auf dem Boden im Wintergarten. Ihm wurde schlecht, als er an den Wintergarten dachte. Warum hatten sie es da gemacht, auf dem dreckigen Boden? In dem Haus gab es Schlafzimmer. Aber er wusste warum. Sie hatten es da gemacht, weil es kein Schlafzimmer war. Keiner der beiden hatte Intimität gewollt. Sie hatten das Gegenteil von Intimität gesucht.

Schritte vor der Tür. Schlösser schrammten auf. Eine ernste Frau. Kommen Sie bitte mit, Sir.

Man führte ihn aus dem Gebäude auf die Straße von Helensburgh und packte ihn auf den Rücksitz eines Autos, eines ziemlich beschissenen Autos. Dann stiegen vorne zwei Uniformierte ein und fuhren ihn bis nach Glasgow, die ganze Strecke über schweigend. Es war entsetzlich.

Sie hielten in einer beschissenen Gegend dieser beschissenen Stadt. Warum wohnte hier überhaupt jemand. Es war so hässlich. Um den hinteren Teil eines großen Gebäudes herum und auf einen Parkplatz, umgeben von Mauern mit Stacheldraht und Kameras obendrauf.

Sie holten Boyd heraus und brachten ihn eine Betonrampe hinauf, durch eine Sicherheitstür und zu einer Art Rezeption.

Dann übergaben sie ihn den Beamten dort, gaben denen einen wattierten braunen Umschlag mit Boyds persönlichen Gegenständen und gingen, sagten, sie müssten zurück nach Helensburgh, um noch jemanden zu holen. Wen noch? Susan Grierson?

Eine sehr große Beamtin kam und stellte sich zu ihm. Der Mann hinter dem Schalter nahm seine Personalien auf, und sie brachten ihn zu einer großen Maschine, die seine Fingerabdrücke fotografierte. Der Mann sah auf Boyds Kaschmirpullover und sagte der Riesin, sie solle bei dem hier bloß aufpassen.

Ein Witz. Sie hatte die Statur eines Panzers.

Boyd verstand erst, dass es ein leiser Witz gewesen und nicht böse gemeint war, als sie um die Ecke gegangen und auf dem Weg zum Vernehmungsraum waren. Boyd wollte zurückgehen und den Mann anlächeln, um ihm zu zeigen, dass er es verstanden hatte. Aber das konnte er nicht. Er folgte der Riesin kleinlaut durch ein Treppenhaus in einen Raum mit einem vergitterten Fenster an der Tür und einem Tisch in der Mitte, an dem vier Stühle standen.

Es würde nicht lange dauern, sagte sie und ließ ihn allein. Eine sarkastische Kamera blinzelte ihm von hoch oben in der Ecke des Raums zu.

Jetzt war sie auch abgängig.

Die Tür hinter ihm flog auf. Die Leute, die ins Café gekommen waren, marschierten herein. Sie stellten sich als DI Alex Morrow (die Frau) und DC Howard McGrain (der Mann) vor.

»Gut, Boyd, wir möchten Ihnen ein paar Fragen zu Roxanna Fuentecilla stellen: Wann haben Sie sie getroffen?«

Boyd zögerte. »Nach dem London Marathon. Vor drei Jahren.«

»Und das nächste Mal?«

»Es gab kein nächstes Mal. Das war's.«

»Sind Sie danach noch zusammen essen gegangen?«

»Nein.« Offensichtlich war sie noch nie einen Marathon gelaufen. Er wollte ihr sagen, dass man sich hinterher nicht unbedingt danach fühlte, in ein Nando's zu flitzen, aber sie machte ihm Angst.

»Als Fuentecilla nach Helensburgh kam, war sie da auch in Ihrem Café?«

»Wissen Sie was, ganz ehrlich? Kann schon sein. Aber wenn sie da war, habe ich sie nicht erkannt. Ich habe sie nur das eine Mal getroffen, und da war ich gerade einen Marathon gelaufen. Das war's. Wenn es das Foto nicht gäbe, würde ich mich wahrscheinlich nicht mal an sie erinnern. Sanjay hat sich danach von ihr getrennt. Sie hatte Kinder, und ich glaube, er mochte an ihr vor allem ihr Haus. Sie wohnte in Belgravia. Er dachte, sie wäre reich.«

»War sie es?«

»Ich glaube nicht. Er hätte vermutlich über die Kinder hinwegsehen können, wenn sie reich gewesen wäre.«

»Haben Sie in letzter Zeit Land verkauft?«

»Land?«

»Haben Sie?«

»Nein.«

»Kennen Sie Frank Delahunt?«

»Nein.«

»Erzählen Sie mir, was zwischen Ihnen und Susan Grierson war.«

Er scheute sich davor, aber er erzählte es ihnen: Ich kannte sie, als ich klein war. Sie war lange Zeit fort. Ich traf sie vor kurzem wieder. Sie wollte einen Job und arbeitete einen Abend lang für mich. Nach dem Dinner kam sie auf mich zu. Sie sagte, sie hätte Kokain. Sie ging ins Café und wartete dort auf mich. Im Café, nachdem, also, jedenfalls …

Boyd lief knallrot an. Es war eine Sache, etwas zu tun, aber eine ganz andere, davon zu erzählen.

Die Frau schien zu wissen, wie man mit so etwas umging. »Schauen Sie einfach auf den Tisch und sagen Sie es. Sie werden uns nichts sagen, was wir nicht schon hundert Mal gehört haben.«

Er sah auf den Tisch und sagte es: Sie hat mir einen geblasen. Schräg. Inwiefern war das schräg? Sie hatte eine Art Beutelchen im Mund. Sie versteckte es irgendwie vor mir, indem sie so machte – er zeigte ihnen die Mundbewegung und dass sie ihren Kopf weggedreht hatte, den Mund mit der flachen Hand abdeckend. Also das war irgendwie seltsam. Wir gingen dann zu ihr nach Hause. Wir nahmen mehr Koks …

»Wo war das Koks, war es in einem Päckchen oder irgendeinem Umschlag?«

»Ja, einem Waitrose-Beutel. Gefrierbeutel. Kleine Größe. Wie der, in dem das Handy war. Das fiel mir auf, weil ich dadurch an die Arbeit denken musste. Waitrose zieht uns eine Menge Kunden ab.«

»Was ist dann passiert?«

»Na ja, wir gingen zu ihr nach Hause und, Sie wissen schon …«

»Hatten Sex?«

»Ja.«

»Wo?«

»Im Küchenbereich, quasi. Bitten sagen Sie meiner Frau nichts.«

Die Frau sah ihn einen Moment lang an, als würde sie über etwas nachdenken. »Ihre Frau weiß es. Sie hat es mir erzählt. Sie sagte: ›Ich glaube, er hat eine Bedienung gevögelt.‹ Wo ist Susan Grierson jetzt?«

Er war zu bestürzt, um etwas zu sagen. Er konnte nur noch an Lucy in der Küche denken, mit den Jungs heute Morgen, wie sie weinte und es vor ihnen versteckte, und wie traurig sie gewesen sein musste. Er hatte ihr das angetan. Und sie hatte es gewusst, an diesem Morgen, als er in die Küche gestapft war und sie auf sein Knie gezogen hatte. Sie hatte es gewusst. Er war ein Arschloch.

»Mr. Fraser? Wo ist Susan Grierson jetzt?«

Boyd zwang sich dazu, etwas zu sagen. »Sie sagte mir, sie würde weggehen. Wieder. Sie sagte, sie gehöre nicht hierher.«

Sie schoben ihm ein anderes Foto hin, das Bild einer Familie in einem botanischen Gewächshaus. Roxanna war im Vordergrund. Er hatte sie lange nicht gesehen, erinnerte sich kaum noch an sie, aber sie sah immer noch fantastisch aus.

»Kennen Sie diesen Mann?«

Sie zeigte auf einen Mann im Hintergrund, mit roten Hosen. Der Ehemann? Boyd sah ihn sich einen Moment lang an. »Ich glaube, der kommt ins Café. Der sieht aus wie ein Kunde. Vielleicht.«

»Und die Frau?«

»Na«, er hatte den Eindruck, dass sie versuchten, ihn reinzulegen, »ist das nicht Roxanna? Die Frau von dem Foto mit Sanjay?«

»Ja.« Sie nahmen das Bild weg. Es kam ihm vor wie irgendein dämlicher Test. Das kotzte ihn an. Die Reue flaute ab, und er merkte, wie er wütend wurde.

»Hören Sie, woher haben Sie überhaupt das Foto von mir und Sanjay? Hat Sanjay es Ihnen gegeben?«

»Sie haben das Foto auf der Café-Website hochgeladen, oder nicht?«

O Gott. Sie hatten recht. Er hatte es reingestellt, um Sanjay den Mittelfinger zu zeigen; na, vielleicht nicht ganz, eher ein Anstupsversuch. Als sich erwies, dass er niemals zu Besuch kam.

»Das Bild, das wir gefunden haben, hat eine sehr niedrige Auflösung«, sagte der Mann. »Wir glauben, dass es von der Website ausgedruckt wurde.«

Die Frau sah in ihre Notizen, und Boyd dachte plötzlich: Scheiß drauf. »Kann ich nach Hause?«

Die beiden ignorierten ihn.

Sie sah auf. »In welchem Verhältnis stehen Sie zu Iain Fraser?«

Boyd schüttelte den Kopf. »Entschuldigung, wem?«

»Iain Fraser. Ein Mann aus Helensburgh.«

»Den kenne ich nicht.«

»Er hat denselben Nachnamen wie Sie, und er wohnt in Helensburgh.«

Sie kannte die Stadt nicht. Boyd erklärte ihr geduldig, dass es zwei unterschiedliche Fraser-Familien in Helensburgh gab. Vor einer Generation hatte sich die Familie entzweit. Die Schwester seines Vaters war zum Katholizismus konvertiert. Ihr Vater war Pastor gewesen, und Boyds Vater war Pastor, und die beiden Seiten sprachen nicht mehr miteinander. Colquin- und Lawnmore-Frasers wurden sie genannt. Es kam ihm seltsam vor, Fremden in einer Glasgower Polizeidienststelle die Familienpolitik einer Kleinstadt zu erklären. Es war eher ein Thema für Tee und Scones.

»Demnach ist Iain Fraser Ihr Cousin?«

Kälte kroch Boyd den Rücken hinauf. Er hatte das Gefühl, dass sich der Boden unter seinen Füßen bewegte. »Vermutlich. So gesehen schon.«

Das Handy der Frau surrte in ihrer Tasche, und sie ging raus, um den Anruf entgegenzunehmen. Sie waren so verdammt unhöflich! Als sie zurückkam, war sie fahrig und hatte es eilig wegzukommen.

»Das wär's für den Moment, Mr. Fraser. Wir werden jetzt noch mit einigen anderen Leuten reden, aber wir möchten, dass Sie vorerst noch hier bei uns bleiben. Wir kommen in ungefähr einer Stunde zurück. Okay?«

»Was immer nötig ist«, sagte er, obwohl ihm gerade gar

nicht freundlich zumute war, weil er viel lieber einen Auf-
stand gemacht hätte und gegangen wäre. »Wirklich. Alles,
was hilft.«

Sie brachten ihn die Treppe hinunter zu dem Empfangs-
schalter und dem Mann in Hemdsärmeln. Boyd versuchte ihn
anzulächeln, es war das Lächeln, das er ihm hatte schenken
wollen, als er den Witz über die große Frau gemacht hatte,
die sich vor ihm in Acht nehmen sollte. Der Mann lächelte freundlich zurück, aber Boyd glaubte nicht, dass er sich
erinnerte.

Ein Signalton ertönte hinter dem Schalter, zugleich läutete
eine Glocke in einem entfernten Betonflur. Der hemdsärme-
lige Mann beugte sich vor und sagte etwas in eine Gegensprechanlage. Was gibt's denn? Tasse Tee? Zucker? Abwarten,
Kumpel, wir bringen dir was.

Es war der Cousin. Sie waren zurück nach Helensburgh
gefahren, um ihn zu holen. Die Colquin-Frasers, von Rom
verdorben, die Nichtauserwählten.

36.

Robin Walker hatte Morrow angerufen: Die Kinder waren verschwunden.

Nachdem Morrow und McGrain am Morgen gegangen waren, hatten sie sich auf den Weg in die Schule gemacht. Robin hatte darauf gewartet, dass sie zur üblichen Zeit nach Hause kamen, bereit, ihnen die schreckliche Neuigkeit über ihre Mutter mitzuteilen. Aber sie kamen nicht nach Hause. Er rief ihre Handys an, aber sie waren ausgeschaltet. Er rief eine Freundin von Martina an, und sie sagte, Martina wäre heute gar nicht in der Schule gewesen. Er rief die Schule an, und die Sekretärin sagte ihm, ein Anruf am Morgen hätte sie darüber informiert, dass die Kinder heute nicht kommen würden. Soweit sie sich erinnern konnte, sagte die Sekretärin, war es eine Frauenstimme.

Morrow hatte kaum die Hand gehoben, um zu klopfen, als Robin die Haustür weit aufriss. Er starrte sie mit blutunterlaufenen Augen an und taumelte ins Wohnzimmer. Sie folgten ihm.

Sie fand ihn zusammengesunken auf dem Sofa mit etwas, das aussah wie ein Mix aus einem Viertelliter Wodka mit einem Schuss Orange und einem Stück Limette, das am Rand schon braun wurde. Er war betrunken.

»Mr. Walker?«

»Verdammte Scheißer, diese Scheißer.«

Sie setzte sich neben ihn. »Es tut mir leid.«

»Na, jetzt wissen wir's, oder?« Er lallte und hob den Drink, um einen Schluck zu nehmen. Er sah Morrow an. »Wir wissen doch, wo sie hin sind.«

»Wer?«

»Die verdammten Kinder.« Sein Atem roch sauer. Er stank, als schwitzte er Gift aus.

»Wann ist das passiert?«

»Sie sind zur Schule gegangen. Ich bin raus, um zu laufen. Dann ist einer von *euch* gekommen und hat mir gesagt …« Er konnte es nicht aussprechen. Er kurbelte mit der Hand, um sich selbst über die Schwelle zu hieven. Als er weitersprach, klang er gebrochen. »Ich hab auf sie gewartet, nach der Schule. Ich bin nicht reingegangen, zu aufgewühlt, ich dachte nur – *die Kinder, mein Gott, die armen Kinder*. Und ich habe kein einziges Mal *meine* Roxanna gedacht, ich habe nur gedacht – *ihre* Mutter. Ihre *Mutter*. Verstehen Sie?« Er war knapp zu spät zum Stiefvater geworden. Er trank wieder, verzog das Gesicht, als er runterschluckte, genoss es nicht. »Sie waren nicht da. Ich hab in ihre Zimmer geschaut – alles weg. Ihre Sachen weg und ihre Pässe. Die ganzen verdammten Sachen. Weg. So arrangiert, dass es aussieht, als ob – verdammte *Arschlöcher*.«

»Sie könnten entführt worden sein?«

»Scheißdreck.« Er stand unsicher auf, taumelte zwei Schritte zur Seite, berichtigte sich und fiel vorwärts durch die Tür in den Flur. »KOMMT MIT!«, brüllte er. Es hallte von den Wänden.

Als sie Sekunden später in Martinas Zimmer waren, hatte sich Robins Stimmung komplett verändert, und er saß schluchzend auf ihrem Bett. Alle Schränke standen offen, alle Schränke waren leer. Martina hatte allerdings ganze Arbeit geleistet, um keinen Verdacht zu erregen. Die spärliche Dekoration war unberührt. Ihr Bett war gemacht, als würde sie zurückkommen. Sie hatte sogar den Laptop auf dem Schreibtisch gelassen.

Morrow warf einen Blick darauf. »Robin, was glauben Sie, was passiert ist?«

Er sah sie an. Sie merkte, dass er mit reiner Willenskraft versuchte, nüchtern zu werden. Es gelang ihm aber nicht, weil er nicht oft trank, dachte sie. Jetzt war er also sehr betrunken und sehr unter Schock. »Vicente hat sie reingelegt. Sie umgebracht. Jetzt hat er die Kinder geholt.«

Er rieb sich mit dem Handrücken die Nase.

»Würde er ihrer Mutter das antun?«

Er schnaubte. »Sie kennen ihn nicht.«

Morrow setzte sich neben ihn aufs Bett. »Sie aber auch nicht.«

Er dachte darüber nach. Er weinte und kratzte sich am Arm. Er sah sich im Zimmer um, sah die leeren Schränke. »Ich hatte ein Leben ...«

Thankless hielt sein Handy hoch. Er bekam gerade einen stumm geschalteten Anruf. Morrow nickte, er könne ihn annehmen, und er ging raus auf den Flur.

Walker schniefte. »Ich hab die Miete für diesen Monat nicht. Ich gehe wieder mit nichts nach London. Ich hab meinen Job und alles aufgegeben, um hierherzuziehen. Mir bleibt nur noch diese Vitrine.«

»Eine Designikone«, sagte Morrow.

Er lächelte mitleiderregend. »Maria Arias hat sie reingelegt, oder?«

Morrow nickte halb. »Aber etwas ist schiefgelaufen, glaube ich.«

»Sie kannte Vicente von früher ...« Er sah sich noch einmal im Zimmer um und stand auf. »Ich lass mich jetzt so was von volllaufen.«

Sie stand ebenfalls auf. »Gute Idee.«

Im Flur nickte Thankless sie von Walker weg. Sie sahen ihm nach, wie er ins Wohnzimmer taumelte.

Thankless murmelte: »Eine Frau, auf die Griersons Beschreibung passt, war heute Morgen am Flughafen in Glasgow. Privatflugzeug. Sie hatte zwei Kinder dabei. Sie reiste unter dem Namen Abigail Gomez.«

37.

Einfach so in den Glasgow International zu gelangen, war schwierig. Nach einem gescheiterten Terroranschlag waren Poller und verkehrsberuhigende Maßnahmen auf allen Straßen installiert worden. Der Verkehr wurde bis in Reichweite des Terminals geführt, dann aber mit einem Mal wieder weg zur Rückseite eines Parkhauses. Der Boardingbereich für Privatflugzeuge schien von den allgemeinen Vorsichtsmaßnahmen ausgenommen zu sein. Ein Schlamassel aus schlechter Ausschilderung und schlaglochreichen Verkehrskreiseln wurde als ausreichend strenge Sicherheit erachtet. Er war sehr schwer zu finden.

Morrow und Thankless hatten ihre Dienstausweise einer Kamera an der Parkplatzschranke gezeigt und mussten sie dann noch einmal vor der Tür zu dem kleinen Rauchglasgebäude vorzeigen, das sich am Rand der Startbahn befand.

Die Türen glitten auf, dahinter war eine flache Lobby mit Plastikblumen, Doppeltüren und einem Einwegspiegel an der hinteren Wand. Ein junger Mann mit langem Hipsterbart und grauem Anzug kam aus einer Seitentür, lächelte und zog sich das Jackett gerade. Er keuchte.

»DI Morrow? Bitte kommen Sie rein.« Er hielt die Tür hinter sich für sie auf und folgte Morrow und Thankless in den engen Flur, entschuldigte sich ununterbrochen, bis er vor ihnen war. Bisschen eng, sagte er, tut mir so leid. Er führte sie in ein Büro am gegenüberliegenden Ende des Gebäudes. Ein kleines Fenster hatte Blick auf die Startbahn. Auf dem Schreibtisch darunter stand eine Reihe Überwachungsmonitore. Zu ihrer Linken führte eine Rauchglaswand zur Abflug-halle.

Sobald sie im Büro waren, schloss er die Tür hinter ihnen, trat vor, bis er zwischen ihnen und den Monitoren stand, zog noch einmal sein Jackett glatt und lächelte, als würden sie sich jetzt erst begegnen. Niemand sonst schien im Gebäude zu sein.

Er stellte sich als Manager vor und fragte nach der Flugnummer. Als Morrow sie ihm zur Überprüfung reichte, merkte sie, dass es in dem kleinen Raum kalt und der Computer nicht eingeschaltet war. Der Manager war hier die einzige Person, und er war gerade erst angekommen. Aller Wahrscheinlichkeit nach war A7432 das einzige Privatflugzeug, das in den letzten paar Tagen gestartet war.

Er schaltete den Computer an, und sie starrten alle auf den Monitor, während er hochfuhr. Er schien sehr lange zu brauchen. Der Manager versuchte ständig, ihre Blicke auf sich zu ziehen, schenkte ihnen ein Servicelächeln und sah wieder auf den Bildschirm, den er sich schneller wünschte. Morrow ließ Thankless zum Lächeln und Blickkontaktpflegen stehen und sah durch das Rauchglasfenster in den Abflugbereich.

Quadratische Sessel aus Kunstleder standen ordentlich nebeneinander und blickten durch bodentiefe Fenster auf die Startbahn. Man hatte versucht, die Lounge nach mehr als einem Wartebereich aussehen zu lassen, war aber gescheitert. Eine Kaffeemaschine stand auf einem Beistelltisch neben einem Teller voller einzeln verpackter Kekse. Ein kleiner Kühlschrank mit unterschiedlichen Weinflaschen war verschlossen.

»Jetzt kann's losgehen«, sagte der Manager, beugte sich vor, um die Maus zu benutzen. Er rief die neueste Datei auf und doppelklickte.

Sie schauten erwartungsvoll hin. Eine Splitscreenansicht: die leere Abflughalle neben einer kleinen Röntgenmaschine für Handgepäck irgendwo anders im Gebäude. Sie sahen eine ganze Minute lang zu. Nichts passierte. Der Manager lächelte entschuldigend.

»Ich stelle Ihnen das mal auf Schnellvorlauf«, sagte er und tat es. Sie sahen wieder zu. Auf dem Bildschirm huschten im Schnellvorlauf der bärtige Manager und ein anderer Mann ins Blickfeld und schalteten die Röntgenmaschine ein. Sie schnatterten manisch, ignorierten sich dann, während sie Formulare ausfüllten und auf ihre Uhren sahen. Der Mann vom Zoll gähnte geschwind.

Der Manager drückte auf Play, und vergleichsweise träge schoben sich Martina Fuentecilla und Hector in den Kamerawinkel mit dem Röntgengerät. Beide trugen Schuluniformen. Sie warteten vor einem hohen Schalter. Es war zehn Uhr. Morrow war zu der Zeit gerade in Hetties Haus in Clydebank angekommen.

Von dem hohen Winkel an der Wand aus gesehen, so wie ein Gott sie sehen könnte, standen die Kinder in dem leeren Raum dicht beieinander. Der Manager sah sie an und lächelte freundlich. In dem kleinen, kalten Raum bemerkte Morrow, wie er sich selbst auf dem Monitor betrachtete. Sie sah ein kleines Echo des Lächelns über sein Gesicht huschen. Auf dem Überwachungsband erwiderte keines der Kinder seine Freundlichkeit. Dem Manager auf dem Monitor war das unangenehm, und er wandte sein Lächeln dem Klemmbrett zu, das er in der Hand hielt. Er überprüfte ihre Pässe, machte sich eine Notiz und lächelte diesmal förmlicher, als er sie ihnen zurückgab.

»Was schreiben Sie da auf?«, fragte Morrow.

»Passnummern.«

Sie schauten weiter. Martina und Hector legten ihre Rucksäcke auf das Förderband, die Handys separat in Plastikwannen, und schickten alles durch das Röntgengerät.

Eine dritte Person, die zu der kleinen Gesellschaft gehörte, tauchte auf dem Bildschirm auf. Sie zeigte ihren Pass vor. Sie trug einen langen grauen Rock, einen blauen Strickmantel, der ihr bis über die Knie reichte, und eine schwarze Baskenmütze. Von hinten war sie nicht zu erkennen. Der Manager auf dem Bildschirm lächelte und deutete auf ihre Mütze, bat sie, sie abzunehmen. Er hielt den Pass hoch, verglich ihr Gesicht mit dem auf dem Foto und gab ihn zurück. Die Frau legte ihre Tasche auf das Förderband und drehte sich zur Kamera, als sie weiterging. Sie konnten ihr Gesicht sehen.

Er hielt an. »Da?«, fragte er. »Ist das die Frau auf dem Foto?«

Die Frau war vielleicht Mitte fünfzig, hatte graues, zum Bob geschnittenes Haar und eine lange, gerade Nase. Susan Grierson.

»Das ist sie«, sagte Morrow und merkte, dass er auf Anerkennung aus war. »Sehr gut erkannt.«

Zufrieden nickte er. »Sie benutzt einen anderen Namen.«

»Scheint so. Können wir Ihre Passagierlisten dieser Leute sehen?«

»Natürlich.« Er verkleinerte die Datei mit den Überwachungsbändern und öffnete die Passagierlisten. Ihr Flugzeug war das einzige gewesen, das an diesem Tag gestartet war, und es waren drei Leute an Bord gegangen: Martina und Hector Fuentecilla und eine Frau namens Abigail Gomez. Gomez reiste mit einem US-Pass, wohnte aber in Ecuador.

»Können Sie für mich überprüfen, ob diese Passnummer während der letzten Woche oder so ins Land gekommen ist?«

Er sagte, das würde er, aber sie glaubte nicht, dass er sie finden würde. Gomez hätte für die Einreise ein Visum gebraucht. Sie war vermutlich als jemand anderes ins Land gekommen.

Im Flugplan des Privatfliegers war verzeichnet, dass die kleine Gesellschaft bereits im London City Airport gelandet war. Sie hatten einen Anschlussflug in einer Linienmaschine nach

Miami gebucht. Sie reisten erster Klasse und hatten einen weiteren Anschluss nach Guayaquil in Ecuador.

»Haben sie den Anschlussflug bekommen?«

Der Manager überprüfte eine weitere Datei. Sie befanden sich gerade auf dem Weg nach Miami.

»Wann landen sie in Miami?«

»In weniger als einer Stunde.«

38.

Sie betonte, dass es wichtig war, musste aber acht Minuten in der Leitung warten. Jetzt bat DCC Hughes sie um Informationen, die er eigentlich in einem Bericht vor sich liegen hatte. Hören Sie, Sir, sagte sie, wir brauchen den Haftbefehl *sofort*, oder man kann sie nicht in Miami festnehmen.

Wo hat man Fuentecilla gefunden? Im Haus einer Frau namens Susan Grierson. Die Frau, die sich als Susan Grierson ausgegeben hat, reist unter dem Namen Abigail Gomez und landet in zwanzig Minuten in Miami. Sie hat einen Anschlussflug nach Ecuador mit den Kindern, und das ist unsere letzte Chance, sie festzunehmen.

Kommt Susan Grierson aus Helensburgh?

Ja, Sir, aber Abigail Gomez ist nicht Susan Grierson.

Aber Susan Grierson kommt aus Helensburgh?

Morrow zögerte. Ja, Susan Grierson schon, aber das ist nicht Susan Grierson.

Hat sie sich Susan Grierson genannt? Ja.

Hat sie in Susan Griersons Haus gewohnt? Ja.

In Ihrem Bericht steht, dass einige Leute sie als Susan Grierson identifiziert haben, und sie scheint detaillierte Informationen über die Region zu haben.

Morrow hatte das mit aufgenommen, um Hughes' Aufmerksamkeit darauf zu lenken, wie gut Grierson/Gomez vorbereitet war, wie professionell sie war. Er sollte verstehen, dass sie es mit ernsthaften Profis zu tun hatten, dass sie sich beeilen mussten, um sie zu verhaften.

Also, fuhr DCC Hughes fort, die Stimme nah am Hörer, sein

Atem schlug an ihr Ohr, ganz realistisch betrachtet, könnte sie aus der Region stammen?

Morrow schloss die Augen. Sie biss sich auf die Zunge. Verzweifelt fing sie an, mit dem Zeigefinger auf ihr Knie zu tippen, weil sie jetzt endlich verstanden hatte. Wenn es ein regionaler Fall war, würde Police Scotland das Injury Claims 4 U-Geld bekommen. Aber das gesamte Geld würde an die Met gehen, wenn eine Verbindung mit dem Londoner Fall durch Miami, durch Abigail und Vicente und Maria Arias hergestellt wurde.

Morrow hatte das ganze Setup als schlampig empfunden. Die Leiche war im Haus abgelegt worden, die Reinigungstücher hatten Spuren hinterlassen, sogar das Sperma war stümperhaft auf der Leiche arrangiert worden. Aber jetzt erschien es ihr weniger schludrig als zynisch. Wer sie auch war, Gomez hatte nicht einfach nur Roxanna umgebracht, die Kinder entführt und ein paar armselige Einheimische reingezogen. Sie hatte ein Drehbuch für die Polizei geschrieben, einen nachzuverfolgenden Fall gegen die Fraser-Cousins konstruiert. Gomez verstand, dass die Polizei eine Ausrede brauchte, um kein Geld dafür ausgeben zu müssen, sie durch die halbe Welt zu verfolgen. Wenn sie sie ziehen ließen und stattdessen die Einheimischen anklagten, konnten sie den Fall abschließen und sich einen Batzen von den sieben Millionen Pfund einstecken. Ein Fehlurteil wäre im Interesse aller.

»Sir, es ist dringend. Sie müssen uns den Haftbefehl innerhalb der nächsten zwanzig Minuten ausstellen.«

In der Leitung folgte Stille, dann sagte Hughes:

»Hören Sie, die Gelder der Arias' wurden eingefroren. Die vom Betrug haben sich die ganzen Konten und Depots zurückerkämpft.« Seine Stimme senkte sich zu einem beschämten Murmeln. »Haben Sie genügend Beweise, um einen der Frasers anzuklagen?«

Morrow tippte nicht mehr auf ihr Knie. Sie war so wütend, dass sie spürte, wie sich ihr Herzschlag verlangsamte.

»Sir«, sagte sie sehr behutsam, »genau das will sie von uns.«

Er atmete tief ein, sagte aber nichts.

»Okay«, sagte sie. »Nur um meine Position deutlich zu machen, Sir: Die Beweise sind unzureichend, um einen der Frasers in dieser Sache anzuklagen. Wenn sie doch vor Gericht gestellt werden, sehe ich mich gezwungen zu kündigen und meine Ermittlungsergebnisse der Verteidigung zur Verfügung zu stellen.«

Es war eine Drohung, aber Hughes wusste, dass sie log. Sie hörte, wie er an den Zähnen lutschte, und dann log er zurück: »Ich werde mich mit höchster Dringlichkeit um diesen Haftbefehl kümmern.«

Er legte auf.

39.

Iain Fraser war auf dem Weg nach Glasgow im Wagen in einen köstlichen Chlorpromazinschlaf gefallen. Einen Teil des Weges zu den Zellen konnte er laufen, aber hinter dem Schalter brauchte er Hilfe, weil er das Gleichgewicht verlor.

Sie hatten ihn im Streifenwagen nach Glasgow und dort zur Polizeidienststelle in Bridgeton gekarrt, und dann hatte man ihm seine Tabletten und das Geld und den Tabak abgenommen und ihn in die Zelle gesteckt. Er schlief auf dem Rücken. Iain hatte an Andrew Cole gedacht, an das Feuer, an die Hitze in seinen Fingern, als er einschlief. Aber davon träumte er nicht. Er träumte von dem schrillen Geräusch, das brechendes Glas machte.

Er schlief mit den Händen auf dem Bauch, und als er aufwachte, waren sie taub, weil er sich nicht bewegt hatte, und das für vielleicht zwei Stunden. Er hob sie hoch, diese tauben, geschwärzten, fleischigen Dinger, und sah sie sich durch schlafverquollene Augen an. Sie waren geschwollen. Sie sahen aus wie Comic-Finger.

Er klingelte, um einen Tee zu bekommen, und bat um Zucker. Normalerweise nahm er keinen, aber er hatte jetzt Hunger. Man durfte in den Zellen nicht mehr rauchen. Das war Folter. Er hätte um ein Pflaster bitten sollen.

Er wartete und wartete. Er konnte hören, wie draußen Leute aufgenommen und abgefertigt wurden.

Er konnte sie spüren, wie sie in seiner Brust saß, schwer. Sie wartete innen auf ihn. Ein fester, schwerer Klumpen von einem Ding, aber sie hatten nun Frieden geschlossen. Sie bekämpften sich nicht mehr gegenseitig. Sie suchten nur gemeinsam nach einem Ausweg.

Eine Tür öffnete sich. Ein Mann reichte ihm einen gelben Plastikteller, Ikea stand untendrunter und ein Käsesandwich lag obendrauf. Iain aß das Sandwich und trank Tee, keinen heißen Tee, aber starken. Er war es gewöhnt, zu nehmen, was man ihm gab. Im Gefängnis gewöhnte man sich daran.

Ein Mann, derselbe Mann, kam zu ihm und brachte ihn aus der Zelle in den Eingangsbereich der Hafträume, und zwei Cops, die er noch nie gesehen hatte, begleiteten ihn nach oben. Sie ließen ihn sich hinsetzen und fragten ihn, wie es ihm ging. Vielleicht wollte er sich das Gesicht waschen, er war furchtbar dreckig.

Nee, Iain atmete das Wort aus, als wäre es sein letztes *shee-laah*, alles in Ordnung.

Die Polizistin und der Mann, die beiden aus Susans Haus, setzten sich hin. Nein danke. Er wollte keinen Anwalt. Iain rieb sich fest das Gesicht. Es fühlte sich körnig an. Er sagte das Wort »körnig« und sah auf seine riesigen schwarzen Hände. Sie hatten ein Päckchen Feuchttücher dabei, wollte er eins?

Hatte er geantwortet? Er hielt ein Feuchttuch in der Hand und wischte sich damit über das Gesicht. Es roch nach Parfüm und fühlte sich ölig auf der Haut an. Er rieb sich damit die Hände, als wäre es einer dieser Waschlappen, den man in Curryläden bekam. Es war jetzt schwarz und zerfetzt. Er legte es an die Seite des Tischs.

Erzählen Sie uns etwas über die Frau vom See.

Er hatte sie in ihrem Haus in Clydebank abgeholt, und sie war mit ihm mitgegangen. Sie schien durchaus gern mitzukommen. Wer hat Sie da hingeschickt? Niemand. Kannten Sie sie? Nein. Woher hatten Sie ihre Adresse? Keine Ahnung. Er spürte, wie sie es sich in seiner Brust bequem machte, um seine Geschichte zu hören. Sie stimmte ihm zu, und er war froh darüber, weil er sie nicht wieder wütend machen wollte. Alles, nur das nicht.

Woher hatten Sie das Foto in dem Umschlag? Susan Grierson hat es mir gegeben. In dem Umschlag? Ja, in dem Umschlag. Wer ist auf dem Foto? Ich weiß es nicht. Warum hat sie es Ihnen gegeben? Um Andrew Cole rauszukriegen. Sie sagte, ich solle Ihnen sagen, es käme von Tommy Farmer, aber das stimmt nicht. Wer ist Tommy Farmer? Der arbeitet für Mark Barratt. Unbedeutend. Hat nie gesessen. Wer ist Boyd Fraser? Weiß ich nicht. Er kommt aus Helensburgh, oder? Ich weiß es nicht. Wer ist Mark Barratt? Mark Barratt kommt morgen um Viertel nach sieben. Prestwick.

Kennen Sie Frank Delahunt? Iain kannte niemanden, der so hieß, aber es war auch ein komischer Name. Er formte ihn mit den Lippen. Frank Delahunt. Halb nobel, halb irisch. Nein. Ich kenne niemanden, der so heißt.

Dann sah er auf.

Sie war die exakte Doppelgängerin von Danny McGrath. Die Polizistin, die ihn von der anderen Seite des Tisches aus anstarrte, sprach. Er sah, wie sich ihr Mund bewegte, und schmunzelte, dass sie Danny McGrath als Frau war. Grübchen, blondes Haar, dünneres Gesicht, aber dieselben Eigenheiten, dasselbe ausdruckslose Gesicht und derselbe wütende Unterton. Sie sah, dass er sie ansah.

Ich kenne Sie, sagte Iain. Ihr Gesicht.

Sie sagte: Wirklich?

Und er grinste und sagte: Sie sehen genau wie Danny McGrath aus.

Wirklich? Sehe ich aus wie Danny McGrath?

Ja, das tun Sie. Sie sind voll seine Doppelgängerin, und wissen Sie, was am deutlichsten wie Danny McGrath an Ihnen ist? Ihr hartes Gesicht. Wie Sie da sitzen und Ihre Hände bewegen. Sie sind kalt.

Und wer genau ist Danny McGrath?

Also erzählte Iain es ihr: Ich hab ihn in Shotts kennengelernt. Nein, nicht kennengelernt. Ich hab ihn gesehen, aber nicht kennengelernt. Er ist ein Gangster im Shotts Prison, und er ist ein böser Mann. Er ist eine harte Nuss mit ausdruckslosem Gesicht, und man wusste nie, ob er es auf einen abgesehen hatte, bis er an einem dran war. Und Sie sehen genau aus wie er.

Und sie sagte: Nun, für einen Mann, der sich nicht mal selbst das Gesicht waschen kann, haben Sie einen guten Blick, Mr. Fraser, weil Danny McGrath mein Halbbruder ist.

Langsam kräuselte sich ein Lächeln aus Iains Nase über sein Gesicht und wärmte ihn hinter den Ohren. Sie, sagte er. Sie sind die Polizistin, die ihren eigenen Bruder ins Gefängnis gebracht hat.

Er ist nicht meinetwegen im Gefängnis. Er ist im Gefängnis, weil er wegen Beihilfe zum Mord verurteilt wurde.

Sie war so kalt wie ihr Bruder. Ihre Stimme schwankte nicht einmal, als sie das sagte.

Sie sind nicht loyal, sagte Iain. Sie wissen nicht, zu wem Sie gehören.

Da sah sie ihn direkt an, und sie lächelte, aber sie war wütend. Sie sagte: Nein, Mr. Fraser, ich weiß genau, zu wem ich gehöre. Und ich weiß, wer ich bin: Ich bin die Person, die die Wahrheit sagt, auch wenn sie mir nicht gefällt. Auch wenn sie mir wehtut.

Die Vernehmung ging weiter. Die Fragen gingen weiter. Augenbrauen hoben sich, stellten ihm Fragen, aber alles, was Iain sehen konnte, war diese Frau vor ihm, die aussah wie Danny McGrath, aber versuchte, die Wahrheit zu sagen. Alles, woran er denken konnte, war, was für eine grandiose Sache es wäre, nie mehr zu lügen. Er sah sie vor brennenden Pubs stehen, in Laineys Flur warten, Befehle von Barratt entgegennehmen. Sie starrte ihn, Iain, an. Sie stellte noch eine Frage. Iain machte den Mund auf, und heraus kam die Wahrheit: Mark Barratt gab die Anweisungen. Ich habe sie am See getötet, und es tut mir leid. Andrew Cole hat uns sein Boot geliehen. Tommy ist den Wagen gefahren, und Tommy hat das Feuer im Sailors' Rest gelegt, bei dem Lea-Anne und Murray ums Leben kamen.

Nein, ich brauche keinen Anwalt.

Sein Mund ging noch weiter auf, und noch mehr kam heraus, Gelb kam heraus, und die Frau sagte auch die Wahrheit: Ich wurde auf dem Bootssteg getötet, in den Sanddünen am Bootssteg. Ich habe üblen Männern vertraut. Deshalb bin ich freiwillig mitgekommen. Das sind üble Männer.

»Nein, Iain«, sagte die ehrliche Frau und beugte sich nah zu ihm. »Hester Kirk ist mitgekommen, weil sie jemanden erpresst hat. Sie dachte, Sie würden ihr eine Abfindung bezahlen. Deshalb ist sie mitgekommen.«

»Eine Abfindung?«

»Es ging um Geld. Sie dachte, Sie geben ihr Geld.«

Eine Abfindung. Deshalb hatte sie so geduldig gewartet. Deshalb hatte sie nicht versucht zu fliehen oder es ihnen auszureden. Deshalb war sie mit ihnen mitgegangen, vom Lieferwagen durch die hohen Dünen aus gelbem gelbem Sand. Sie war keine Märtyrerin. Sie hatte nicht Sheila gesagt. Sie war nicht in seine Brust eingekehrt, um es ihm heimzuzahlen.

Iain fasste sich an die Brust, aber sie war weg.

Iain sprach mit ihr, aber er hörte nichts. Sie war nie dort gewesen. In ihm war nichts.

Er wusste, dass etwas kam. Sein Blick war von einem zerfaserten hellen weißen Licht umrandet. Mit entsetzlicher Dringlichkeit bat er sie: Sagen Sie es ihnen, bitte? Annie und Eunice, sagen Sie ihnen, dass ich es nicht war. Bitte, ich war es nicht. Aber seine Lippen glitten über seine Zähne, und seine Zunge schwoll an, und das Licht wurde mit einem Mal heller, und die Welt war verschwunden.

Eine langsame Welle, so hoch wie ein Hügel, brach über ihm, ihre Kälte berührte seine Stirn, den Punkt, an dem das dritte Auge saß, sie schloss sich über ihm, eine weiße Welle, eine kalte Welle, eine salzige Welle.

40.

Spät am Abend saß Alex Morrow in ihrem Wagen und sah auf das Southern General Hospital, auf die kleinen Fenster, die sich in die Nacht brannten. Menschen kamen und gingen. Pfleger schoben Patienten in die Raucherecke auf dem Parkplatz und holten sie später wieder ab. Taxis kamen, holten ab oder brachten hin, und dann fuhren sie wieder weg. Danny war dort oben, hinter einem dieser Fenster.

Es war fast Mitternacht. Sie wollte nach Hause, aber sie saß im Auto und war so traurig, sie fühlte sich wie gelähmt.

Iain Fraser war tot. Sie hatte zugesehen, wie seine Leiche im Vernehmungsraum auf eine Trage gelegt wurde. Ein schwerer Herzinfarkt, hieß es. Man hatte keinen Leichensack mit nach oben genommen. Der leitende Sanitäter hoffte, dass das okay war? Er könnte noch einen holen, wenn sie das wollte? Morrow sagte nein, es war in Ordnung. Sie konnten ihn runter und durch die Eingangshalle tragen, ohne an jemandem vorbeizukommen. Niemand kam mehr in Polizeidienststellen.

Sie war froh, dass überall auf der Dienststelle Kameras installiert waren, froh, dass der Polizeiarzt, der ihn untersucht hatte, zugleich sein Arzt war, froh, dass sie seine Medikamente hatte überprüfen lassen. Und trotzdem, wenn sie die Kameraaufzeichnungen von kurz davor ansah, als er auf dem Weg in die Zelle halb kollabierte, da wusste sie, es würde schlecht aussehen. Deshalb fuhr sie mit der Leiche ins Krankenhaus. Sie musste wissen, ob es ein Herzinfarkt gewesen war. Sie musste wissen, dass sie morgen nicht als Erstes eine Tod-in-Gewahrsam-Anklage zu verantworten haben würde.

Oberflächlich betrachtet war Iain Fraser an einem Herzinfarkt gestorben, sagte man ihr im Labor, aber eigentlich, schauen Sie. Schauen Sie sich die Finger an, sehen Sie das? An seinen Fingernägeln?

Sie konnte es nicht sehen, aber sie waren keulenförmig. Sie dachte, er hätte gesagt säulenförmig, aber er wiederholte sich: keulenförmig. Die Spitzen der Nägel waren eckig und geschwollen. Lungenkrebs. Unbehandelt, fortgeschritten, sein Herz hatte vermutlich einfach aufgegeben. Er musste schreckliche Schmerzen gehabt haben.

Fraser war niederstes Milieu, ein Berufsverbrecher. Sie sollte kein Mitleid mit ihm haben, aber das hatte sie, und es plagte sie. Sie sollte ihm gegenüber nichts empfinden.

Der Haftbefehl für Abigail Gomez war eine Stunde zu spät ausgestellt worden. Die drei hatten ihren Anschlussflug nach Ecuador bekommen. Sie versuchte, den Fehlschlag vernunftmäßig zu rechtfertigen: Internationale Haftbefehle brauchten ihre Zeit. Sie brauchten ihre Zeit. Das wusste sie. Aber es musste nicht so sein. Sie brauchten nicht immer so lange.

Wer Abigail Gomez auch sein mochte, sie hatte ein Talent dafür, Schwächen zu erkennen. Sie war in ein winziges schottisches Westküstenstädtchen gekommen, hatte sich hineingestürzt wie ein allwissendes Wesen, so getan, als sei sie eine Heimkehrerin mit gerade ausreichenden Informationen, damit es funktionierte. Sie hatte auch die Schwäche der Police Scotland gefunden. Aber der Mangel an Geldern betraf alle überall. Es war nicht schwer, diese Schwäche zu erkennen.

Sie hatte auch Iain Frasers Schwäche gesehen. Er war entschlossen gewesen, Verantwortung zu übernehmen, aber er war nur ein kleines Rädchen. Morrow hatte das schon oft erlebt. Es war eine Überzeugung, die aus einer traumatischen Kindheit erwuchs, es war so viel überschaubarer zu glauben, dass man selbst schlecht war und nicht die Welt. Es waren

Menschen wie Danny, mit denen sie ein Problem hatte. Menschen, die immer anderen die Schuld gaben oder glaubten, dass Unrecht der natürliche Lauf der Dinge war.

Iain Fraser war flehend gestorben. Er war auf den Tisch gesackt, murmelnd, faselnd. Morrow wusste nicht, worum er gebeten hatte. Er hatte sie angefleht, Ernie und Eunice, sagen Sie ihnen, dass er etwas getan oder nicht getan hatte. Aber dann war er gestorben. Sie könnte sich die Aufnahmen noch einmal ansehen, glaubte aber nicht, dass es dadurch deutlicher werden würde. Sie würde sich morgen seine Akte ansehen und versuchen, Ernie oder Eunice zu finden. Sie wusste allerdings nicht, was sie ihnen sagen sollte.

Morrow seufzte. Sie sollte nach Hause gehen, tat es aber nicht. Sie blieb dort. Sah hinauf zu den Fenstern von Dannys Station, quälte sich mit Fragen, die für die mitternächtliche Zeit auf einem verregneten Krankenhausparkplatz viel zu groß waren.

Danny war dort oben, lag im Bett, neben ihm ein zischendes Beatmungsgerät, hatte eine gute Nacht. Er würde keine Reue darüber empfinden, dass er einen Bürgerkrieg hatte ausbrechen lassen, nur um etwas zu beweisen. Sie verfluchte ihn und rief auf der Station an.

Eine Krankenschwester ging ran. Sie legte das Telefon beiseite, als Alex ihr Dannys Namen nannte. Als sie es wieder hochnahm, klang sie nervös und kurzatmig und sagte, sie wolle nur schnell jemanden holen, der mit Alex sprechen würde, ob sie einen winzigen Moment warten könnte? Wäre das in Ordnung, Liebes? Morrow weinte, bevor der Arzt auch nur den Hörer in die Hand genommen hatte. Es tat ihm sehr leid. Alex sagte, dass es ihr auch leidtat, aber sie log. Sie legte auf.

Iain Fraser lag falsch. Es waren nicht sie, die diese Welt so machten. Es waren nicht sie, die die ganzen Lügen und den

Scheiß darin verursachten. Sie sollte wegen Danny nicht lügen: Sie war nicht traurig. Sie weinte nur vor Erleichterung.

Weinend und erschöpft schaltete sie die Scheinwerfer an, löste die Handbremse und fuhr den geliebten Heimweg zu ihrem warmen Haus, ihrem guten Mann, ihren wunderbaren Kindern, die atmeten und gediehen.

41.

Im hellen Licht des frühen Morgens erklomm eine Kolonne aus zwei Autos einen hohen Hügel. Der plötzliche Anblick der weiten Irischen See wurde nur von Ailsa Craig unterbrochen, einer nackten Steininsel, die so rund wie ein Babypopo aus dem Wasser ragte.

Morrow hatte nicht geschlafen. Als sie dreieinhalb Stunden, bevor sie wieder los musste, zu Hause ankam, hatte sie einen halben Liter Kaffee gekocht und sich mit einem Päckchen Kekse in die dunkle Küche gesetzt, um eine einsame Totenwache für ihren Bruder zu halten. Sie saß drei Stunden lang in der Düsternis, lud den Kummer ein, endlich zuzuschlagen. Nichts passierte. Also zerrte sie Erinnerungen hervor, liebevolle Momente, die sie geteilt hatten, Güte, Schwermut. Nichts passierte. Sie konnte die Trauer ebenso wenig steuern, wie sie das Meer befehligen konnte.

Prestwick Airport war ein Überbleibsel aus dem Zweiten Weltkrieg. Es war ein Flughafen für Billigflieger, und dieser Rolle wurde er gerecht. Eine Werbung, die am Kreisverkehr lauerte, wies Autofahrer an, für £9 nach Rom zu fliegen. Die Fußgängerbrücken und Außenwände des Bahnhofs bewarben verbilligte Flugpreise, Mietwagen und Hotels. Alles hatte einen verbilligten Preis. Prestwick Airport wusste, was er feilbot.

Sie ließen den Wagen im Kurzparkbereich stehen, keine hundert Meter vom Eingang entfernt, und betraten die Abflughalle. Sie war weit und hoch und weiß und leer. Die meisten Flüge kamen und gingen früh. Es war Teil des Billig-Deals:

Urlaubsflüge zu Geschäftszeiten, Geschäftsflüge nach Ferien-flugplan. Die Anzeigentafel mit den Ankünften verkündete, dass der Flug aus Barcelona um 7:15 Uhr erwartet wurde.

Sie mussten zehn Minuten totschlagen. Morrow wies die DCs an, sich hinzusetzen, und sie taten es. McGrain setzte sich zu ihr. Sie war mit einem ganzen Team gekommen, falls Barratt Leibwächter dabeihatte.

Es war ruhig in der Halle. Niemand verweilte hier. Die meisten Passagiere eilten direkt zum Sicherheitscheck, um ihre frühmorgendlichen Flüge zu erreichen.

Auf der anderen Straßenseite kam ein Zug aus Glasgow an. Die Passagiere überquerten die Fußgängerbrücke und fuhren die lange Rolltreppe herunter, gaben Gepäck an den Flugschaltern auf und huschten zu den angewiesenen Reihen für den Sicherheitscheck. Innerhalb weniger Minuten waren die Abfertigungsausdrucke gelesen, die Pässe überprüft, sie wurden von der Sicherheitstür verschluckt, und die Halle war wieder leer.

Morrow wurde sich allmählich eines Mannes bewusst, der sich am Rand ihres Blickfelds befand. Er las eine Ausgabe der *Times*, fiel dadurch auf, dass er sich auf keinem der vielen leeren Sitze niederließ. Sie stellte sich vor, dass er seine Tochter abholte, die von einem Reisejahr zwischen Schule und Uni zurückkam, während dessen sie Armut gespielt hatte, aber immer mit einem schönen Haus und der Kreditkarte ihres liebenden Vaters im Hintergrund, falls was nicht klappte. Doch dann bemerkte sie seine rote Hose. Es war Frank Delahunt. McGrain war sie auch aufgefallen.

»Ma'am?«

»Ja, ich weiß«, murmelte sie. »Bleib sitzen.«

Sie warteten, saßen still da, taten nichts außer zu schwitzen. Delahunt war hinter ihnen, er konnte sie jederzeit entdecken. Sie glaubte, dass er wegen Barratt hier war, konnte sich aber nicht sicher sein, bevor sie die beiden zusammen sah.

Die Ankunftsanzeige verkündete, dass der Flug aus Barcelona gelandet war. Delahunt sah die Ankündigung und faltete seine Zeitung sorgfältig zusammen, klemmte sie sich unter den Arm. Er schlenderte durch ihr Blickfeld zu den Doppeltüren, auf denen *Kein Eintritt oder Wiedereintritt* stand. Er war angespannt.

Sie warteten. Endlich öffneten sich die Doppeltüren, und eine einzelne Frau kam durch. Sie trug pfirsichfarbene Baumwollkleidung und silberne Riemchensandalen, sie war bereit für ein Dinner an einem spanischen Strand und wirkte müde und verärgert, weil sie zurück war. Hinter ihr, durch die sich schließenden Schwingtüren, hatte sich ein Pulk um das Gepäckband versammelt und zupfte sich nach dem beengten zweistündigen Flug die Kleidung zurecht.

Delahunt verlagerte sein Gewicht, um durch den Türspalt sehen zu können. Er war nervös. Er wurde nicht erwartet und war aus eigenem Antrieb gekommen.

»Und los«, murmelte sie, winkte ihre Beamten hoch und zu den Ausgängen, damit Barratt sie nicht gleich sah, wenn er durch die Türen trat. Ein Mann mit seinem Hintergrund hatte einen Blick für Polizisten, auch wenn er nicht das zweite Gesicht haben musste, um die Jungs, die sie dabeihatte, einzuschätzen: Sogar in Zivilkleidung sahen sie alle nach Cops aus. Zu ordentlich. Auffallend angepasst.

Sie standen auf einem Haufen zwischen den Ausgängen zum Parkplatz und den Abflugschaltern. Morrow sagte zweien von ihnen, sie sollten woanders hinsehen und so tun, als würden sie ihre Handys checken, während sie ihnen über die Schultern sah.

Die Passagiere aus Barcelona tröpfelten durch die Türen. Delahunt ging den Gepäckwagen und der Menge aus dem Weg.

Und da war er. Mark Barratt kam durch die Türen, klein und breitschultrig. Seine Haut war teigig weiß, er sah aus, als hätte er Schottland sein Leben lang nicht verlassen. Sie merkte, dass sie fast erwartet hatte, Danny zu sehen, weil Barratt denselben rasierten Schädel hatte und Jogginganzug trug, aber sie fühlte nichts, als er es nicht war.

Barratt zog einen kleinen Rollkoffer hinter sich her. Der wirkte unpassend weiblich, hatte ein Bildtapetenmuster von einem Schäferhund auf der Vorderseite.

Er bemerkte Delahunt und blieb stehen. Überrascht und wütend, ihn zu sehen, ging er zu ihm.

Delahunt sprach mit Barratts Schulter. Barratt sagte zwei kraftvolle Wörter und ging weg. Verwirrt tat Delahunt so, als würde er darauf warten, dass jemand anderes durch die Türen kam.

Barratt polterte auf den Ausgang zu, eine der Kofferrollen quietschte unregelmäßig.

Morrow nickte den beiden DCs zu, damit sie Delahunt einsammelten, und sie und McGrain gingen zum Ausgang. »Mark Barratt?«

Barratt blieb stehen. Er sah sie an und wusste, was sie waren. Er sagte nichts.

»Mr. Barratt, wir würden uns gern mit Ihnen über Ereignisse unterhalten, die sich während Ihrer Abwesenheit zugetragen haben. Würden Sie bitte mit uns kommen, Sir?«

»Hab ich 'ne Wahl?« Seine Stimme war ein tiefes Rumpeln, die Vorahnung eines Donnerns.

»Ich denke, wir wissen beide, dass dem nicht so ist, Mr. Barratt.«

Delahunt wurde zu ihnen geführt und brachte unter lautem Protest seine Verwunderung zum Ausdruck. Barratt ließ ihn mit einem finsteren Blick verstummen.

»Okay«, sagte Morrow, »dann bringen wir diese beiden Gewinner mal in die Autos.«

Delahunt war mit ihr im Wagen, als sie zurück zur London Road fuhren. Er würde reden. Morrow erkannte es an der Unregelmäßigkeit seiner Atmung, an der Art, wie er scharf einatmete und dann die Luft herausließ. Sie sprach nicht mit ihm. Wenn er etwas zu sagen hatte, wollte sie es auf Tonband.

In der London Road fuhr McGrain mit dem Wagen durch das hintere Tor der Polizeidienststelle. Delahunt saß so aufrecht wie ein Irish Setter, sah sich alles an, nahm alles auf. Der andere Wagen kam an, und Barratt glitt im Profil vorbei, ausdruckslos.

Sie nahmen sie mit durch den Hintereingang, überließen es dem diensthabenden Polizisten Mike, die Formulare auszufüllen, und brachten Delahunt direkt nach oben in einen Vernehmungsraum. Barratts Anwalt war verständigt und auf dem Weg. Sie bestellten ihn in einen anderen Vernehmungsraum, sagten ihm aber, dass sie den Koffer einbehalten mussten, weil er zu groß war.

Während man ihn abführte, sah Morrow, wie Barratts Blick auf dem Rollkoffer verweilte, der aufrecht hinter dem Pult stand. Sie wartete, bis Mike zurückkam.

»Da«, sagte sie in Richtung Koffer, »ist etwas drin.«

Mike starrte ihn an. Sie konnten ihn ohne Durchsuchungsbeschluss nicht öffnen. Um einen Beschluss zu bekommen, brauchten sie einen Grund. Um einen Grund zu haben, mussten sie Barratt dazu bringen, etwas zu sagen, aber das würde er nicht. Sie würden den Koffer nicht öffnen können. Mike sah sie an.

»Ich könnte Hilfe gebrauchen, Ma'am. Wenn Sie das für mich in den Lagerraum bringen würden?«

Morrow wusste nicht, worauf er hinauswollte.

»Ich meine, Sie könnten ihn ordentlich abtasten, Sie wissen schon, wie ein Weihnachtsgeschenk.«

Er war schlau, dieser Mike, er hatte immer die Grenzen der Vorschriften im Blick.

Morrow ging in die Hocke und tastete den Koffer von außen ab. Er war mit Gobelinstoff bezogen. Auf der Vorderseite wölbte sich das Gewebe, grün und gelb auf schwarzem Grund, aber er war vorne und hinten fest. Sie klopfte ihn mit einem Fingerknöchel ab. Es fühlte sich an, als wäre er mit Plastik verstärkt. Die Vorderseite gab nach, der Gobelin wurde etwas schlaff. Die Rückseite fühlte sich härter an, bewegte sich anders und wirkte nach unten hin so fest, als wäre innen ein doppelter Boden.

Mike legte den Koffer auf den Rücken und klopfte gegen den Boden. Wieder: eine Festigkeit, die zu einheitlich war, um sie mit Shampooflaschen und Sandalen zu erklären. Sie standen auf und sahen sich an.

»Von wo kommt er, Ma'am?«

»Direkt aus Barcelona.«

»Kokain?«

»Weiß nicht.«

»Er hat als Beruf ›Tapezierer‹ angegeben. Er hat gesagt, er hat eine Ausbildung und alles. Aber würde er es selbst mitbringen?«

»Das ist der schwächste Punkt in der Kette, oder? Ist man risikoscheu, lässt man es jemand anderen machen, aber das erhöht nur das Risiko.«

Sie sahen auf den Koffer. Selbst wenn er randvoll mit Kokain war, konnten sie ihn nicht aufmachen.

»Lagern Sie ihn ein«, sagte Morrow angepisst und ging rauf, um Delahunt zu vernehmen.

42.

Delahunt war hocherfreut, sie zu sehen. Er stand auf, um ihr die Hand zu schütteln, sein Mund stand offen, völlig heiß darauf, ihr die Geschichte zu erzählen, die er sich im Auto ausgedacht hatte. Sie richtete das Aufnahmegerät ein, hielt eine Hand hoch, um Delahunts Galopp aufzuhalten, bis die Bänder darüber informiert waren, wer anwesend war und worum es ging.

»Okay, also, Francis Delahunt, können Sie mir sagen, mit Ihren eigenen Worten, was Sie heute Morgen am Prestwick Airport wollten?« Sie sprach langsam, um seiner Aufregung entgegenzuwirken und ihn abzubremsen.

»Also, ja«, fing er an, hielt den Atem an und sah auf den Boden. »Ich war am Flughafen, um auf einen Freund zu warten, als ich zufällig Mark Barratt ...«

»Name?«

»Name?«

»Von Ihrem Freund. Wir werden die Passagierlisten nach Ihrem Freund durchsehen.«

»Ach«, er musste schnell reagieren, »sehen Sie, die Sache ist die ...«

»FRANK.«

Delahunt senkte den Blick auf den Tisch.

»Frank«, sagte sie leise. »Wir haben Roxanna Fuentecilla tot aufgefunden. Wir haben eine andere Frau im Loch Lomond tot aufgefunden. Sie war eine ehemalige Angestellte von Injury Claims. Der Mann, der sie umgebracht hat, arbeitete für Mark Barratt. Das ist jetzt wirklich ernst. Verstehen Sie?«

Er nickte schockiert. »Sie ist tot?«

»Das ist wirklich ernst. Sie müssen mit einer umfangreichen Gefängnisstrafe rechnen.«

»Roxanna ist tot?«

»Mit einem Draht erdrosselt.«

Er sackte auf seinem Stuhl zusammen. »O Gott.«

»Sie müssen mir die Wahrheit sagen.«

Er nickte, und seine Augen flehten sie an, ihm zu helfen.

»Ich kann Ihnen helfen, aber dazu müssen Sie mir helfen. Das kann keine Einbahnstraße sein. Wir müssen uns gegenseitig helfen.«

Er nickte immer noch, er hatte es verstanden und flüsterte beiden zu: »Ich bin nur die Kontaktperson in der Stadt.«

»Für wen?«

»Roxanna. Ich bin nur ein Verbindungsmann. Ich mache an sich nichts *Illegales*. Ich gebe Rechtsberatung und bringe Leute zusammen.«

»Warum war Roxanna hier?«

Delahunt atmete tief ein. »Okay. Es ist ein System.« Er lutschte an seinen Backenzähnen, dachte wahrscheinlich darüber nach, sich selbst aus der Geschichte herauszuschreiben. »Gewinne aus einer Personenhandelsgesellschaft. Die Handelsgesellschaft ruht dann«, er sah auf, »aus *beliebigen* Gründen.«

»Weil sie tot ist?«

»Nein!«

»Verschwunden? Später für tot …«

»Nein! Verhaftet! Verhaftet. Man wollte, dass sie verhaftet wird. Das war *alles*. Der Mann, der Vater, er wollte seine Kinder zurück. Sie sollte nicht umgebracht werden. Es hätte so gar nicht laufen sollen. Niemand wollte es, aber sie bekam es raus.« Er schloss erschöpft die Augen.

»Sie bekam was raus?«

Delahunt seufzte. »Eins der Kinder erzählte ihr, dass der Vater angerufen hatte. Er hatte Maria Arias erwähnt, und so merkte sie, dass die beiden sich kannten.«

»Sie fuhr nach London, um sie damit zu konfrontieren?«

»Na ja«, er schüttelte ungläubig den Kopf, »das war so dumm. Solchen Leuten droht man nicht, das hab ich ihr gesagt.«

»Haben Sie sie gewarnt, als sie Sie von dem Feld aus anrief?«

Als sie ihn betrachtete, wie er sich an jenen Morgen erinnerte, schien er zu altern. »Hab ich. Sie sagte, sie war bei Maria. Ich sagte ihr, sie soll sofort abhauen. Das wollte sie nicht wegen der Kinder. Und ich beschloss, zu ihr zu gehen, um sie dazu zu überreden.« Delahunt blinzelte heftig, als würde er versuchen, etwas aus seinem Gedächtnis zu streichen.

»Das war alles, was Sie getan haben? Sie haben sich angezogen und sind hingefahren, um sie zu ›überreden‹?«

Er schämte sich. Er konnte sie nicht ansehen.

»Oder haben Sie zuerst Maria Arias angerufen, um ihr zu sagen, wo Roxanna war?«

Er richtete sich gerade auf, ging in Abwehrhaltung. »Maria sagte, ich solle nicht zum Feld fahren. Sie hatte Roxanna gesagt, sie sollte zurück nach Schottland fahren, abwarten, alles würde gut werden. Sie sagte, ich solle einfach wieder schlafen gehen.«

»Aber Sie sind hingefahren?«

»Ich bin hingefahren, und Roxanna war weg. Und ich hoffte, sie wäre abgehauen. Das habe ich die ganze Zeit gehofft.«

Er sah auf, brauchte Zustimmung oder wenigstens Verständnis.

»Nun«, sagte Morrow kalt, »sie ist nicht abgehauen. Wer hat sie umgebracht?«

»Ich weiß es nicht. Ich weiß gar nichts darüber.«

»Sie haben diese Masche mit der ruhenden Firma hier oben schon eine Weile laufen, richtig?«

Er hob die Schultern. »Das ist keine ›Masche‹ …«

»Haben Sie den Arias' diese Idee angetragen?«

»Ich kenne sie nicht. Bob Ashe und ich haben darüber *gesprochen*. Wir kennen uns aus dem Helensburgh Yacht Club. Wir haben nur darüber gesprochen, das war alles. Sie können niemanden anklagen, nur weil er über etwas gesprochen hat.«

Es war die Ausrede eines Anwalts. »Wer hat Sie *bezahlt*? Mr. Ashe?«

Delahunt schmunzelte. »Mir wurde gar nichts bezahlt.«

»Hat Roxanna Sie bezahlt?«

»Ich sagte doch, ich habe kein Geld bekommen.« Er wirkte selbstzufrieden. Morrow merkte, dass ein Knieklopfen im Anmarsch war.

»Man hat Ihnen *noch* nichts gezahlt?«

»Nein.«

Sie starrten sich eine Weile an.

»Haben Sie«, sie wählte ihre Worte mit Bedacht, »irgendwelche Gegenleistungen für die von Ihnen erbrachten Leistungen erhalten?«

Delahunt lächelte freundlich. »Nein! Sehen Sie, die haben mich nicht bezahlt. Der Deal bestand darin, dass mir Injury Claims eine sehr vorteilhafte Hypothek gewährt.«

»Auf Ihr Haus? Ich dachte, der Immobilienmarkt stünde da draußen kurz vorm Zusammenbruch?«

»Die Umfragen sagen ein ›Nein‹ voraus. Der Markt wird sich wieder erholen, und mein Haus ist seit vier Generationen in Familienbesitz. Die Instandhaltungskosten sind sehr hoch, und ich fürchte, was den Börsencrash angeht, habe ich ziemlich viel investiert ...«

»Und die Hypothek kam über Injury Claims 4 U?«

»Ja«, sagte er selbstgefällig. »Das war nur eine einfache Hypothek auf das Haus. Und eine Vertragsbedingung war, dass die Hypothek nichtig wird, wenn die Handelsgesellschaft ruht.«

Die Leute vom Betrugsdezernat würden sich jeden Penny zurückholen, und das würde auch Delahunts Haus mit einschließen. Morrow sagte es ihm nicht. Sie wollte es genießen.

»Okay. Frank, kennen Sie Susan Grierson?«

Sein Lächeln verschwand. »Was?« Er schien nicht nachvollziehen zu können, was mit einem Mal vor sich ging.

»Susan Grierson. Kennen Sie sie?«

Er schüttelte den Kopf. »Ich *kannte* sie.«

»Wann?«

Er schüttelte den Kopf, sah dabei den Tisch an. »Als sie noch lebte, kannte ich sie. Warum fragen Sie mich nach ihr?«

»Lebt Susan Grierson nicht mehr?«

»Susan starb vor einem Jahr. Sie lebte in Amerika. Sie war seit Jahrzehnten nicht mehr in Helensburgh. Warum um alles in der Welt fragen Sie mich nach Susan?«

»Wie ist sie gestorben?«

»Brustkrebs. Sie lebte jahrelang auf Long Island, sie war mit Walter Ashe, Bobs Sohn, verheiratet. Sie haben gemeinsame Kinder. Als der Krebs … Sie zogen nach Miami, wegen der Behandlung. Walter und die Kinder sind immer noch dort.«

»Bob Ashe, dem Injury Claims 4 U gehörte? Susan Grierson war seine Schwiegertochter?«

»Ja, er verbringt da jetzt sogar seinen Ruhestand. Ist Susans Name irgendwo aufgetaucht? In einem Vertrag oder so? Was ist denn hier los?«

Sie dachte an Susan Griersons Ehemann und Schwiegervater auf der anderen Seite des Ozeans im lauen Miami, wie sie eilig Abigail Gomez über die Geschichte der Kleinstadt informierten, wie sie sie einen Sündenbock auswählen ließen, die Vergangenheit der Toten beschrieben, um ihr die perfekte Tarnung zu verschaffen. Der Ehemann musste ihr den Schlüssel zum Haus im Sutherland Crescent gegeben haben, Susans Pass, um ins Land zu kommen. Der Schwiegervater dürfte ihr gerade genug über so ziemlich jeden erzählt haben, damit sie keine Fremde in einer kleinen Gemeinde war, sondern eine einheimische Tochter, die zurückkehrte.

»Warum fragen Sie mich nach Susan?«

»Roxannas Leiche wurde in Susan Griersons Haus gefunden.«

»Sutherland Crescent? Ach je. Dieses hübsche Haus!«

Sein Fimmel für Häuser war so daneben, dass Morrow ins Stolpern kam. »Ja, nun, es ist kein hübsches Haus mehr. Es ist verfallen.«

»Ja, es steht seit Jahren leer. Ihre Mutter hasste Walter Ashe. Sie hinterließ Sutherland Crescent einem Treuhandfonds für Susans und Walters Kinder. Sie wollte nicht, dass Walter es bekommt.«

Morrow nahm das Handyfoto von Susan Grierson aus der Akte und zeigte es ihm. Er schüttelte den Kopf. »Susan war klein und dick, ehe der Krebs …«

Er sah zu, wie sie das Bild wieder wegsteckte. »Wurde das in den Victoria Halls aufgenommen? Wer ist das eigentlich?«

»Warum wollten Sie Barratt am Flughafen treffen?«

»Um ihn zu warnen.« Er unterbrach sich, dachte vielleicht darüber nach, dass er ein besseres Wort hätte wählen können. »Um ihm zu sagen, dass Roxanna verschwunden ist. Und wegen des …« Er fing sich. »Wegen ein paar anderer Dinge.«

»Anderer Dinge wie zum Beispiel?«

»Es gab einen Brand. Ich dachte, vielleicht weiß er nicht, was passiert ist …«

»Ich vermute, er weiß alles darüber. Woher kennen Sie Mark Barratt?«

Seine Augen verweilten auf der Akte. »Helensburgh ist sehr klein. Jeder kennt jeden.«

»Kommt jeder, um jeden vom Flughafen abzuholen?« Er antwortete nicht. Er sah auf die Akte und dachte nach.

»Hat Roxanna Ihnen erzählt, dass sie Ärger mit einer ehemaligen Angestellten hatte?«

Delahunt setzte dazu an, sich mit einer Lüge zu verteidigen, hielt aber inne. Morrow tätschelte die Akte, deutete damit an, dass sie ihm sagen würde, wer die Frau auf dem Bild war, wenn er kooperierte. Was sie nicht tun würde. Er atmete tief ein und zögerte wieder, sah auf die Akte.

»Entweder hat sie es Ihnen gesagt oder nicht, Frank, das ist keine komplizierte Frage.«

»Vielleicht hat sie es erwähnt.«

»Und Sie haben Mark Barratt davon erzählt?«

»Ich habe ihm nichts erzählt. Ich habe lediglich *erwähnt*, dass eine Angestellte Scherereien machte.«

»Haben Sie lediglich erwähnt, wo sie in Clydebank wohnte?«

»Hören Sie, ich bin nur ein Verbindungsmann ...«

Morrow stand auf und ging, bevor sie ihren Vorgesetzten wieder Anlass gab, sie zu einem Aggressionsbewältigungskurs zu schicken.

Barratts Anwalt war gut instruiert. Er kam zur Dienststelle und forderte als Erstes die Herausgabe des Koffers. Er brachte ihn in sein Auto, bevor er zu seinem Mandanten im Vernehmungsraum ging. Sie durften ihn nicht befragen. Barratt war außer Landes gewesen, als Hettie ermordet wurde, als das Feuer zwei Menschen tötete, und sie konnten keine Verbindung zwischen ihm und Roxanna nachweisen. Es gab keinen Grund, ihn länger festzuhalten.

Sie sahen vom Fenster aus zu, wie Barratt in den silbernen Mercedes seines Anwalts stieg. Der Anwalt rauchte, sog den Rauch so tief ein, dass es aussah, als würde er seine Lippen verschlucken.

43.

Morrow und McGrain zogen zwei Stühle aus der hintersten Reihe in den Victoria Halls. Sie setzten sich an die Wand, in den Schatten der überhängenden Galerie. Sie waren nicht hier, um an der öffentlichen Versammlung teilzunehmen. Sie waren hier, um sich die Leute anzusehen.

Die Veranstaltung wurde gefilmt und würde später sowohl in den Regionalnachrichten als auch in einer nationalen Fernsehsendung über echte Kriminalfälle zu sehen sein. Eine riesige Kamera beanspruchte die Mitte des Raums und war auf die Tische auf der Bühne ausgerichtet. Davor waren Plastikstühle aufgereiht.

Der Sailors' Rest-Brand war wegen des tragischen Tods der kleinen Lea-Anne Ray in den landesweiten Nachrichten. Helensburgh war von ihrem Tod erschüttert, aber keiner der Hinweise, die bei der Polizei eingegangen waren, hatte sich als sonderlich hilfreich erwiesen. Sie hatten das Gefühl, dass viele etwas wussten, aber zu viel Angst hatte, um etwas zu sagen.

Morrow verschränkte die Arme und sah sich in dem vertrauten Saal um. Sie kannte fast jede Ecke aus der Fülle der Fotos, die sie vom Tanzdinner gesammelt hatten. Jetzt trugen sie Informationen über »Abigail Gomez« zusammen. Die Suche würde auf beiden Seiten des Atlantiks weitergehen, aber Morrow spürte bereits, wie die Energie schwand. Police Scotland würde ihren Anteil an den Erlösen aus Injury Claims 4 U bekommen, aber sie würden auf die vollständige Aufklärung des Falls verzichten. Gomez war eine potenziell kostspielige Festnahme, und die konnten sie sich nicht leisten. Alles, was sie bisher hatten ausbuddeln können, war eine vorläufige Identifizierung: eine tote Frau namens Elizabeth Marquez. Die Fotos von Gomez wiesen laut einem amerikanischen Gesichtserkennungsprogramm leichte Übereinstimmungen auf. Marquez, eine »freiberufliche Sicherheitsberaterin« aus Venezuela, war vor drei Jahren in Nigeria verschwunden. Man ging davon aus, dass sie tot war. Es gab nur acht Punkte bei der Gesichtserkennung, was nicht reichte, um aktiv zu werden.

Die Fernsehkamera war größer und kastiger, als Morrow angenommen hätte. Sie wurde von schlanken, sonnengebräunten Menschen bedient, deren Frisuren zu stylish für die kleine Stadt waren.

Auf der Bühne standen ein kurzer Tisch und vier Stühle vor einem blauen Banner mit dem Distel-und-Krone-Logo von Police Scotland: *Den Menschen Sicherheit geben* stand darunter.

Die Bürger der Stadt tröpfelten herein. Ein Hausmeister zeigte ihnen ihre Sitze, und die Fernsehleute arrangierten das Publikum um wie Blumen in einer Vase. Sie setzten die frühen Besucher in die vorderen Reihen, überprüften die Anordnung auf ihren Monitoren und gingen zurück, um sie wieder umzusetzen.

Morrow sah den Monitor auf der Rückseite der Kamera, die kastenförmige Ansicht ließ den Saal klein und intim wirken. Der Blick durch den Monitor war eindringlich. Es zog ihre Augen immer wieder zu dem hellen kleinen Rechteck geordneter Realität.

Simmons erschien mit Chief Inspector Pittoch, der seine volle Zeremonienuniform trug. Gemeinsam tourten sie durch den Saal, lächelten und schüttelten den Fernsehleuten und Journalisten die Hände. CI Pittoch gab ein Radiointerview in ein kleines Diktiergerät. Dann kam jemand vom Fernsehen und rüstete beide mit Ansteckmikrofonen aus, ließ den Draht am Rücken ihrer Jacketts hinab und befestigte den Sender an ihren Taschen. Währenddessen kamen immer mehr Einwohner in den Saal und wurden zu ihren Sitzen dirigiert.

Weitere Stühle wurden für noch mehr Menschen hineingebracht. Ständig kamen neue Leute an, und die Menge kroch auf Morrow und McGrain zu.

Unruhe an der Tür. Ältere Menschen im Publikum standen auf, richteten ehrerbietig den Blick auf zwei alte Frauen, die hereinkamen. Eine saß im Rollstuhl, ein schlimmes Bein vor sich ausgestreckt, mit beiden Händen umklammerte sie die Henkel ihrer Handtasche wie ein Lenkrad. Die andere stützte sich schwer auf die Rollstuhlgriffe. Beide Frauen trugen ihre besten sauberen Blusen und schicke Strickjacken.

Am Bühnenrand wurden sie mit Mikrofonen verkabelt, dann half man ihnen die Stufen hinauf. Die stehende Frau ging ganz langsam allein hoch, und die sitzende Frau wurde von Menschen aus dem Publikum aus dem Stuhl gehoben. Gestützt schaffte sie es Stufe für Stufe bis auf die Bühne. Der Rollstuhl wurde zusammengefaltet, hinaufgereicht, wieder geöffnet, und sie setzte sich hinein. Sie wurde hinter den Tisch geschoben, und ihre Begleiterin setzte sich neben sie. Ein Mann im Publikum klatschte ein paarmal unangebracht in die Hände, und die Frau neben ihm bedachte ihn für seine Mühe mit einem Klaps auf den Arm.

Es kamen immer noch Leute. Die Rentner waren schön früh gekommen, doch jetzt strömten die restlichen Einwohner durch die Türen. Männer in Arbeitskleidung, Frauen, die hektisch hereineilten, als hätten sie eben noch auf dem Parkplatz Kinder abgestreift, eine Frau mit einem National Health System-Abzeichen, die fast allen zunickte.

Drei junge Männer kamen gemeinsam herein, alle trugen »Ja«-Abzeichen und hatten die Hände voll mit Infomaterialien zum Referendum. Eine Woge der Empörung rollte durch den Saal. Das würden sie doch nicht tun, oder? Nicht hier, verdammt noch mal! Aber sie taten nichts. Sie setzten sich neben die Tür, nur Stimmenwerber, die eine Pause machten.

Frank Delahunt kam allein und wurde von allen ignoriert. Er setzte sich neben ein älteres Paar. Sie nahmen seine hingestreckte Hand und schüttelten sie, aber taten es ausgesprochen ungern. Er war nicht beliebt, und Morrow wusste, dass man ihm gesagt hatte, er würde sein Haus verlieren. Police Scotland würde es versteigern.

Boyd Fraser kam herein, noch in seiner Kochuniform. Er musste von nebenan gekommen sein. Er war vor vier Tagen aus der Untersuchungshaft entlassen worden, aber er sah schwer gebeutelt aus. Seine Frau Lucy hielt seine Hand umklammert, die Zähne zusammengebissen, die Aufmerksamkeit auf jeder seiner Bewegungen. Sie machte sich Sorgen um ihn, und er war ihr dankbar dafür.

Mit einem Mal erstarrte der Saal. Es wurde kurzfristig ganz still, und alle sahen zur Tür. Mark Barratt stand im Türrahmen. Mit geschwellter Brust nahm er die Schmach frontal entgegen. Morrow musste sich auf die Innenseite ihrer Wange beißen, um nicht zu weinen. Es war die Art, wie er dastand, die Arme an den Seiten, die Fäuste geballt, trotzig. Für einen flüchtigen Moment hatte er so sehr wie Danny ausgesehen, dass sie fürchtete, sie müsse sich übergeben.

Der Moment ging vorbei, das Geplapper im Saal schwoll wieder an, und Barratt trat weiter in den Raum hinein. Er war nicht allein. Die beiden jüngeren Männer waren wie er in schwarze Trainingsanzüge gekleidet, und sie hatten ebenfalls rasierte Schädel. Sie sahen aus wie Barratts Jünger. Einer von ihnen hatte sehr dichte Augenbrauen.

»Das ist Tommy Farmer«, murmelte McGrain, und Morrow nickte.

Das Trio ging um die Kamera herum nach hinten, inspizierte den Saal nach leeren Stühlen. Tommy Farmer fand drei nebeneinander und stellte sich neben sie, suchte Marks Blick und Anerkennung, aber der andere hatte eine Reihe aus vier Stühlen gefunden, und Mark nickte und ging dorthin.

Tommy sah verwirrt aus. Er blieb, wo er war, und sah zu, wie sich Barratt hinsetzte und zur Tür schaute. Eine Frau stand dort. Barratt winkte sie zu sich. Sie schienen ein ungleiches Paar. Sie war unordentlich gekleidet, schlurfte auf dem Weg zu ihm. Ihre Knöchel waren geschwollen, und an ihrem Rocksaum befand sich ein Riss. Ihr dünnes blondes Haar war im Nacken verfilzt. Sie lächelte und nickte Barratt zu und setzte sich neben ihn.

Tommy war beunruhigt. Er eilte hinüber, sah die Frau an, sah Barratt an, bewegte sich schnell, suchte nach einer Erklärung für etwas, während er sich auf die andere Seite seines Bosses setzte. Barratt ignorierte ihn, aber die Frau legte großen Wert darauf, Tommy breit anzugrinsen. Sie sah aus wie er. Es war Tommys Mutter.

Der Saal war voll. Die Türen wurden geschlossen. Die Fernsehregisseure überprüften ihre Monitore. Die alten Frauen auf der Bühne glätteten ihr Haar und ihre Kragen und ihre Strickjacken. Simmons und ihr Boss machten sich auf zum Bühnenrand und warteten auf ihr Stichwort. Stille senkte sich über den Saal.

Der Regisseur sah vom Monitor auf und nickte den Polizisten zu.

CI Pittoch zog die Uniformjacke mit einem Ruck am Saum gerade, warf einen Blick heller Panik ins Publikum, marschierte zum Tisch und setzte sich auf den nächstbesten Stuhl. Simmons folgte ihm auf dem Fuß. Sie wirkte sehr behaglich. Die Pressekonferenz fing an.

Pittoch sprach die Begrüßung und sagte, dass es sich bei dem verheerenden Feuer im Sailors' Rest um Brandstiftung handelte. Ein Einheimischer, Murray Ray, und seine kleine

Tochter, in der Gemeinde sehr beliebt, waren gestorben. Und jetzt: Die Leute wüssten, wer dafür die Verantwortung trüge, und es sei an der Zeit, die Wahrheit zu sagen. Es sei in einer so eng verwobenen Gemeinschaft manchmal schwer, die Wahrheit zu sagen, aber es sei wichtig.

Pittoch stellte Mrs. Eunice Ray, die Dame im Rollstuhl, und Annie Kilpatrick vor. Sie waren Lea-Annes Großmütter, und sie wollten eine Stellungnahme verlesen.

Annie und Eunice. Die Namen hatten Morrow nichts gesagt. Sie hatte Iain Frasers gestelzte letzte Worte Simmons gegenüber nicht einmal erwähnt, weil sie keinen Sinn ergeben hatten. Sagen Sie es ihnen. Ich war es nicht.

Im Saal war es still und ruhig. Annie Kilpatrick hielt den Blick gesenkt, zitterte, als Eunice das Blatt mit ihrer Stellungnahme hochhob. Das Mikrofon war so weit aufgedreht, um ihre leise Stimme aufzunehmen, dass sich der Saal mit ihren Atemzügen füllte, mit dem Geräusch ihrer Kleidung, die aneinanderrieb. Auf dem Monitor konnte Morrow sehen, dass sie das Blatt zu hoch hielt und damit ihr Gesicht verdeckte. Sie las mit hoher Stimme vor. Ihr einziger Sohn und ihre Enkeltochter, ihrer aller Prinzessin, waren in diesem Feuer ermordet worden. Die Bewohner dieser Stadt wussten, wer es gelegt hatte. Sie hatten die Pflicht, sich zu melden und es der Polizei zu sagen. Bitte sagt ...

Sie hörte auf zu sprechen. Das Blatt vor ihrem Gesicht zitterte. Im Saal war es so still, das Mikrofon so weit aufgedreht, dass man ihre Tränen auf das Papier tropfen hörte.

Eunice ließ das Blatt sinken, wurde dadurch wieder sichtbar. Sie weinte, sah zu Annie, die neben ihr saß. Annie weinte ganz offen am Tisch, das Kinn auf der Brust. Sie flüsterte tief in das Mikrofon an ihrem Kragen: »Unser Leben ist vorbei.«

Alle warteten darauf, dass sie weitersprach, aber das tat sie nicht. Simmons schaute ihren Boss an. CI Pittoch hatte nicht damit gerechnet, so früh schon etwas sagen zu müssen. Er erschrak, übernahm dann aber:

»Also! Wir rufen Sie auf! Jeden, der etwas weiß. Melden Sie sich und helfen Sie dieser Familie.«

In seiner Verwirrung blickte er Mark Barratt direkt an.

Mark Barratt saß reglos da und starrte zurück. Dann nickte er ganz leicht.

»Nein! Mark! Nein!«

Es war die Frau neben ihm. Sie sprang auf die Füße, griff an Barratt vorbei nach ihrem Sohn Tommy.

Barratt hob einen Arm und hielt sie ab, packte sie an der Schulter und stieß sie zurück auf ihren Stuhl.

In der hinteren Saalecke hob ein kleiner Mann die Hand, den Blick aufmerksam auf Barratts unbewegtes Gesicht gerichtet. Er trug ebenfalls einen Trainingsanzug. Er wollte etwas sagen, und Mark Barratt nickte ihm zu. »Tommy Farmer hat das Feuer gelegt. Ich hab ihn gesehen.«

Ein einzelnes Kreischen von einem Stuhl durchdrang den Saal. Tommy war aufgestanden, spähte zum Ausgang.

»Hiergeblieben!« Simmons rannte quer über die Bühne und die Stufen hinunter. »Farmer! Hierbleiben!«

Mark Barratt stand auf. Er zog die Frau an seiner Seite auf die Füße, zerrte sie mit sich aus dem Saal.

Farmer brüllte ihnen nach. »Niemals!«

Aber Simmons stand schon neben ihm, packte ihn am Handgelenk, nickte einem Polizisten zu, sich um den Mann zu kümmern, der die Hand gehoben hatte. CI Pittoch saß ganz still auf der Bühne und versuchte mit aller Kraft, für die Kamera würdevoll zu bleiben. Das Publikum nickte, zufrieden, zustimmend.

Aber Morrow sah sich nicht die Festnahme an. Sie war von den alten Frauen auf der Bühne wie gebannt. Annie und Eunice. Auch sie sahen sich die Festnahme nicht an. Sie weinten, hielten sich an den Händen, Stirn an Stirn gepresst. Alles, was sie sagten, wurde von ihren Mikrofonen so laut verstärkt, dass es den Saal übertönte.

Annie rang weinend nach Atem, und Eunice schluchzte: »Gott sei Dank! Gott sei Dank! Gott sei Dank!«

Der Saal verwandelte sich in einen Mahlstrom aus Aktivität, Tommy widersetzte sich der Festnahme, der kleine Mann mit der erhobenen Hand wurde befragt, Boyd Fraser und seine Frau umarmten sich in einer Ecke. Menschengruppen wirbelten umher und verebbten, Leben änderten sich und Klippen wurden fortgeschwemmt, aber Morrow sah nichts von alledem. Sie lauschte.

Aus den großen Lautsprechern zu beiden Seiten der Bühne flutete der Klang von weinenden alten Frauen, die sich umklammerten, und das Rascheln der Blusen gegen die Mikrofone füllte den Saal so gewiss wie Wasser.

Dominique Manotti bei Ariadne

»Manotti gehört zu den führenden Krimiautoren der gegenwärtigen Welt. Ein literarisches Ereignis, intelligenter kann Literatur nicht sein und packender kein Krimi.« *Deutschlandfunk Büchermarkt*

»Glasklar, kühl, angriffslustig: keine politischen Kampfschriften, sondern die aufregendsten Kriminalromane, die man zurzeit findet.« *Spiegel online*

Merle Kröger bei Ariadne

Havarie

Ariadne 1224 · 978-3-86754-224-1 (Hardcover)
Ariadne 1232 · 978-3-86754-232-6 (Taschenbuch)

Ein Meer, vier Schiffe, verschiedene Perspektiven: ein seetüchtiger Actionthriller und ein messerscharfes Porträt Europas.

»Kollision mit der Wirklichkeit, alle Maschinen stopp! *Havarie* ist der Roman der Stunde. So kunstvoll wie politisch – muss man gelesen haben!« *Freitag*

»Das Meer der Geschichten ist ein Höllenschlund. *Havarie* gleicht einer vielfachen Fuge, für jede der Linien hat Merle Kröger einen eigenen Ton gefunden.« *Die Welt*

Grenzfall

Ariadne 1210 · 978-3-86754-210-4

1992 gab es Tote im Grenzgebiet, dann 20 Jahre Alltag im geeinten Europa und Wohlstand für alle. Für alle? Nicht ganz …

»Der europäische Kriminalroman *par excellence*. Grandios.« Thomas Wörtche, *kaliber.38*

Kyai!

Ariadne 1166 · 978-3-88619-896-2

Bundeswehr-Watergate im Rapsfeld, Bollywood in Berlin: furioser Politkrimi um indisches Kino, deutsche Politik und Kung-Fu.

»Turbulent, komisch, scharf beobachtet: ein Erzähl-Tsunami.« *arte*

Cut!

Ariadne 1146 · 978-3-86754-017-9

Kinoträume: Mattie Junghans gräbt in der Vergangenheit und stolpert über ein dunkles Kapitel deutsch-indischer Geschichte.

»Frei von Klischees, ein offener Stil, der wie die vielschichtigen Charaktere vom Hamburger Altnazi über die Londoner Arzthelferin bis zum Bombayer DJ ganz besonders ist.« *taz*

Liza Cody bei Ariadne

»Sie ist die Beste. Wie sonst niemand schafft Cody es, hochgradig unterhaltsame Genreliteratur zu schreiben, in der beiläufig die großen und kleinen Übel der Gesellschaft verhandelt werden.« *taz*

Lady Bag

Aus dem Englischen von Laudan & Szelinski
Ariadne 1222 · 978-3-86754-222-7

»Haarsträubender, herzzerreißender Höllentrip durch Londons Unterwelt. Was *Lady Bag* zu einem der aufregendsten Kriminalromane des Jahres macht, ist Codys Entscheidung, die Geschichte ausschließlich aus der Perspektive der Obdachlosen zu erzählen.« Marcus Müntefering, *Krimi-welt.de*

»Sie hat kein Geld, keine Zähne, keine Peilung, aber sie hat große Klasse.« Thekla Dannenberg, *Perlentaucher*

Krokodile und edle Ziele

Deutsch von Else Laudan · Ariadne 1227 · 978-3-86754-227-2

Lady Bag ist zurück! Kaum aus dem Knast, gerät sie mit Gott und der Welt aneinander …

»Anspielungsreich, unordentlich, assoziativ wie die Welt seiner Protagonisten. Ein an den anarchischen Witz Till Eulenspiegels erinnernder wahnwitzig komischer kontrollierter Wut- und Verzweiflungsausbruch.« Tobias Gohlis, *Krimibestenliste*

Miss Terry

Deutsch von Grundmann & Laudan
Deutscher Krimi Preis 2017 · Ariadne 1219 · 978-3-86754-219-7

Nita hat Arbeit und eine hübsche Wohnung. Aber sie sieht anders aus. Als ein Verbrechen geschieht, zeigen alle Finger auf sie.

»Codys Romane machen die Gegenwart zum Thema, haben einen doppelten Boden. Das beflügelt – herrlich, besonders wenn der Müllcontainer ferkelt.« *Süddeutsche Zeitung*

Anita Nair bei Ariadne

Gewaltkette

Deutsch von Karen Witthuhn
Ariadne 1226 · 978-3-86754-226-5

Bangalore. Der Mord an einem vermögenden Anwalt ruft Inspector Gowda auf den Plan. Das ist sein Job, und er wird den Fall lösen, egal, wem er dafür auf die Füße treten muss. Doch dann wird die berufliche Fähigkeit des Inspectors plötzlich im Privaten gebraucht – und bei diesem Fall läuft Gowda die Zeit davon.

»Dieses Buch ist brutal und zugleich einfühlsam, mit einem maßlos menschlichen (und nicht immer liebenswerten) Bullen als Helden.« *Ian Rankin*, vom *Guardian* nach seinen Favoriten des Jahres befragt

»Mit Gewaltkette beweist Anita Nair, dass sie die Nummer eins in Indiens Pulp-Fiction-Szene ist. Wie Gemälde leuchten ihre Helden vor dem düsteren Hintergrund.« *The Hindu*

»Die Autorin zeichnet ohne Pathos und mit scharfem Schlaglicht ein Indien jenseits des Patchouli-Tourismus – einen gespaltenen Kontinent, der einerseits den westlichen Turbokapialismus überholt und andererseits in erschreckendem Maß nach wie vor von Mädchenhandel, Zwangsprostitution, erschütternder Gewalt, Kindersklaverei, Unbildung und Frauenverachtung profitiert. Dicht gewebt, prallvoll mit Atmosphäre, legt Anita Nair einen soghaften Krimi vor. Riecht, schmeckt, pulsiert – auch vor Zorn. Indien zwischen Hightech, Menschenhandel und Korruption: best of Sozialkritik in Krimiform.« Sylvia Treudl, *Buchkultur*

Ariadne
Herausgegeben von Else Laudan
www.argument.de

Titel der englischen Originalausgabe: Blood Salt Water
© 2015 by Denise Mina

Deutsche Erstausgabe
Alle Rechte vorbehalten
© Argument Verlag 2018
Glashüttenstraße 28, 20357 Hamburg
Telefon 040/4018000 – Fax 040/40180020
www.argument.de
Lektorat: Else Laudan
Umschlag: Martin Grundmann
Umschlagfoto: © Ian Latham, www.ianlathamphotography.co.uk
Satz: Iris Konopik
Druck und Bindung: CPI books GmbH, Leck
Gedruckt auf säure- und chlorfreiem Papier
ISBN 978-3-86754-230-2
Zweite Auflage 2018